Richard Osman
Der Donnerstagsmordclub oder
Ein Teufel stirbt immer zuletzt

RICHARD OSMAN

# DER DONNERSTAGS MORD CLUB oder Ein Teufel stirbt immer zuletzt

Kriminalroman

Aus dem Englischen von Sabine Roth

List

Die Originalausgabe erschien 2023
unter dem Titel *The Last Devil To Die*
bei Viking, PRH UK

**Wir verpflichten uns zu Nachhaltigkeit**
- Papiere aus nachhaltiger Waldwirtschaft und anderen kontrollierten Quellen
- Druckfarben auf pflanzlicher Basis
- ullstein.de/nachhaltigkeit

FSC www.fsc.org
MIX
Papier | Fördert gute Waldnutzung
FSC® C083411

List ist ein Verlag
der Ullstein Buchverlage GmbH

ISBN: 978-3-471-36051-4

4. Auflage 2024

Gesetzt aus Dante MT Pro
Satz: Pinkuin Satz und Datentechnik, Berlin
Druck und Bindearbeiten: CPI books GmbH, Leck

Für Fred und Jessie Wright, in Liebe und Dankbarkeit.
Ihr seid und bleibt der Beginn meiner Geschichte.

# Donnerstag, 27. Dezember, 23 Uhr

*Ist er hier wirklich richtig? Kuldesh Sharma hält am Ende des Waldwegs. Bäume auf allen Seiten, geisterhaft anzusehen im Dunkeln.*

*Bis um vier saß er im Hinterzimmer seines Ladens und hat mit sich gerungen, das Kästchen vor sich auf dem Tisch, während im Radio Cliff Richard »Mistletoe and Wine« sang.*

*Dann hat er zweimal telefoniert, und jetzt ist er hier.*

*Er schaltet die Scheinwerfer aus, und die Dunkelheit schließt sich um ihn.*

*Riskant ist es. Mehr als riskant. Aber mit fast achtzig kann man schon einmal etwas riskieren. Was droht ihm denn schlimmstenfalls? Dass sie ihn aufspüren und töten?*

*Das ist durchaus drin, aber wäre das so tragisch?*

*Kuldesh denkt an seinen Freund Stephen. An das Bild, das er dieser Tage abgibt. So verloren, so still, so erloschen. Steht ihm selbst Ähnliches bevor? Und sie hatten so tolle Zeiten miteinander. Jahrelang haben sie aus dem Vollen geschöpft.*

*Jetzt verflüchtigt sich die Welt um Kuldesh immer mehr. Seine Frau tot, mit den Freunden geht es dahin. Ihm fehlt das pralle Leben von früher.*

*Bis heute Morgen der Mann mit dem Kästchen zur Tür hereinkam.*

*Aus der Entfernung streicht schwacher Lichtschimmer durch die Baumstämme. In der kalten Stille ist Motorbrummen zu hören. Es schneit jetzt; er kann nur beten, dass die Rückfahrt nach Brighton nicht zur Rutschpartie wird.*

*Ein Lichtstrahl wandert über seine Heckscheibe, als der andere Wagen sich nähert.*

*Sein Herz klopft in harten Stößen. Noch nicht alles tot dadrin, immerhin.*

*Kuldesh hat das Kästchen nicht bei sich. Aber es befindet sich an einem sicheren Ort, und damit ist vorerst auch er in Sicherheit. Zunächst einmal geht es nun darum, Zeit zu gewinnen. Und wenn das glückt, kann er vielleicht …*

*Die Scheinwerfer des heranrollenden Autos flammen in Kuldeshs Spiegeln auf und verlöschen. Räder kommen knirschend zum Stehen, ein Motor tuckert im Leerlauf, dann sind Dunkel und Stille wieder ungebrochen.*

*Jetzt gilt's. Ob er aussteigen sollte? Er hört eine Autotür zufallen, Schritte näher kommen.*

*Die Flocken fallen immer dichter. Wie lange wird das hier wohl dauern? Gut, er muss das mit dem Kästchen erklären, Bedenken zerstreuen, aber dann wird er hoffentlich aufbrechen können, ehe der Schnee sich in Eis verwandelt. Die Straßen werden tödlich glatt sein. Er fragt sich, ob –*

*Kuldesh Sharma sieht den Schuss aufblitzen, doch bevor der Knall ihn erreicht, ist er schon tot.*

# Erster Teil

## Worauf wartet ihr noch?

# 1

## Mittwoch, 26. Dezember, mittags

»Ich war mit einer Frau aus Swansea verheiratet«, sagt Mervyn Collins. »Rothaarig. Wie die Waliserinnen eben so sind.«

»Ah«, sagt Elizabeth. »Das klingt nach einer längeren Geschichte.«

»Nein, wieso?« Mervyn schüttelt den Kopf. »Wir sind getrennt. Sie kennen ja die Frauen.«

»Stimmt, Mervyn«, sagt Joyce und zerteilt ihren Yorkshire Pudding. »Stimmt, die kennen wir.«

Schweigen. Nicht, wie Elizabeth bei sich vermerkt, das erste während dieser Mahlzeit.

Es ist der zweite Weihnachtsfeiertag, und der Donnerstagsmordclub zuzüglich Mervyn begeht ihn im Restaurant von Coopers Chase. Sie tragen alle bunte Papierkronen, aus den Crackern, die Joyce mitgebracht hat. Die ihrige ist ihr zu groß und sitzt ihr halb über den Augen. Ron ist seine zu klein, der rosa Krepp schneidet ihm in die Schläfen.

»Und ich kann Sie ganz sicher nicht zu einem Schlückchen Wein überreden, Mervyn?«, fragt Elizabeth.

»Alkohol zum Mittagessen? Nein«, erwidert Mervyn.

Das Fest selbst haben die vier getrennt verbracht. Für Elizabeth war es kein ganz einfacher Tag, das muss sie zugeben. Sie hatte gehofft, irgendein Funke würde überspringen, gehofft, die Erinnerung an vergangene Weihnachten könnte ihren Mann Stephen aufleben lassen, ihm zu Momenten der Klarheit verhelfen. Aber nein. Weihnachten war für Stephen ein Tag wie jeder andere. Eine leere Seite am Ende eines alten Buches. Ihr schaudert beim Gedanken an das vor ihnen liegende Jahr.

Für den zweiten Feiertag haben sie ein gemeinsames Mittagessen im Restaurant ausgemacht. Im letzten Augenblick hatte Joyce noch die Idee, Mervyn dazuzubitten. Er ist erst wenige Monate in Coopers Chase und tut sich bislang etwas schwer, Anschluss zu finden.

»Er ist Weihnachten ganz allein«, hat sie gesagt, und sie waren sich einig, dass sie ihn einladen sollten. »Mal was anderes«, sagte Ron großzügig, und Ibrahim fügte hinzu, wenn es einen Ort gebe, wo sich an Weihnachten niemand einsam fühlen dürfe, dann sei das Coopers Chase.

Auch Elizabeth hat Joyce für ihren Altruismus gelobt, wenngleich ihr nicht entgangen ist, dass Mervyn in gewissem Licht die Art von gutem Aussehen hat, die bei Joyce immer zieht. Diese walisische Knurrigkeit in seiner Stimme, dazu die dunklen Augenbrauen, der Schnurrbart, das silberne Haar … Elizabeth entwickelt allmählich ein Gespür für Joyces Typ, und »jeder, der in irgendeiner Form halbwegs attraktiv ist« scheint es ziemlich gut abzudecken. »Der klassische Seifenopern-Schurke«, so Rons Fazit, und dem konnte Elizabeth ausnahmsweise nicht widersprechen.

Bisher haben sie mit Mervyn über Politik zu reden versucht (»nicht mein Fall«), über Fernsehen (»den Stuss tu ich mir nicht an«) und über die Ehe (»Ich war mit einer Frau aus Swansea verheiratet« etc.).

Mervyns Essen wird serviert. Den Truthahn hat er verweigert, darum hat ihm die Küche auf besonderen Wunsch Scampi mit Salzkartoffeln gemacht.

»Ah, ein Scampi-Fan.« Ron deutet auf Mervyns Teller.

Er bemüht sich redlich um den Mann, das muss Elizabeth ihm lassen.

»Mittwochs esse ich immer Scampi«, sagt Mervyn.

»Ist heute Mittwoch?«, fragt Joyce. »Ich verliere um Weihnachten rum immer ein bisschen den Überblick über die Wochentage.«

»Mittwoch, natürlich«, sagt Mervyn. »Mittwoch, der 26. Dezember.«

»Wussten Sie, dass ›Scampi‹ die Pluralform ist?«, fragt Ibrahim, dem die Kreppkrone modisch schräg auf dem Haupt sitzt. »Jedes Teil für sich ist ein ›Scampo‹.«

»Natürlich wusste ich das«, sagt Mervyn.

Elizabeth hat im Lauf der Jahrzehnte härtere Nüsse als Mervyn geknackt. Einmal war sie auf einen sowjetischen General angesetzt, der in über drei Monaten Gefangenschaft keine Silbe von sich gegeben hatte, und binnen einer Stunde sang er mit ihr Noël-Coward-Songs. Joyce bearbeitet Mervyn jetzt schon einige Wochen, seit dem Abschluss des Bethany-Waites-Falls. In dieser Zeit hat sie in Erfahrung gebracht, dass er Schulleiter war, dass er eine Ehe hinter sich hat, dass Rosie sein dritter Hund ist und dass er gern Elton John hört. Es gibt also durchaus Luft nach oben.

Elizabeth beschließt, zu den harten Bandagen zu greifen. Manchmal ist ein Schock nötig, um den Patienten aus dem Koma zu holen.

»Und von der mysteriösen Dame aus Swansea einmal abgesehen, Mervyn, wie sieht es mit Ihrem Liebesleben aus?«

»Ich habe eine Verlobte«, antwortet Mervyn.

Elizabeth sieht Joyces Augenbrauen einen winzigen Tick nach oben wandern.

»Gratuliere«, sagt Ron. »Wie heißt sie?«

»Tatiana«, sagt Mervyn.

»Sehr schöner Name«, sagt Joyce. »Aber warum habe ich noch nie von ihr gehört?«

»Wo feiert sie Weihnachten?«, will Ron wissen.

»In Litauen«, sagt Mervyn.

»Die Perle des Baltikums«, bemerkt Ibrahim.

»Aber hier in Coopers Chase haben wir sie noch nicht gesehen, kann das sein?«, sagt Elizabeth. »Seit Ihrem Einzug?«

»Die haben ihr den Pass weggenommen«, sagt Mervyn.

»Ach je«, sagt Elizabeth. »Das ist ja ärgerlich. Wer sind ›die‹?«

»Die Behörden«, sagt Mervyn.

»Typisch!« Ron schüttelt den Kopf. »Ein Drecks-Verein ist das.«

»Sie muss Ihnen so sehr fehlen«, sagt Ibrahim. »Wann haben Sie sich zum letzten Mal gesehen?«

»Wir haben uns noch nicht in dem Sinn, äh, getroffen«, sagt Mervyn, während er einen Scampo von Remoulade freikratzt.

»Sie haben sich nicht getroffen?«, fragt Joyce. »Ist das nicht etwas ungewöhnlich?«

»Einfach Pech«, sagt Mervyn. »Erst wurde ihr Flug storniert, dann ist sie bestohlen worden, und jetzt die Sache mit dem Pass. Aber was wäre die Liebe ohne Hindernisse?«

»Sie sagen es«, pflichtet Elizabeth bei. »Ohne Hindernisse keine Liebe.«

»Das heißt«, sagt Ron, »sobald sie ihren Pass zurückkriegt, kommt sie?«

»Das ist der Plan«, sagt Mervyn. »Jetzt läuft alles. Ich habe ihrem Bruder Geld geschickt.«

Die vier nicken und tauschen Blicke, während Mervyn seine Scampi verzehrt.

»Rein interessehalber, Mervyn«, Elizabeth rückt ihre Kreppkrone zurecht, »wie viel haben Sie ihm geschickt? Dem Bruder?«

»Fünftausend«, sagt Mervyn. »Insgesamt. Ganz üble Korruption in Litauen. Jeder schmiert jeden.«

»Das war mir gar nicht klar«, sagt Elizabeth. »Ich habe sehr schöne Zeiten in Litauen verbracht. Arme Tatiana. Und das Geld, das ihr gestohlen wurde? War das auch von Ihnen?«

Mervyn nickt. »Ich habe es an sie geschickt, und der Zoll hat es sich unter den Nagel gerissen.«

Elizabeth schenkt ihren Freunden nach. »Wir freuen uns jedenfalls schon, sie kennenzulernen.«

»Sehr sogar«, ergänzt Ibrahim.

»Ich denke nur gerade, Mervyn«, sagt Elizabeth, »wenn sie sich das nächste Mal meldet und um Geld bittet, wollen Sie mir dann vielleicht Bescheid sagen? Ich habe meine Kontakte und könnte eventuell helfen.«

»Im Ernst?«, fragt Mervyn.

»Aber sicher«, sagt Elizabeth. »Lassen Sie es mich einfach wissen. Bevor Sie noch mehr Pech haben.«

»Danke«, sagt Mervyn. »Sie bedeutet mir wirklich sehr viel. Ist lange her, dass jemand sich um mich gekümmert hat.«

»Und diese ganzen Kuchen, die Sie von mir bekommen haben?«, fragt Joyce.

»Ja, ja, ich weiß«, sagt Mervyn. »Ich meinte, im romantischen Sinne.«

»Ach, *so* meinen Sie das«, sagt Joyce, und Ron erstickt sein Lachen in einem Schluck Wein.

Truthahn und Yorkshire Pudding, Girlanden und Luftschlangen, Cracker und Kronen. Ein guter Roter im Glas, während im Hintergrund Weihnachtsschlager dudeln, die für Elizabeth alle gleich klingen. Dazu gute Freunde und Joyces aussichtslose Bemühungen um einen Waliser, der ganz offenkundig einem ausgefeilten grenzübergreifenden Betrug aufgesessen ist – Elizabeth könnte sich schlechtere Feiertagsbeschäftigungen denken.

»Dann noch mal frohe Weihnachten allerseits!« Ron hebt sein Glas.

Sie folgen seinem Beispiel.

»Und Ihnen einen schönen Mittwoch, den 26. Dezember, Mervyn«, sagt Ibrahim galant.

# 2

Unter normalen Umständen kann Mitch Maxwell gar nicht weit genug weg sein, wenn eine Lieferung ausgeladen wird. Wozu das Risiko eingehen und sich im Lagerhaus aufhalten, solange die Drogen noch dort sind? Aber aus naheliegenden Gründen sind dies keine normalen Umstände. Je weniger Mitwisser es gibt, desto besser. Mitchs Finger trommeln nur dann nicht, wenn er an den Nägeln kaut. Dieses Nervös-Sein schlaucht.

Außerdem ist es der leidige zweite Feiertag, und Mitch wollte schlicht und einfach mal raus. Musste raus, um es genau zu sagen. Die Kinder waren eine Pest, und er selbst hat sich mit seinem Schwiegervater über die Frage gekloppt, in welcher anderen Serie dieser Schauspieler in *Call the Midwife* noch mitspielt. Sein Schwiegervater sitzt jetzt mit gebrochenem Kiefer in der Notaufnahme. Mitchs Frau und ihre Mutter geben die Schuld beide Mitch, so verrückt ist die Welt, also hat er sich lieber verdrückt, und was lag da näher, als die hundertfünfzig Kilometer von Hemel Hempstead nach East Sussex zu fahren, um persönlich nach dem Rechten zu sehen.

Mitch ist hier, um sicherzustellen, dass ein einfacher kleiner Behälter mit Heroin im Wert von hunderttausend Pfund aus einem Laster ausgeladen wird, der direkt von der Fähre kommt. Kein großer Betrag, aber darum geht es auch nicht.

Die Lieferung hat es durch den Zoll geschafft. Darum geht es.

Das Lagerhaus liegt in einem wild in die Landschaft gebauten Industriegebiet gut acht Kilometer von der Kanalküste entfernt. Über Jahrhunderte dürfte hier Ackerland gewesen sein, Scheunen und Ställe, Weizen, Gerste und Klee, klappernde Pferdehufe, nun sieht man auf demselben Boden Lagerschuppen aus Wellblech, alte Volvos, gesprungene Fensterscheiben. Die ächzenden alten Knochen Englands.

Ein hoher Eisenzaun um das gesamte Gelände hält Gelegenheitsdiebe fern, während innerhalb der Umzäunung die wahren Verbrecher ihren Geschäften nachgehen. An Mitchs Lagerhaus hängt ein Aluminiumschild: SUSSEX LOGISTICS SYSTEMS. An dem Nachbargebäude, auch so ein hallender Hangar, steht FUTURE TRANSPORT SOLUTIONS LTD, eine Fassade unter anderem für gestohlene Luxusautos. Links davon ein namenloser Mietcontainer, in dem eine Frau, die Mitch noch nicht zu Gesicht bekommen hat, einen schwunghaften Handel mit Ecstasy und gefälschten Pässen treiben soll. Am hinteren Ende des Geländes ist eine Weinkellerei samt Lagerschuppen: BRAMBER – THE FINEST ENGLISH SPARKLING WINE. Mitch hat erst kürzlich entdeckt, dass sich dahinter tatsächlich ein echtes Unternehmen verbirgt. Die Betreiber, Bruder und Schwester, sind beide ganz reizend und haben zu Weihnachten sämtlichen Nachbarn eine Kiste ihres Sekts geschenkt. Er war besser als Champagner und hatte an Mitchs Prügelei mit seinem Schwiegervater keinen unwesentlichen Anteil.

Ob den beiden Geschwistern von Bramber-Sekt schwant, dass sie die einzige legale Firma auf dem Gelände sind? Mitch weiß es nicht. Zumindest haben sie ihn einmal bei Future Transport Solutions Ltd eine Armbrust kaufen sehen und nicht mit der Wimper gezuckt, ganz schlechte Nachbarn können sie also nicht sein. Englischer Sekt scheint Mitch äußerst gut zu gehen, und kurz hat er sogar den Einstieg erwogen, dann aber doch einen Rückzieher gemacht, denn Heroin geht natürlich auch extrem gut, und besser, man bleibt bei dem, was man kennt. Von dieser Meinung kommt er allerdings jetzt, wo sich die Probleme so häufen, immer mehr ab.

Die Türen des Lagerhauses sind geschlossen, die Hecktür des Lasters steht offen. Zwei Männer – oder vielmehr ein Mann und ein junger Bursche – laden Pflanztröge aus. Angesichts der erwähnten Schwierigkeiten musste Mitch sie bereits zu größerer Sorgfalt mahnen. Zwar ist der tief zwischen den Paletten versteckte Behälter die wichtigste Ware, doch das heißt nicht, dass sich mit den Trögen nicht auch ein paar Pfund verdienen lässt. Mitch verkauft sie an Gartenzentren in Sussex und Kent, ein netter legaler Nebenerwerb. Und einen Pflanztrog mit einer Macke will keiner.

Das Heroin ist in einem kleinen Terrakottagefäß, auf alt getrimmt wie ein wertloses Gartenornament, falls irgendwer schnüffeln kommt. Ein spießiges Deko-Objekt. Das ist ihr üblicher Trick. Das Gefäß ist auf einem Bauernhof irgendwo in der Provinz Helmand mit Heroin gefüllt und dann gut verschlossen worden. Jemand aus Mitchs Netzwerk – diesmal hat es Lenny getroffen – war in Afghanistan, um die Aktion zu beaufsichtigen, sich zu vergewissern, dass das Heroin sauber ist und niemand sie übers Ohr haut. In Lennys Obhut hat besagtes Terrakottagefäß sodann den Weg nach Moldawien gefunden, in ein Dorf, wo keiner dumme Fragen stellt und wo es fachkundig zwischen Hunderten von Pflanztrögen versteckt wurde, um anschließend quer durch Europa kutschiert zu werden, von einem Mann namens Garry, der ein Haftstrafenregister und nicht viel zu verlieren hat.

Mitch sitzt im Büro, einem Verschlag auf einer Art Galerie an der Rückwand des Lagerhauses, und kratzt sich das »God Loves a Trier«-Tattoo an seinem Unterarm. Everton liegt 0:2 gegen Man City im Rückstand, was unvermeidlich, aber trotzdem ärgerlich ist. Jemand hat Mitch einmal angeboten, einem Konsortium zum Aufkauf des FC Everton beizutreten. Eine verlockende Vorstellung, sich in den Verein seiner Jugend einzukaufen, für den sein Herz schon so lange schlägt, aber nachdem sich Mitch etwas gründlicher mit dem Geschäftsmodell Fußball befasst hatte, kam er auch hier wieder zu dem Schluss, dass er mit Heroin wahrscheinlich besser bedient ist.

Auf seinem Handy geht eine Nachricht von seiner Frau Kellie ein.

Dad aus dem KH zurück. Er sagt er macht dich kalt.

Das würden manche bildlich verstehen, aber Mitchs Schwiegervater ist das Oberhaupt einer der größten Gangs in Manchester, und eins seiner ersten Weihnachtsgeschenke an Mitch war ein Taser aus Polizeibeständen. Man muss bei ihm also auf der Hut sein. Aber muss man das bei Schwiegereltern nicht immer? Mitch geht davon aus, dass es sich schon wieder einrenken wird – schließlich waren er und Kellie die Liebe, die alles überwindet, der Romeo und die Julia, die Liverpool und Manchester miteinander versöhnt haben. Er schreibt zurück:

Sag ihm ich hab ihm einen Range Rover gekauft.

Ein schepperndes Klopfen an der dünnen Bürotür kündigt Mitchs Stellvertreter an, Dom Holt.

»Alles erledigt«, sagt Dom. »Tröge ausgeladen, Kiste im Safe.«

»Danke, Dom.«

»Willst du sie anschauen? Sieht ziemlich scheiße aus.«

»Du – danke«, sagt Mitch. »Noch näher muss echt nicht sein.«

»Ich schick dir ein Foto«, sagt Dom. »Damit du's einfach gesehen hast.«

»Bis wann ist das Zeug jetzt hier?« Mitch ist klar, dass noch nicht alles in trockenen Tüchern ist. Aber seine große Sorge war der Zoll. Ab jetzt sind sie auf der sicheren Seite, oder? Was soll schon noch schiefgehen?

»Bis morgen um neun«, sagt Dom. »Der Laden macht um zehn auf. Ich schick den Jungen hin.«

»Braver Bursche«, sagt Mitch. »Wohin bringt ihr es gleich wieder? Brighton?«

Dom nickt. »Antiquitätenladen. Kuldesh Sharma heißt der Typ. Nicht unser üblicher, aber außer ihm hat morgen keiner geöffnet. Sollte kein Problem sein.«

Man City trifft zum dritten Mal, und Mitch verzieht gequält das Gesicht. Er schaltet das iPad aus – kein Grund, sich diese Misere noch länger anzutun.

»Dann lass ich euch mal machen. Ich muss langsam zurück«, sagt Mitch. »Meinst du, der Junge könnte den Range Rover klauen, der drüben vor der Sektkellerei parkt, und ihn zu mir nach Hertfordshire fahren?«

»Kein Thema, Boss«, sagt Dom. »Ist zwar erst fünfzehn, aber diese Dinger fahren sich ja praktisch von allein. Dann geb ich die Kiste selber ab.«

Mitch verlässt das Lagerhaus durch den Notausgang. Außer Dom und dem jungen Burschen hat ihn niemand gesehen, und er und Dom sind zusammen in die Schule gegangen beziehungsweise zusammen von der Schule geflogen, aus der Richtung hat er also nichts zu befürchten.

Dom ist vor zehn Jahren hier runter gezogen, nachdem er das falsche Lagerhaus abgefackelt hatte, und die gesamte Logistik von Newhaven aus läuft bei ihm zusammen. Sehr nützlich. Einwandfreie Schulen hier unten, das ist für Dom schon die halbe Miete. Sein Sohn hat es gerade ins Royal Ballet geschafft. So hat sich alles bestens gefügt. Bis auf die letzten Monate. Aber die liegen nun ja hinter ihnen. Solange mit dieser Sache jetzt alles glattgeht. Und bisher sieht es gut aus.

Mitch lockert die Schultern, macht sich bereit für die Fahrt nach Hause. Sein Schwiegervater wird sauer sein, aber sie werden zusammen ein Bier trinken und irgendeinen *Fast & Furious*-Film gucken, und dann passt alles wieder. Mitch wird vermutlich ein Veilchen kassieren – nach dem gebrochenen Kiefer hat der Alte was bei ihm gut –, aber der Range Rover sollte ihn gnädig stimmen.

Ein kleines Kästchen, hundert Riesen Gewinn. Nicht schlecht für den zweiten Weihnachtsfeiertag.

Was nach dem morgigen Tag passiert, kann Mitch egal sein. Seine Zuständigkeit ist es, das Kästchen von Afghanistan in einen kleinen Antiquitätenladen in Brighton zu schaffen. Sobald jemand es dort abholt, ist Mitchs Part beendet. Ein Mann, oder vielleicht eine Frau, wer weiß, wird morgen früh in den Laden kommen, das Kästchen kaufen und wieder gehen. Der Inhalt wird überprüft werden, und die Zahlung wird direkt auf Mitchs Konto landen.

Und, wichtiger noch, er wird wissen, dass sein Netzwerk keine Sicherheitslecks hat. Es waren nervenaufreibende Monate. Beschlagnahmen in Häfen, Festnahmen von Fahrern, Festnahmen von Laufjungen. Deshalb hat er den Ball jetzt so flach gehalten, nur mit Leuten geredet, denen er absolut vertraut. Das Terrain sondiert.

Ab morgen wird er hoffentlich nie wieder einen Gedanken an das hässliche Terrakotta-Teil verschwenden müssen. Er kann einfach das Geld einstreichen und weitergehen zum nächsten Job.

Hätte Mitch beim Verlassen des Geländes nach links geschaut, dann wäre ihm der Motorradkurier aufgefallen, der auf dem Rastplatz ein Stück weiter parkt. Und vielleicht hätte ihn der Gedanke gestreift, dass dies ein ungewöhnlicher Platz für einen Motorradkurier ist, an einem ungewöhnlichen Tag zu einer ungewöhnlichen Zeit noch dazu. Aber Mitch sieht den Mann nicht, darum streift ihn auch kein solcher Gedanke, und er fährt vergnügt nach Hause.

Der Motorradfahrer bleibt, wo er ist.

# 3

## Joyce

Da bin ich wieder.

Gestern habe ich nichts geschrieben, weil Weihnachten war, und da wird doch leicht alles ein bisschen viel. Baileys und Mince Pies und Fernsehen, man kennt das ja. In der Wohnung war es erst *einen Ticken* zu heiß, fand Joanna, und kaum hatte ich die Heizung heruntergedreht, *einen Ticken* zu kühl. Joanna hat im ganzen Haus Fußbodenheizung, wie sie nicht gerade selten erwähnt.

Aber mein Weihnachtszimmer freut mich doch sehr, mit dem roten und goldenen und silbernen Schmuck, der das Licht meiner elektrischen Kerzen einfängt, und all den Karten von alten und neuen Freunden. An der Spitze meines Weihnachtsbaums (kein echter, aber bitte nicht weitersagen: Er ist von John Lewis, und ganz ehrlich, man sieht keinerlei Unterschied) steckt ein Engel, den Joanna in der Grundschule gebastelt hat – eine Klopapierrolle, etwas Alufolie, ein paar Zentimeter Spitze und ein hölzerner Kochlöffel mit aufgemaltem Gesicht. Ich habe ihn jetzt seit vierzig Jahren – ein halbes Leben!

Was war Joanna die ersten vier, fünf Jahre stolz und glücklich, ihn an unserem Baum zu sehen! Dann kamen zwei oder drei Jahre, in denen er ihr langsam peinlich wurde, gefolgt von schätzungsweise dreißig Jahren ausgemachter Feindseligkeit gegen den armen Engel. Seit einiger Zeit setzt allerdings zunehmend Tauwetter ein, merke ich, und als ich gestern mit einem Teller Jaffa-Keksen ins Zimmer zurückkam, stand Joanna da und berührte den Engel, Tränen in den Augenwinkeln.

Was mich schon etwas überraschte, aber gut, für sie ist es ja fast ihr gesamtes Leben.

Joanna war mit ihrem Liebsten da, Scott, dem Fußball-Präsidenten. Eigentlich hatte ich gedacht, wir würden bei ihnen feiern – Joannas Haus sieht so wunderbar weihnachtlich aus auf Instagram, mit Blumen und Schleifen und natürlich einem echten Baum. Mir wären die Kerzen ja zu dicht an den Vorhängen, aber sie ist erwachsen und muss wissen, was sie tut.

Joanna wartete bis zum 20. Dezember, um mir zu eröffnen, dass Weihnachten bei mir stattfinden würde; ums Essen bräuchte ich mir keinerlei Sorgen machen, sagte sie, weil sie alles mitbringen würden, lauter vorgekochte Sachen aus irgendeinem Restaurant in London. »Du musst keinen Finger rühren, Mum«, sagte sie – ein Jammer, weil ich natürlich sehr gerne gekocht hätte.

Und warum waren wir bei mir? Weil sie am Abend des ersten Feiertags nach St. Lucia flogen und ihr Flug auf den letzten Drücker von Heathrow, was nahe bei ihnen gewesen wäre, nach Gatwick verlegt worden war, also nahe bei mir.

Sprich, ich kam ihnen gelegen. Was ja manchmal das Beste ist, was einem passieren kann, nicht wahr?

Das bringt mich gleich zum nächsten Punkt: Es gab Gans zum Essen. Gans! Ich sagte, ich hätte einen Truthahn, den ich ohne Weiteres machen könnte, aber Joanna belehrte mich, dass Gans eine viel ältere Tradition sei als Truthahn, und ich sagte, Gans traditioneller als Truthahn, haha!, und sie sagte, weißt du, Mum, Weihnachten wurde nicht von Charles Dickens erfunden, und ich sagte, das sei mir völlig klar (so ganz wusste ich nicht, was sie meinte, aber ich hatte das Gefühl, dass mir die Sache etwas entglitt, und brauchte einen Halt), worauf sie sagte, sehr gut, dann essen wir also Gans, und ich sagte, ich besorge die Cracker, und sie sagte, keine Cracker, Mum, die Achtziger sind vorbei. Aber ansonsten war es ein sehr nettes Weihnachten, und wir sahen die Ansprache des Königs, was ein ziemliches Opfer aufseiten Joannas war. In Wahrheit war ich auch nicht so wild auf die Rede, aber wir wussten beide, dass ich dringend einen Punktgewinn brauchte. Charles machte seine Sache sehr ordentlich, fand ich – ich weiß noch mein erstes Weihnachten ohne meine Mutter.

Joanna hatte ein sehr schönes Geschenk für mich, eine Thermoskanne, wie die Astronauten sie benutzen, in die eingraviert ist: *Frohe Weihnachten, Mum! Auf ein Jahr ohne Morde*. Was sich die Leute in dem Geschäft wohl gedacht haben mögen? Sie hatte außerdem Blumen für mich, und von dem Fußball-Präsidenten bekam ich ein Armband, das ich unter »nett gemeint« einordnen würde.

Aber Geschenke auspacken macht einfach Spaß. Ich hatte die neue Kate Atkinson für Joanna, zusammen mit einem Parfüm, dessen Namen sie mir vorab gemailt hatte, und für den Fußball-Präsidenten Manschettenknöpfe, die er vermutlich ebenfalls unter »nett gemeint« abheften wird. Ich lege ja bei allem den Kassenzettel dazu. Das hat meine Mutter auch immer gemacht. Wobei ich bezweifle, dass er sie umtauschen wird, denn sie sind aus dem Marks & Spencer in Brighton, und er scheint mir eigentlich permanent in London oder Dubai zu sein.

Heute war dann das Weihnachtsessen mit der Gang, und so kam ich doch noch zu meinem Truthahn und Crackern. Elizabeth wollte schon beides ablehnen, bremste sich jedoch, ich muss also sehr entschlossen gewirkt haben. Allerdings machte ich den Fehler (sage ich jetzt im Rückblick), Mervyn dazu einzuladen. Ich denke immer noch, irgendwann taut er auf, aber ich fürchte, da habe ich auf das falsche Pferd gesetzt. Ich kann nur hoffen, dass ich demnächst einmal mehr Glück haben werde. So sehr viel Zeit bleibt mir ja langsam nicht mehr.

Hinterher zogen wir zu Ibrahim um, und Mervyn ging zu sich. Er hat uns gestanden, dass er eine Internet-Verlobte hat, Tatiana, die er nie persönlich kennengelernt hat, aber offenbar trotzdem finanziert. Ibrahim sagt, Mervyn ist einem sogenannten »Love Scam« zum Opfer gefallen, und will mit Donna und Chris darüber sprechen. Wie bald nach Weihnachten fangen Polizisten wieder zu arbeiten an? Bei Gerry war es meist um den 4. Januar herum, aber die Polizei ist wahrscheinlich nicht dasselbe wie die Kreisverwaltung von West Sussex.

Hier die Geschenke, die wir uns gemacht haben:

Joyce von Elizabeth: ein Fußbad. Und zwar genau das aus der Fernsehwerbung. Ich stecke gerade drin. Oder jedenfalls meine Füße.

Elizabeth von Joyce: M&S-Gutscheine.

Ron von Elizabeth: Whisky.

Ron von Ibrahim: die Autobiografie eines Fußballers, der mir nichts sagt. Nicht David Beckham oder Gary Lineker.

Elizabeth von Ron: Whisky.

Ron von Joyce: M&S-Gutscheine.

Elizabeth von Ibrahim: ein Buch, das *Die Psychopathen sind unter uns* heißt.

Ibrahim von Elizabeth: ein Gemälde von Kairo, bei dessen Anblick Ibrahim feuchte Augen bekam, das heißt, sie müssen irgendwann ein Gespräch geführt haben, bei dem ich nicht anwesend war.

Ibrahim von Joyce: M&S-Gutscheine. Er packte sie direkt nach Elizabeths Bild aus, deshalb kam ich mir reichlich einfallslos vor.

Joyce von Ibrahim: M&S-Gutscheine. Uff!

Joyce von Ron: *Das Kamasutra*. Sehr witzig, Ron.

Alan von Ibrahim: ein Quietsche-Telefon.

Ibrahim von Alan: eine Tontafel mit Alans Pfotenabdruck. Ibrahim kriegte wieder feuchte Augen. Yippie!

Ibrahim von Ron: eine kleine Oscar-Statue mit der Inschrift *Mein bester Kumpel*. Diesmal heulten wir alle.

Wir tranken, wir sangen ein paar Weihnachtslieder – Elizabeth kann den Text von »Last Christmas« nicht, ist das zu glauben? Aber gut, dafür kann ich den Text von »In dulci jubilo« nicht. Danach durfte Ron noch gut fünfundzwanzig Minuten gegen die Monarchie wettern, und dann gingen wir auseinander.

Daheim packte ich noch das Geschenk aus, das Donna mir geschickt hat. Ich war sehr gerührt, denn allzu viel verdient man als Polizeiwachtmeisterin bestimmt nicht. Es ist ein kleiner Messinghund, der, wenn man ein bisschen blinzelt, entfernt wie Alan aussieht. Sie hat ihn bei Kemptown Antiquitäten in Brighton gekauft. Der Laden gehört Stephens Freund Kuldesh, der uns bei unserem letzten Fall geholfen hat. Klingt nach genau dem richtigen Laden für mich. Vielleicht schaue ich mal rein, denn jetzt brauche ich ja etwas für Donna. Schön ist das, Leute zu haben, denen man Geschenke machen kann.

Alles in allem war es also ein sehr guter zweiter Feiertag. Jetzt zum Einschlafen noch ein Judi-Dench-Film, dann fehlt als Einziges Gerry, der sich durch eine Dose Quality Street lutscht und die Papierchen in der Dose lässt. Ein bisschen hat mich das immer geärgert, aber was gäbe ich jetzt nicht darum, es wiederzuhaben! Gerry mochte die Erdbeer- oder Orangencreme in dunkler Schokolade am liebsten, ich die Toffee-Bonbons, und wenn Sie ein Rezept für eine glückliche Ehe suchen: Hier ist eins.

Joanna hat mich zum Abschied ganz fest umarmt und mir gesagt, dass sie mich lieb hat. Von Truthähnen und Crackern versteht sie zwar nichts, aber sie hat doch auch ihre Stärken. Seltsam, wie Weihnachten das immer wieder schafft: Alles Unstimmige kommt einem noch schlimmer vor und alles Gute noch besser.

Meine lieben Freunde, meine liebe, liebe Tochter. Und mein noch lieberer toter Mann, der mich nie wieder treuherzig anlächeln wird.

Auf irgendetwas möchte ich noch trinken, also trinken wir vielleicht ja doch auf »ein Jahr ohne Morde«.

# 4

## Donnerstag, 27. Dezember, 10 Uhr

Kuldesh Sharma ist froh, die Feiertage hinter sich zu haben. Froh, wieder in seinem Laden zu stehen. Viele der anderen kleinen Geschäfte im Viertel bleiben die Woche durch geschlossen, aber Kuldesh öffnet seine Kemptown Antiquitäten am 27. Dezember Schlag zehn.

Er hat sich in Schale geworfen, wie immer. Violetter Anzug, cremefarbenes Seidenhemd. Gelbe Budapester. So ein Laden ist eine Bühne. Kuldesh überprüft sein Äußeres in einem antiken Spiegel, nickt wohlgefällig und deutet eine kleine Verbeugung an.

Ob Kundschaft kommen wird? Im Zweifel nein. Wer braucht zwei Tage nach Weihnachten schon eine Art-déco-Porzellanfigur oder einen silbernen Brieföffner? Niemand. Aber Kuldesh kann ein bisschen aufräumen, ein paar Kleinigkeiten umstellen, sich bei den Online-Auktionen umschauen. Mit anderen Worten, er kann sich beschäftigen. Die Feiertage vergehen zäh, wenn man allein ist. Man kann sich noch so viel Lektüre bereitlegen, noch so viele Tassen Tee aufbrühen, früher oder später schlägt die Einsamkeit über einem zusammen. Man saugt sie ein, man strömt sie aus, und die Uhr tickt langsam, langsam, bis man endlich schlafen darf. Er hat sich nicht einmal umgezogen für das Fest. Für wen hätte er sich umziehen sollen?

Die Eisenwarenhandlung gegenüber hat geöffnet. Der Inhaber, Big Dave, hat seine Frau letzten Oktober an

Krebs verloren. Das Café ein Stück weiter hügelabwärts ist ebenfalls offen. Es wird von einer jungen Witwe betrieben.

Kuldesh sitzt im Hinterzimmer und trinkt seinen Cappuccino. Er hat erst vor wenigen Minuten aufgeschlossen, und das Klingeln der Ladenglocke überrascht ihn.

Wer kann da kommen, zu dieser Zeit, an einem solchen Tag?

Er stemmt sich aus seinem Schreibtischstuhl hoch, wobei seine Arme den Part übernehmen, der früher Sache der Knie war, tritt durch die Verbindungstür in den Laden und erblickt einen gut gekleideten, kräftig gebauten Mann in den Vierzigern. Kuldesh nickt und schaut dann weg, sucht sich etwas, in das er sich zum Schein vertieft.

Einen neuen Kunden darf man mit dem Blick allerhöchstens *streifen*. Manche Menschen wollen Blickkontakt, aber das sind die wenigsten. Kunden sind wie Katzen, man muss warten, bis sie von selber kommen. Zu viel Eifer verscheucht sie. Spielt man seine Karten dagegen richtig aus, fühlen sich die Kunden am Ende geehrt, wenn sie hier etwas kaufen dürfen.

Bei dem Neuankömmling allerdings sind derlei Abwägungen überflüssig. Er will nicht kaufen, er will verkaufen. Kurz geschorenes Haar, teure Sonnenbräune, die Zähne zu weiß für das Gesicht, wie es heutzutage Mode zu sein scheint. Und in seiner Hand eine Ledertasche, die kostspieliger wirkt als alles, was Kuldesh in seinem Laden stehen hat.

»Sind Sie der Besitzer hier?« Ein Liverpooler Akzent. Sehr selbstsicher. Bedrohlich? Eine Spur vielleicht, aber nichts, was Kuldesh einschüchtern würde. Was immer der Mann in dieser teuren Tasche hat, dürfte interessant sein, das weiß er. Illegal, aber interessant. Was hätte er nicht alles verpasst, wenn er daheim geblieben wäre!

»Kuldesh«, sagt Kuldesh. »Schöne Feiertage gehabt, hoffe ich doch?«

»Die reinste Idylle«, sagt der Mann. »Ich hab was zu verkaufen. So ein Kistchen. Sehr dekorativ.«

Kuldesh nickt, er weiß Bescheid. Nicht ganz sein Metier, so etwas, aber vermutlich haben die einschlägigen Läden zwischen den Jahren alle zu. Trotzdem, kampflos muss er sich nicht geschlagen geben.

»Keine Ankäufe, tut mir leid«, sagt er. »Hier passt nichts rein – ich muss erst wieder Platz schaffen. Interessiert Sie vielleicht ein viktorianischer Kartentisch?«

Aber der Mann hört gar nicht hin. Er stellt die Tasche behutsam auf den Ladentisch und zieht den Reißverschluss halb auf. »Hässliches Ding, Terrakotta. Da.«

»Hat ein paar Jährchen auf dem Buckel, wie?« Kuldesh späht in die Tasche, wo ein Kästchen zu erahnen ist. Dunkel und stumpf, eingeritzte Muster mit einer gehörigen Schicht Dreck darüber.

Der Mann zuckt die Achseln. »Wer hat das nicht? Geben Sie mir einen Fuffzger, und morgen früh kommt jemand, der es Ihnen für fünfhundert abkauft.«

Hat es Sinn, Einwände zu erheben? Mit dem Mann herumzudiskutieren? Ihn abwimmeln zu wollen? Nein, sicher nicht. Ihre Wahl ist auf Kuldeshs Laden gefallen, da hilft nichts. Gib dem Kerl seinen Fünfziger, stell die Tasche unter den Ladentisch, händige sie morgen früh dem Käufer aus und überleg gar nicht erst, was in dem Kästchen sein könnte. So geht es eben manchmal, und das Klügste ist, mitzuspielen. Andernfalls fliegt dir ein Molotowcocktail zum Fenster herein.

Kuldesh nimmt drei Zehner und einen Zwanziger aus der Kasse und gibt sie dem Mann, der sie ohne Zeitverlust in seinem Mantel versenkt. »Sie sehen mir nicht aus, als würden Sie fünfzig Pfund brauchen.«

Der Mann lacht. »Und Sie nicht, als ob Sie fünfhundert Pfund brauchen würden, aber so kann's gehen.«

»Sehr schönen Mantel haben Sie«, sagt Kuldesh.

»Danke«, sagt der Mann. »Thom Sweeney. Das muss ich wahrscheinlich nicht extra dazusagen, aber wenn dieser Tasche was passiert, sind Sie tot.«

»Verstehe«, sagt Kuldesh. »Darf ich trotzdem fragen, was in dem Kästchen ist? Strikt im Vertrauen?«

»Nichts«, sagt der Mann. »Es ist einfach bloß eine alte Schachtel.«

Wieder lacht er, und diesmal lacht Kuldesh mit ihm.

»Alles Gute für Sie, junger Mann«, sagt er dann. »An der Ecke Blaker Street ist eine Obdachlose, die sich über fünfzig Pfund sicher freuen würde.«

Der andere nickt. »Und schön die Finger von der Tasche lassen«, sagt er und verschwindet durch die Tür.

»Danke für Ihren Besuch«, sagt Kuldesh. Er sieht noch, wie der Mann den Weg hügelabwärts einschlägt, Richtung Blaker Street. Ein Motorradkurier fährt in entgegengesetzter Richtung vorbei.

Keine uninteressante Art, den Tag zu beginnen, aber in dieser Branche stößt einem allerhand Interessantes zu. Erst kürzlich konnte Kuldesh seinem Freund Stephen und dessen Frau Elizabeth helfen, einige seltene Bücher aufzuspüren und einen Mörder zu fangen. Elizabeth hat einen »Mordclub« aufgezogen – ausgerechnet.

Das Kästchen wird morgen in neue Hände gelangen, und damit wird die Geschichte abgehakt sein. So etwas kommt eben manchmal vor in einem Gewerbe, das nicht immer über jeden Zweifel erhaben ist.

Idealismus auf der einen Seite, kriminelle Energie auf der anderen, das ist der Stoff, aus dem der Antiquitätenhandel ist.

Kuldesh zieht die Tasche zu sich her und öffnet den

Reißverschluss ganz. Das Kästchen ist nicht reizlos in seiner Gedrungenheit, aber nichts, was er in seinem Laden verkaufen könnte. Er hebt es ein Stück an. Irgendetwas ist definitiv drin. Kokain oder Heroin im Zweifel. Kuldesh kratzt etwas Schmutz vom Deckel. Was ist dieses wertlose Kästchen jetzt wert? Auf jeden Fall mehr als fünfhundert Pfund.

Kuldesh schließt den Reißverschluss wieder und stellt die Tasche unter den Tisch. Er wird den Straßenpreis von Heroin und Kokain googeln. Auf diese Weise geht der Tag etwas schneller herum. Und dann wird er die Tasche in den Tresor sperren. Es wäre zu dumm, wenn heute eingebrochen würde.

# 5

»Mervyn, ich sage das wirklich ungern so hart, aber Tatiana gibt es nicht.« Donna streckt Mervyn tröstend die Hand hin, doch der ergreift sie nicht, wie Ibrahim ihr gleich hätte sagen können. Mervyn gehört zu den Hände-Verweigerern dieser Welt. Er lebt sein Leben lieber aus sicherem Abstand.

Sie haben Donna gebeten, sie zu Mervyn zu begleiten, um mit ihm über seine angebliche neue Liebe zu sprechen. Joyce hatte die Hoffnung, dass eine Polizeibeamtin mehr Eindruck auf ihn machen würde, aber etwas in Mervyns Blick hat Ibrahim schon bei ihrem Weihnachtsessen verraten, dass weit mehr hermuss, um den Mann zu beeindrucken.

Mervyn lächelt überlegen. »Die Fotos und E-Mails, die ich habe, würden das so nicht bestätigen.«

»Ob wir diese Fotos wohl mal sehen dürften, Mervyn?«, fragt Elizabeth.

»Wenn ich dafür Ihre privaten E-Mails sehen dürfte?«

»Davon kann ich nur abraten«, sagt Elizabeth.

»Ich weiß, das ist nicht einfach für Sie«, sagt Donna. »Und mir ist klar, dass es Ihnen vielleicht peinlich ist –«

»Alles andere als peinlich«, sagt Mervyn. »Sie verkennen die Situation vollständig. Sie sind himmelweit von der Wahrheit entfernt, junge Dame.«

»Vielleicht ist es ja schlicht ein Missverständnis«, begütigt Joyce.

»Das kommt ja vor, dass man aneinander vorbeiredet«, springt Ibrahim ihr bei.

Mervyn schüttelt belustigt den Kopf. »Das mag altmodisch sein, aber es gibt da eine Tugend, die sich Vertrauen nennt und die heutzutage, fürchte ich, schwer unterschätzt wird. Bei der Polizei und auch sonst in der Welt.«

Er nimmt die ganze Gang in den Blick, als er das sagt.

»Ich weiß schon, ihr vier seid so was wie die ›coolen Kids‹ hier in Coopers Chase …«

Ibrahim bemerkt, dass Joyce hocherfreut dreinschaut.

»… aber ihr wisst längst nicht alles.«

»Das sage ich denen auch immer, Merv«, sagt Ron.

»Und Sie sind überhaupt der Schlimmste von allen«, beschuldigt Mervyn ihn. »Wenn Joyce nicht wäre, würde ich keine Sekunde an euch verschwenden. Ich habe auf mein Weihnachtsessen verzichtet, um euch Gesellschaft zu leisten, schon vergessen?«

»Das rechnen wir Ihnen auch sehr hoch an, Mervyn«, sagt Elizabeth. »Und ja, wir sind mit Fehlern behaftet, als Einzelpersonen wie auch als Gruppe, und vermutlich haben Sie völlig recht, Ron als den Schlimmsten von uns herauszugreifen. Aber ich glaube, Donna möchte Ihnen gern ein paar Dinge zeigen, die Sie umstimmen könnten.«

»Nichts wird mich je umstimmen«, verkündet Mervyn.

Donna klappt einen Laptop auf und öffnet eine Reihe von Fenstern.

»Das ist wirklich lieb von Ihnen, dass Sie an Ihrem freien Tag zu uns rauskommen«, sagt Joyce zu ihr.

»Kein Thema«, sagt Donna.

»Stellen Sie sich vor, Donna hat an Weihnachten jemanden verhaftet«, wendet Joyce sich an Mervyn. »Ich wusste gar nicht, dass das geht.«

»Wegen was?«, fragt Ron. »Rentierdiebstahl?«

»Sexueller Übergriff«, sagt Donna.

»An Weihnachten.« Joyce schüttelt den Kopf. »Man sollte meinen, da hätten die Leute zu volle Bäuche dafür.«

Donna hat gefunden, wonach sie gesucht hat, und dreht den Bildschirm in Mervyns Richtung. »Also, Mervyn, Joyce hat mir ein Foto von Tatiana weitergeleitet, das Sie ihr geschickt haben.«

»Sie hat *was*?«

»Ja«, sagt Joyce. »Jetzt tun Sie nicht so aufgebracht. Sie haben es mir doch nur geschickt, um anzugeben.«

»Männliche Eitelkeit«, bestätigt Ibrahim, der froh ist, etwas beitragen zu können.

»Ein heißer Feger«, sagt Ron. »Wer immer sie ist.«

»Das ist Tatiana«, sagt Mervyn. »Und Ihre Kommentare sind hier unerwünscht.«

»Aber das ist genau der Punkt«, sagt Donna. Sie zeigt Mervyn sein Foto auf ihrem Bildschirm und daneben ein zweites, identisches Foto. Dieselbe Frau, dasselbe Foto. »Man kann bei jedem Foto im Netz eine Rückwärtssuche machen, also habe ich das mit Ihrem Foto von Tatiana gemacht, und wie Sie sehen, zeigt es keineswegs eine Person namens Tatiana, sondern Larissa Bleidelis, eine litauische Sängerin.«

»Dann ist Tatiana also Sängerin?«, fragt Mervyn.

»Nein, Tatiana gibt es nicht«, sagt Donna.

Für sie alle liegt das klar auf der Hand, aber Mervyn wehrt sich mit Händen und Füßen.

Ibrahim lauscht Mervyns Redeschwall, und ihn überkommt das gleiche Gefühl, wie wenn er mit Ron über Fußball zu reden versucht. Oder über Politik. Oder über egal welches Thema. Mervyn nennt Donnas Behauptung »hanebüchen«. Er nennt sie sogar »Kokolores«, was bei ihm, denkt Ibrahim, einem Kraftausdruck sehr nahekommt. Mervyn kämpft, sagt, er kann ihnen etliche andere Fotos zeigen, vertrauliche Mitteilungen, Liebesschwüre, alles. Er hat sogar einen Ordner dafür angelegt, was ihn Ibrahim gleich etwas sympathischer macht.

Jetzt übernimmt Joyce. »Ist Ihnen schon mal der Begriff ›Liebesschwindel‹ untergekommen?«

»Nein, mir reicht das Wörtchen Liebe«, sagt Mervyn spitz.

»Es gab eine eigene Sendung darüber«, sagt Joyce. »Direkt nach dem Frühstücksfernsehen.«

»Ich schaue kein Fernsehen«, sagt Mervyn. »Die Mattscheibe, sage ich dazu nur.«

»Ja, das hört man sehr häufig«, bemerkt Elizabeth. »Den Ausdruck haben Sie nicht erfunden.«

»Das gehört vielleicht nicht hierher«, flicht Ibrahim ein. »Und es soll auch gar nichts heißen, aber erstaunlich viele Serienmörder besitzen keinen Fernseher.«

Joyces Hund Alan leckt Ibrahims Hand, ausdauernd wie stets. Die anderen sehen das als Zeichen einer speziellen Verbundenheit zwischen den beiden, nicht ahnend, dass Ibrahim immer Polo-Mints einstecken hat, seit er dahintergekommen ist, dass Alan Pfefferminz liebt.

Donna öffnet ein weiteres Fenster auf dem Laptop, und noch mehr Fotos erscheinen. »Die Betrüger verwenden dieselben Fotos mehrfach. Sie haben eine kanadische Pilotin im Angebot, dann eine Anwältin aus New York, Larissa und etliche andere. Die Gangster verschicken sie unter allen möglichen Namen. Schön, aber nahbar, das ist ihre bevorzugte Optik.«

»Also, meine schon auch«, sagt Joyce.

Donna zeigt Ibrahim die Pilotin, und Ibrahim kann den Reiz nachvollziehen. Ein Fels in der Brandung.

Mervyn vermag das nicht zu erschüttern, schließlich hat er ja die letzten fünf, sechs Monate laufend mit Tatiana gesprochen. Viele Male am Tag.

»Gesprochen?«

»Na schön, geschrieben, was ist schon der Unterschied«, sagt er ungeduldig.

Joyce weist ihn darauf hin, dass er Tatiana auch fünftausend Pfund geschickt hat, und er braust auf: Selbstverständlich hat er das, wenn ein Mensch, den man liebt, ein neues Auto braucht oder ein Visum, dann hilft man eben, das gebietet allein schon der Anstand.

»Ihr werdet noch staunen«, kündigt er an. »Am 19. Januar kommt sie, und dann werden so einige Herrschaften hier Grund haben, sich zu entschuldigen. Dann wird viel Kreide gefressen werden in Coopers Chase.«

Dabei müssen sie es wohl fürs Erste belassen, auch wenn es schmerzt, also packen sie ihre Gerätschaften ein und machen sich auf den Weg zurück zu Joyce. Elizabeth geht heim zu Stephen, und Joyce nutzt die Gelegenheit, um Donna über ihr Weihnachten mit Bogdan auszufragen.

»Und ist er überall tätowiert?«

»So ziemlich«, bestätigt Donna.

»Auch …?«

»Nein, da nicht«, sagt Donna. »Joyce, hat Ihnen schon mal jemand gesagt, dass Sie pervers sind?«

»Jetzt tun Sie nicht so prüde«, sagt Joyce.

Ibrahim fragt sich, wie sie Mervyn aus der Klemme helfen können. Der Mann macht es einem nicht leicht, das muss man sagen, und sie hätten sich nie mit ihm eingelassen, wenn Joyce nicht auf seine tiefe Stimme und dieses Flair des Geheimnisvollen hereingefallen wäre. Aber er ist einsam, und ihm wird übel mitgespielt. Davon abgesehen könnte der Donnerstagsmordclub durchaus einmal ein Projekt gebrauchen, bei dem sich die Ereignisse nicht gar so überschlagen. Etwas ein bisschen weniger *Mordlastiges* wäre vielleicht ganz erfrischend.

# 6

Samantha Barnes, einen nächtlichen Gin Tonic neben sich, versieht Bleistiftzeichnungen einer Taube mit Picassos Signatur sowie einer Auflagennummer. Über die Jahre hat Samantha so oft mit Picassos Namen unterschrieben, dass sie einmal sogar beinahe einen Kredit als »Picasso« beantragt hätte.

Ihre Gedanken wandern. Das ist das Schöne bei dieser Arbeit. Das, und selbstredend das Geld.

Einen Picasso zu fälschen ist viel leichter, als man glauben sollte. Nicht die großen Gemälde natürlich, dafür reichen Samanthas Talente denn doch nicht, aber die Skizzen, die Lithographien, all das, was die Leute im Internet kaufen, ohne zu genau hinzusehen – das ist ein Kinderspiel.

Mit echter Kunst lässt sich Geld verdienen, ganz klar, aber viel mehr verdient man mit unechter. Mit unechten Möbelstücken, unechten Münzen, unechten Zeichnungen.

Sagen wir, Samantha kauft einen Arne-Vodder-Schreibtisch aus den Sechzigerjahren für £ 3200 und verkauft ihn für £ 7000, dann verdient sie daran £ 3800, sehr hübsch, danke.

Wenn sie dagegen bei einem Mann namens Norman, der seine Werkstatt in einer alten Molkerei in Singleton hat, für £ 500 die exakte Replik eines Arne-Vodder-Schreibtisches bestellt und dann diese Replik für

£7000 verkauft, beträgt ihr Profit £6500. Wie Garth immer sagt, man muss nur rechnen können.

Und wenn Samantha ihren Abend damit verbringt, Picasso-Lithographien in limitierter Auflage zu fälschen, so wie sie es heute nach der Rückkehr vom Bridge-Club getan hat, dann betragen ihre Materialkosten um die £200; sind aber all diese Picassos erst einmal online an reiche Londoner verkauft, die gerne einen signierten Picasso an ihrer Wand hängen haben möchten und kein Tamtam um die Herkunft machen, wird sie damit an die £16000 verdient haben.

Was der Grund dafür ist, dass Samantha Barnes inzwischen keine Kreditanträge mehr stellen muss.

Sie beginnt die Picassos für ihren Online-Shop zu fotografieren. Sie wird sie für £2500 das Stück anbieten, aber mit £1800 ist sie mehr als zufrieden.

Samantha war lange Zeit eine gesetzestreue Bürgerin. Damals, in den Jahren mit William. Ihr kleiner Laden in Petworth, die gemeinsamen Fahrten über Land, um den Bestand aufzubauen, die treuen Kunden, das Feilschen, alles nett und lustig, alles halbwegs profitabel. Doch mit der Zeit wurde der Laden zu vertraut, er schränkte sie ein. Was sich anfangs gemütlich und sicher angefühlt hatte, fing an sie zu beengen, wie ein Kinderzimmer, aus dem man herausgewachsen ist. Die Fahrten über Land wurden zur lästigen Pflicht, immer die gleichen alten Weiblein, denen sie immer die gleichen Porzellankatzen abkauften.

Also dachten sie sich kleine Spielchen aus, Samantha und William. Sam und Billy. Rein zum Spaß, ohne Hintergedanken. Irgendwie musste man sich schließlich die Zeit vertreiben. Aber eines dieser Spielchen hat sie da hingebracht, wo sie heute ist. Und wo ist sie heute? In dem schönsten Haus von West Sussex, wo sie Picassos malt, während im Hintergrund der Seewetterbericht läuft.

Sie muss oft daran denken, wie alles begann.

William hatte ein Tintenfass angeschleppt, ein plumpes, unschönes Ding, Beifang eines Fischzugs in Merseyside. Sie wollten es schon wegwerfen, da schlug er ihr eine Wette vor: Wer von ihnen würde das wertlose Tintenfass als Erster für fünfzig Pfund an den Mann bringen? Nicht an einen ihrer regelmäßigen Kunden natürlich, und auch nicht an jemanden, der so wirkte, als könnte er sich die Summe nicht leisten – einfach als harmloser kleiner Wettbewerb zwischen ihnen beiden. Also wetteten sie und fuhren mit dem Auspacken der wahren Antiquitäten fort.

Am nächsten Tag stellte William das Tintenfass in eine verschlossene Vitrine für sich allein, mit einem Schildchen, auf dem stand: *Tintenfass, evtl. böhmisch, evtl. 18. Jh., Preis auf Nachfrage. Bitte nur ernst gemeinte Angebote.*

War das frech von ihnen? Ein bisschen schon. War es redlich gehandelt? Nein, natürlich nicht, aber ihnen war langweilig, sie waren verliebt, sie wollten einander amüsieren. Es war nicht das schlimmste Verbrechen, das sich in der Antiquitätenbranche begehen ließ. Wie Samantha sehr wohl weiß, denn inzwischen hat sie sie alle begangen.

Die Stammkunden kamen herein, sahen die Vitrine und fragten, was denn so besonders an dem unscheinbaren Tintenfass sei. Dann zuckten Samantha und William die Achseln – »Im Zweifel gar nichts, nur so ein Gefühl« –, und die Sache war erledigt. Bis drei Wochen später ein bärenhafter Kanadier, der auf dem Behindertenparkplatz vor dem Laden geparkt hatte, das Ding für £750 kaufte. »Er hat mich von einem Tausender runtergehandelt«, gestand William ihr.

Samantha signiert noch einen Picasso und steckt sich dann eine Zigarette an. Zwei Laster, die sie vor Garth nicht hatte: Rauchen und Fälschung im großen Stil. Aber der Zigarettenrauch ist sogar hilfreich, er beschleunigt den Alterungsprozess des Papiers.

Sie haben den »Tintenfass«-Trick einige Male wiederholt. Eine kaputte Standuhr, ein Teller im Vintage-Look, ein einarmiger Teddybär. Die »Antiquitäten« fanden ein dankbares Zuhause, und das Geld, oder zumindest der größte Teil, wurde gespendet. Voll Eifer durchforsteten sie ihre Warenposten nach der neuen Herausforderung, dem nächsten Kandidaten für die Vitrine mit dem Schloss. Ihr kleiner Privatsport.

Und dann starb William.

Sie waren im Urlaub auf Kreta. Er ging nach dem Mittagessen schwimmen, und die Strömung riss ihn mit. Samantha flog heim nach England, den Sarg im Frachtraum, und wurde von ihrer eigenen inneren Strömung fortgeschwemmt.

In den Jahren, die folgten, war sie zu waidwund zum Leben und zu feige zum Sterben – taumelte durch einen Nebel von Trauer und Wut, nie ohne eine Tasse Tee und ein Lächeln für ihre Kunden, deren wohlgemeinte Anteilnahme sie über sich ergehen ließ, ging zum Bridge, kümmerte sich um den Laden, spulte mechanisch die passenden Artigkeiten und Plattitüden ab und hoffte jeden Tag, er möge der letzte sein.

Bis eines Morgens, gute drei Jahre nach Williams Tod, derselbe bärenhafte Kanadier, der ihnen das Tintenfass abgekauft hatte, in den Laden zurückkam, Waffe im Anschlag.

Und damit wurde wieder alles anders.

Jetzt hört sie Garth zur Haustür hereinkommen. Mit seiner Statur wird er nie leise sein können. Doch selbst wenn er dazu in der Lage wäre, würde er es ablehnen, leise zu sein.

Es ist tief in der Nacht, und sie fragt sich, wo er gewesen sein mag, aber solche Fragen stellt man ihm besser nicht. Garth ist nun einmal Garth. Bisher hat er sie noch nie im Stich gelassen.

Er wird sehen, dass bei ihr im Atelier noch Licht brennt, und wird mit einem Whisky heraufkommen, um nach ihr zu schauen.

Noch ein, zwei Picassos, dann macht sie Schluss für heute.

# 7

## Joyce

So, hier kommt die Preisfrage:

Wie schafft man es, mit seinen Freunden Silvester zu feiern und trotzdem früh ins Bett zu gehen?

Denn das habe ich heute Abend gemacht.

Wir hatten eine fabelhafte Silvesterfeier, mit Wein und Sekt, einem Countdown vor Mitternacht und einem Mords-Feuerwerk im Fernsehen. Wir haben »Auld Lang Syne« gesungen, Ron ist über einen Couchtisch gefallen, und dann ging jeder zu sich nach Hause.

Ein sehr frohes neues Jahr also allerseits, und das Beste: Es ist immer noch erst zehn Uhr, sodass ich zu einer christlichen Zeit ins Bett komme.

Und das ging so:

Im Wordsworth Court gibt es einen ganz reizenden Mann, Bob Whittaker – nicht was Sie wieder denken, er ist überhaupt nicht mein Fall –, und Bob war mit Computern tätig, noch bevor jeder anfing, mit Computern tätig zu sein. Beim Mittagessen sitzt er immer für sich, ist aber kein bisschen unnahbar. Letztes Jahr hat er eine Drohne gebaut, die er über Coopers Chase fliegen ließ, und den Film dann im Foyer gezeigt. Es war großartig, er hatte ihn sogar mit Musik unterlegt. Man sah die Lamas und die Seen, und seitdem weiß ich, dass bei den Ocado-Lieferwagen auch auf dem Dach groß OCADO steht – da hat jemand wirklich mitgedacht. Das muss im Sommer gewesen sein, noch vor dem ersten Mord, aber ein bisschen verliere ich den Überblick, muss ich gestehen. Im Anschluss an den Film hielt er noch einen Vortrag über Drohnen, der weniger gut besucht, aber laut Ibrahim mehr als lohnend war.

Und das heute war auch Bobs Idee. Er hatte das Foyer und die große Leinwand reserviert, und jeder konnte kommen. Alles in allem waren wir an die fünfzig Mann. Solche Gruppen führen einem oft erst richtig vor Augen, wie alt man ist, man geht herum wie in einem Spiegelkabinett.

Wir hatten alle zu essen und erst recht zu trinken dabei, und Bob hatte alte Serien heruntergeladen, die wir auf dem Riesenbildschirm guckten.

Dann, etwa zehn vor neun, schaltete Bob zu einem türkischen Fernsehsender um, in dem das neue Jahr drei Stunden früher als bei uns anfing. Ich weiß nicht, wo man so etwas auftreibt, im Internet, nehme ich an. Da gibt es ja sicher auch türkisches Fernsehen, oder?

Jedenfalls hatten sie Musik und Tänzer und einen Moderator, den wir natürlich nicht verstanden, aber man kennt ja die Sorte, deshalb konnte man sich schon vorstellen, was er sagte. Dann erschien eine Countdown-Uhr auf dem Bildschirm – die Türken haben zum Glück dieselben Zahlen wie wir –, und ein Blasorchester spielte die türkische Nationalhymne oder etwas, was so klang. Als die Uhr bei 10 angelangt war, begannen wir alle laut mitzuzählen, und als es bei uns neun schlug, schlug es in der Türkei Mitternacht, und das Feuerwerk ballerte los, und wir fielen uns in die Arme und wünschten einander ein frohes neues Jahr. Im Fernsehen begann eine Rockband zu spielen, deshalb drehte Bob die Lautstärke herunter, und Ron stimmte »Auld Lang Syne« an, und wir hakten uns unter und gedachten alter Bekannter und dankten unseren Sternen, dass uns noch einmal ein neues Jahr vergönnt ist. Knapp zehn Minuten hielten wir noch durch, und dann trennten wir uns, rechtschaffen müde nach unserer großen Feier.

Wenn man Bob im Restaurant sieht oder ihn draußen im Freien trifft, könnte man ihn als Langweiler abtun. Er ist still und schüchtern und immer gleich angezogen, grauer Pullover über einem steifen weißen Hemd. Aber dieser Mann hatte das Zeug dazu, uns allen einen wunderbaren Abend zu bereiten. Mit einem englischen Fernsehapparat türkisches Fernsehen einzufangen, und dann noch das Herz zu haben, zu begreifen, welche Freude er damit uns allen macht, dazu gehört schon einiges.

Und ja, ich weiß, was Sie denken, aber noch mal, er ist nicht mein Typ. Leider.

Ich habe Joanna ein gutes neues Jahr gewünscht, und sie schrieb zurück »HNY«, als wäre es schon zu viel verlangt, »Happy New Year« auszuschreiben. Viktor habe ich ebenfalls Neujahrsgrüße geschickt, und er schrieb: »Möge das neue Jahr Ihnen Gesundheit, Reichtum und Weisheit bescheren, und mögen Sie Ihre Schönheit in allen gespiegelt sehen, die um Sie sind«, was schon mehr hermacht. Und dann habe ich auf Gerry getrunken, wie jedes Jahr.

Ich habe auch auf Bernard getrunken, der letztes Neujahr noch hier war und jetzt nicht mehr. Wir alle könnten in einem Jahr nicht mehr hier sein, das ist die bittere Wahrheit. Der Letzte in der Reihe fällt hinten runter, und niemand sagt einem, wo in der Reihe man steht. Auch wenn ich in meinem Alter eine grobe Vorstellung habe. Wie Ibrahim immer sagt: »Die Zahlen sind nicht auf unserer Seite.«

Trotzdem, es gibt vieles, worauf wir uns freuen können, das ist das Entscheidende. Wozu noch ein weiteres Jahr, wenn man es nicht nutzt? Donna hat einen sehr schlauen Plan, wie wir Mervyn helfen können, und darauf freue ich mich, auch wenn ich mir auf Mervyn selbst keine Hoffnung mehr mache. Warum kann Bob aus dem Wordsworth Court nicht Mervyns Augenbrauen und tiefe Stimme haben, und warum kann Mervyn nicht gütig und klug sein wie Bob? Ich weiß, es ist furchtbar, wie oberflächlich ich bin.

Aber Gerry besaß Güte und Klugheit *und* Augenbrauen, also hat jeder in seinem Leben vielleicht nur ein solches Exemplar gut?

Alans Schwanz klopft gegen das Tischbein, auch wenn der Mann selbst im Tiefschlaf liegt.

Ein wunderschönes neues Jahr uns allen. Auf dass wir noch viele weitere erleben dürfen.

# 8

Das Opfer ist ein Mann namens Kuldesh Sharma, und seine Leiche liegt hier schon mehrere Tage. Ein Antiquitätenhändler aus Brighton. Das Auto wurde gegen halb sieben Uhr morgens entdeckt, von einem Mann aus der Gegend, der mit seinem Hund unterwegs war. Hundespaziergang im Dunkeln am Neujahrsmorgen? Wie du meinst, Kumpel. Gut, aber das ist nicht Chris' Problem. Er muss sich mit einem Mordopfer herumschlagen.

Und so sind sie denn hier. Was für eine Beinahe-Idylle, denkt Chris, während sein Atem in der Morgenluft Wölkchen bildet.

Ein schmaler, furchiger Weg schlängelt sich reifbepelzt durch einen Wald in Kent und endet an einem hölzernen Gatter. Dahinter Schafe auf ihrer Winterweide. Eine Szene, die den Bogen durch die Jahrhunderte spannt, seit Generationen unverändert. Darüber malt silberweißes Astwerk ein Gittermuster in den strahlend blauen Himmel.

Doch was als Weihnachtspostkarte durchgehen könnte, ist gleichzeitig ein Bild roher Gewalt.

Chris hatte die Weihnachtstage frei. Patrice ist aus London gekommen, und Chris hat einen Truthahn gebraten, der viel zu groß war und viel mehr Zeit im Rohr brauchte als geplant, aber dennoch großen Anklang bei ihr fand. Ganz kurz, während sich auf dem Bildschirm Julie Andrews und Christopher Plummer ihre Liebe gestanden und Patrice mit tränenumflortem Blick zusah, war Chris nahe daran, ihr einen Antrag zu machen, kniff aber im letzten Augenblick doch. Wie, wenn sie die Idee albern fand? Verfrüht? Der Ring steckt jetzt daheim in seiner Jacke. Falls ihn doch irgendwann der Mut packt.

Donna hatte Dienst. Wobei Weihnachten im Revier nichts Schlechtes sein muss. Plätzchen, ein paar Festnahmen hier und da, doppelte Bezahlung. Sie ist abends zu ihnen gestoßen, zusammen mit Bogdan. Chris durchlitt einen kurzen Moment der Panik, in dem er sich einbildete, Bogdan könnte ihm mit dem Antrag zuvorgekommen sein. Schnellerer Antrag, hübscherer Ring. Aber das wäre nun wirklich verfrüht gewesen.

Die frostharte Erde kracht unter seinen Füßen.

Falls die Vögel von dem Gewehrschuss aufgescheucht worden sind, ist der Schreck längst überwunden, sie tschilpen munter in den Zweigen. Auch die Schafe weiden, als ob nichts sei. Alles ist heiter und friedlich, und die schlohweißen Anzüge der Spurensicherung leuchten in der tief hängenden Wintersonne. Chris und Donna ducken sich unter dem Absperrband hindurch und nähern sich dem kleinen Auto, das rundlich und beerenrot in diesem Weihnachtsidyll steht.

Der Waldweg geht von einem Sträßchen ab, das seinerseits von einer Landstraße abgeht, die zwischen Heckenwällen in gemächlichen Mäandern von einem Dörfchen wegführt. Das Dorf selbst war so malerisch, dass Chris bis unmittelbar vor der Ankunft am Tatort auf den Immobilienseiten gesurft ist. 1,8 Millionen Pfund für ein Bauernhaus. Ein »Hort der Ruhe«, so wird das Dorf bei Rightmove beschrieben.

Selbst der versnobteste Makler Kents täte sich heute schwer, diese Charakterisierung aufrechtzuerhalten.

»Mum sagt, du hast überhaupt nicht genascht«, sagt Donna. »Die ganzen Feiertage über.«

»Kein Quality Street, keine Katzenzungen, kein Baileys, nichts«, bestätigt Chris. Die Freuden früherer Weihnachtsfeste. Schatten der Vergangenheit. Um es positiv zu sehen: Langsam sind bei ihm fast so etwas wie Bauchmuskeln zu ahnen.

»Aber dass du ihr keinen Antrag gemacht hast!«

»Bisschen früh, oder?«, behauptet Chris. »Und Ring hab ich ja auch noch keinen.«

Allem voran schlägt ihnen der Geruch entgegen. Ersten Schätzungen zufolge liegt die Leiche seit dem Abend des 27. da. Fünf Tage also. Chris und Donna erreichen das Auto. Eine Forensikerin namens Amy Peach begrüßt sie.

»Gutes neues Jahr«, sagt sie, während sie eine blutgetränkte Kopfstütze vorsichtig in einen Plastikbehälter bugsiert.

»Geht auf jeden Fall gut los«, sagt Chris. »Das ist Mr Sharma?«

»Laut dem Prägedruck auf seiner Visitenkarte«, nickt Amy. »Und dem Monogramm in seinem Taschentuch.«

Die Kugel hat das Fenster auf der Fahrerseite durchschlagen und den Schädel des armen Kuldesh Sharma gleich mit. Das verspritzte Blut überzieht das Beifahrerfenster mit einem Muster aus rosigen Eiskristallen.

Den gefrorenen Reifenspuren nach waren zwei Autos hier. Zwei Autos sind kurz nach Weihnachten in diesen stillen Waldweg eingebogen, der nirgends hinführt. Zu welchem Zweck? Arbeit? Vergnügen? Was immer es war, es ging tödlich aus.

Eines der Autos, so entnimmt Chris den Spuren, ist nach den Treffen rückwärts gefahren, wieder hinaus ins Leben. Für das andere war die Fahrt hier zu Ende.

Er schaut sich um. Beispiellos abgeschieden. Meilenweit keine Menschenseele. Keine Videokameras auf dem Weg hierher – ein geeigneterer Schauplatz für einen Mord lässt sich kaum finden. Er betrachtet das Fahrerfenster. Nur ein einziger Schuss.

»Sieht nach Profi aus«, sagt er. Donna starrt den Leichnam an. Kann sie etwas bemerkt haben, was Amy Peach entgangen ist?

Chris und Amy Peach haben einmal eine Nacht zusammen verbracht, nach der Abschiedsfeier für einen Kollegen, und keiner von ihnen war so ganz auf der Höhe. Amy hat Chris' Sofa vollgekotzt, aber nur, weil Chris auf dem Badezimmerboden eingeschlafen war und die Tür blockiert hat. Seitdem ist ihnen jede Begegnung hochnotpeinlich. Niemand wird je von dem Fiasko erfahren, aber die Betretenheit wird ihnen im Zweifel nachhängen, bis einer von ihnen in Rente geht oder stirbt. Besser das, als es je anzusprechen.

»Das ist euer Job, nicht meiner«, sagt Amy. »Aber es ist schon auffallend akkurat.«

Amy ist mittlerweile mit einem Rechtsanwalt aus Wadhurst verheiratet. Chris für seinen Teil hat das Sofa entsorgt.

Ein Stück hinter ihnen werden Abgüsse der im gefrorenen Boden erhaltenen Reifenspuren angefertigt. Wenn hier ein Profi am Werk war, wird das zu nichts führen. Oder bestenfalls zu einem gestohlenen Auto, das penibel von jeglichen Fingerabdrücken gereinigt wurde. Abgestellt auf einem Parkplatz ohne Sicherheitskameras, wenn nicht gleich von einem hilfsbereiten Mitarbeiter des nahe gelegenen Schrottplatzes in der Metallpresse zermalmt. Chris weiß seit Langem, dass man sich vor vorschnellen Schlüssen hüten muss, aber hier weist alles auf einen Streit unter Drogendealern hin.

Nein, alles nicht. Drogendealer, die so wichtig sind, dass es sie zu töten lohnt, fahren in der Regel schwarze

Range Rover, keinen roten Nissan Almera. Vielleicht ist die Sache also doch komplexer, als der erste Eindruck nahelegt.

»Ich hab ihn mal getroffen«, sagt Donna.

»Kuldesh Sharma?«

»Bei unseren Nachforschungen über den Wikinger.«

»Ach du je«, sagt er. »Also gerade erst?«

Donna nickt. »Ich war mit Stephen bei ihm. Dem Mann von Elizabeth.«

»Was habe ich anderes erwartet«, sagt Chris. »Vielleicht können wir Elizabeth und die Gang aus dieser Geschichte heraushalten?«

»Tja«, sagt Donna. »Davon träumt man immer. Ich fand ihn sehr nett. Hast du meiner Mutter ernsthaft Gartenhandschuhe zu Weihnachten geschenkt?«

»Die hat sie sich gewünscht!«, wehrt sich Chris.

Donna seufzt. »Jedes Mal, wenn ich denke, ich hab dich so weit, wird mir klar, wie viel du noch lernen musst.«

Seite an Seite stapfen sie den Waldweg zurück. Donna ist tief in Gedanken.

»Denkst du an Kuldesh?«, fragt Chris. »Das tut mir echt leid.«

»Nein«, sagt Donna. »Ich überlege, was zwischen dir und dieser Forensikerin läuft.«

»Läuft? Gar nichts läuft zwischen uns«, sagt Chris. »Wir sind Kollegen.«

Donna macht eine wegwerfende Handbewegung. »Okay, reden wir später drüber.«

»Und bitte«, sagt Chris, »kein Wort hiervon zu Bogdan, ja?«, sagt Chris. »Elizabeth muss nicht alles brühwarm erzählt bekommen.«

»Ich schwör!«, sagt Donna. »Wenn du schwörst, dass du nie was mit der Spusi-Tante hattest.«

# 9

»Kugel durch den Kopf«, sagt Bogdan, über das Schachbrett gebeugt. »Eine einzige nur.« Heute ist ein guter Tag. Stephen weiß, wer Bogdan ist, und er weiß, was Schach ist. Was für ein schöner Start ins neue Jahr.

»Entsetzlich«, sagt Stephen. »Der arme Kuldesh.«

»Entsetzlich«, bekräftigt Elizabeth, die mit zwei Tassen Tee ins Zimmer kommt. »Bogdan, ich hab Ihnen nur fünf Zucker reingetan, Sie sollten ein bisschen aufpassen. Neujahrsvorsatz. Irgendwelche Verdächtigen?«

»Donna sagt, waren Profis«, sagt Bogdan. »Auftragsmord.«

»Hmm.« Elizabeth wendet sich an ihren Mann, froh über die Wachheit in seinen Augen, die so selten geworden ist. »Ist Kuldesh jemand, der sich in krumme Geschäfte reinziehen lässt?«

Stephen nickt. »Absolut. Kuldesh? Absolut. Hab ihn erst vor ein paar Tagen gesehen.«

»Wir haben ihn zusammen gesehen, Stephen«, sagt Bogdan. »Wo er uns so geholfen hat. Ein sehr netter Gentleman.«

»Wenn Sie's sagen, Maestro«, sagt Stephen. »Aber faustdick hinter den Ohren hat er's.«

»Und in seinen Laden wurde auch eingebrochen?«, sagt Elizabeth. »Habe ich das richtig verstanden? Vor dem Mord an ihm oder danach?«

»Danach, sagt Donna.«

»Dann haben sie bei ihm anscheinend nicht gefunden, worauf sie aus waren«, sagt Elizabeth. »Trotzdem seltsam, ihn gleich umzubringen. Was hatte Donna sonst noch zu erzählen?«

»Darf ich nicht sagen«, sagt Bogdan. »Ist polizeiintern.«

»Unsinn«, sagt Elizabeth. »Es kann nie schaden, wenn noch jemand mitdenkt. Irgendwelche Zeugen im Laden? Überwachungskameras?«

Bogdan hält einen Finger hoch. »Moment.« Er zückt sein Handy, scrollt zu einer Sprachnotiz und drückt auf Abspielen. Donnas Stimme erfüllt den Raum.

*»Elizabeth, hallo, hier ist Donna. Ich weiß, dass Kuldesh ein Freund von Stephen war, hallo Stephen übrigens.«*

»Eine klasse Frau haben Sie da«, kommentiert Stephen.

*»Bogdan steht unter striktester Order, keine Einzelheiten zu diesem Fall an Sie weiterzugeben, also verzichten Sie bitte auf Ihre üblichen Tricks.«*

»Tricks …«, sagt Elizabeth indigniert.

*»Er weiß, welche Konsequenzen es für ihn hätte, wenn er Ihnen irgendwelche Einzelheiten verrät. Sie sind eine Frau von Welt, Elizabeth, und Sie ahnen vermutlich, von was für Konsequenzen wir hier sprechen …«*

Stephen sieht Bogdan mit hochgezogenen Brauen an, und Bogdan nickt bestätigend.

*»… deshalb wäre ich Ihnen mehr als dankbar, wenn Sie uns einfach unsere Arbeit tun lassen könnten. Liebe Grüße an alle, tschüs erst mal.«*

Bogdan steckt das Handy ein und zuckt entschuldigend die Achseln.

»Bogdan, sie blufft nur. Wenn ich Sex mit Ihnen hätte, würde ich den Teufel tun und Sie in die Wüste schicken, also wirklich! Nichts für ungut, Stephen.«

»Kein Problem«, sagt Stephen. »Ich hab schließlich Augen im Kopf.«

»Ich habe mein Wort gegeben«, sagt Bogdan. »Ist Ehrensache.«

»Mein Gott, ihr Männer könnt so ehrenhaft sein, wenn es euch in den Kram passt«, schnaubt Elizabeth. »Bogdan, sind Sie die nächsten ein, zwei Stunden hier?«

»Wenn Sie möchten«, sagt Bogdan. »Wo gehen Sie hin?«

»Ich hole Joyce ab, und wir fahren zu Kuldeshs Laden. Eine andere Wahl lassen Sie mir ja nicht.«

»Und wenn Sie es einfach Donna und Chris überlassen?«

»Ich bitte Sie.« Elizabeth zieht sich den Mantel an. »Wir haben unsere Zeit ja nun nicht gestohlen.«

»Du wirst deinen Spaß dabei haben, mein Herzblatt«, sagt Stephen.

»Das ist nicht der Punkt«, antwortet Elizabeth.

»Grüß Kuldesh von mir«, sagt Stephen. »Er ist ein altes Schlitzohr, sag ihm das.«

Elizabeth geht zu ihrem Mann und küsst ihn auf den Scheitel. »Ich richte es ihm aus, Liebster.«

# 10

Kuldeshs Laden ist nicht wiederzuerkennen. Alles verwüstet, kurz und klein geschlagen. Jemand hat nach etwas gesucht, und er war dabei nicht sehr gut gelaunt. Donna mag gar nicht darüber nachdenken, wie viel hier zu Bruch gegangen sein muss. Sie versucht, ihren Gedanken eine positivere Wendung zu geben.

»Irgendwelche Vorsätze?«, fragt sie Chris. Donna hat sich fürs neue Jahr vorgenommen, zum Schein Polnisch zu lernen, mit gerade genug Einsatz, dass Bogdan Verständnis haben muss, wenn sie schließlich wieder aufgibt.

»Ich werde jeden Tag im Meer schwimmen«, sagt Chris. »Das ist unheimlich gesund. Kreislauf, Gelenke, alles.«

»Jeden Tag? Das machst du nie im Leben«, sagt Donna.

»Da unterschätzt du mich«, sagt Chris. »Ein großer Fehler.«

»Warst du denn heute schon?«

»Nein, heute nicht, wie denn?«, sagt Chris. »Wir arbeiten doch.«

»Und gestern?«

»Gestern mussten wir einen Tatort in Augenschein nehmen, Donna«, sagt Chris. »Nein, gestern auch nicht. Aber von jetzt ab jeden Tag.«

Sie gehen in das Hinterzimmer, das ebenfalls auf den Kopf gestellt worden ist: Schubladen herausgezogen, Papiere über den Boden verstreut, ein großer grüner Bodentresor gewaltsam geöffnet.

»Du meine Güte«, sagt Donna. Vor ihrem inneren Auge sieht sie den toten Kuldesh Sharma, im Anzug, das Seidenhemd kess aufgeknöpft. Durch das Rückfenster war er bestens zu erkennen, mit seinem glänzend kahlen, so heil aussehenden Hinterkopf. Ihre letzte Begegnung – die gleichzeitig die erste war – hat hier in diesem Laden stattgefunden, in Begleitung von Bogdan und Stephen, für den er die Spur einiger seltener Bücher verfolgt hat. Kam Kuldesh ihr zwielichtig vor? Schon ein bisschen. In Drogengeschäfte verwickelt? Das dann doch nicht. Dennoch stehen sie nun hier inmitten dieser Verwüstung und müssen den hochprofessionell ausgeführten Mord an ihm aufklären.

In irgendetwas muss er also verwickelt gewesen sein.

»Jemand hat sehr dringend nach etwas gesucht«, resümiert Chris.

»Und zwar *nach* seinem Tod«, sagt Donna. Die örtliche Polizei wurde gegen Mittag des 28. Dezember in den Laden gerufen – nur Stunden, nachdem Kuldesh eine Kugel durch den Kopf gejagt worden war. Donna denkt an die kleine Statue, die Bogdan ihr gekauft hat – die Statue, die ihm Kuldesh im Namen der Liebe für ein Pfund überlassen hat. Wird sie ihnen nun Unglück bringen? Wehe!

Ihr Weihnachten mit Bogdan war die Erfüllung all ihrer Träume. Na gut, aller vielleicht nicht: Sein Geschenk für sie war ein Gutschein für einen Quadbike-Kurs.

»Jemand bestellt Kuldesh also zum Treffpunkt«, sagt Chris.

»Kuldesh hat etwas für ihn, er hat etwas für Kuldesh. Geld, kann man annehmen.« Donna blättert in einem Heft voller Quittungen.

»Die Autos fahren bis zum Ende des Waldwegs. Unser Mörder steigt aus, erschießt Kuldesh durchs Fenster und will sich das nehmen, weshalb er gekommen ist.«

»Nur findet er es leider nicht, es ist nicht im Wagen. Weil Kuldesh es daheim gelassen hat. Zur Sicherheit.«

Aus den Quittungen geht hervor, dass in Kuldeshs Laden am 27. nicht viel los war. Drei Verkäufe. Eine Laterne, fünfundsiebzig Pfund in bar; ein »Seestück, unsigniert«, fünfundneunzig Pfund, von einem Terence Brown mit Kreditkarte bezahlt, und »diverse Löffel« für einen Fünfer.

Donnas Blick fällt auf einen Heizkörper, hinter dem ein Mobiltelefon klemmt. Komisch, dass Kuldesh es nicht mitgenommen hat, denkt sie, bevor ihr wieder klar wird, wie alt er ist. So oder so hat er sich die Mühe gemacht, es zu verstecken, möglich also, dass es etwas von Interesse enthält. Behutsam zieht sie es hinter dem Heizkörper hervor und verwahrt es in einem Klarsichtbeutel.

Natürlich kann Kuldesh alles Mögliche unter der Hand verkauft haben. Die Überwachungsvideos sollten ihnen da mehr verraten können. Falls die Aufnahmen allerdings über Kuldeshs Festplatte angesteuert werden, haben sie Pech gehabt, denn die liegt zertrümmert neben dem leeren Tresor.

»Die Frage ist also, wonach haben die Einbrecher gesucht? Was hatte Kuldesh?«

»Und«, ergänzt Donna mit einem neuerlichen Blick auf den Tresor, »haben sie es gefunden?«

Auf dem Weg zum Ausgang sieht Donna zu den Kameras hoch, die im Laden angebracht sind. Sie wirken sehr brauchbar, und Donna hofft, dass es noch anderswo eine Sicherungskopie gibt als auf dem zerschlagenen Computer im Büro.

Von draußen dringen vertraute Stimmen herein. Chris hat sie auch gehört.

»Wollen wir?«, fragt ihn Donna.

»Bleibt uns wohl nichts anderes übrig«, sagt Chris.

# 11

Elizabeth und Joyce stehen vor Kuldeshs Laden und kommen nicht rein. Vor der Tür spannt sich ein Zickzack aus Absperrbändern, die eingeschlagenen Fenster hat man mit Brettern verbarrikadiert. Die Bretter, typisch Brighton, sind bereits mit den Worten DER KAPITALISMUS SOLL BRENNEN besprüht und mit Flyern der Nachtclubs an der Hafenfront beklebt. Elizabeth versucht, sich unter einem der Bretter durchzuzwängen, aber die Lücke ist zu schmal.

»Du hättest eine Axt mitbringen sollen«, sagt Joyce. »Das könnte ich mir bestens vorstellen, wie du eine Axt schwingst.«

»Jetzt wirst du kindisch«, konstatiert Elizabeth.

Joyce blickt nach oben und sieht eine Überwachungskamera.

»Videoüberwachung!«

»Kein Grund zum Jubeln, Joyce«, sagt Elizabeth. »Wer Profi genug ist, einen Mann mit einem einzigen Schuss durch ein Autofenster zu töten, ist auch Profi genug, eine Videokamera zu deaktivieren. Das hier ist kein Kaffeekränzchen.«

Donna und Chris treten hinter der Hausecke hervor.

»Kann ich den Damen behilflich sein?«, fragt Donna. »Wir sind von der Polizei, wir klären berufsmäßig Verbrechen auf, wie reizend, Sie hier zu treffen.«

»Wir sind auf Schaufensterbummel«, erklärt Elizabeth.

»Frohes neues Jahr übrigens!«, ergänzt Joyce. »Und danke für meinen Bronzehund, Donna.«

»Gern geschehen«, sagt Donna, bevor sie sich an Elizabeth wendet. »Ich dachte, ich hätte mich sehr klar ausgedrückt, als ich Sie gebeten habe, den Fall uns zu überlassen? Klar und für meine Verhältnisse auch höflich?«

»Untadelig höflich«, bestätigt Elizabeth. »Ich war richtig stolz auf Sie.«

»Und dennoch« – Chris zeigt auf die beiden Frauen und den verwüsteten Laden – »treffen wir uns hier?«

»Mir ist klar geworden, dass ich nie in Kuldeshs Laden war«, sagt Elizabeth. »Ich dachte, das sollte ich nachholen. Donna, Sie waren ja neulich erst hier, mit Bogdan und Stephen. Das war ein unabgestimmtes kleines Abenteuer, deshalb fand ich, jetzt habe ich auch eins gut.«

»Ich glaube nicht, dass Stephen sich seine Abenteuer von Ihnen genehmigen lassen muss«, sagt Donna.

»Ich spreche von Ihnen und Bogdan, Kindchen«, sagt Elizabeth.

»Ich glaube nicht, dass ich –«

»Bei Antiquitäten werde ich einfach schwach«, unterbricht Joyce sie. »Gerry hat Hufeisen gesammelt. Am Schluss hatte er sieben oder acht Stück.«

»Ihre Anziehungskraft für Leichen scheinen Sie jedenfalls nicht verloren zu haben«, stellt Chris fest

»Das war schon immer so«, sagt Elizabeth. »Leichen lieben mich. Haben die Videoaufnahmen etwas ergeben?«

»Noch zu früh«, sagt Chris. »Keine Auskunft. Suchen Sie sich's aus.«

»Ich bin ja der Meinung«, sagt Joyce, »wer Profi genug ist, um Kuldesh mit einem einzigen Schuss auf einem Waldweg zu töten, ist auch Profi genug, um eine Videokamera zu deaktivieren.«

»Dieser Meinung bist du, ja, Joyce?«, sagt Elizabeth.

Joyces Blick ist an einem bunten Nachtclub-Flyer hängen geblieben, der an einem der Bretter klebt. »Was soll denn ›Ket Donk‹ sein?«

»Ich glaube, ein Stück weiter gibt es ein Café«, sagt Chris. »Das könnte Ihnen gefallen.«

»O ja, ein Café!«, freut sich Joyce.

»Wir sind zum Arbeiten hier, Chris«, sagt Elizabeth. »Stephens Freund ist ermordet worden. Denken Sie, da können Sie uns mit einem Café abspeisen?«

»Wir arbeiten auch«, sagt Chris. »Wir gehen sogar unserem Beruf nach. Ich bin sicher, Sie verstehen das.«

»Doch, doch«, versichert Elizabeth. »Gut, dann wollen wir Ihnen nicht länger im Weg sein. Sagen Sie uns Bescheid, wenn Sie etwas herausfinden?«

»Ich bin nicht Ihr Angestellter, Elizabeth«, sagt Chris schroff.

»Das meint er nicht so«, behauptet Donna. »Es ist nur so, er fühlt sich von Ihnen entmannt. Ich übrigens auch, witzigerweise. Vielleicht überlassen Sie diesen Fall einfach uns?«

»Wie Sie wünschen«, erwidert Elizabeth. »Wir müssen ja nicht immer alles teilen.«

Sie hakt Joyce unter und führt sie den Hügel hinab zum Café.

»Da hast du aber schnell klein beigegeben«, sagt Joyce. »Ich hätte gedacht, du leistest mehr Widerstand.«

»Mir ist das Café auf dem Herweg schon aufgefallen«, sagt Elizabeth. »Torten im Fenster …«

»Oh, das ist gut«, sagt Joyce. »Ich habe seit einem Happen um elf nichts mehr gegessen.«

»… und eine Videokamera über dem Eingang.«

Joyce lächelt ihrer Freundin zu. »Dann kommen wir also beide auf unsere Kosten?«

»So ist es«, sagt Elizabeth. »Zumal wir uns ja gerade schon darauf verständigt haben, dass wir nicht alles teilen müssen.«

# 12

Connie Johnson packt ihr Weihnachtsgeschenk von Ibrahim aus: ein kleines, in schwarzes Leder gebundenes Notizbuch.

»Das sieht man doch immer im Fernsehen«, sagt Ibrahim. »Drogenhändler halten alles in Notizbüchern fest. Beträge, Transaktionen et cetera. Computern trauen sie nicht über den Weg, um nicht die Behörden auf ihre Spur zu bringen. Darum habe ich gleich an Sie gedacht, als ich das Büchlein gesehen habe.«

»Danke, Ibrahim«, sagt Connie. »Ich hätte Ihnen auch was gekauft, aber im Knast kriegt man als einziges Ecstasy und SIM-Karten.«

»Das macht gar nichts«, sagt Ibrahim. »Geschenke von Patienten sind in der Therapie übrigens auch nicht vorgesehen.«

»Aber dass Therapeuten Drogenhändlerinnen Notizbücher schenken, schon?«

»Nun ja, es war eben Weihnachten«, verteidigt sich Ibrahim. »Wenn Sie sich allerdings sehr dringend erkenntlich zeigen möchten, dürfte ich Ihnen dann ein paar Fragen stellen?«

»Vermutlich keine zu meiner Kindheit, oder?«

»Zu einem Mord. Elizabeth hat darauf bestanden, dass ich sie mir aufschreibe.« Das jüngste Treffen des Donnerstagsmordclubs war eine Sternstunde. Ibrahim war hochzufrieden; seine sämtlichen Kriterien wurden erfüllt. »Zu Ihrer Kindheit kommen wir bald genug, versprochen.«

»Okay, schießen Sie los«, sagt Connie Johnson.

»Dann lassen Sie mich Ihnen folgendes Szenario beschreiben«, sagt Ibrahim. »Wir befinden uns am entlegenen Ende eines Forstwegs tief im Wald. Es ist spät in der Nacht. Zwei Autos tauchen auf.«

»Zwei Swingerpärchen?«, rät Connie.

»Nein, das eher nicht«, sagt Ibrahim. »Der Fahrer von Wagen A, ein Antiquitätenhändler …«

»Das sind die Schlimmsten«, wirft Connie ein.

»… bleibt im Auto sitzen, während jemand aus Wagen B ans Fahrerfenster tritt und ihm eine Kugel durch den Kopf jagt.«

»Nur eine?«, fragt Connie. »Ein Schuss, Lichter aus?«

»Lichter aus«, bestätigt Ibrahim nicht ohne ein gewisses Hochgefühl.

»Sehr cool«, sagt Connie. »Das mit meiner Kindheit eilt nicht.«

»Wagen B entfernt sich desselben Wegs, den er gekommen ist …«

»Ich kenne sonst niemand, der ›desselben Wegs‹ sagt«, unterbricht Connie ihn.

»Dann sollten Sie Ihren Bekanntenkreis erweitern«, sagt Ibrahim. »Nur Stunden später wird in den Laden des Antiquitätenhändlers eingebrochen.«

Connie nickt. »Okay …«

»Keine verwendbaren Fingerabdrücke, weder am Tatort noch im Laden.«

»Wie zu erwarten.« Connie notiert etwas in ihrem neuen Büchlein.

»Ach, wie schön, dass Sie es gleich brauchen können«, sagt Ibrahim.

»Irgendwelche Videoaufnahmen?«

»Im Laden keine, aber in einem Café ein Stück weiter, wo es laut Joyce übrigens hervorragende Macarons gab, hat die Überwachungskamera einen Mann in einem sehr teuren Mantel festgehalten. Diese Information haben nur wir, die Polizei hat sie derzeit noch nicht.«

»Warum überrascht mich das jetzt nicht?«

»Er bestellt sich etwas zu essen und unterhält sich mit der Inhaberin. Louise, falls Sie ihren Namen brauchen.«

»Brauch ich nicht«, sagt Connie. »Wenn ich etwas wissen will, frage ich.«

»Unser Glück war, dass Louise mit Polizisten nicht spricht, wegen der Corona-Lüge«, sagt Ibrahim. »Nun wissen wir zwar nicht mit Sicherheit, dass er zuvor in dem Antiquitätenladen war, aber er kam aus der Richtung, und er hatte einen Fünfzig-Pfund-Schein in seinem Portemonnaie, den er herausnahm, um zu bezahlen, darum hält Louise es für recht wahrscheinlich. Anscheinend zahlen die Leute heutzutage nur noch sehr selten in bar.«

»Ja, grauenhaft!«, sagt Connie. »Sogar ich muss inzwischen Apple Pay akzeptieren. Hatte er einen Akzent, dieser Mann?«

»Liverpool«, sagt Ibrahim. »Ein Scouser, wie man so schön sagt.«

Neuerliches Nicken von Connie. »Sie wissen, dass Sie manchmal ein bisschen sehr viel erklären?«

»Danke«, sagt Ibrahim. »Die vorherrschende Meinung, der man sich nicht zwingend anschließen muss, wobei sie zuweilen natürlich aus gutem Grund vorherrscht, ist, dass dieser Mord alle Merkmale einer professionellen Hinrichtung aufweist, und ich habe mich gefragt, ob Sie dazu eventuell eine Meinung haben könnten.«

»Logisch hab ich die«, sagt Connie. »Da sind Sie genau bei der richtigen Frau. Waldweg, gezielter Todesschuss, Auftragsmord. Antiquitätenläden, der perfekte Umschlagplatz für gestohlene Ware, wenn sonst nichts zur Wahl steht. Sie garantieren mir, dass die Bullen diese Info noch nicht haben?«

»Sie ahnen nichts«, versichert Ibrahim.

»Okay, gut gekleidet, aus Liverpool, das klingt stark nach Dominic Holt. Importiert Heroin über Newhaven, wohnt jetzt hier in der Gegend, Haus am Meer. Wahrscheinlich haben sie den Stoff im Laden gepackt: ›Passt mal bis morgen auf unser H auf‹, so in der Art. Normalerweise würde Dom Holt den Stoff nicht selber abliefern, aber wir schlampen alle mal.«

»Hat er einen Boss?«, will Ibrahim wissen.

»Mitch Maxwell, auch aus Liverpool.«

»Und sind das Leute, die jemanden umbringen würden?«

»Die? Sofort«, sagt Connie. »Oder die einen Killer engagieren.«

»Das ist das Gleiche«, sagt Ibrahim.

»Nee, nee, nee«, widerspricht Connie. »Jemand umbringen oder es durch einen Killer besorgen lassen, das sind zwei völlig unterschiedliche Sachen.«

»Gut, darauf werden wir in unserer Sitzung noch zu sprechen kommen«, sagt Ibrahim. »Weil es nämlich sehr wohl das Gleiche ist.«

»Ich hab meine Meinung, Sie haben Ihre«, sagt Connie.

»Wissen Sie denn, wo diese Herren zu finden sein könnten, Dominic Holt und Mitch Maxwell?«

»Ja«, sagt Connie.

»Könnten Sie da etwas deutlicher werden?«

»Ich denke, den Rest schaffen Sie auch ohne mich«, sagt Connie. »Ich höre von Ihnen, dass ein Antiquitätenhändler erschossen wurde, nachdem ein smart gekleideter Scouser von ihm Bargeld bekommen hat. Ich sage Ihnen Heroin und die Namen Dominic Holt und Mitch

Maxwell. Jedes Wort mehr wäre Verpfeifen, Ibrahim. Sie sind nicht der Einzige, der einen Eid abgelegt hat.«

»Einen richtigen Eid werden Sie ja kaum abgelegt haben«, meint Ibrahim. »Aber sind Dom Holt und Sie nicht Konkurrenten?«

»Nein, er dealt mit H, ich mit Koks.«

»Überschneiden sich diese Welten denn nicht zeitweise?«

Connie sieht ihn an, als hätte er den Verstand verloren. »Warum das denn? Höchstens mal auf einer Weihnachtsfeier. Heuer natürlich nicht.«

Ibrahim nickt. »Aber wenn ich noch mehr herausfinde, soll ich Sie dann auf dem Laufenden halten?«

»Unbedingt«, sagt Connie. »Machen wir jetzt mit der Sitzung weiter? Ich hab über meinen Dad nachgedacht, so wie Sie es wollten.«

Ibrahim schlingt die Hände um ein Knie. »Und sind Sie wütend?«

»Total«, sagt Connie.

»Ausgezeichnet«, lobt Ibrahim sie.

# 13

## Joyce

Unser Rundbrief hier in Coopers Chase bringt öfters vorab die Namen von Leuten, die demnächst einziehen werden. Natürlich mit dem Einverständnis der »Neuen«, die sich auf diesem Weg schon ein bisschen einführen können, bevor dann der Möbelwagen vorfährt. Und uns andere macht es schön neugierig.

Jedenfalls zieht nächste Woche ein Mann bei uns ein, der Edwin Mayhem heißt.

*Edwin Mayhem!*

Das kann doch fast nur ein Künstlername sein, oder? Vielleicht war er früher Zauberer oder Motorrad-Stuntman. Oder er hatte mit dieser gruseligen Rockband zu tun, diesen Finnen. Auf alle Fälle wäre er bestimmt ein gutes Thema für meine Klatschspalte. Für die letzte Ausgabe habe ich eine Frau interviewt, die den Ärmelkanal durchschwommen hat, nur wurde bei ihr versehentlich die Zeit nicht gestoppt, deshalb musste sie im Monat drauf alles noch mal machen. Sie schwimmt immer noch, jetzt aber im Pool.

Edwin Mayhem wird Besuch von mir bekommen, das ist sicher. Ich werde ihm ein paar Tage Zeit geben, damit er ankommen und sich ein bisschen einrichten kann, aber dann stehe ich bei ihm vor der Tür, mit einem Zitronenbaiserkuchen und meiner Kladde.

Es ist spät, und ich schaue durch mein Fenster zu, wie in den Wohnungen rundum die Lichter ausgehen. Trotzdem, ein paar von uns gibt es, die noch wach sind. Coopers Chase sieht aus wie ein Adventskalender.

Ich hatte dieses Jahr einen Cadbury-Adventskalender, und Joanna habe ich Ende November auch einen geschickt. Joanna sagt, sie hätten die Rezeptur verändert, deshalb isst sie keine Cadbury-Schokolade mehr, aber ich schmecke keinen Unterschied. Was hat sie die Cadbury-Milchschokolade immer geliebt – aber wehe, man spricht sie jetzt darauf an! Vielleicht sollte ich ihr nächstes Jahr einen Kalender mit Brillis schenken, oder einen mit Hummus.

Vor mir steht die neue Thermoskanne. *Auf ein Jahr ohne Morde.* Schön wär's gewesen. Obwohl … ich habe schon gar keine Erinnerung mehr, wie ich meine Zeit herumgebracht habe, ehe das mit den Morden losging. Ich wollte auf jeden Fall Bridge lernen, aber das habe ich erst mal hintangestellt. Und auf meinem Sky Plus warten mehr Folgen von *Inspector Morse* auf mich, als ich jemals werde anschauen können.

Der arme Kuldesh.

Auf uns Endsiebziger lauert der Tod auf so vielerlei Arten, da scheint Mord einfach nicht fair. Er wurde erschossen, also muss er irgendwem auf den Schlips getreten sein. Ich habe Elizabeth gefragt, woher sie so viele Einzelheiten weiß, und sie sagte, sie ist in einer WhatsApp-Gruppe, in der man viel mitkriegt. Ich habe die WhatsApp-Gruppen erst kürzlich für mich entdeckt. Ich bin in der »Vierbeiner«-Gruppe und in der »Promis bei uns in Kent«-Gruppe. Die »Enkelmund tut Wahrheit kund«-Gruppe habe ich ins Archiv verschoben, weil das meiste aus meiner Sicht reine Angabe ist. Eine Achtjährige, die sagt, »Omi, du siehst aus wie eine Prinzessin«? Wer's glaubt, wird selig. Ja, ich weiß, ich sollte nicht so zynisch sein.

Unsere Mordermittlungen werden sich zunächst auf einen Mann namens Dominic Holt konzentrieren. Er betreibt eine Firma namens Sussex Logistics, auf einem Industriegelände, von dem es nicht weit zu sämtlichen großen Häfen ist, also wird uns Ibrahim am Tag nach der Beerdigung hinfahren, und wir werden sehen, was immer es dort zu sehen gibt. Wie ein Überwachungsteam. Elizabeth wird der Kopf der Unternehmung sein, Ibrahim der Fahrer, und ich verwalte die Süßigkeiten. Ron hat sich beschwert, dass er keine Aufgabe hat, aber Elizabeth sagte, er ist da, um der Sache Pep zu verleihen, und das hat ihn besänftigt.

Ron ist seit einer Weile recht unleidlich. Er hatte an Weihnachten Streit mit Pauline. Worüber, will er mir nicht sagen, aber von Ibrahim weiß ich, dass es um die richtige Zeit zum Geschenke-Auspacken ging. Ron fand, gleich nach dem Frühstück, aber Pauline war der Meinung, erst nach dem Mittagessen, und dann flogen wohl ziemlich die Fetzen. Als Ibrahim am Abend dazukam, konnten sie sich nicht mal dazu aufraffen, mit ihm Scharade zu spielen. Ron weiß, wie sehr Ibrahim Scharaden liebt, es scheint also ernst zu sein. Einmal musste Ibrahim *Fifty Shades of Grey* darstellen, für Elizabeth ausgerechnet, und wir sind alle fast gestorben vor Lachen.

Ibrahim hat an Weihnachten allein für sich gegessen, das ist ihm am liebsten so, sagt er. Ich hatte ihn zu uns eingeladen – Gans gab es ja mehr als genug –, aber er meinte, Weihnachten wäre nicht so sein Fall. Zu gefühlig. Dazu muss ich allerdings sagen, dass er, als er Alan zu seinem Spaziergang abholen kam, eine Nikolausmütze trug.

Elizabeth war natürlich zu Hause bei Stephen. Viel hat sie nicht erzählt, nur, dass sie einen Teller mit Truthahn für den kleinen Fuchs rausgestellt hat, der sie immer besuchen kommt. Sie haben ihn Snowy genannt, wegen des weißen Fellsaums an seinen Ohren. Wenn er sich platt auf den Boden legt, denkt er, man sieht ihn nicht, aber die weißen Öhrchen verraten ihn. Er wagt sich jeden Tag ein Stückchen näher an ihre Terrasse heran. Er wird auch jetzt da draußen sein, irgendwo im Dunkeln.

Morgen sehen wir uns alle bei der Trauerfeier für Kuldesh. Wir kannten ihn ja nicht richtig, aber er hat keine Familie mehr, und da will man die Aussegnungshalle doch ein bisschen füllen. Das wünscht man sich für sich selbst schließlich auch.

So weit also das »Jahr ohne Morde«, Joanna. Aber die Thermoskanne nehme ich morgen trotzdem mit, Krematorien können sehr zugig sein.

## 14

Es ist der 4. Januar, halb neun Uhr morgens, und die gesamte Kriminalabteilung des Polizeireviers Fairhaven ist in den Besprechungsraum beordert worden, zu einer Bestandsaufnahme der Ermittlungen im Mordfall Kuldesh Sharma.

Eigentlich sollte Chris vorne am Whiteboard stehen, Textmarker in der Hand, er sollte es sein, der Anweisungen erteilt, Theorien erörtert, aber der Tag hat mit einer Überraschung begonnen.

Einer Überraschung in Gestalt von Senior Investigating Officer Jill Regan von der Obersten Kriminalbehörde, die ab sofort für die Mordermittlungen zuständig ist – warum, entzieht sich bislang ihrer aller Kenntnis.

Ein Antiquitätenhändler aus Brighton ist in Kent ermordet worden. Was hat das mit der National Crime Agency und mit SIO Jill Regan zu tun?

Im Moment schreibt sie auf Chris' Whiteboard, mit Chris' Stiften. Donna kann spüren, wie Chris innerlich kocht.

»Was haben wir also bisher?«, sagt Jill Regan. »Nullkommanullnullnull. Der Mord liegt jetzt eine gute Woche zurück, und wir haben keine heiße Spur, keine Beweisstücke, wir haben« – Jills Blick wandert genüsslich die Gesichter der Anwesenden ab – »überhaupt keine Erkenntnisse.«

»Was für ein Herzchen!«, flüstert Donna Chris zu.

Jill fährt fort: »Wir haben keine Videoaufnahmen aus

dem Laden – gut, hilft ja nichts. Die Reifenspuren auf dem Waldweg haben uns nicht weitergebracht – wann hätten sie das je? Es gibt keine Fingerabdrücke, keine verwertbare DNA, keine Augenzeugen, und ich stehe vor einem Raum voller Beamter, die sich hier den Hintern platt sitzen.«

»Sie wollten, dass wir uns hinsetzen«, bemerkt Donna.

»Das war bildlich gesprochen, falls Sie von so was schon mal gehört haben«, sagt Jill. »Acht Tage, keinerlei Fortschritt. Damit ist ab sofort Schluss. Heute Mittag trifft ein Team von der NCA ein, und Sie alle werden von dem Fall abgezogen. Damit ist der Besprechungsraum für Sie tabu. Mein Büro – Chris, ich bekomme Ihr Büro zur Verfügung gestellt – ist ebenfalls tabu. Noch Fragen?«

Chris hebt die Hand. »Ja, wie soll –«

»Das war ein Witz«, sagt Jill. »Keine Fragen. Danke, dass Sie sich zu dieser frühen Stunde herbemüht haben. Lösen Sie irgendwelche anderen Fälle, soweit es hier unten welche gibt.«

Die Anwesenden beginnen sich zu zerstreuen, manche froh über die Aussicht auf einen ruhigen Tag. Chris bleibt zurück, also bleibt Donna auch.

»Was ist hier los?«, fragt Chris Jill.

»Nichts«, sagt Jill. »Das ist ja das Problem.«

Chris schüttelt den Kopf. »Nein. Da steckt doch was anderes dahinter. Seit wann wird bei einem Mord in Kent die NCA eingeschaltet?«

»Was soll ich darauf antworten, Chris?«

»Soll ich Sie kurz in den Fall einführen? Die bisherigen Erkenntnisse zusammenfassen?«

»Nein, danke«, sagt Jill. »Wir kommen schon klar. Lassen Sie uns einfach in Ruhe unseren Job machen. Haben Sie sein Handy gefunden?«

»Wessen Handy?«, fragt Chris. »Das von Kuldesh?«

»Wow«, sagt Jill. »Da denkt jemand messerscharf mit. Ja, das von Kuldesh.«

»Er hatte keins bei sich«, sagt Chris.

»Und im Laden war es auch nicht?«

»Wenn wir es im Laden gefunden hätten, wäre es als Beweisstück verwahrt, Ma'am«, sagt Donna. Sie hätte es gestern registrieren sollen, aber die Asservatenkammer war unbesetzt. Dieses eine Mal ist Donna dankbar für die chronische Unterfinanzierung der Polizei.

»Geht es um Organisierte Kriminalität?«, bohrt Chris weiter. »Irgendwelche internationalen Drogengeschäfte, in denen Sie bereits ermitteln?«

»Wenn es so wäre, würde ich Ihnen das wohl kaum auf die Nase binden«, gibt Jill zurück. »Hopp jetzt, auf Sie warten sicher andere drängende Aufgaben.«

»Nicht so richtig«, sagt Donna. »Einem Mann in der Nähe von Benenden ist ein Pferd gestohlen worden.«

»Na sehen Sie!«, sagt Jill. »Hier im Besprechungsraum kann ich Sie jedenfalls nicht brauchen. DCI Hudson, Ihr Büro ist bis auf Weiteres in dem Container am Parkplatz. Also ab mit Ihnen.«

»Und unsere Ermittlungen im Fall Kuldesh Sharma stellen wir einfach ein?«, fragt Chris.

»Lasst da mal die Profis ran«, sagt Jill. »Ihr bringt dieses arme Pferd zurück.«

Es gibt Schlachten, die eindeutig besser an einem anderen Tag geschlagen werden sollten, darum lotst Donna Chris aus dem Zimmer und folgt ihm die breite Treppe hinunter ins Erdgeschoss.

»Was war das denn?«, fragt er.

»Ich weiß«, sagt Donna. »Normal ist das jedenfalls nicht.«

»Ja, nicht wahr? Sie scheint uns mit aller Gewalt wegbeißen zu wollen. Aber wieso?«

»Weil es mit dem Mord irgendwas auf sich hat, das wir nicht wissen sollen?«

Chris nickt. »Kommt mir so vor, als sollten wir ein bisschen die Fühler ausstrecken, was meinst du?«

»Eins nach dem anderen«, sagt Donna. »Erst geh ich runter und hole Kuldeshs Handy aus meinem Spind.«

»Genau. Überprüfen wir seine Anrufe. Und dann geht's den Pferdedieben von Benenden an den Kragen.«

# 15

Nur die ersten beiden Bankreihen im Krematorium sind besetzt. Kuldesh war kein praktizierender Hindu oder Anhänger sonst eines Glaubens und hat als Einziges verfügt, dass er eine schlichte Einäscherung will, unter Leitung des örtlichen Pfarrers, den seine verstorbene Frau einmal bei einem Achtsamkeits-Schnellkurs kennengelernt hat und sehr nett fand (»Vorname John, aus Hove, das lässt sich bestimmt herauskriegen«).

In der vordersten Reihe sitzen Joyce, Elizabeth, Ron und Ibrahim. In der Reihe dahinter Chris, Donna, Bogdan und ein Mann mit Hut, der sich bisher nur als Big Dave vorgestellt hat. Der Pfarrer, der selbst nicht recht weiß, wie er zu der Ehre kommt, gibt sein Bestes.

»Kuldesh war ein Ladenbesitzer, ein Mann, der Antiquitäten liebte. Er kam aus Brighton, also wird er auch das Meer geliebt haben ...«

Elizabeth beschließt, dass sie sich diesen Teil schenken kann, und dreht sich zu Chris um.

»Kurzer Informationsaustausch?«, flüstert sie.

»Wir sind bei einer Trauerfeier«, zischelt Chris zurück.

»Er lebte in einem Bungalow in Ovingdean«, so der Pfarrer weiter. »Mit Treppen hatte es Kuldesh also offenbar nicht so.«

»Na gut«, sagt Chris mit einem Nicken. »Sie zuerst.«

»Ich denke, wir haben mehr zu bieten«, sagt Elizabeth. »Fangen also besser Sie an, wenn's recht ist.«

»Und wenn es uns nicht recht ist?«, fragt Donna verstockt.

»Das wäre in diesem Fall unklug von Ihnen«, schaltet sich nun auch Ibrahim ein. »Wir haben ein wichtiges Puzzleteil, das Ihnen fehlt.«

»Ach ja?«, sagt Chris. »Meinen Sie? Wir machen recht gute Fortschritte.«

»Lasst uns beten«, fordert der Pfarrer sie auf. »Wenn Kuldesh gläubig war, dann hat er über seinen Glauben nicht viele Worte verloren, aber man kann ja nie wissen. Vater unser im Himmel …«

Während der Pfarrer das Vaterunser spricht, setzen Elizabeth und Chris ihre geflüsterte Unterhaltung fort, beide nun mit gesenkten Köpfen.

»Haben die Videos etwas ergeben?«, fragt Elizabeth. »Wissen Sie schon, von wem Kuldesh am Tag seines Todes Besuch hatte?«

»Noch nicht«, muss Chris gestehen.

»Interessant, wir wissen es nämlich.«

»Gar nichts wissen Sie«, sagt Donna, Augen geschlossen, Hände gefaltet. »Chris, die bluffen nur.«

»Amen«, sagen alle im Chor, als das Gebet endet.

»Und nun«, fährt der Pfarrer fort, »lasst uns in der Stille unseres Freundes Kuldesh gedenken. Oder tuscheln Sie einfach weiter. Sie haben ihn besser gekannt als ich, auch wenn ich seine Frau bei unserer Begegnung damals sehr mochte.«

Chris wartet ein paar Anstandssekunden, bevor er den Faden wieder aufnimmt.

»Glauben Sie mir«, sagt er, »wir haben die Sache im Griff. Es sind erst neun Tage. Wir haben ein Team darauf angesetzt, gute, bodenständige Leute, und die Auswertung der Spurensicherung kommt auch bald. Was immer vorgefallen ist, wir werden es herausbekommen. Nicht indem wir den Zauberstab schwingen, sondern durch harte, ehrliche Arbeit.«

»Dann haben Sie mit Louise aus dem Café gesprochen?«, mischt sich endlich auch Joyce in das Gespräch ein. »Das ist gut.«

»Mit wem?«, fragt Chris, kurzfristig überrumpelt.

»Louise«, wiederholt Elizabeth. »Die Dame aus dem Café ein paar Häuser weiter. In das Sie uns geschickt haben, um uns loszuwerden. Mit der haben Sie gesprochen?«

»Natürlich habe ich mit ihr gesprochen«, sagt Donna. »Wie man das als Polizistin eben macht.«

»Da fängt das Problem aber auch schon an«, sagt Elizabeth. »Nicht jeder traut der Polizei, fragen Sie mich nicht, warum. Ich finde, die Polizei macht ihre Sache großartig, ein paar schwarze Schafe gibt es schließlich immer, aber das scheinen manche anders zu sehen. Möglich also, dass Louise sich an mehr erinnert, wenn sie mit zwei älteren Frauen spricht, die in aller Unschuld bei ihr Tee trinken und ein Stück Kuchen essen.«

»Ein Macaron«, berichtigt Joyce. »Die Details sollten schon stimmen, Elizabeth.«

»Und nun«, sagt der Pfarrer, »wollte ein Freund von Kuldesh noch gern ein paar Worte sprechen. Bogdan Jankowski?«

Joyce klatscht entzückt, als Bogdan nach vorne geht. Jetzt tuschelt keiner mehr. Bogdan testet das Mikrofon mit dem Zeigefinger. Das Ergebnis fällt offenbar zu seiner Zufriedenheit aus.

»Kuldesh war ein guter Mann«, beginnt Bogdan. »Und nicht jeder Mann ist ein guter Mann.«

»Hört, hört«, äußert Ron.

»Er war sehr nett zu mir und sehr nett zu Donna, und er war ein guter Freund von Stephen«, sagt Bogdan. »Ich habe Stephen gebeten, mir von ihm zu erzählen. Stephen sagt, er war gütig und loyal. Wenn er auf der Straße angepöbelt wurde, ist er einfach weitergegangen. Stephen sagt, er war ein Schlitzohr, aber im guten Sinn. Immer lustig, immer hilfsbereit. Deshalb will ich etwas geloben, vor Gott …«

Bogdan blickt auf die winzige Trauergemeinde vor ihm.

»Kuldesh, du warst ein Freund von Stephen, und das heißt, du warst auch unser Freund. Und ich verspreche, dass wir die Leute finden werden, die dich erschossen haben. Wir werden sie zur Strecke bringen und töten –«

»Oder einfach verhaften«, schlägt Donna vor.

Bogdan zuckt die Achseln. »Töten oder verhaften. Danke, Kuldesh. Ruhe jetzt sanft.« Bogdan bekreuzigt sich.

Als er an seinen Platz zurückkehrt, stößt Big Dave einen Beifallsruf aus, woraufhin alle zu klatschen anfangen.

Der Rest der Trauerfeier verläuft etwas gesitteter, Joyce, Bogdan und Ron weinen sogar.

Zum Schluss spricht der Pfarrer ein paar letzte Worte: »Ich hatte heute zeitweilig das Gefühl, ein wenig überflüssig zu sein. Aber ich wünsche Ihnen alles Gute, und ich bedauere es sehr, ihn nicht kennengelernt zu haben. Ruhe in Frieden, Kuldesh.«

Die Trauergäste schieben sich dem Ausgang zu.

»Was hat Louise Ihnen erzählt?«, fragt Chris Elizabeth.

»Entschuldigen Sie«, sagt Elizabeth, »aber hatten wir nicht vereinbart, dass wir nicht alles teilen müssen? Egal, zu den Fakten: Wir haben von einer Augenzeugin die Beschreibung eines Mannes geliefert bekommen, der am Todestag von Kuldesh Sharma bei ihm war. Sie auch?«

Chris und Donna wechseln einen Blick, schütteln die Köpfe.

»Darüber hinaus haben wir einen Namen, auf den diese Beschreibung exakt passt, und dieser Name wurde Ibrahim von einer der führenden Drogenimporteurinnen an der Kanalküste genannt …«

»Zu der ich keine weiteren Angaben machen kann«, fügt Ibrahim hinzu.

»Haben *Sie* einen namentlich bekannten Verdächtigen?«, fragt Elizabeth.

Wieder sehen sich Chris und Donna an, wieder müssen sie verneinen.

»Und, letzter Punkt, mir ist hinterbracht worden, dass die National Crime Agency die Ermittlungen an sich gezogen hat, Sie brauchen hier also nicht den starken Mann zu markieren. Dass Sie es tun, ist zwar verständlich, hält aber den Betrieb doch sehr auf.«

»Woher –«, setzt Chris an, aber Elizabeth winkt ab.

»Was immer für einen Fall Sie gerade bearbeiten«, sagt sie, »es ist nicht der Mord an Kuldesh Sharma.«

»In Benenden wurde ein Pferd gestohlen«, sagt Donna.

»Ojemine!«, kommt es von Joyce.

»Wir haben also eine Menge Informationen für Sie«, sagt Elizabeth. »Können Sie sich mit irgendetwas revanchieren?«

Donna zieht ein Handy aus ihrer Handtasche. »Wir haben sein Telefon, Elizabeth. Wir sollten es nicht haben, aber wir haben es.«

»Schau einer an«, sagt Ron.

Elizabeth klatscht in die Hände. »Großartig, Donna, ganz großartig. Bogdan hat wirklich Glück mit Ihnen. Tut mir leid, wenn ich Sie etwas überrollt habe. Da muss ich mich zukünftig wirklich bremsen. So, unsere Theorie ist, dass ein gewisser Dominic Holt eine Heroinlieferung in Kuldeshs Laden geparkt hat, die Kuldesh, aus Gründen, die nur ihm bekannt sind, an sich gebracht hat, weshalb er im weiteren Verlauf ermordet wurde. Hilft Ihnen das weiter, Chris?«

»Es bestätigt eine Reihe von Dingen, die ich auch schon …«

»Papperlapapp«, sagt Elizabeth. »So, und im Gegenzug, was verrät uns das Handy?«

»Er hat zwei Telefonate geführt«, sagt Chris. »An dem Nachmittag vor seinem Tod, gegen vier.«

»Das erste mit einer Frau namens Nina Mishra«, sagt Donna. »Sie ist Professorin für historische Archäologie in Canterbury.«

»Eine Professorin!«, ruft Joyce aus.

»Professoren«, sagt Ron und verdreht leicht die Augen.

»Waren Sie schon bei ihr?«, will Ibrahim wissen.

»Wir haben die Auswertung erst heute Morgen bekommen«, sagt Donna. »Also nein.«

»Könnte das eventuell eine Aufgabe für uns sein?«, fragt Elizabeth.

»Jawohl, Ma'am«, sagt Chris.

»Herrlich!«, sagt Joyce. »Nach Canterbury wollte ich schon immer mal.«

»Und das zweite Telefonat?«, hakt Ibrahim nach.

»An die zehn Minuten nach dem Anruf bei Nina Mishra«, sagt Donna. »Aber bisher nicht rückverfolgbar.«

»Nicht rückverfolgbar?«, sagt Elizabeth. »So etwas gibt es nicht.«

»Es wird als Code 777 wiedergegeben«, sagt Donna. »Das sehen wir manchmal.«

»Aha«, sagt Elizabeth.

»Code 777?«, fragt Joyce. »Was bedeutet das?«

»Das findet man bei Edelgangstern«, erklärt Chris. »Eine Blocker-Software, sündteuer, im höchsten Maße illegal, hat aber den Vorteil, dass man sich nicht ständig neue Wegwerfhandys kaufen muss.«

»Im Zweifel aus dem Darknet«, ergänzt Ibrahim mit vielsagendem Nicken.

»Dann hat Kuldesh also eine Professorin angerufen«, sagt Joyce. »Und gleich danach einen Edelgangster?«

»Dafür kann es auch andere Erklärungen geben«, meint Elizabeth.

»Auf die bin ich sehr gespannt«, versetzt Chris.

»Bleiben zwei Schlüsselfragen«, fasst Elizabeth zusammen. »Hat Kuldesh dieses Heroin zu verkaufen versucht? Und wenn ja, an wen?«

»Das ist doch alles Blödsinn«, sagt Ron. »Tut mir leid. Kuldesh kriegt eine Kiste Heroin in die Hand und beschließt, es zu verkaufen? Vergesst es! Das hätte er sich doch nie getraut. Irgendwer anders hat es geklaut, jede Wette. Nie und nimmer hat es sich Kuldesh unter den Nagel gerissen.«

»Entschuldigung«, sagt eine Stimme, »aber ich hab Sie zufällig reden hören.«

Als sie sich umdrehen, steht da Big Dave, der Fremde von der Trauerfeier.

»Und ich glaube, ich bin der Letzte, der ihn lebend gesehen hat.«

»Nämlich wann?«, fragt Elizabeth.

»Am 27. abends«, sagt Big Dave. »So um fünf rum. Ich war grad schon am Zumachen, nicht viel los an dem Tag.«

»Hat er irgendwas gesagt?«, fragt Chris. »Ihnen erzählt, wo er hinwill?«

»Nee, hat mir bloß frohe Weihnachten gewünscht«, sagt Big Dave und knöpft sich den Mantel zu. »Und dann hat er bei mir einen Spaten gekauft.«

# 16

Elizabeth ist tief in Gedanken.

Auf der Heimfahrt von der Trauerfeier haben sie alle möglichen Theorien gewälzt. Rivalisierende Drogenbanden, Erpresser. Ron hat wie immer die Mafia verdächtigt. Aber ein paar hochinteressante Fragen sind weiterhin offen. Warum hat Kuldesh nicht einfach seine Anweisungen befolgt? Was wollte er von Nina Mishra? Und wem galt der zweite Anruf? Der Code-777-Anruf? Elizabeth hat Chris' Äußerung über die Edelgangster zwar heruntergespielt, aber er hatte schon recht. Zu telefonieren, ohne jedwede Spur zu hinterlassen, ist ein sehr schwieriges Unterfangen. Und es ist eine Taktik, die nur ein ganz bestimmter Personenkreis anwendet.

Wobei das zentrale Rätsel natürlich bleibt: Wo ist das Heroin jetzt?

Es war ein langer Tag. Mit einem Gähnen schließt Elizabeth ihre Wohnungstür auf.

Und spürt auf Anhieb, dass etwas nicht stimmt. Dass irgendetwas passiert sein muss. Das ist ein Instinkt, dem sie zu vertrauen gelernt hat.

Der Fernseher ist aus, das ist ungewöhnlich. Stephen sitzt inzwischen fast nur noch vor dem Fernseher. Dem Geschichtskanal. Früher hat er ihr öfter erzählt, was er gesehen hat, aber in letzter Zeit kaum mehr. Manchmal setzt sie sich abends dazu. Wenn es nicht um die Nazis geht, dann meist um das alte Ägypten. Sehr lehrreich.

Sie zieht den Mantel aus und hängt ihn an die Garderobe. Auf dem Nachbarhaken hängt Stephens gewachste Barbour-Jacke. Ihre Märsche zusammen, stundenlang durch die Landschaft, dann ein Pub mit offenem Kamin und einem netten Hund, wo sie sich Stephens Kreuzworträtsel vorgenommen haben. Jetzt ist das Maximum eine Stunde am Tag, durch den Wald. Keine knisternden Kaminfeuer mehr. So vieles haben sie schon verloren, so wenig bleibt ihnen noch. Sie berührt seinen Jackenärmel.

Es ist still, aber Stephen muss da sein. In der Luft liegt ein Geruch, den sie schon einmal gerochen hat. Sie kennt ihn gut, aber woher?

Ist Stephen gestürzt? Hatte er einen Herzinfarkt? Wird sie ihn auf dem Boden liegend finden? Grau im Gesicht und mit blauen Lippen? Wird sie so enden, ihre Romanze? Ihr starker Geliebter, auf dem Teppich zusammengesackt? Und sie selbst bleibt allein? Ohne Abschied?

»Elizabeth?« Stephens Stimme tönt hinter der Tür seines Arbeitszimmers hervor. Elizabeth geht fast in die Knie vor Erleichterung. Sie stößt die Tür auf, und da sitzt er. Voll bekleidet, rasiert, hinter dem Schreibtisch, an dem er so viele Jahre gearbeitet hat. Umgeben von seinen Büchern – islamische Kunst, die Altertümer des Nahen Ostens, ein Fach mit Bill-Bryson-Titeln. Ganze Tage lang pflegte er hier drin auf seinen Computer einzuhacken, dieses alte Ding, das er partout nicht ausrangieren wollte. »Du tippst wie ein Elefant«, hat sie ihn oft geneckt, aber seine Freude dabei war so greifbar – die Liebe zu seiner Arbeit, dem Schreiben, dem Unterrichten, dem Korrespondieren. Was gäbe sie nicht darum, noch einmal dieses schwerfällige Hämmern hören zu dürfen.

»Hallo, Liebster«, sagt sie. »Hier drin trifft man dich ja nicht mehr sehr oft an?«

Stephen bedeutet ihr, Platz zu nehmen. Vor ihm liegt ein Brief.

»Ich möchte …«, hebt er an. »Wenn du nichts dagegen hast, meine ich. Dann würde ich dir gern einen Brief vorlesen, den ich heute bekommen habe.«

Sie sieht den Umschlag auf seinem Schreibtisch. Als sie am Vormittag aufgebrochen ist, war die Post noch nicht da. »Bitte«, sagt sie.

Stephen nimmt den Brief in die Hand, aber bevor er zu lesen anfängt, blickt er ihr direkt in die Augen. »Und du musst aufrichtig mit mir sein, verstehst du? Wenn du mich liebst, musst du völlig ehrlich zu mir sein.«

Elizabeth nickt. Was bleibt ihr anderes übrig? Wer hat Stephen geschrieben? Und weshalb? Hat es mit Kuldesh zu tun? Mit dem Mord an ihm? Ist es ein Hilferuf an einen alten Freund?

Stephen beginnt zu lesen. Früher hat er ihr oft im Bett vorgelesen. Dickens, Trollope. Wenn er in der Stimmung dafür war, auch mal Jackie Collins.

*»Lieber Stephen! Es fällt mir schwer, diesen Brief zu schreiben, aber ihn zu lesen wird noch viel schwerer sein. Ich will nicht lange drum herumreden. Ich fürchte, dass Du Dich im Anfangsstadium einer Demenz befindest, möglicherweise Alzheimer.«*

Elizabeths Herzschlag dröhnt in ihren Ohren. Wer bricht hier so brutal in ihre Privatsphäre ein? Wer weiß überhaupt davon? Ihre Freunde? Hat einer von ihnen diesen Brief geschrieben? Sie würden es nicht wagen, nicht ohne vorher zu fragen. Kann es Ibrahim gewesen sein? Wäre er zu so etwas fähig?

*»Ich bin kein Fachmann, aber ich befasse mich jetzt schon länger mit dem Thema. Du vergisst Dinge, und Du hast immer häufiger Ausfälle. Ich weiß, jetzt wirst Du sagen: ›Aber ich war schon immer vergesslich. Ich war schon immer ein zerstreuter*

*Professor‹ – und das ist wohl wahr, aber hier geht es um andere Dimensionen. Etwas stimmt nicht mit Dir, Stephen, und alles, was ich lese, weist in ein und dieselbe Richtung.«*

»Stephen«, sagt Elizabeth, doch er bringt sie mit einer sachten Handbewegung zum Schweigen.

*»Und auch die Demenz, wie Du sicher weißt, führt nur in ein und dieselbe Richtung. Wenn die Talfahrt einmal begonnen hat – und bitte glaube mir, bei Dir hat sie begonnen –, gibt es kein Zurück mehr. Es mag hier und da einen Halt geben, nach dem Du greifen, es mag Vorsprünge geben, auf denen Du ausruhen kannst, und auch der Blick mag zuweilen noch wunderschön sein, aber nach oben kommst Du nicht mehr.«*

»Stephen, wer schreibt dir so etwas?«, fragt Elizabeth. Stephen hebt einen Finger, bittet sie noch um ein wenig Geduld. Elizabeth fühlt ihre Wut schwinden. Diesen Brief hätte sie selbst ihm schreiben sollen. Sie hätte es nicht einem Fremden überlassen dürfen. Stephen liest weiter.

*»Vielleicht weißt Du das alles, vielleicht liest Du diese Zeilen und denkst: ›Warum erzählt mir dieser Idiot lauter Dinge, die ich längst weiß?‹ Aber ich muss Dir schreiben, denn was ist, wenn Du es nicht weißt? Wenn Du schon zu weit fortgeschritten bist, um Dir Deiner Situation noch bewusst zu sein? Falls diese Worte Dir fremd vorkommen, so hoffe ich zumindest, dass sie tief in Dir eine Saite anrühren, die Dir sagt, dass sie wahr sind. Denn dass Du mir vertrauen kannst, weißt Du.«*

»Wem vertrauen?«, fragt Elizabeth.

»Spielt das eine Rolle?«, fragt Stephen sie sanft. »Ich sehe dir ja am Gesicht an, dass es stimmt. Ich meine, im Prinzip weiß ich es ohnehin, aber ich bin doch froh – oder was heißt ›froh‹ –, dass du es bestätigst. Lass mich weiterlesen, es ist kein sehr langer Brief.«

*»Ich muss Dir diesen Brief jetzt schreiben, Stephen, denn wenn die Saite in Dir anschlägt, möchte ich, dass Du zwei Din-*

*ge tust. Du musst den Brief Elizabeth vorlesen, und Du musst Dir von ihr versprechen lassen, ihn Dir jeden Tag wieder zu lesen zu geben, für den Fall, dass Du ihn vergisst. Denn das wirst Du höchstwahrscheinlich.*«

Jetzt endlich fällt bei Elizabeth der Groschen.

»Du hast dir den Brief selbst geschrieben«, sagt sie zu Stephen.

»Sieht ganz so aus«, sagt Stephen. »Und zwar vor exakt einem Jahr.«

Sie hätte es wissen können. »Was hast du gemacht? Das Kuvert bei deinem Anwalt hinterlegt und ihn gebeten, es dir in einem Jahr zuzuschicken?«

»Irgendwie so«, sagt Stephen. »Irgendwie so. Aber um zum Wesentlichen zu kommen: Es ist alles wahr, nehme ich an?«

»Es ist alles wahr«, sagt Elizabeth.

»Und es schreitet fort?«

»Rapide, Stephen. Tage wie heute sind selten. Wir hangeln uns so durch.«

Stephen nickt. »Was ist also zu tun?«

»Das ist deine Entscheidung«, sagt Elizabeth. »Das wird immer deine Entscheidung sein.«

Er lächelt. »Was für ein Unfug, meine Entscheidung. Es ist unsere Entscheidung, und mir scheint, unser Spielraum dafür schrumpft. Kann ich weiter hier wohnen? Ist das unmöglich?«

»Es ist schwierig«, sagt Elizabeth. »Aber keineswegs unmöglich.«

»Bald wird es unmöglich sein.«

»›Bald‹ ist mir egal«, sagt Elizabeth. »Mich interessiert nur, was jetzt ist.«

»Hübsch gesagt, aber ich fürchte, diesen Luxus kann ich mir nicht leisten«, sagt Stephen. »Es gibt vermutlich Heime, in denen ich die entsprechende Pflege erhalten würde. So dass du ein bisschen geschont wirst. Ich habe hoffentlich noch Geld übrig? Ich habe nicht alles verspielt oder so?«

»Du hast noch Geld, ja«, sagt Elizabeth.

»Ich habe vor Kurzem einige Bücher verkauft«, sagt Stephen. »Kostbare Bücher.«

Ihr Blick muss sie verraten haben.

»Ich habe keine Bücher verkauft?«

»Verkauft nicht«, sagt Elizabeth. »Aber ihre Herkunft geklärt, und damit bei der Ergreifung eines Mörders geholfen.«

»So was. Da bin ich also doch noch zu etwas nütze.«

»Willst du den Brief zu Ende lesen?«

»Ja«, sagt Stephen, »das würde ich gern.« Er nimmt das Blatt wieder auf.

*»Stephen, Du hattest ein großartiges Leben. Erfüllt bis zur letzten Minute, und welch wunderbare Partnerin hast Du in Elizabeth gefunden. Einen Liebling der Götter nannte man so jemanden früher. Wie hat sich alles für Dich gefügt, was für Möglichkeiten haben sich Dir geboten, welch fantastische Dinge durftest Du sehen! Bei so viel Glück konnte ein Absturz vermutlich nicht ausbleiben, und hier ist er nun. Du musst damit umgehen, so gut Du kannst, und dieser Brief ist mein Geschenk an Dich, um Dir die Wahrheit vor Augen zu halten, wenn alles andere versagt. Ich lese jetzt täglich Artikel über Demenz, versuche, mir so viel Wissen darüber anzueignen wie an diesem Punkt möglich, und überall steht, dass man mit der Zeit sogar die Menschen vergisst, die einem die nächsten sind. Ich lese von Familien, in denen Ehemänner ihre Frauen vergessen, Mütter ihre Kinder vergessen, aber was anscheinend am längsten Bestand hat, lang nachdem die Namen und Gesichter schon aus dem Gedächtnis gelöscht sind, ist die Liebe. Und so hoffe ich, in was für einer Verfassung Du Dich auch befinden magst, weißt Du dennoch, dass Du geliebt wirst. Elizabeth wird Dich nicht*

*fortschicken, das wissen wir beide. Sie wird Dich in kein Heim abschieben, egal, wie es um Dich steht und wie verzweifelt die Lage ist. Aber Du musst ihr klarmachen, dass sie es trotzdem tun muss. Sie kann Dich nicht auf Dauer pflegen, das ist für sie und für Dich nicht gut. Elizabeth ist nicht Deine Krankenschwester, sie ist Deine Geliebte. Bitte lies ihr diesen Brief vor und ignoriere ab da ihre Einwände. Ich habe eine Liste mit Adressen im Katalog des Archäologischen Museums in Bagdad deponiert, auf dem dritten Regal rechts von Dir. Irgendeine davon passt hoffentlich halbwegs.*

*Stephen, mein Verstand löst sich auf – mit jedem Tag entgleitet er mir ein Stück mehr. Ich gebe Dir all meine guten Wünsche mit und kann nur hoffen, dass Du in einem Jahr etwas mit diesem Brief anfangen kannst. Alles Liebe und Gute Dir, und wenn Du meine Anweisungen befolgt hast und diese Zeilen Elizabeth vorliest, dann auch Dir all meine Liebe, Elizabeth. Dein Stephen.«*

Stephen legt den Brief weg. »Das war's.«

»Das war's, ja«, bestätigt Elizabeth.

»Sollten wir beide jetzt weinen?«

»Ich glaube, im Moment brauchen wir erst mal einen kühlen Kopf«, sagt Elizabeth. »Zum Weinen bleibt noch genug Zeit.«

»Und haben wir diese Unterhaltung schon öfter geführt?«, fragt Stephen. »Haben wir über meine Demenz gesprochen?«

»Immer mal wieder«, sagt Elizabeth. »Du weißt auf jeden Fall, dass mit dir nicht alles stimmt.«

»Und wie lange, auch wenn ich weiß, dass die Frage unbeantwortbar ist, wie lange wird es dauern, bis wir so ein Gespräch nicht mehr führen können? Wie viele Momente wie dieser bleiben uns noch?«

Elizabeth muss den Tatsachen ins Auge sehen: Sie wird ihn nicht länger hierbehalten können. Der Tag, vor dem sie sich so lange schon fürchtet, ist da. Sie hat Stephen Absatz für Absatz verloren, aber nun ist das Kapitel zu Ende. Und das Buch hat nicht mehr viele Seiten.

Ihr Mann, untadelig gekleidet und rasiert, sitzt inmitten seiner Bücher. Inmitten der Urnen und Skulpturen aus fremden Ländern, all der im Laufe seines Lebens zusammengetragenen Dinge, die er bedeutsam und schön fand. Der Auszeichnungen, der Fotografien – alte Freunde auf Booten, Schuljungen im Anzug, wie kleine Männer, Stephen auf Berggipfeln, Stephen bei Ausgrabungen in der Wüste, Stephen, der in einer fernen Bar sein Glas erhebt, der an ihrem Hochzeitstag seine Braut küsst. Dieser Raum, dieser Kokon: Jeder Fingerbreit davon legt Zeugnis ab von Stephens Klugheit, seinem Frohsinn, seiner Großzügigkeit, seinen Freundschaften, seinen Lieben, seinem Humor. Von seinem Geist in all seinen Facetten.

Und er weiß, dass ihm das alles verloren ist.

»Nicht mehr viele«, sagt sie. »Deine guten Tage werden immer seltener und die schlechten immer schlimmer.«

Stephen bläst resigniert die Backen auf angesichts dieser Aussichten. »Du musst mich in einem Heim unterbringen, Elizabeth. Wo man sich richtig um mich kümmern kann, vierundzwanzig Stunden am Tag. Ich hole meine Liste.«

»Ich kann mich richtig um dich kümmern«, sagt Elizabeth.

»Nein«, sagt Stephen. »Das lasse ich nicht zu.«

»Habe ich hier gar nichts mehr mitzureden?«

Er langt über den Tisch und nimmt ihre Hand. »Bitte versprich mir, dass du den Brief nicht vernichtest.«

»Ich werde dir nichts versprechen, was ich nicht halten kann«, sagt sie. Mein Gott, unsere Hände, denkt sie. Wie perfekt sie ineinanderpassen, seine Hand und meine.

»Du musst ihn mir jeden Tag zeigen«, sagt er. »Verstehst du das?«

Elizabeth sieht ihren Mann an. Dann schaut sie auf den Brief, den dieser hochintelligente Mensch vor einem Jahr an sich selbst geschrieben hat. Was muss er damals durchgemacht haben. Einer jener Tage grobschlächtigen Tastengeklappers hat diesen Brief hervorgebracht. Und danach wird er ins Wohnzimmer gekommen sein, lächelnd wie stets: »Tasse Tee gefällig, mein Herzblatt?«

Stephen jeden Tag diesen Brief zu zeigen, heißt, ihn zu verlieren. Aber ihn ihm nicht zu zeigen, hieße, ihn zu verraten. Und das ist erst recht keine Option.

»Ich verspreche es«, sagt sie.

Nun weint Stephen doch. Sie stehen auf und umarmen sich, Stephen zitternd und schluchzend, »es tut mir so leid«, sagt er, und »es tut mir so leid«, sagt sie, doch zu wem und weshalb, das wissen sie beide nicht.

Aber Elizabeth begreift jetzt, was für ein Geruch das war, den sie beim Hereinkommen vor einer Viertelstunde – vor einem ganzen Leben – wahrgenommen hat. Sie wusste, dass sie ihn kennt.

Es war der Geruch der Angst. Eiskalter, siedend heißer Angst.

# Zweiter Teil

## Was immer Sie suchen,
## hier werden Sie fündig!

# 17

Ron hat es sich so spannend vorgestellt, ein Drehkreuz für Heroinimporte zu überwachen und dabei Ausschau nach einem Mörder zu halten.

Stattdessen sitzt er seit einer geschlagenen Stunde auf der Rückbank seines Daihatsu und beobachtet durch das Fernglas, das er bei Lidl gekauft hat, einen Hangar, den kein Schwein verlässt oder betritt, während Ibrahim Joyce einen Artikel aus dem *Economist* über die wirtschaftliche Situation Ecuadors vorliest.

»Ist Spionieren immer so fade?«, fragt er Elizabeth. Sie ist heute ungewöhnlich still.

»Spionage besteht aus neunzig Prozent Warten, fünf Prozent Bürokram und fünf Prozent Leute-Umbringen«, sagt Elizabeth. »Ibrahim, geht dieser Artikel noch sehr lang?«

»Ich höre ihn gern«, sagt Joyce.

»Joyce hört ihn gern«, sagt Ibrahim und kehrt zurück zu dem High-Tech-Sektor in Quito, der sehr zu kämpfen hat.

Ein schwarzer Range Rover stellt sich quer vor sie und schneidet ihnen den Weg ab.

»Jetzt aber«, sagt Ron und legt sein Fernglas weg. Elizabeths Hand zuckt nach ihrer Tasche. Aus der Fahrertür des Range Rover klettert ein Mann und nähert sich dem Daihatsu. Er klopft an Ibrahims Fenster. Ibrahim lässt es herunter.

Der Mann streckt den Kopf ins Wageninnere und mustert die vier.

»Kleiner Ausflug, wie?« Liverpooler Akzent.

»Vögel beobachten!« Ron hält sein Fernglas hoch.

»Sehr schicken Mantel haben Sie«, sagt Joyce. »Möchten Sie einen Gummifrosch?«

Sie hält dem Mann eine Tüte hin; er greift hinein und redet kauend weiter.

»Sie beobachten seit einer Stunde mein Lagerhaus«, sagt er. »Gibt's da irgendetwas zu sehen?«

»Leider gar nichts, Mr Holt«, sagt Elizabeth.

Dominic Holt stutzt kurz beim Klang seines Namens.

»Sagen Sie Dom zu mir«, sagt er dann.

»Nichts und wieder nichts, Dom, nicht das kleinste Stäubchen Heroin«, sagt Elizabeth. »Was ja durchaus für Sie spricht. Auch wenn ich annehme, die Lieferungen kommen nicht alle Tage.«

»Das meiste dabei wird Papierkram sein«, mutmaßt Joyce.

»Ich betreibe ein seriöses Logistikunternehmen«, sagt Dom.

»Und ich bin eine harmlose Rentnerin«, sagt Elizabeth.

»Ich auch«, sagt Joyce. »Noch einen Gummifrosch? Die machen richtig süchtig, finde ich.«

Dom Holt macht eine abwehrende Geste. »Woher kennen Sie meinen Namen?«

»Man stößt ziemlich schnell darauf, wenn man sich ein bisschen mit dem Heroinhandel an der Kanalküste befasst«, sagt Elizabeth.

»Ah«, sagt Dom verdutzt. Diesen Effekt hat Ron schon öfter bei den Leuten beobachtet, die sich mit dem Donnerstagsmordclub konfrontiert sehen.

»Sie werden nicht so ganz schlau aus uns, was?«, sagt er.

Dom blickt wieder von einem zum anderen und fasst offenbar einen Entschluss.

»Das stimmt so nicht«, sagt er. Er zeigt auf Ron. »Sie sind der alte Herr von Jason Ritchie. Roy?«

»Ron«, sagt Ron.

»Ich hab euch zusammen gesehen. Er ist ein falscher Fuffzger, also werden Sie auch einer sein.« Dom zeigt auf Ibrahim. »Ihren Namen weiß ich nicht, aber Sie sind der Typ, der Connie Johnson in Darwell besucht. Marokkanischer Koks-Importeur, heißt es. Stimmt das?«

»Kein Kommentar«, sagt Ibrahim. Hat Ron ihn jemals so stolz dreinschauen sehen?

»Und Sie«, sagt Dom und deutet auf Elizabeth. »Keine Ahnung, wer Sie sind, aber Sie haben eine Knarre in Ihrer Tasche. Sehr schlecht versteckt.«

»Was heißt hier versteckt«, sagt Elizabeth.

»Und jetzt sagen Sie was über mich«, bittet Joyce.

Dom taxiert sie. »Sie scheinen mir einfach in schlechte Gesellschaft geraten zu sein.«

Joyce nickt. Dom macht eine auffordernde Handbewegung. »So, aussteigen, alle miteinander.«

Sie falten sich aus dem Daihatsu. Ron ist heilfroh, die Beine ausstrecken zu können. Dom lässt den Blick über die Gruppe wandern.

»Dann hätten wir hier also einen schwindligen Cockney, einen Koks-Dealer, eine alte Schrulle mit ’nem Schießeisen und …« Neuerlicher Blick auf Joyce.

»Joyce«, sagt Joyce.

»Und Joyce«, vollendet Dom. »Die an einem Januarmorgen mein Lagerhaus ausspähen. Das kann schon Fragen aufwerfen, oder?«

»Unbedingt«, sagt Elizabeth. »Wir hätten auch ein paar Fragen. Warum bitten Sie uns nicht einfach herein? Dann können wir alles in schönster Ruhe ausdiskutieren.«

»Haben Sie mit dem Ding überhaupt schon mal geschossen?« Dom zeigt auf Elizabeths Handtasche mit dem Revolver.

»Mit diesem speziellen Exemplar? Nein, das ist sauber«, sagt Elizabeth. »Ich bin keine Dilettantin.«

»Arbeitet ihr für Connie Johnson?«, fragt Dom. »Sind Sie ihre Oma, oder wie? Was will sie?«

»Sie ist einfach unsere Freundin«, erklärt Ibrahim.

»Meine nicht«, widerspricht Ron. »Das wäre gelogen.«

»Sie will Ron umbringen«, stellt Joyce klar.

Dom sieht Ron an und nickt. »Wundert mich nicht. Worum geht's also? Was wollt ihr? Muss ich mir Sorgen machen, oder kann ich zurück an meine Arbeit gehen?«

»Sie werden sich freuen zu hören, dass die Antwort sehr einfach ist«, sagt Elizabeth. »Wir suchen nach dem Mann, der unseren Freund ermordet hat.«

»Ah ja?«, sagt Dom. »Und wer ist Ihr Freund?«

»Kuldesh Sharma.«

Dom schüttelt den Kopf. »Nie gehört.«

»Aber Sie waren am Tag nach Weihnachten bei ihm im Laden«, sagt Joyce. »Wissen Sie nicht mehr? Ein Antiquitätenladen? In Brighton?«

»Kenn ich nicht«, sagt Dom.

»Er wurde am Abend des 27. erschossen«, sagt Elizabeth. »Verstehen Sie jetzt, wie wir auf Sie kommen?«

Dom schüttelt wieder den Kopf. »Nie von dem Mann gehört, nie in seinem Laden gewesen, nie auf ihn geschossen. Trotzdem mein Beileid.«

»Haben Sie das Heroin denn gefunden?«, will Ibrahim wissen. »Als Sie seinen Laden auf den Kopf gestellt haben? Vielleicht befindet es sich ja gleich dort drüben in Ihrem Lagerhaus?«

»Fantasie habt ihr jedenfalls«, sagt Dom. »Das muss man euch lassen.«

»Sie wissen haargenau, wer Kuldesh ist«, sagt Elizabeth. »So wie Sie zusammengezuckt sind, als der Name fiel. Und wir haben ziemlich wasserdichte Beweise dafür, dass Sie in seinem Laden waren.«

»Beweise?«

»Nichts, was vor Gericht standhalten würde«, sagt Elizabeth, »also keine Panik.«

»Unsere einzige Frage ist deshalb«, sagt Ron, »haben Sie ihn getötet?«

»Und darum sind wir hier«, sagt Joyce.

»Einfach um uns etwas umzuschauen«, fügt Ibrahim hinzu. »Und um mal ein bisschen rauszukommen.«

»Wartet hier«, sagt Dom und geht zu seinem Wagen.

Joyce sieht zu, wie er im Kofferraum kramt. »Er wirkt sehr nett. Für einen Heroindealer.«

»Oh-oh«, sagt Ron mit einem Blick über Joyces Schulter. Dom Holt kommt mit einem Golfschläger auf sie zu, und nun bringt er aus seinem perfekt geschneiderten Mantel auch noch ein großes Messer zum Vorschein. Er nickt den Freunden zu.

»Ihr seid hoffentlich im Automobilclub?«

»Ich bin doch nicht blöd«, sagt Ron. »Die hauen einen nur übers Ohr.«

»Ron, es ist mir ein Rätsel, wie du so leben kannst«, sagt Ibrahim, und Ron zuckt die Achseln. »Wie in aller Welt kannst du nachts schlafen?«

»Also, Leute«, sagt Dom. »Ich werde jetzt eure Reifen aufschlitzen und eure Windschutzscheibe einschlagen, ihr werdet also Hilfe brauchen.«

»Vielleicht möchten Sie in Betracht ziehen –«, beginnt Ibrahim, doch da kauert sich Dom schon hin und sticht den rechten Vorderreifen auf.

»Ich kann euch nicht den ganzen Tag hier rumschnüffeln lassen. Aber eine Meile von hier ist eine Autowerkstatt«, sagt er, indem er sich wieder aufrichtet. »Ich geb euch die Nummer, dann kommt einer und schleppt euch ab.«

»Danke«, sagt Joyce. »Was hätten wir ohne Sie nur gemacht?«

»Wenn ihr euch noch mal hier blicken lasst, geht's nicht so glimpflich ab«, warnt Dom.

»Ihnen ist klar, dass Sie das nur immer verdächtiger macht«, fragt Elizabeth.

Dom zuckt die Achseln. »Mir wurscht. Das hier ist mein Arbeitsplatz, da kann ich keine Gaffer brauchen. Schon gar nicht 'nen West-Ham-Fan, der zu geizig für eine AA-Mitgliedschaft ist, einen Koks-Dealer, der mit Connie Johnson abhängt, eine alte Schrulle, die sich ihre Knarre nicht abfeuern traut, und Joyce. Ich hab euren Kumpel nicht umgebracht, aber wenn ihr eure Nase weiter in Sachen steckt, die euch nichts angehen, dann bring ich *euch* um.« Erneut taucht er ab.

»Eine alte Schrulle, die sich ihre Knarre nicht abfeuern traut«, wiederholt Elizabeth nachdenklich, während das Auto noch ein Stück tiefer sackt. »Das wollen wir doch mal sehen.«

»Ihr wisst nicht zufällig, wo das Heroin ist?«, fragt Dom, Hände in den Hüften, schwer schnaufend nach der Anstrengung. »Wenn ihr's habt, rückt's besser raus.«

Schweigen.

»Aber das mit der AA-Mitgliedschaft sehen Sie falsch«, setzt Ron an. »Man spart mehr Geld, indem man –«

Der Rest seines Plädoyers geht unter in dem Prasseln und Scheppern, mit dem die Windschutzscheibe unter dem herabsausenden Golfschläger zerbricht.

Von dem Straßenstand auf dem Rastplatz ein Stück weiter beobachtet ein Motorradkurier die Szene, Burger in der Hand.

# 18

Eins muss man sagen: Es ist zigmal angenehmer, von der Polizei verhört zu werden als von einem Verbrecherkollegen. Die Polizei hat Mitch Maxwell schon oft verhört, und ihre Mittel und Möglichkeiten sind begrenzt. Alles wird mitgeschnitten, man hat seine überbezahlte Anwältin dabei, die die Fragen abblockt, und laut Gesetz müssen sie einem sogar einen Tee kochen.

Egal, was man getan hat – eine Fabrik in Brand gesteckt, einen Geschäftspartner entführt, eine Drohne mit Cannabis in ein Gefängnis geflogen – oder was sie gegen einen in der Hand haben – »Aber Sie geben mir doch recht, Mr Maxwell, dass der Mann auf dieser Videoaufnahme, der sich da mit einem Benzinkanister vom Tatort entfernt, Sie sind« –, man sitzt friedlich da, sagt in jede Gesprächspause hinein »Kein Kommentar«, und nach vierundzwanzig Stunden müssen sie einen eh laufen lassen.

So ein Polizeiverhör kann ungelegen kommen, sicher, wenn man zum Beispiel gerade zum Golfspielen wollte oder in der Toilette einer Autobahnraststätte einen Koffer mit Bargeld abholen muss. Aber solange man sich nicht ganz dumm anstellt – was Mitch natürlich niemals täte –, wird niemand einen wegen irgendetwas anklagen.

Auch wenn es Mitch also idealerweise vorzöge, überhaupt nicht befragt zu werden, lässt er sich weit lieber von der Polizei befragen als, sagen wir, von einem Steuerfahnder, Journalisten oder – schon wieder saust der Billardstock herab – von seinem guten Freund und Kompagnon Luca Buttaci.

»Wenn du mich anlügst«, brüllt Luca, während das Queue auf Mitchs Kopf niederkracht, »schlag ich dich tot!« Mitch hat in seinem Leben schon oft Prügel bezogen. Das hier ist im Rahmen. Er wird ein paar Schrammen davontragen, aber nichts Bleibendes. Wenn Luca Ernst machen wollte, würde er einen Baseballschläger benutzen.

»Luca! Kumpel!«, sagt Mitch.

»Nix Kumpel! Das sind hundert Riesen, die da weg sind!« Luca schleudert das Queue an eine Betonwand. Mitch fragt sich zum wiederholten Mal, wo sie wohl sind. Schick hat Luca es hier. Reichlich Platz, Billardtisch in der Ecke, reihenweise zerbrochene Queues, das Ganze eindeutig schallisoliert. Streng genommen nimmt Luca sich grade ein bisschen viel raus. Mitch ist nicht sein Untergebener, er und Luca agieren auf Augenhöhe. Gut, Luca ist ein paar Jährchen länger im Geschäft als er, aber sie haben beide Villen mit Swimmingpool, Tennisplätzen und Stallungen. Augenhöhe eben.

Außerdem weiß Luca doch selber, wie schwierig die letzten Monate waren. Es hat ihn genauso getroffen wie Mitch.

Normalerweise haben sie die perfekte Aufgabenteilung. Mitch bringt die Drogen ins Land, Luca verteilt sie weiter, wenn sie erst mal da sind. Keiner braucht irgendetwas darüber zu wissen, wie der andere seine Arbeit macht.

Nur basiert das Ganze auf einem sehr simplen, aber entscheidenden Mechanismus. Das Drumrum variiert, aber im Groben läuft es darauf hinaus: Jemand, dem Mitch vertraut, deponiert eine randvoll mit Heroin gefüllte Terrakottadose in einem Antiquitätenladen, und einen Tag später kommt jemand, dem Luca vertraut, in den Laden und kauft die Dose. Das ist der Punkt, an dem Mitchs Job endet und der von Luca beginnt.

Aber in diesem Fall hat es, nun ja, eine Panne gegeben. Das Heroin ist planmäßig in dem Antiquitätengeschäft abgegeben worden. Am nächsten Morgen jedoch war der Laden geschlossen und die Dose fort. Auf irgendeine Weise ist über Nacht Heroin im Wert von hunderttausend Pfund abhandengekommen, und das wurmt Luca verständlicherweise. Erst recht nach all den anderen Problemen der letzten Zeit, abgefangene Lieferungen, einbrechende Profite.

»Sorry, aber ich musste das machen«, sagt Luca, der langsam wieder runterkommt.

»Klar«, sagt Mitch. »Wär bei mir auch nicht anders. Man will ja sichergehen.«

Luca nickt. »Das Ding muss schließlich irgendwo sein. Irgendwer hat es.«

Mitch weiß, was Luca denkt. Entweder hat es Mitchs Kurier geklaut, Dom, oder der Typ von dem Laden hat es geklaut, oder Lucas eigener Kurier. Die Sache sollte eigentlich stinkeinfach aufzuklären sein, und doch fehlt von dem Heroin jede Spur.

Darum muss Luca zumindest theoretisch in Betracht ziehen, dass Mitch selbst hinter der Sache steckt. Weshalb Mitch derzeit an einen Stuhl gefesselt ist und an der Schläfe blutet, während auf einem riesigen Flachbildschirm an der Wand gegenüber dröhnend laut *Die Antik-Jäger* läuft, das Promi-Special. Zumindest das ist nach Mitchs Geschmack.

»Irgendwer hat es«, stimmt er zu. Auf dem Bildschirm lässt sich ein Popsänger der 80er einen überteuerten Humpen andrehen.

Luca nickt. »Die hundert Riesen sind's ja gar nicht. Es geht um das ganze Geschäftsmodell. Um die Lecks, die wir haben.«

»Schon klar«, sagt Mitch. Dieser kleine Deal zwischen Mitch und Luca war lange Zeit hochprofitabel für sie beide. Es hat manchmal geruckelt, aber so was wie jetzt gab es noch nie. Und wie Luca sagt, das Geld ist nicht der springende Punkt. Ihre ganze Geschäftsbeziehung, ihre Partnerschaft, beruht auf dem Fundament des Vertrauens. Wenn Luca Mitch nicht mehr trauen kann, dann bricht alles zusammen.

»Wo ich dich schon mal dahabe«, sagt Luca, »ich hab jetzt ein paarmal so einen Typen auf einem Motorrad hier rumlungern sehen. Gehört der zu dir?«

»Nee«, sagt Mitch. »Bulle?«

»Nee«, sagt Luca. »Kein Bulle.«

Er bindet Mitch los, der jetzt endlich richtig den Kopf drehen kann.

»Geiler Schuppen, Luca«, sagt er. »Wo sind wir?«

»Unter einem IKEA«, sagt Luca. »Kein Witz.«

Das erklärt zumindest, warum sämtliche Schusswaffen in Ivar-Regalen untergebracht sind.

Mitch weiß, auch wenn er und Luca alte Freunde sind, sehr alte Freunde sogar, wird das alles nichts zählen, wenn Luca ihm nicht mehr vertraut.

Luca hilft ihm auf die Füße und schüttelt ihm die Hand. Mitch sieht in die Augen seines alten Kumpels – schlicht John-Luke Butterworth, als die zwei sich damals im Jugendknast kennengelernt haben, Luca Buttaci, als ihm sein alter Name nicht mehr gefährlich genug klang –, und er macht sich nichts vor: Diese ganze Situation könnte gut dazu führen, dass einer von ihnen den anderen umbringt. So blank, wie allseits die Nerven liegen.

Am besten wäre so oder so, wenn er das Heroin finden könnte. Dann würden sich alle Gemüter beruhigen. Er und Dom haben den Laden gründlich zerlegt und nichts entdeckt. Aber irgendwo muss es sein. Jemand muss es haben.

Es ist schon fast vier Uhr früh. Um sieben muss er seine Tochter zu ihrem Eislauftraining bringen. Das ist der Slot für die richtig Ehrgeizigen.

»Sind wir hier fertig?«, fragt er.

»Fürs Erste«, sagt Luca. »Einer von den Jungs fährt dich heim.«

Mitch steht auf und streckt seine Glieder. Heimkommen, ein paar Schmerztabletten einwerfen, dann Eisstadion, dann das Heroin.

Zufällig hat er bereits eine Spur, auf die nicht jeder gleich käme. Bei Dom ist eine Gruppe von Rentnern aufgekreuzt, die komische Fragen gestellt haben. Einer von ihnen arbeitet für Connie Johnson. Mitch wird herausfinden, wo sie wohnen, und ihnen einen kleinen Besuch abstatten.

Ja, das Verbrechen schläft nie.

# 19

»Ach, wenn ich nur auch hätte studieren können«, seufzt Joyce, als sie vor Nina Mishras Büro warten.

Elizabeth wusste genau, dass Canterbury diesen Effekt auf Joyce haben wird. Mittelalterliche Gemäuer, kopfsteingepflasterte Gässchen, Cafés, die sich »Tea Shoppes« nennen. Der Himmel auf Erden für Joyce. Seit sie aus dem Zug gestiegen sind, ist sie wie im Rausch. »Was hättest du denn studieren wollen?«, fragt sie.

»Welches Fach, weiß ich jetzt gar nicht«, sagt Joyce. »Ich wäre nur so gern mit so einem Schal auf dem Fahrrad rumgerattert. Fandest du das nicht herrlich?«

»So weit ich für was empfänglich bin, schon«, sagt Elizabeth.

»Hattest du Romanzen mit älteren Männern?«

»Es geht nicht immer nur um Sex, Joyce«, sagt Elizabeth. Natürlich hat es ältere Männer gegeben, und ein, zwei jüngere auch. Weniger »Romanzen« allerdings als »Berufsrisiko«. Sie waren zwölf Frauen an ihrem College und etwa zweihundert Männer – die perfekte Einstimmung auf das Agentenleben. Elizabeth war lange Jahre der Überzeugung, dass sie mit Männern mehr anfangen kann als mit Frauen, und erst vor Kurzem ist ihr aufgegangen, dass sie in dieser Sache letztlich gar keine Wahl hatte. Es hat gutgetan, auf ihrem Weg über den Campus der University of Kent gleich viele Frauen wie Männer zu sehen.

»Ich sehe es vor mir, du in der Bibliothek«, sagt Joyce. »Und auf dem Platz gegenüber ein schüchterner Junge mit Brille.«

»Träum weiter, Joyce«, sagt Elizabeth und schaut durch das Fenster des Vorraums auf die Steinbauten unter dem silbrigen Himmel. Studierende, geduckt, die Schultern hochgezogen gegen die Kälte, hasten ins Warme. Aber Joyce ist nicht zu stoppen.

»Eure Blicke treffen sich, und er errötet und starrt in sein Buch. Das Haar fällt ihm in die Augen, wie bei Hugh Grant. Du fragst ihn, was er liest …«

Durchs Fenster sieht Elizabeth doch sage und schreibe ein junges Mädchen, dem seine Bücher aus der Hand rutschen. Wenn es nach Joyce ginge, käme jetzt ein Mitstudent des Wegs, der sie ihr aufhebt, und ihre Blicke träfen sich.

»Und er sagt, was weiß ich, ›ein Buch über Geschichte‹ oder so ähnlich, und du sagst: ›Vergiss die Geschichte, lass uns über die Zukunft reden.‹«

»Herrgott noch mal, Joyce«, sagt Elizabeth. Ärgerlicherweise hilft nun tatsächlich ein nett aussehender junger Mann der Studentin, die verstreuten Bücher einzusammeln. Sie streicht sich eine lose Haarsträhne hinters Ohr.

»Und du legst die Hand auf den Tisch, und er legt seine Hand auf deine. Dann nimmt er die Brille ab, und er ist sehr attraktiv, wie Colin Firth, und er fragt, ob er dich zum Essen ausführen darf.« Während Joyce ihre Schmonzette weiterspinnt, gehen draußen das unbeholfene Mädchen und der hübsche Junge ihrer getrennten Wege. Bei Joyce würden sie beide noch einmal über die Schulter sehen, ganz leicht zeitversetzt. Und genau das tun sie. Tja.

»Und du sagst Nein. Aber dann sagst du: ›Ich werde

morgen wieder hier sein, und übermorgen auch, und eines Tages werde ich Ja sagen‹, und er sagt: ›Ich weiß nicht einmal, wie du heißt‹, und du sagst: ›Eines Tages wirst du es wissen.‹«

Elizabeth sieht ihre Freundin an. »Hast du wieder Schundromane gelesen?«

»Ja«, gesteht Joyce.

Die Tür öffnet sich, und vor ihnen steht Nina Mishra. Groß, elegant, eine unnötige lila Strähne im Haar, aber ansonsten kommt sie Elizabeth ganz patent vor.

Nina lächelt. »Elizabeth und Joyce? Tut mir sehr leid, dass Sie warten mussten.«

»Nicht doch«, protestiert Elizabeth und steht auf. Ihr Termin beginnt mit siebenminütiger Verspätung, was absolut akzeptabel ist. Unhöflich wird es erst ab zwölf Minuten. Nina führt sie in ihr Büro und nimmt hinter dem Schreibtisch Platz, Elizabeth und Joyce setzen sich ihr gegenüber.

»Diese lila Strähne in Ihrem Haar finde ich super«, sagt Joyce.

»Danke«, sagt Nina. »Und ich finde Ihre Ohrringe super.«

Elizabeth war gar nicht aufgefallen, dass Joyce Ohrringe trägt. Sie sind ganz hübsch.

»Sie wollten mit mir über Kuldesh sprechen?«, sagt Nina. »Was für ein furchtbarer Schock. Waren Sie befreundet?«

»Er war ein Freund von meinem Mann«, sagt Elizabeth. »Waren Sie mit ihm befreundet?«

»Eigentlich mehr meine Eltern«, sagt Nina. »Aber er hat mich immer mal um einen Gefallen gebeten. Den ich ihm dann auch meistens getan habe. Kuldesh konnte man nur sehr schwer etwas abschlagen.«

»Gefallen welcher Art?«

»Dinge, die ihm untergekommen sind«, sagt Nina. »Meine Einschätzung dazu.«

»Als Historikerin?«, fragt Elizabeth.

»Als wohlgesinnte Ratgeberin«, sagt Nina. »Es ging ihm nicht immer um meine Meinung zu Antiquitäten. Manchmal eher um … moralische Problemstellungen.«

»Also weniger Bewertungen als … ?«

»Als Fragen bezüglich der …«, sie wählt das Wort sorgfältig, »… Provenienz.«

»Um Provenienz geht es in *Kunst und Krempel* auch sehr viel«, wirft Joyce ein.

»Sprich, ist etwas gestohlen?«, fragt Elizabeth.

»Ist es gestohlen?«, sagt Nina. »Ist es zu gut, um wahr zu sein? Was macht es in England? Wann immer ihm etwas nicht ganz koscher vorkam, wusste er, dass er auf mich zählen konnte. Was sagt das Gesetz? Das ist eins meiner Fachgebiete. Außerdem vertraut er mir. Vertraut auf meine Diskretion.«

»Und wie oft war etwas nicht ganz koscher?«

Nina lächelt. »Meine Eltern waren beide Händler, Elizabeth. Keine sehr erfolgreichen. Viel zu ehrlich. Die Welt der Antiquitäten und Altertümer ist nicht immer pieksauber. Meine Eltern wussten das, ich weiß es, Kuldesh weiß es.«

»Wusste es«, verbessert Elizabeth.

»Ach Gott, ja«, sagt Nina. »Armer Kuldesh. Entschuldigung.«

»Worüber haben Sie an dem Tag, an dem er starb, gesprochen?«

»Woher wissen Sie, dass wir gesprochen haben?«

»Wir sind auch nicht immer pieksauber«, sagt Joyce.

»Aber wir sind auf jeden Fall Freunde«, versichert Elizabeth. »Und wir sind nicht von der Polizei.«

»Wer sind Sie dann?«

»Wir sind der Donnerstagsmordclub«, sagt Joyce. »Das können wir Ihnen jetzt aber nicht alles lang und breit erklären, weil wir den 4:15-Zug erwischen müssen.«

Nina pustet Luft durch die Lippen. »Kuldesh hat mich gefragt, wie es mir geht, wir haben Small Talk gemacht, ich hatte es eilig, was ich jetzt natürlich bereue, also kam er zum Punkt und sagte, er hätte ein Problem, bei dem ich ihm vielleicht helfen könnte.«

»Ein Problem?«, sagt Elizabeth. »Hat er dieses Wort gebraucht?«

Nina überlegt einen Augenblick. »Ein Dilemma, das war sein Wort. Ein Dilemma. Er wollte einen Rat.«

»Haben Sie eine Ahnung, worin das Dilemma bestand?«

Nina schüttelt den Kopf.

»Und wenn Sie raten müssten?«

»Ich kann Ihnen sagen, worum es üblicherweise ging. Jemand hat Kuldesh ein Stück gebracht, von dem er weiß, dass es gestohlen sein muss. Soll er es trotzdem kaufen?«

»Nein«, antwortet Joyce.

»Jemand hat ihm ein wertvolles Stück gebracht und ahnt nichts von seinem Wert. Soll Kuldesh es ihm sagen?«

»Ja«, bestimmt Joyce.

»Oder jemand hat Kuldesh gebeten, etwas zu verkaufen oder aufzubewahren, ohne dass es in den Büchern auftaucht.«

»Geldwäsche«, sagt Joyce. »Das kennen wir.«

»Ach, wirklich?«, sagt Nina.

»Und was, würden Sie instinktiv sagen, war es diesmal?«, fragt Elizabeth sie.

»So wie an dem Tag hat er vorher noch nie geklungen«, sagt Nina. »Was immer es war, es muss ernst gewesen sein.«

»Oder sehr viel wert«, sagt Elizabeth.

»Oder sehr viel wert«, bestätigt Nina. »Aber instinktiv würde ich sagen, er war ängstlich und aufgeregt.«

»Genau wie Alan, wenn er eine Kuh sieht«, sagt Joyce.

»Äh … ja?«, sagt Nina. »Doch, es war eher ›Wo bin ich da reingeraten?‹ als ›Du glaubst nicht, was ich gerade Tolles gekauft habe‹.«

»Das hilft uns sehr, Nina«, sagt Elizabeth. »Sagen Sie mal, haben Sie je Heroin genommen?«

»Wie bitte?«

»Heroin? Haben Sie schon mal welches genommen? Sie haben eine lila Strähne im Haar, vielleicht pflegen Sie ja einen alternativen Lebensstil?«

»Ein Ausbund an Charme, Ihre Freundin«, bemerkt Nina zu Joyce.

»Sie versteht nichts von Mode«, sagt Joyce entschuldigend.

»Dann glauben Sie also, es war Heroin im Spiel?«, fragt Nina.

»Wir glauben, dass ein gewisser Dominic Holt am Morgen vor Kuldeshs Tod ein mit Heroin gefülltes Kästchen bei ihm im Laden abgegeben hat«, sagt Elizabeth.

»Ach, Kuldesh!« Nina sinkt ein bisschen auf ihrem Stuhl zusammen.

»Nur geduldetermaßen, nehmen wir an«, sagt Elizabeth. »Aber natürlich, problematisch ist es dennoch.«

»Am nächsten Tag«, sagt Joyce, »will ein anderer Mann das Kästchen abholen, aber Kuldesh ist nirgends zu sehen.«

»Kuldesh soll das Heroin gestohlen haben?«, sagt Nina. »So dumm wäre er nicht. Unmöglich, tut mir leid. Völlig unmöglich.«

»Und doch hat man ihn erschossen«, sagt Elizabeth. »Nachdem er mit Ihnen telefoniert und sich womöglich ja auch mit Ihnen verabredet hatte. Und von dem Heroin fehlt nach wie vor jede Spur.«

»Was einen schon ins Grübeln bringen kann«, ergänzt Joyce.

»Er hat also kein Treffen mit Ihnen vereinbart?«, fragt Elizabeth.

»Nein«, sagt Nina. »Kann sein, dass er ›dann bis bald‹ gesagt hat, aber mehr sicherlich nicht.«

»Und das Heroin hat er auch nicht erwähnt?«, hakt Elizabeth nach.

»Heroin? Nein, natürlich nicht«, sagt Nina. »Er wusste, wie ich darauf reagiert hätte.«

»Es hätte Sie nicht vielleicht gereizt, ein bisschen Geld zu verdienen?«, fragt Joyce.

»Niemand würde Ihnen einen Vorwurf machen«, sagt Elizabeth. »Sie waren die Erste, die er angerufen hat, keiner hätte es je erfahren müssen.«

»Ich dachte, Sie sind nicht von der Polizei«, sagt Nina.

Es klopft zaghaft an die Tür, und Nina ruft: »Herein.« Ins Zimmer tritt ein leicht gebeugter Mann mit schütterem Haar, der von einem Mittvierziger bis zu einem Endsechziger alles sein könnte. Wie schon sein Klopfen hat sein gesamtes Auftreten etwas Abbittendes.

»Verzeihung«, sagt er. »Sie haben gerufen, M'Lady?«

»Das ist Professor Mellor«, sagt Nina Mishra. »Er ist – wie würdest du es beschreiben, Jonjo?«

»So was wie dein Chef?«, schlägt Jonjo vor.

»Wie reizend, Sie kennenzulernen, Professor Mellor.« Joyce steht auf. »Ich bin Joyce, und das ist Elizabeth, die so was wie *mein* Chef ist.«

Professor Mellor nickt Elizabeth zu, die zurücknickt, und nimmt Platz.

»Wir haben ein wöchentliches Treffen«, sagt Nina. »In der Abteilung. Wo wir Probleme besprechen, solche Sachen. Und das stört Sie hoffentlich nicht, aber ich habe dieses spezielle Problem mit Jonjo besprochen. Er fungiert als Berater für einige der örtlichen Auktionshäuser.«

»Hauptsächlich Militaria«, sagt Jonjo.

»Dann wusste also doch jemand Bescheid«, sagt Elizabeth.

»Ich dachte einfach, es könnte von Nutzen sein«, erklärt Nina.

»Ich finde die Geschichte faszinierend«, sagt Jonjo. »Von dem Mord natürlich abgesehen. Wirklich höchst faszinierend. Auch wenn das eine angreifbare Wortwahl sein mag. Sie waren mit dem ermordeten Herrn befreundet?«

»Wir überprüfen die Umstände seines Todes«, sagt Elizabeth. Kann diese naive Art Fassade ein? Falls ja, dann ist sie sehr überzeugend.

»Nina war der letzte Mensch, der mit Kuldesh gesprochen hat«, erläutert Joyce.

»Soweit wir wissen«, stellt Elizabeth richtig.

»Soweit Sie *wissen*«, wiederholt Jonjo, holt eine Orange aus seiner Jackentasche und beginnt sie zu schälen. »Und darin liegt die Crux. Wir können eine Million weißer Schwäne sehen und dürfen daraus dennoch nicht ableiten, dass alle Schwäne weiß sind. Sehen wir aber einen einzigen schwarzen Schwan, können wir mit absoluter Gewissheit sagen, dass *nicht* alle Schwäne weiß sind.«

»Alan wurde neulich von einem Schwan attackiert«, steuert Joyce bei.

»Irgendjemand einen Orangenschnitz?«, fragt Jonjo in die Runde. Joyce nimmt sich einen.

»Vitamin C ist das zweitwichtigste Vitamin nach Vitamin D«, sagt sie.

»Kennen Sie sich im Drogengeschäft aus, Nina?«, will Elizabeth wissen. »Oder Sie, Professor Mellor? Kommt man in Ihrer Branche mit so etwas in Berührung? Kästchen mit Heroin darin und dergleichen?«

»Kästchen mit Heroin?«, sagt Jonjo. »Meine Faszination wächst und wächst.«

»Es soll Unternehmen geben, denen der Antiquitätenhandel als Tarnung dient«, sagt Nina.

»Um Dinge zu importieren, die nicht importiert werden sollten«, ergänzt Jonjo.

»Aber in der Liga hat Kuldesh nie und nimmer gespielt«, sagt Nina. »Er hatte einen Lagerraum irgendwo in Fairhaven gemietet. Wo er ein paar Sachen ›außer der Reihe‹ aufbewahren konnte, aber nichts von der Größenordnung, auf gar keinen Fall.«

»Wissen Sie eventuell, wo dieser Lagerraum ist?«, fragt Elizabeth.

Nina schüttelt den Kopf. »Nur, dass es ihn gab.«

»Wenn ich eine letzte Frage stellen dürfte«, sagt Elizabeth. »Wir wissen, dass Kuldesh Sie gegen vier Uhr angerufen hat, richtig? Und er hat sich nicht mit Ihnen verabredet?«

»Nein, hat er nicht«, bestätigt Nina.

»Das sagen Sie«, sagt Elizabeth. »Außer Ihnen gibt es keine Zeugen für den Inhalt dieses Gesprächs.«

»Sie sind unerbittlich«, stellt Jonjo fest. »Das finde ich klasse.«

»Wenige Minuten später hat Kuldesh noch ein Telefonat geführt«, fährt Elizabeth fort.

»Aber da wissen wir nicht, mit wem«, fügt Joyce hinzu.

»Meine Frage ist nun folgende«, sagt Elizabeth. »Wenn Sie in den Besitz dieses Heroins gekommen wären, so wie Kuldesh, und sich aus welchem Grund auch immer dazu entschlossen hätten, es zu verkaufen, wen hätten Sie angerufen?«

»Samantha Barnes«, antwortet Nina.

»Samantha Barnes«, sagt auch Jonjo wie aus der Pistole geschossen.

»Das sagt mir leider nichts.«

»Antiquitätenhändlerin«, sagt Jonjo. »Bewohnt einen Herrensitz nahe Petworth.«

»Bewohnen viele Antiquitätenhändler Herrensitze?«, fragt Joyce.

»Ganz im Gegenteil«, sagt Jonjo.

»Es sei denn …«, sagt Elizabeth.

»Ganz genau«, vollendet Nina. »Sie ist sehr gut vernetzt, um es mal so zu sagen. Mir macht sie Angst, aber Ihnen beiden, würde ich annehmen, nicht.«

»Das würde ich auch annehmen«, sagt Elizabeth. »Ist sie der Typ Mensch, der eine Meinung zu Heroin haben könnte?«

»Sie ist der Typ Mensch, der zu allem eine Meinung hat«, sagt Nina.

»Nicht noch so jemand«, sagt Joyce.

»Und Kuldesh hat sie gekannt, meinen Sie?«

»Er wird auf alle Fälle von ihr gewusst haben«, sagt Nina.

»Dann könnte ich mir denken, dass wir einmal bei Samantha Barnes vorbeischauen werden«, sagt Elizabeth.

»Canterbury, Petworth – wir kommen echt rum!«, sagt Joyce.

»Haben Sie ihre Nummer?«, fragt Elizabeth.

»Die kann ich Ihnen beschaffen«, sagt Jonjo und steckt seinen letzten Orangenschnitz in den Mund. »Aber bitte, berufen Sie sich nicht auf uns.«

# 20

Samantha Barnes freut sich immer schon auf ihren Lesezirkel. Erster Dienstag im Monat, ohne Ausnahme, bis auf das eine Mal, als Eileen wegen ihrer Füße ins Krankenhaus musste, und den Tag, als Samantha selbst von der Londoner Polizei verhört wurde, weil sie das Victoria & Albert-Museum betrogen haben sollte. Beide waren sie im Handumdrehen wieder draußen.

Garth macht jedes Mal, dass er wegkommt. Literatur ist nichts für ihn – »Das ist alles nur ausgedacht, Darling, da stimmt nichts!«. Für ihre Freundinnen ist er ein Faszinosum, sie kommen gern ein bisschen zu früh, um einen Blick auf ihn zu erhaschen. Dann flöten sie: »Tag, Garth!«, und er sagt: »Ich kann euch eh nicht auseinanderhalten«, oder ignoriert sie komplett. Sein unverblümtes Desinteresse scheint sie stets aufs Neue zu entzücken.

Samantha kann das verstehen. Als er damals plötzlich bei ihr im Laden auftauchte – struppiger Bart, Holzfällerhemd, Wollmütze – und mit seiner Waffe auf sie zielte, da hat sie, vom Trauern erschöpft, einfach losgeweint. Sie hat keine Angst empfunden, nicht mit ihm zu handeln versucht. Soll er sie doch erschießen. Garth hat gewartet, sehr geduldig gewartet, bis keine Tränen mehr kamen.

»Was sollte das mit dem Tintenfass?«, wollte er dann wissen.

»Das war bloß Spaß.«

»Für mich nicht.«

»Tut mir leid! Aber Sie standen auch auf dem Behindertenparkplatz.«

»Ich war neu hier in England, ich kannte so was noch nicht.«

»Erschießen Sie mich jetzt?«

»Blödsinn, ich hab nur ein paar Fragen. Wo ist Ihr Mann?«

»Gestorben.«

»Das ist bitter. Machen Sie so was öfter, Ma'am? Rein zum Spaß?«

»Früher schon.«

»Kaufen Sie mir ein gestohlenes Gemälde ab?«

Und zu ihrem nicht geringen Erstaunen merkte sie, dass die Antwort Ja war.

Wie es seine Gewohnheit ist, hat Garth ihr auch heute nicht gesagt, wo er hingeht, aber da er einen Cricketschläger dabeihatte, hofft sie sehr, dass er beim Cricket ist. So ganz weiß man bei Garth allerdings nie.

Ihre Lesegruppe bedient sich fleißig am Wein, und die Diskussion über Hilary Mantels *Wölfe* wird immer angeregter. Gill, die in der Tierarztpraxis am Marktplatz arbeitet, sagt, sie hätte Thomas Cromwell tüchtig den Marsch geblasen, wenn sie damals schon gelebt hätte. Wissen die anderen, womit Samantha ihr Geld verdient? Eine Ahnung müssen sie immerhin haben. Bronagh aus dem Feinkostladen zum Beispiel ist auf dem Weg zur Toilette einmal falsch abgebogen und in einem Raum gelandet, wo ein frisch gemalter Jackson Pollock zum Trocknen stand. Außerdem fährt sonst niemand in Petworth einen Ferrari Testarossa. Hinweise gäbe es also genug.

Samantha zieht sich in die Küche zurück, um Kaffee zu machen. Bevor die anderen kamen, hat sie einen Anruf erhalten, der sie einigermaßen beunruhigt. Beunruhigt? Das ist vielleicht zu viel gesagt. Sie beschäftigt, das trifft es eher.

Eine Frau namens Elizabeth. Sehr bestimmt im Auftreten. Ich will Sie nicht stören, aber haben Sie zufällig von einem Mann namens Kuldesh Sharma gehört? Samantha hat sich bedeckt gehalten. Nie etwas preisgeben, wenn es nicht unbedingt sein muss. Das ist eine Lektion, die sie über die letzten Jahre gelernt hat. Ach, hat Elizabeth geseufzt, was für ein Jammer, ich war mir so sicher, Sie wissen etwas. Und irgendwie fühlte sich Samamtha durch Elizabeths Art in die Defensive gedrängt. Als müsste sie einer allwissenden Vorgesetzten Rede und Antwort stehen. Was Samantha über Heroindealer weiß, wollte Elizabeth als Nächstes wissen. Auch das so eine Frage. Samantha hätte ihr eine sehr lange Antwort geben können, zog aber die kurze vor: »Nichts.« Elizabeth schwieg einige Sekunden, als würde sie mitschreiben. Dann fragte sie, wie das in Petworth mit den Parkplätzen sei, und Samantha, froh, zur Abwechslung freiheraus sprechen zu können, sagte, parken sei hier fast ein Ding der Unmöglichkeit, worauf Elizabeth sagte: Das wird den beiden nicht schmecken, aber da werden sie leider durchmüssen. Worauf wiederum Samantha ganz folgerichtig fragte: Welche beiden? Und Elizabeth erklärte ihr, *die beiden* seien Joyce und Ibrahim, die sie sehr bald besuchen kommen würden und die beide auf unterschiedliche Art etwas viel redeten, es aber sehr gut meinten. Wie schade, sagte Samantha, die nächsten Tage sei sie leider unterwegs, sie müsse zu einer Messe in Arundel, worauf Elizabeth erwiderte: Samantha, versuchen Sie nie, einen Lügner zu belügen.

Damit wünschte sie Samantha einen schönen Abend und legte auf.

Was ist davon zu halten? Samantha kehrt mit dem Kaffee ins Zimmer zurück, der freudig begrüßt wird. Ob sie sich für ein Weilchen aus dem Staub machen sollte? Der Gefahr aus dem Weg gehen?

Samantha hat einen Riecher für Gefahr, aber sie hat auch einen Riecher für günstige Gelegenheiten. Um genau zu sein, ist es ein und derselbe Riecher.

Elizabeth hat nicht wie eine Kriminalbeamtin geklungen. Zu alt, und bei Weitem nicht höflich genug. Also sollte sie vielleicht mit dieser Joyce und diesem Ibrahim reden? Was kann sie verlieren? Über sie wissen die zwei mit Sicherheit nichts. Aber vielleicht ja etwas anderes?

Die Damen sind jetzt von Cromwell abgekommen und beim Thema postklimakterischer Sex angelangt. Samantha hebt ihre Kaffeetasse und sagt, dass sie sich nicht beklagen kann. Was stimmt – ihr großer kanadischer Bär macht keine halben Sachen.

Einige von Elizabeths Äußerungen haben ihr den Mund entschieden wässrig gemacht. Kuldesh Sharma. Heroin. Vielleicht erfährt Samantha ja etwas Nützliches? Sie wird es mit Garth besprechen, aber sie weiß ohnehin, was Garth sagen wird. Das, was er immer sagt.

»Springt da Geld für uns raus, Babe?«

Und in diesem Fall ist das sehr gut möglich.

## 21

Das Licht ist gedämpft, die Musik ebenfalls, passend zu dem Dämpfer, den Chris abbekommen hat. Joyce berichtet gerade über ihre Begegnung mit Dom Holt, dem Heroindealer.

»Mit einem Golfschläger, ist das zu fassen?«, sagt sie. »Und einem Schlachtermesser für die Reifen. Genau, wie man es immer in diesen Dokus sieht. Ich hätte es zu gern geknipst, aber ich hatte keine Gelegenheit zu fragen, und ich wollte nicht unhöflich sein.«

»Aber Anzeige möchten Sie nicht erstatten?«, fragt Chris und nippt an seinem Limetten-Slimline-Tonic.

»Sie sollen doch auch mal Pause haben«, sagt Elizabeth, und Patrice lacht in ihren Whisky.

Chris ist frustriert. Wie gern würde er Dom Holt wegen Sachbeschädigung einbuchten. Dann ginge es hier im Kittchen endlich mal rund. Gestern ist er im Revier am Besprechungsraum vorbeigegangen, um wenigstens einen Blick hineinwerfen zu können, aber alle Jalousien waren heruntergelassen. Patrice hat ihn und Donna zum Trost ins Pub eingeladen, und Elizabeth und Joyce sind dazugestoßen.

Warum hat man sie von dem Fall abgezogen? Darauf weiß er immer noch keine Antwort.

»Dom Holt hat sein Büro in der Nähe von Newhaven«, bemerkt Joyce. »Elizabeth meinte, wir sollten bei ihm einbrechen und uns ein bisschen umschauen.«

»Wagen Sie's nicht«, sagt Chris. »Mir ist sehr danach, irgendwen zu verhaften, und zur Not nehm ich Sie.«

»Jemand muss etwas unternehmen, Chris«, sagt Elizabeth. »Was gibt es Neues von SIO Regan?«

»Chris musste sein Auto wegfahren, damit sie auf seinem Platz parken kann«, sagt Donna. »Wenn das als Neuigkeit zählt.«

»Die Leiterin meiner alten Schule hatte ihre Privatkabine im Damenklo«, sagt Patrice. »An der Tür klebte ein Zettel: ZUTRITT NUR FÜR DOROTHY THOMPSON.«

»Ich geh mal davon aus, dass du sie trotzdem benutzt hast«, sagt Donna.

»Natürlich«, sagt Patrice. »Wir alle. Aber eure SIO Regan klingt mir ganz ähnlich. Wobei so was ja meistens nur für begrenzte Zeit gut geht. Meine Schulleiterin hat eine Affäre mit dem Religionslehrer angefangen, und sie wurden beim GV im Chemiesaal erwischt. Bei solchen Leuten braucht man nur etwas Geduld.«

»Wie viele Whiskys hattest du, Mum?«, fragt Donna.

»Genau die richtige Menge«, sagt Patrice.

»Aber das Heroin haben sie noch nicht gefunden?«, fragt Elizabeth.

»Nicht dass ich wüsste«, sagt Chris.

»Wie gut«, sagt Joyce. »Ich fände es lustiger, wenn wir es finden.«

Ein Kellner bringt ihre Rechnung, und Chris zieht sie zu sich her. »Lasst mich das machen. Damit ich wenigstens zu etwas gut bin.«

»Und gibt es Erkenntnisse über Dominic Holts Boss, Mitch Maxwell?«, will Elizabeth wissen. »Wird er überwacht?«

»Ich habe keine Informationen«, sagt Chris gereizt. »Was ist daran so schwer zu verstehen?«

»Viel interessanter wäre auch die Frage, ob sie den Namen Samantha Barnes auf dem Schirm hat.« Elizabeth klingt ungerührt. »Haben Sie ihn auf dem Schirm, Chris?«

»Nie gehört.« Chris studiert mit leicht reuiger Miene die Rechnung.

»Sie ist wie Connie Johnson«, erklärt Joyce. »Nur für Antiquitäten.«

»Sollten wir sie uns mal vorknöpfen?«, fragt Chris.

»Nein, nein«, sagt Elizabeth. »Da besteht sicherlich kein Zusammenhang. Was haben Sie jetzt mit Dom Holt vor?«

»Gar nichts«, sagt Chris. »Es ist nicht unser Fall, also können wir nichts tun.«

»Oh, irgendwas kann man immer tun«, sagt Elizabeth. »Wenn man es wirklich will.«

»Wir sind nicht wie Sie, Elizabeth«, sagt Chris, während er seine Karte über das Maschinchen des Kellners hält. »Wir dürfen keine Gesetze übertreten.«

Elizabeth nickt, steht auf und greift nach ihrem Mantel. »Vielleicht fangen Sie mal an, sie ab und zu zumindest ein wenig zu umgehen, mein Lieber. Joyce und ich sollten uns von Dom Holt vorerst fernhalten, also sind jetzt ausnahmsweise Sie gefragt. Haben Sie übrigens vielen Dank für die Drinks.«

»War mir ein Vergnügen«, sagt Chris tapfer.

»Hat jemand was dagegen, wenn ich diese Schweineschwartenchips für Alan mitnehme?«, fragt Joyce.

»Und ich bräuchte noch einen Gefallen, bitte.« Elizabeth zieht ihr Handy aus der Tasche. »Donna, meinen Sie, Sie könnten meine Telefonverbindungen überprüfen? Schauen, wen ich angerufen habe?«

»Wissen Sie das denn nicht selber?«, fragt Donna.

»Keine unberechtigte Frage«, sagt Elizabeth. »Trotzdem wäre ich Ihnen sehr dankbar, wenn Sie es einfach machen würden.«

Donna nimmt das Handy an sich. »Irgendwas drauf, was ich nicht sehen sollte?«

»Jede Menge«, sagt Elizabeth.

»Und was versprechen wir uns davon?«, erkundigt sich Donna.

»Mit etwas Glück endlich eine heiße Spur«, sagt Elizabeth. »Danke Ihnen, Kindchen.«

# 22

Ron ist kein Freund von Computern, wie er auch Bob Whittaker aus dem Wordsworth Court gerade wieder auseinandergesetzt hat.

Engagiert, aber fair, so würde er seinen Vortrag nennen. Gut, einmal hat er sich sagen hören: »Marx würde sich im Grabe umdrehen«, aber zum größten Teil hat er sachlich, maßvoll und prägnant argumentiert. Jetzt, nach einem abschließenden: »Und von Facebook fang ich lieber gar nicht erst an«, lässt er sich zurück in seinen Stuhl fallen.

Er versucht, Bobs Blick zu deuten. Beeindruckt? Nein, das trifft es nicht. Nachdenklich? Das ist es auch nicht. Und wo ist überhaupt Ibrahim?

Wie aufs Stichwort kommt dieser zurück ins Zimmer.

»Ich habe jetzt acht Minuten und vierzig Sekunden in der Diele gestanden, Ron«, sagt er, »und gewartet, dass du endlich zum Ende kommst.«

»Ich habe mich mit Bob ausgetauscht«, sagt Ron. »Über Computer.«

»Austausch, so nennst du das also«, sagt Ibrahim. »In diesen ganzen acht Minuten und vierzig Sekunden ist der arme Bob genau viermal zu Wort gekommen, und ich habe seine Beiträge alle für dich mitnotiert. Er hat gesagt, und ich zitiere ihn hier direkt, ›Ah‹ – das war nach etwa eineinhalb Minuten. Nach drei Minuten und siebzehn Sekunden hat er gesagt: ›Ja, ich kann verstehen, wie man auf so eine Idee kommt.‹ Als fünf Minuten um waren, hast du lange genug Atem geschöpft, um ihn einflechten zu lassen: ›Gut, das ist kein ganz neuer Gedanke‹, und vor circa neunzig Sekunden war sein letzter Beitrag zu eurer Unterhaltung: ›Wo ist eigentlich Ibrahim abgeblieben?‹«

»Ja, er hat eben zugehört«, sagt Ron. »Die Leute hören mir gern zu, das ist immer so.«

»Und warum schaut er dann so gequält?«

Hmm, ja, das ist der Blick. Gequält. Ron muss sich eingestehen – nicht zum ersten Mal –, dass er übers Ziel hinausschießen kann.

»Tut mir leid, Bob«, sagt er. »Ich trag mein Herz eben auf der Zunge.«

»Kein Problem«, sagt Bob. »Da war viel Bedenkenswertes dabei. Und ich werde Ihr Feedback auf jeden Fall an jemanden bei IBM übermitteln, falls sich die Gelegenheit ergibt.«

»Sie werden ziemlich schnell feststellen, Bob, dass man bei Ron nicht höflich sein muss«, sagt Ibrahim. »Bei mir hat es eine knappe Woche gedauert, bis ich das heraushatte.«

Bob nickt.

»Außerdem kann man ihn sehr leicht ablenken. Wenn Sie das Gefühl bekommen, es trägt ihn ein wenig aus der Kurve, fragen Sie einfach: ›Haben Sie das Spiel gesehen?‹ oder ›Hast du den Fight gesehen?‹. Das wirkt wie ein Reset-Knopf.«

»Dieser Sieg für Chelsea, der war echt nicht ganz sauber«, sagt Ron. »Das ging nicht mit rechten Dingen zu.«

»Dann also ans Werk, meine Herren«, sagt Ibrahim.

Bobs Laptop steht aufgeklappt auf Ibrahims Schreibtisch, und die drei Männer setzen sich davor. Ron und Ibrahim waren gestern noch einmal bei Mervyn, um ihm den Fall darzulegen, von Mann zu Mann diesmal. Besser, er hört es von ihnen, so Ron, denn Mervyn ist einer, der sich vielleicht noch von Männern belehren lässt, aber bestimmt nicht von einer Frau.

Mervyn hat sich bereit erklärt, eine Woche auf Entzug zu gehen und die Korrespondenz mit Tatiana an Ron und Ibrahim abzugeben. Der Plan ist es, eine Falle zu stellen und die Betrüger damit aus der Reserve zu locken, um ihnen dann, wenn es nach Ron geht, »gehörig das Fell zu gerben«, oder, dies wäre Ibrahims Ansatz, sie »an die zuständigen Behörden zu überstellen«.

Und natürlich hofft Mervyn immer noch, dass Tatiana vielleicht doch Tatiana ist, die ihn aus seiner Einsamkeit erlösen wird. Ron kann ihn verstehen. Er hat Weihnachten mit Pauline verbracht, und es ist nicht ganz reibungslos verlaufen. Sie ist eine tolle Frau, viel zu gut für ihn, das weiß er, aber er wollte die Geschenke nach dem Frühstück auspacken, so, wie sich das eben gehört, während Pauline darauf bestand, bis nach dem Mittagessen zu warten. Natürlich hat sie sich durchgesetzt, aber es war nicht dasselbe. Ron ist kein Sturkopf, wenn jemand zu Kompromissen fähig ist, dann er, aber was zu weit geht, geht zu weit. Jetzt haben sie eine kleine Auszeit vereinbart, damit die Wogen sich glätten können. Ron vermisst sie, aber entschuldigen wird er sich nicht, nicht in einer Sache, in der er so eindeutig im Recht ist.

Sie haben Bob Whittaker als Technikexperten gewinnen können. Bob hat sich an Silvester wirklich selbst übertroffen. Ganz Coopers Chase konnte dank ihm das türkische Neujahr feiern, und alle kamen zeitig ins Bett. Nur Ron und Ibrahim sind aufgeblieben, eine Flasche Whisky zur Gesellschaft, um drei Stunden später das neue Jahr nochmals einzuläuten und in absentia auf Joyce und Elizabeth anzustoßen.

Joyce hatte befürchtet, Bob könnte zu schüchtern sein,

um Ja zu sagen. Aber Ibrahim hat ihm den Plan erklärt, und Bob, der dieselbe Sendung über das »Love Scamming« gesehen hat wie Joyce, war sofort bereit zu helfen. Geradezu begierig, um genau zu sein.

Jetzt eben hat er Tatianas neueste Nachricht an Mervyn aufgerufen. Nach kurzem Hin und Her einigen sie sich darauf, dass Ron sie vorlesen darf, sehr zu dessen Befriedigung, da er zu Recht annimmt, dass weder Ibrahim noch Bob mit russischem Akzent lesen würden, und der Akzent ist ja eigentlich der Witz an der Sache. Ron liest:

»*Mein Liebling, mein Prinz, mein Bräutigam* – du grüne Neune! – *nur noch eine Woche, bis wir uns sehen, bis ich in deine Arme sinken werde und wir uns als Liebespaar küssen* – ich lasse den Akzent doch lieber weg – *ich hoffe du bist genauso selig wie ich. Ich habe nur ein Problem, mein lieber, starker Beschützer* – ah, jetzt kommt's! – *Mein Bruder musste ins Krankenhaus durch einen Unfall in seiner Arbeit, er ist von der Leiter gestürzt, und seine Rechnungen werden vielleicht zweitausend Pfund kosten* – na, mindestens! – *wenn ich sie nicht zahlen kann, weiß ich nicht, wie ich zu dir kommen soll, denn meine Sorge für meinen Bruder wird zu groß sein. Mein Liebster, was soll ich nur tun?* – Ich wüsste da schon was! – *Ich kann dich nicht wieder um Geld bitten, da du schon so großzügig warst. Aber ohne das Geld fürchte ich, ich muss bleiben und meinen Bruder pflegen. Du bist immer so gut mit Ideen, mein Mervyn, vielleicht weißt du einen Rat. Zu denken dass ich dich nächste Woche nicht sehe, zerbricht mir das Herz. Deine dich liebende Tatiana.*«

»Armer Mervyn«, sagt Ibrahim.

»Und jetzt?«, fragt Bob.

»Jetzt antworten wir«, sagt Ibrahim und fängt auch schon an zu tippen. »*Geliebte Tatiana, wie sehne ich mich nach Deiner Berührung …*«

Sosehr er für Romantik zu haben ist, beschließt Ron,

dass er für heute genug hat, und überlässt die beiden ihrem Tun. Ibrahim scheint guter Dinge zu sein. Ron hat immer noch ein schlechtes Gewissen, weil sie an Weihnachten nicht Scharade gespielt haben. Aber es ging ums Prinzip, das verstand auch Ibrahim.

Als Ron durch Coopers Chase geht, kreuzt ein Fuchs seinen Weg. Ein Fuchs mit weiß gesäumten Ohren. Ron hat ihn schon oft in den Büschen gesehen. Bei Füchsen weiß man, woran man ist, sie spiegeln einem nicht vor, jemand zu sein, der sie nicht sind.

»Viel Glück, Alter«, sagt Ron.

Vielleicht wird er sich ja sowieso nicht mehr lange wegen Pauline grämen müssen. Geschenke nach dem Mittagessen, also bitte! Wobei es ein paar andere Streitpunkte schon auch gab. Sie hört Radio 2 statt talkSPORT, er musste einen französischen Film mit ihr sehen, solche Sachen. Gut, wenn man sich erst mal an Radio 2 gewöhnt hat, ist es gar nicht so übel. Und der Film war auch nicht schlecht, mit Mord und allem, Untertitel hin oder her. Und, ja, Geschenke-Auspacken nach dem Mittagessen hat durchaus was für sich, nur war er zu dem Zeitpunkt zu beleidigt, um es wahrzuhaben. Vielleicht ist sie ja *gut* für ihn? Aber wenn sie es ist und er sich dagegen so sträubt, ist *er* dann überhaupt gut für *sie*? Was hat Pauline von ihm außer Dickschädeligkeit? Aber dickschädelig ist er ja nur, wenn er im Recht ist, also wird sich daran auch nichts ändern, da kann sie lange warten.

Trotzdem, Ron wünschte, sie wäre bei ihm.

Er blickt auf sein Handy. Keine neuen Nachrichten. Sagt das nicht schon alles? Sie ist zu Bett gegangen, ohne ihm einen Gutenachtkuss zu senden! Soll er ihr einen schicken? Er starrt eine Weile auf das Telefon, als wäre die Antwort dort zu finden.

Was vermutlich der Grund war, wird er sich rückblickend sagen, warum er das Warnzeichen übersehen hat. Warum ihm nicht aufgefallen ist, dass seine Wohnung im Dunkeln liegt, obwohl er das Licht doch immer anlässt.

Und so tappt er geradewegs in die Falle.

## 23

Stephen läuft im Wohnzimmer herum.

Es ist spät, und er ist allein, und das kommt ihm sonderbar vor. Verkehrt irgendwie. Er weiß auch nicht, weshalb.

Er kennt das Sofa, und das gibt ihm Halt. Es gehört ihm, dessen ist er sich sicher. Braun, so ein samtiger Stoff, in dem sich der Abdruck seines Gesäßes in einem helleren, goldenen Braun abzeichnet. Solange er das Sofa kennt, kann nicht alles im Argen sein. Wenn es ganz schlimm kommt, setz dich hin und warte, irgendwann wird schon alles wieder einen Sinn ergeben.

Er kann seine Zigaretten nicht finden, sosehr er auch sucht. Er findet nicht mal einen Aschenbecher. Kein Feuerzeug, nichts. Er hat sämtliche Küchenschubladen durchwühlt. Stephen kann das Sofa von der Küche aus sehen, also ist anzunehmen, dass die Küche auch seine ist. Irgendwelche verrückten Dinge gehen hier vor. Etwas wird vor ihm versteckt. Aber was, und wozu?

Nicht in Panik geraten, das ist das A und O. Ihm scheint, als hätte er all dies schon einmal erlebt. Diese Verwirrung, diese Denkvorgänge. Tief drin möchte er schreien, möchte um Hilfe rufen, nach seinem Vater rufen, dass er kommt und ihn holt, aber er klammert sich an das Positive. Das Sofa. Sein Sofa.

Auf der Anrichte in der Küche steht ein Foto. Es zeigt ihn selbst, viel älter, als er sich kennt, zusammen mit einer alten Frau. Er kennt sie, er kennt sogar ihren Namen. In der Sekunde kommt er zwar nicht darauf, aber er weiß, er kennt ihn. Eine Zigarette, das würde ihn jetzt beruhigen. Wo hat er die Packung hingetan? Ist er vergesslich geworden? Etwas dreht sich, aber es ist nicht das Zimmer, und an den Augen liegt es auch nicht. Sein Gedächtnis dreht sich. Sosehr er auch versucht, ihm Einhalt zu gebieten, es weigert sich stillzustehen.

Am besten, er fährt zur Tankstelle an der Ecke und kauft eine neue Schachtel. An dem Haken in der Diele hängt eine Jacke, die zieht er sich an und sucht nach dem Autoschlüssel. Nirgends zu finden. Da hat offenbar wer ganz radikal reinegemacht. Sehr frustrierend – können die Leute nicht einfach alles lassen, wie es ist, die Dinge an ihrem Platz lassen, warum muss alles ständig umgeräumt werden? Wieder dieses Drehgefühl. Besser, er setzt sich hin.

Stephen lässt sich auf das Sofa fallen. Er fühlt sich viel älter, als er es von Rechts wegen sollte, vielleicht müsste er mal zum Arzt gehen. Aber eine innere Stimme warnt ihn davor. Eine innere Stimme sagt ihm, dass er ein Geheimnis hat, von dem niemand etwas wissen darf. Bleib schön auf dem Sofa sitzen, mach keine Pferde scheu. Die Konturen werden schon von selbst wieder klar. Dieser Nebel wird sich bald lichten.

Draußen springt der Bewegungsmelder an. Stephen schaut aus dem Fenster. Auf einer Wiese, die ihm unvertraut vorkommt und hinter der Schrebergärten beginnen, die ihm ebenfalls fremd sind, auch wenn er fast schwören könnte, dass er heute daran vorbeigegangen ist, ist jemand, den er gut kennt. Ein Fuchs.

Jeden Abend kommt der Fuchs ein Stück näher, so viel weiß Stephen. Leichter Zickzackkurs, sichernde Blicke nach rechts und nach links, ein Mann, der auf der Hut ist, der weiß, dass die Menschheit ihm übelwill. Und nun duckt sich der Fuchs ins Gras, den Kopf auf den Pfoten, und sieht zum Fenster herein wie jeden Abend. Stephen schaut zurück, so wie jeden Abend. Sie nicken sich zu. Nicht richtig natürlich, das ist Stephen schon klar, er hat schließlich kein Rad ab, aber sie nehmen einander ganz bewusst wahr. Stephen hat ihn Snowy genannt, wegen der weißen Fellpuscheln an seinen Ohren. Snowy kauert flach auf dem Boden und glaubt sich perfekt getarnt, aber die weißen Puscheln verraten ihn. Stephens eigenes Haar ist jetzt weiß, das hat er erst heute Morgen bemerkt, sehr zu seinem Befremden. Aber sein Vater ist ja auch weißhaarig, vielleicht bringt er da etwas durcheinander.

Snowy wälzt sich im Gras, keine zehn Meter von der Terrasse entfernt, und Stephen erinnert sich: *Elizabeth*. Die Frau auf dem Foto. Die alte Frau. Stephen muss lachen; natürlich ist sie eine alte Frau, er ist ja selber alt. Verschwommen sieht er sich in der Scheibe gespiegelt. Elizabeth hat ihm verboten, Snowy auch noch zu ermutigen, eine »Plage« hat sie ihn genannt. Wenn sie ihn sieht, scheucht sie ihn weg. Aber irgendwer hat eine Schüssel mit Hundefutter auf die Terrasse gestellt, und Stephen war es nicht.

Elizabeth wird bald zurück sein. Sie wird seinen Autoschlüssel finden, dann kann er sich Zigaretten kaufen. Vielleicht fährt er auch gleich bei Dad vorbei, er muss ihm etwas erzählen, obwohl er sich momentan beim besten Willen nicht erinnern kann, was. Er wird es irgendwo aufgeschrieben haben.

Snowy, das Sofa, Elizabeth. Stephen wird geliebt, ihm kann nichts passieren. Was immer mit ihm ist – und irgendetwas ist mit ihm –, Stephen wird geliebt, deshalb ist er in Sicherheit. Das ist ein Startpunkt. Boden unter seinen Füßen.

Draußen kläfft ein Hund, und Snowy verdrückt sich. Recht hat er; Vorsicht zahlt sich aus. Auch wenn das Gras noch so sehr zum Herumrollen einlädt, einen kläffenden Hund ignoriert man nicht. Bis morgen, mein Freund.

Elizabeth wohnt hier, das sieht Stephen an den Bildern an der Wand, an der Brille auf dem Dielentisch. Er wird umsorgt. Sie müssen verheiratet sein, vielleicht haben sie sogar Kinder. So etwas müsste er doch wissen. Warum weiß er es nicht? Das ist ein Rätsel, das er lösen muss.

Wenn Elizabeth heimkommt, wird er sie küssen, und dann wird er wissen, ob sie verheiratet sind oder nicht. Eigentlich weiß er es ja, aber man kann gar nicht vorsichtig genug sein. Vorsicht zahlt sich aus. Kläffende Hunde, und, und, und. Am besten, er macht ihr schon mal einen Tee. Er geht hinüber in die Küche, seine Küche, auch wenn man so was schon mal vergessen kann, und dann weiß er plötzlich nicht mehr weiter. Irgendein Trick ist dabei, aber welcher? Und müsste er nicht überhaupt in der Arbeit sein? Irgendeine Aufgabe war da doch, die er erledigen sollte … Ist es dringend? Oder hat er sie vielleicht längst erledigt?

Wie heißt der Mann noch mal? Sein Freund? Kuldesh, genau. Der Name, den derzeit alle im Munde führen. Verheiratet mit Prisha, Stephen hat ihm Grüße an sie aufgetragen.

Er dreht den Wasserhahn auf. Damit geht es los, da ist er ganz sicher, und es kann kein Hexenwerk sein, auf den nächsten Schritt zu kommen. Er sieht sich nach einem Anhaltspunkt um. Er steht in einer Küche, aber es ist nicht seine. Er fühlt sich klein und schwach. Ganz ruhig, sagt er sich, einfach atmen. Es muss eine Erklärung geben. Er fängt zu weinen an. Das ist nur die Angst, das weiß er. Reiß dich am Riemen, Mann! Was immer das ist, es geht vorbei, das Bild wird wieder scharf werden, eine Stimme wird ertönen, die ihn beruhigt.

Zurück aufs Sofa, da ist er sicher. Zurück aufs Sofa, und dort auf diese Elizabeth warten. Das gibt ihm Zeit, nachzudenken, herauszufinden, was fehlt. Vielleicht kommt ja auch Snowy vorbei. Snowy ist ein Fuchs mit weißen Öhrchen, drollig sieht das aus, besucht sie jeden Abend. Elizabeth füttert ihn heimlich und denkt, Stephen merkt es nicht.

Da sitzt er. Ein Schlüssel dreht sich im Schloss. Könnte jeder sein. Stephen hat Angst. Er hat Angst, aber er ist bereit. Wasser läuft über den Rand der Spüle und pladdert auf den Küchenboden.

Es ist Elizabeth, die Frau von dem Bild. Sie lächelt, sieht dann das Wasser, das auf den Boden herabströmt, platscht hinüber und dreht den Hahn zu. Sie ist unsagbar schön.

»Ich wollte dir einen Tee kochen«, sagt Stephen. Er muss den Hahn angelassen haben.

»Jetzt bin ich ja da«, sagt Elizabeth. »Warte, ich kümmer mich schon.«

Sie kommt zum Sofa und küsst Stephen. Was für ein Kuss. O doch, verheiratet sind sie!

»Ich hab's gewusst«, sagt er. Aber wieso konnte er sich nicht erinnern? Wieso war er sich nicht sicher? Irgendwo tief in ihm schlägt eine Glocke an. Hart und schrill.

Sie berührt sein Gesicht, und er beginnt wieder zu weinen. Elizabeth küsst die Tränen weg, doch es kommen immer neue nach.

»Ich bin doch da«, flüstert Elizabeth. »Nicht weinen.«

Die Tränen hören nicht auf zu fließen. Denn durch Stephen zuckt ein Erinnerungsblitz, eine jähe Gewissheit. Der Blitz ist splittrig und verwackelt, wie ein Sonnenstrahl, der durch ein zerbrochenes Buntglasfenster fällt. Aber er reicht aus. Für einen Moment weiß Stephen genau, was mit ihm los ist. Er sieht das Wasser auf dem Küchenboden, blickt hinab auf seine zerknitterte Schlafanzughose und kann die Bruchstücke seines Geistes gerade lange genug zusammenhalten, um zu begreifen, was all das bedeutet. Und was es für die Zukunft bedeuten wird. Ach, Stephen, wie tief bist du gefallen. Er schaut seine Frau an und sieht in ihren Augen, dass auch sie Bescheid weiß.

»Ich liebe dich«, sagt er, denn was kann er sonst noch sagen?

»Und ich dich«, sagt Elizabeth. »Ist dir kalt?«

»Jetzt, wo du da bist, nicht mehr«, sagt Stephen.

Elizabeths Festnetztelefon klingelt. Es ist Schlag Mitternacht.

# 24

Ron schließt seine Wohnungstür auf und liegt auch schon am Boden. Eine Hand presst sich auf seinen Mund, ein Knie drückt sich ihm in den Rücken. In seinem Ohr ein drängendes Flüstern.

»Ein Mucks, und ich stech dich ab. Kapiert?« Ein Liverpooler Akzent. Aber Dom Holt ist es nicht. Ron nickt. So eine Behandlung war er als Streikposten in den 80ern von der Polizei gewohnt, nur dass er jetzt vierzig Jahre mehr auf dem Buckel hat. Wenn nur diese verdammte Dunkelheit nicht wäre.

Die Hand gibt seinen Mund frei, kräftige Arme hieven ihn vom Boden hoch. »Dann mal auf mit dir, Alter. Kein Geschrei, keine abrupten Bewegungen.«

»Abrupte Bewegungen?« Ron schnaubt. »Ich werd bald achtzig. Da können Sie sich echt was drauf einbilden, Mann.«

»Patzig auch noch«, sagt der Mann. »Ich hab Ihren Sohn boxen sehen, da geh ich kein Risiko ein.«

Ein Licht flammt auf, und Ron kann sein Gegenüber sehen. Ende vierzig, Polohemd unter einem dunklen Anzug, Goldkettchen, dichtes, dunkles Haar, blaue Augen. Gut aussehender Bursche. Ein Handlanger von Dom Holt? Dafür wirkt er zu reich. Der Mann bedeutet Ron, sich hinzusetzen, und nimmt ihm gegenüber Platz.

»Ron Ritchie?«

Ron nickt. »Und wer sind Sie?«

»Mitch Maxwell. Wissen Sie, warum ich hier bin, Ron?«

Ron zuckt die Achseln. »Weil Sie ein Psychopath sind?«

»Schön wär's«, sagt Mitch. »Jemand hat etwas gestohlen, das mir gehört.«

»So ein Pech aber auch«, sagt Ron. Seine Hüfte schmerzt, nicht die Art Schmerz, die am Morgen verschwunden sein wird. »Arbeiten Sie für Dom Holt, oder wie?«

Mitch lacht. »Seh ich so aus, als würde ich für jemanden arbeiten?«

»Jeder arbeitet für irgendwen«, sagt Ron. »Nur ein schwacher Mann leugnet das ab.«

»Ganz schön große Klappe haben Sie«, sagt Mitch. »Typisch West-Ham-Fan eben. Dom Holt arbeitet für mich.«

»Ah so? Er schuldet mir dreitausend Pfund für den Daihatsu, sagen Sie ihm das.«

»Mr Ritchie«, sagt Mitch. »Am 27. Dezember wurde bei Ihrem Freund Kuldesh Sharma ein Gefäß mit einer größeren Menge Heroin abgegeben. Einen Tag später waren das Gefäß, das Heroin und auch Ihr Freund verschwunden. Ihr Freund ist ja mittlerweile wieder aufgetaucht, mit einer Kugel im Kopf, leider Gottes, aber von meinem Heroin fehlt immer noch jede Spur. Wir haben den ganzen Laden zerlegt, nichts. Also wissen vielleicht Sie, wo es ist? Kuldesh hatte es den ganzen Tag. Hat er es eventuell hierhergebracht? Seine Freunde gebeten, es für ihn aufzubewahren, während er seine Schäfchen ins Trockene bringt?«

»Freund ist er nicht direkt«, sagt Ron. »Ich hab von ihm gehört, ihn aber nie getroffen.«

»Aber dass er tot ist, wisst ihr. Nachdem ihr Dom vorgeworfen habt, ihn ermordet zu haben.«

»Stimmt«, sagt Ron. »Wäre nur logisch, oder? So ein Dealer-Arsch wird um seinen Profit geprellt. Und bringt den Dieb natürlich postwendend um. Muss gar nicht Ihr Kumpel gewesen sein, vielleicht waren Sie's auch selber. Der Typ dafür wären Sie ja.«

In der Hüfte pocht es jetzt. Ron hat nicht vor, sich den Schmerz anmerken zu lassen.

»Kann schon mal passieren, dass einer stirbt«, sagt Mitch. »Aber mein Heroin hab ich immer noch nicht wieder. Und ich brauch es schnell.«

»Also sind Sie in meine Wohnung eingebrochen?«

»Sehen Sie's mal mit meinen Augen, Ron«, sagt Mitch. »Eine ganz reguläre Ladung Heroin gelangt über die Grenze, in einem kleinen Gefäß hinten im Laderaum eines Lasters. Sie verschwindet. Ein paar Tage später tauchen Sie bei mir in der Firma auf. Der Vater von Jason Ritchie, das ist schon mal nicht uninteressant. Dann höre ich, dass ein Kumpel von Connie Johnson dabei war und eine alte Frau mit einem Revolver. Was würden Sie daraus folgern?«

Ron lächelt. »Und jetzt glauben Sie, Kuldesh hat uns das Heroin gegeben, bevor er gestorben ist?«

»Ist zumindest eine Theorie«, sagt Mitch. »Bis Sie mir das Gegenteil beweisen.«

Ron beugt sich vor, langsam, um nicht das Gesicht verziehen zu müssen. Er stützt das Kinn in die Hände. »Haben Sie für die nächsten Stunden was vor?«

Mitch sieht auf die Uhr. »Mein Sohn muss vor der Schule zum Streetdance, aber bis dahin hab ich Zeit.«

»Dann telefonier ich jetzt ein bisschen rum«, sagt Ron. »Hole meine Freunde rüber. Vielleicht kommen wir dann ja ein Stück weiter.«

»Sind das Leute, denen ich trauen kann?«, fragt Mitch.

»Nein.« Ron nimmt das Telefon und wählt. »Können wir Ihnen trauen?«

»Nein«, sagt Mitch.

»Tja, machen wir das Beste aus dem, was wir haben«, sagt Ron, während es am anderen Ende klingelt.

Er ruft als Erstes Elizabeth an. Anders geht es nicht. Wenn er Ibrahim vor ihr anruft, kriegt sie das raus, und dann setzt's was. »Liz, Ron hier, schnür deine Schuhe und komm zu mir rüber. Ähm – alles in Ordnung bei dir? Ganz sicher? Na gut, ich will's dir mal glauben, aber nur, weil du's bist. Du sagst Joyce Bescheid, ich sag's Ib – doch, bring den Revolver besser mit.«

Er legt auf und wählt Ibrahims Nummer.

»Whisky?«, fragt er Mitch. »Solange wir warten?«

Mitch nickt und steht auf. »Ich hol ihn. Brauchen Sie was für Ihre Hüfte?«

Ron schüttelt den Kopf. Anscheinend hat er es nicht so gut kaschiert, wie er dachte. Aber zugeben wird er es deshalb noch lange nicht. Die Genugtuung gönnt er Mitch nicht. »Bis morgen ist das weg.«

Am anderen Ende wird abgehoben. »Ib, ich bin's. Ich. Ron! Was dachtest du, wer so spät bei dir anruft, Meghan Markle?«

»In der Regel komm ich recht gut an Heroin«, sagt Mitch. »Falls Sie es mal brauchen sollten.«

## 25

Mitch sehnt sich nach dem Verhör durch Luca zurück. Nach dem unterirdischen Verlies, in dem er mit einem zerbrochenen Billardstock malträtiert wird. Da weiß er wenigstens, woran er ist. Da kennt er die Regeln. Stattdessen sitzt er hier tiefnachts in einem bequemen Lehnstuhl und trinkt mit vier Rentnern edlen Whisky.

Kein Zweifel, Mitch ist nicht in seiner Komfortzone.

Sein Plan war so simpel: erst diesem Ron Ritchie einen Todesschrecken einjagen und ihn dann foltern, bis er ihm sagt, wo das Heroin ist. Aber so ist es nicht gekommen. Die Frau mit dem Revolver scheint die Anführerin zu sein. Elizabeth heißt sie. Der Revolver macht Mitch keine Angst, seine Besitzerin schon. Einen derartigen Blick hat er im Lauf der Jahre in den Augen so einiger Leute gesehen. Die meisten von ihnen sind inzwischen tot, im Knast oder in hochumzäunten Luxusvillen in Spanien.

»Sind Sie stolz darauf, wie Sie Ihr Geld verdienen?«, will Elizabeth von ihm wissen.

»Um mich geht es hier nicht«, sagt Mitch.

»Wenn Sie nachts bei fremden Leuten einbrechen, müssen Sie sich auch ein paar Fragen gefallen lassen, das gebietet allein schon die Höflichkeit.« Das kommt von dem Mann, der sich als Ibrahim vorgestellt hat. Dem Typen, der mit Connie Johnson zusammenarbeitet. Er schreibt mit.

»Ist das nicht ein recht schmuddeliges Geschäft? Der

Heroinhandel?« Das ist wieder Elizabeth, Revolver auf dem Schoß. Was ist sie für eine? Mitch kennt alle in der Branche, aber sie kennt er nicht.

Eine kleinere Frau in einer grünen Strickjacke beugt sich vor. »Mr Maxwell. Niemand hat Sie gezwungen zu kommen. Sie sind aus freien Stücken hier.«

»Sehr richtig, Joyce«, sagt Elizabeth. »Sie haben unseren Freund verprügelt –«

»Er hat mich nicht verprügelt«, protestiert Ron.

»Warten wir ab, was der Arzt morgen sagt«, sagt Elizabeth. »Also, Mr Maxwell, wie Sie vielleicht schon bemerkt haben, macht Ihr markiger Auftritt nicht sehr viel Eindruck auf uns; da hatten wir schon mit ganz anderen Kalibern zu tun.«

»Sie kommen nicht mal unter die Top Ten«, sagt Ibrahim. »Und glauben Sie nicht, dass ich keine Top Ten habe.«

»Wissen Sie, Mr Maxwell, mir scheint, dass unsere Ziele nicht sehr weit auseinanderliegen«, fährt Elizabeth fort. »Wir wollen herausfinden, wer Kuldesh getötet hat, und Sie wollen herausfinden, wo Ihr Heroin ist. Richtig?«

»Ich will meine Ware zurückhaben«, sagt Mitch. »*Muss* meine Ware zurückhaben.«

»Ach Gottchen«, sagt Elizabeth, »ersparen Sie uns die Euphemismen, wir sind weder Kinder noch Polizisten. Nennen Sie Heroin Heroin.«

»Ich muss mein Heroin zurückhaben«, sagt Mitch brav. »Es ist in einem kleinen Terrakottagefäß, es ist furchtbar viel wert, und es gehört mir.«

»Moralisch müssten Sie den Heroinhandel doch eigentlich bedenklich finden?«, sagt Ibrahim.

»Sagt der Mann, der für Connie Johnson arbeitet«, pariert Mitch. »Hören Sie mal, eins wüsste ich auch ganz gern, bevor wir hier weitermachen. Wer sind Sie?«

»Ich bin Joyce«, sagt Joyce.

»Und wir sind alle Freunde von Joyce«, sagt Ibrahim. »So, das wäre geklärt, jetzt sind wieder wir an der Reihe. Wir wollen Sie schließlich ein bisschen kennenlernen. Eine Vertrauensbasis herstellen.«

Mitch wirft die Hände in die Luft. »Na schön, fragen Sie.«

»Sind Sie stolz darauf, Heroinschmuggler zu sein?«, fragt Elizabeth wieder.

»Auf meinen Erfolg bin ich stolz«, antwortet Mitch, dem klar wird, dass er darüber noch nie nachgedacht hat. »Auf den Rest, nein, eher nicht. Ich bin da irgendwie reingerutscht, und dann war ich gut darin.«

»Sie könnten umsatteln«, regt Joyce an. »IT vielleicht?«

»Ich bin fast fünfzig«, wendet Mitch ein.

Wie gern würde er diesen ganzen Mist los sein. Wenn er sein Heroin wiederhat, dann war's das für ihn. Dann ist er raus aus der Sache.

»Waren Sie schon mal im Gefängnis?«, erkundigt sich Ibrahim.

»Nein«, sagt Mitch.

»Sind Sie schon mal festgenommen worden?«, fragt Joyce.

»Schon oft«, sagt Mitch.

»Haben Sie schon mal wen umgebracht?«, will Ron wissen.

»Wenn ich an die große Glocke hängen würde, dass ich Leute umbringe, säße ich ja wohl in Haft«, hält Mitch dagegen.

»Was ist mit deiner Hüfte, Ron?«, fragt Joyce.

»Gar nichts«, behauptet Ron.

»Und die größte Frage von allen«, sagt Elizabeth. »Wer hat Kuldesh Sharma erschossen? Sie?«

Mitch lächelt. »Da müssen Sie sich schon mehr anstrengen.«

»Noch einen Whisky?«, fragt Ron.

Mitch lehnt ab. Er hat noch den ganzen Weg bis nach Hertfordshire vor sich und eine halbautomatische Waffe im Kofferraum, da kann er sich Alkohol am Steuer schlecht leisten.

»Dann eine leichtere Frage«, sagt Elizabeth. »Wer wusste noch alles von dem Heroin?«

»Ein paar Afghanen«, sagt Mitch. »Aber wozu sollten die es stehlen? Und der Mittelsmann, der die Ware nach Moldawien reinbringt – aber das ist einer von meinen Leuten.«

»Name?«, fragt Ibrahim, Stift gezückt.

»Lenny«, sagt Mitch.

»Jemand hier hat gerade einen Urenkel bekommen, der auch Lenny heißt«, sagt Joyce. »Irgendwann wird jeder Name wieder modern, nicht wahr?«

»Wo können wir ihn finden?«, fragt Ibrahim.

»Dom müsste seine Nummer haben«, sagt Mitch.

»Ah, unser Freund Dom«, sagt Elizabeth. »Der ist natürlich auch in alles eingeweiht, nehme ich an? Sie haben sich sicher schon gefragt, ob er das Heroin nicht vielleicht selbst gestohlen hat, oder? Und Kuldesh kam ihm als Sündenbock gerade recht?«

Mitch schüttelt den Kopf. »Er weiß über alles Bescheid, aber ich vertraue ihm blind.«

»Aber er wusste, was in dem Kästchen ist. Er hat es selbst abgeliefert. Er hat Kuldesh getroffen.«

»Und es ist eine Menge Geld«, ergänzt Joyce.

»Nicht in unserer Branche«, sagt Mitch.

»Trotzdem, Sie kriegen mehr als er«, sagt Ron. »Hundert Mille sind eine große Summe für Dom.«

»Sind solche Beträge eigentlich steuerfrei?«, fragt Ibrahim. »Doch, geht ja nicht anders, Frage schon beantwortet. Wenn Sie Geld bei einer Quizshow gewinnen, ist das auch steuerfrei, wussten Sie das? Da haben Quizshows und der Heroinschmuggel etwas gemeinsam.«

Alle warten, bis sie ganz sicher sein können, dass Ibrahim fertig ist.

»Jeder Mensch ist loyal, bis er's dann irgendwann nicht mehr ist«, merkt Ron an.

»Ich seh's nicht«, sagt Mitch. »Tut mir leid.«

»Gibt es sonst irgendwen, den Sie uns nennen können?«, fragt Elizabeth. »Sie verkaufen das Heroin, aber wer sind Ihre Abnehmer?«

»Vergessen Sie's«, sagt Mitch. »Mehr kriegen Sie aus mir nicht raus.«

»Fürs Erste«, sagt Ibrahim.

»Darf ich jetzt auch noch was fragen?«, sagt Mitch. »Bevor ich's packe?«

Niemand hat etwas einzuwenden. Also nimmt er sich als Ersten Ibrahim vor.

»Arbeiten Sie wirklich für Connie Johnson?«

»So ist es«, bestätigt Ibrahim.

»Und als was?«

»Das darf ich Ihnen nicht sagen«, sagt Ibrahim.

»So tief stecken Sie also drin.« Mitch richtet den Blick auf Elizabeth. »Und Sie. Warum haben Sie einen Revolver?«

Elizabeth lächelt sphinxhaft. »Warum habe ich einen Revolver? Damit ich Sie besser erschießen kann.«

Puh! Mitch sieht Ron an. »Hab ich Sie echt an der Hüfte verletzt?«

Ron nickt. »Was dachten Sie denn? Ich bin ein alter Mann, Sie Idiot.«

»Tut mir leid«, sagt Mitch. »Ich dachte, ihr hättet meine Ware gestohlen.«

»Da lagen Sie falsch«, sagt Joyce.

»Und ganz im Ernst«, sagt Mitch. »Ihr meint doch

nicht wirklich, dass Dom mich bestehlen würde? Das ergibt keinen Sinn, auch für hundert Riesen nicht. Warum sollte er denken, dass er damit durchkommen würde?«

»Na ja«, sagt Joyce, die sich bisher eher zurückgehalten hat. »Sie vertrauen ihm blind, haben Sie gesagt. Das wird er ja wohl auch wissen. Wen kann er also besser bestehlen als Sie?«

Sie sagt es so mitfühlend, dass es Mitch augenblicklich plausibel erscheint.

## 26

So früh am Morgen ist es bitterkalt im Container, deshalb hat Donna ihren Daunenanorak angelassen. Chris wärmt sich die Hände an einem Becher Automaten-Kaffee.

»Je mehr ich über Dom Holt und Mitch Maxwell in Erfahrung bringe, desto übler wird es«, sagt er. »Kuldesh hatte keine Ahnung, mit wem er sich da einlässt.«

»Aber Dom Holt wird ja wohl kaum sein eigenes Heroin gestohlen haben«, gibt Donna zu bedenken.

»Vielleicht hat er sich mit seinem Chef verkracht?«, schlägt Chris vor.

Er zerknüllt ein Blatt Papier und wirft es in hohem Bogen in Richtung des Mülleimers in der Ecke. Es prallt am Rand ab und fällt auf den Boden.

»Ja, Chefs sind der Albtraum«, sagt Donna. »Wie schaffen wir es, ihn ein bisschen unter die Lupe zu nehmen, ohne dass SIO Regan und ihre Truppe es mitbekommen? Mit wem könnten wir reden?«

»Mit Jason Ritchie vielleicht?«

»Stimmt«, sagt Donna, »der verkehrt in interessanten Kreisen.«

Chris haucht sich in die Hände. »Wir können ihn fragen, ob er etwas weiß. Ich rede mit Ron.«

Ein Schwall Januarluft faucht in den Container, als SIO Jill Regan die Tür aufreißt.

»Sie haben das Anklopfen vergessen«, bemerkt Chris.

»Ist das Ihre neue Dienstkleidung?«, fragt Jill Donna.

»Irgend so ein Idiot hat uns in einen Container gesteckt«, gibt Donna zurück und zieht ihren Reißverschluss noch ein Stück höher. »Ma'am.«

Jill setzt sich. »Unterläuft Ihnen das öfter, dass Sie Ihre Vorgesetzten als Idioten bezeichnen, Constable?«

»Das macht sie andauernd«, sagt Chris. »Ich hab mich schon dran gewöhnt. Was können wir für Sie tun?«

»Mir ist eine Sache aufgefallen, die ich nicht verstehe«, sagt Jill.

»Sie sind bei der NCA«, sagt Chris. »Da erleben Sie das hoffentlich nicht zum ersten Mal.«

»Wo ist sein Telefon«, sagt Jill. »Das ist die Frage, die ich mir stelle.«

»Wessen Telefon?«, fragt Donna.

»Das von Kuldesh Sharma«, sagt Jill. »Wo ist sein Telefon, frage ich mich.«

»Nicht unser Fall«, sagt Chris.

»Ja, nicht wahr«, sagt Jill. »Wie läuft die Pferdejagd?«

»Wir tun unser Bestes«, sagt Chris. »Pferde sind ja sehr schnell.«

»Hmm … Donna hat gestern Telefondaten abgefragt.« Jill reibt die Hände gegeneinander. »Kalt hier drin.«

»Routineabfrage«, sagt Donna.

»Also habe ich ein bisschen weitergeschaut«, sagt Jill Regan. »Und Sie haben auch neulich schon Telefondaten abgefragt, an dem Tag, als Sie Kuldeshs Laden durchsucht haben. Ich habe die Ergebnisse dieser Abfrage nirgends finden können.«

»Wir sind Polizisten«, sagt Chris. »Wir fragen andauernd Telefondaten ab. Sie haben nicht zufällig einen überzähligen Heizstrahler im Besprechungsraum?«

»Wenn ihr sein Telefon habt«, sagt Jill, »dann seid ihr euren Job los, das ist euch klar?«

»Dann ist's ja gut, dass wir es nicht haben«, erwidert Donna.

Donna, Chris und Jill starren sich eine Zeit lang an. Chris stößt sich sachte mit seinem Drehstuhl ab, und eins der Räder löst sich. Für Donnas Empfinden meistert er die Situation ziemlich würdevoll.

»Lasst die Finger von dem Fall«, sagt Jill.

»Aber sicher«, sagt Chris. »Er ist bei der NCA ja in besten Händen. Falls Sie uns brauchen, wir lehnen an einem Gatter und kauen Strohhalme.«

Jill steht auf. »Und sollte Ihnen irgendwo dieses Telefon unterkommen …«

»Dann wissen wir, wo wir Sie finden«, sagt Chris.

»Von Kollege zu Kollege«, warnt Jill, »halten Sie sich da raus.«

»Botschaft angekommen«, sagt Chris. »Machen Sie diesmal bitte die Tür zu?«

Jill stelzt hinaus, Tür sperrangelweit offen.

Chris schließt sie, nachdem er sich überzeugt hat, dass Jill wirklich weg ist. »Hast du schon die Auswertung von Elizabeths Handy?«

Donna sieht auf ihre Uhr. »Müsste eigentlich jeden Moment eintrudeln.«

# 27

Da Donnerstag ist, trifft man sich im Puzzlestübchen. Auf dem Puzzletisch steht eine Kuchenplatte mit den Überresten einer Biskuittorte.

Der Donnerstagsmordclub lädt zwischendurch gern Fachleute zu einer lockeren Gesprächsrunde ein, und heute sind Nina Mishra und ihr Chef Jonjo bei ihnen, um ihnen eine kleine Einführung in die Grundlagen des Antiquitätenhandels zu geben. Wie stets bei solchen Anlässen hat Ibrahim sich vorab ein wenig eingelesen und ist folglich ziemlich sattelfest.

»Erst mal zu den Definitionen«, beginnt Jonjo. »Von einer Antiquität spricht man, wenn ein Gegenstand mehr als hundert Jahre alt ist. Alles darunter nennt man entweder Vintage oder auch Sammlerstück.«

»Stimmt«, bestätigt Ibrahim. »Das deckt sich mehr oder weniger auch mit meinen Recherchen.«

»So was«, sagt Joyce. »Wir sind Sammlerstücke, Elizabeth.«

»Und wenn etwas über hundert Jahre alt ist, dann hat es eine Geschichte zu erzählen«, sagt Jonjo. »Wo wurde es hergestellt, und von wem?«

»Wer hat es gekauft, für wie viel, zu welcher Zeit?«, nimmt Nina den Faden auf.

»Wurde es gut gepflegt, wurde damit gespielt, wurde es irgendwann fallen gelassen, repariert, neu lackiert, war es dem Sonnenlicht ausgesetzt?«, fährt Jonjo fort.

»Gerry hat mal von einem Flohmarkt eine Sauciere mitgebracht«, sagt Joyce. »Er war überzeugt, dass sie Hunderte von Jahren alt sein muss, aber dann haben wir genau die gleiche bei British Home Stores gesehen.«

»Die BHS-Waren aus den Siebzigern sind heutzutage wieder sehr gefragt«, bemerkt Nina.

»Oh, das hätte ihn gefreut«, sagt Joyce. »Ich habe ihm damals ziemlich die Hölle heiß gemacht.«

»Aber selbst wenn etwas über hundert Jahre alt ist«, sagt Jonjo, »ist es in den allermeisten Fällen trotzdem wertlos. Massenware oder von minderer Qualität oder einfach nicht das, was die Käufer interessiert.«

»Meine Eltern haben zum Teil wunderschöne Stücke entdeckt«, sagt Nina, »Korkenzieher in Pfauenform, einen Mini-Big-Ben als Keksdose, und sie dann für einen Zehner verkauft.«

»Genau so ist es«, sagt Jonjo. »Fast nichts bringt etwas ein. Der leichteste Weg, mit Antiquitäten ein kleines Vermögen zu machen, ist, mit einem großen Vermögen anzufangen und es zu verlieren. Sprich, die gesamte Branche kreist um die paar wenigen Gegenstände, für die wirklich Geld bezahlt wird. Momentan wären das etwa ein Clarice-Cliff-Service oder Keramik von Bernard Leach. Nächstes Jahr wird es etwas anderes sein.«

»Wenn man also einfach sein Auskommen haben will«, sagt Nina, »ist die Gleichung relativ simpel. Wer etwas für einen Zehner verkauft, sollte zusehen, dass er höchstens einen Fünfer dafür bezahlt und weiß, was gerade angesagt ist.«

»Was sich verkauft und was nicht«, fügt Jonjo an.

»Wenn man diese Balance richtig hinkriegt, jahrein, jahraus, kann man davon recht bequem leben«, sagt Nina. »Meine Eltern haben sie nie hinbekommen. Sie haben sich ständig in irgendwelche Stücke verliebt.«

»Regel Nummer eins in der Antiquitätenbranche«, sagt Jonjo: »Sich nie in etwas verlieben.«

»Ein Ratschlag fürs Leben«, urteilt Ibrahim.

»Und hat Kuldesh die Balance hingekriegt, meinen Sie?«, erkundigt sich Joyce.

»Ich denke, ja«, sagt Jonjo. »Er war fünfzig Jahre in dem Gewerbe, er wusste, wonach er ausschauen muss, er hatte Kunden, die ihm vertraut haben, und eine erschwingliche Miete. Zwischendurch ging es bei ihm sicherlich auch mal ruhig zu, aber das ist kein schlechtes Rezept für ein gesundes Geschäft.«

»Und man genießt das Privileg, sich mit ungewöhnlichen oder erlesenen oder raren Dingen abgeben zu dürfen«, sagt Nina. »Millionär wird man keiner, aber monoton ist es so gut wie nie.«

»Aber wenn man doch Millionär werden will?«, fragt Ron. »Wie würde man das anstellen?«

Jonjo hebt den Zeigefinger. »Die Frage der Fragen, nicht wahr?«

»Waren Sie schon bei Samantha Barnes?«, will Nina wissen.

»Das steht als Nächstes auf unserer Liste«, sagt Joyce.

»Lassen Sie mich Ihnen etwas zeigen«, sagt Jonjo.

Er langt in eine lederne Brieftasche und bringt ein Samtsäckchen zum Vorschein. Dann zieht er ein Paar weißer Handschuhe über, lockert das Zugband an dem Säckchen und lässt eine Silbermünze herausgleiten.

»Ooh!«, macht Joyce.

Jonjo legt sich die Münze auf die flache Hand und präsentiert sie allen reihum. »Was Sie hier sehen – aber bitte nicht anfassen –, ist eine sogenannte Distinguished Service Medal, eine Medaille für besondere Verdienste, die im Zweiten Weltkrieg verliehen wurde. Die Familie hat sie nie aus der Hand gegeben, aber jetzt muss das Studium der Urenkel finanziert werden, darum sind sie damit zu mir gekommen und haben mich um eine Bewertung gebeten.«

»Das wäre ein tolles Foto für Instagram«, sagt Joyce. »Ich poste sonst fast nur Bilder von Alan. Darf ich kurz?«

»Moment noch«, sagt Jonjo. »Ich habe die Familie gefragt, was sie denn glauben, dass sie wert sei, und sie meinten, sie hätten gelesen, sie könne bis zu zehntausend Pfund einbringen.«

»Nie im Leben!«, sagt Ron.

»Ich musste ihnen sagen, dass sie da falsch informiert sind«, sagt Jonjo, »und dass wir bei einer Medaille, die so gut erhalten ist wie ihre und die noch dazu seit ihrer Verleihung immer in der Familie geblieben ist, eher von einem Betrag um die dreißigtausend ausgehen können.«

»Scheiß mich an«, sagt Ron.

»Ron!«, mahnt Joyce.

»Sie ist schön, nicht?«, sagt Jonjo.

»Wunderschön«, sagt Joyce.

Jonjo verwahrt die Münze wieder in ihrem Säckchen und streift sich die Handschuhe von den Fingern. »Was macht sie so schön, würden Sie sagen, Joyce?«

»Na ja, sie … glänzt so?«

»Ich sage Ihnen, was das Schöne daran war«, sagt Jonjo. »Und das beantwortet auch die Frage, wie man in der Antiquitätenbranche zum Millionär wird. Das Schöne waren das Samtsäckchen und die weißen Handschuhe und die ehrfürchtig gesenkte Stimme, mit der ich gesprochen habe.«

»Ja, so spreche ich auch manchmal«, sagt Ibrahim.

»Das Schöne daran war die Geschichte«, sagt Jonjo. »Die Urenkel, der schweren Herzens gefasste Entschluss, zu verkaufen.«

»Stimmt, ja«, sagt Joyce. »Das war auch schön.«

»Aber leider alles gelogen.« Jonjo kippt die Münze scheppernd auf den Tisch. »Sie ist überhaupt nichts wert. Sie kommt aus einer Werkstatt vielleicht zwanzig Meilen von hier, serienmäßig hergestellt von einem Mann, der mit diesen Dingern sein Geld verdient. Man kann gar nicht genug aufpassen. Diese hier wollte ein lokales Auktionshaus versteigern, zum Glück konnte ich den Irrtum noch rechtzeitig aufdecken. Ich habe sie aufgehoben, weil sie so wunderbar meine Lektion veranschaulicht: Wer eine gute Geschichte erzählt, der bringt ein Stück Metall, das keine fünf Shilling wert ist, für dreißigtausend Pfund an den Mann. Und so wird man Millionär.«

»Und das ist das Erfolgsrezept von Samantha Barnes«, sagt Nina. »Fälschungen. Imitate. Hauptsächlich auf dem Gebiet der Malerei. Wenn Sie im Netz einen Picasso-Druck in limitierter Auflage angeboten sehen, dann ist es zu neunundneunzig Prozent einer von ihr. Das Gleiche bei den Banksys und Damien Hirsts. Lowrys kann sie auch ziemlich gut.«

»Wobei mein Verdacht ist, dass sie bei so was mittlerweile nicht mehr haltmacht«, sagt Jonjo. »Und Kuldesh wird sie gekannt haben.«

»Sie und ihren Ruf«, präzisiert Nina.

»Irgendwo habe ich gelesen, dass Banksy in Wahrheit der Mann aus dieser Heimwerkersendung ist«, sagt Joyce. »Nick Knowles. Ich weiß aber nicht, ob das stimmt.«

Ibrahim nutzt das als Überleitung zum eigentlichen Tagesgeschäft.

»Hier ist die Zeitachse«, sagt er und teilt laminierte Bögen Papier aus. »Ich bin ja am Überlegen, ob ich diese Art von Information nicht künftig digital verteilen sollte. Mein Ehrgeiz wäre es, den Donnerstagsmordclub wenn möglich bis 2030 $CO_2$-neutral zu bekommen.«

»Du könntest auch einfach aufhören, alles zu laminieren«, schlägt Ron vor.

»Ein Schritt nach dem anderen, Ron«, sagt Ibrahim. »Ein Schritt nach dem anderen.«

Im Grunde weiß er natürlich, dass Ron recht hat, aber von seinem Laminiergerät kann er nicht so ohne Weiteres lassen. So ähnlich muss es den Amerikanern mit ihren Kohlekraftwerken gehen.

»Ich muss übrigens um viertel vor zwölf weg«, sagt Elizabeth. »Nur dass ihr Bescheid wisst.«

»Aber die Sitzung geht bis um zwölf«, stellt Ibrahim klar. »Wie immer.«

»Ich habe noch etwas vor«, sagt Elizabeth.

»Was denn?«, will Joyce wissen.

»Eine Ausfahrt mit Stephen«, sagt Elizabeth. »Etwas frische Luft schnappen. Ibrahim, mach voran mit deiner Zeitachse.«

»Wer fährt?«, fragt Joyce.

»Bogdan«, sagt Elizabeth. »Ibrahim, bitte lass dich von uns nicht aufhalten.«

»Vielleicht hätte ich ja auch Lust auf eine Ausfahrt gehabt«, sagt Joyce zu niemand im Besonderen.

Ibrahim übernimmt wieder. Er wünschte, er hätte vorher gewusst, dass sie nur fünfundvierzig Minuten zur Verfügung haben. Sein Leben ist nach Stunden getaktet. Egal, Ibrahim, du bist flexibel. Er hatte ein paar einleitende Ausführungen über die Natur des Bösen vorbereitet, etwa acht Minuten lang, doch die wird er sich nun für einen anderen Zeitpunkt aufsparen müssen und direkt in medias res gehen. Frustrierend.

»Um dem Mord auf die Spur zu kommen«, beginnt er, »müssen wir, so wie ich das sehe, zwei Schlüsselfragen beantworten. Erstens, wo befindet sich das Heroin jetzt, und zweitens, wen hat Kuldesh angerufen, nachdem er mit Nina gesprochen hatte. Habe ich irgendetwas vergessen?«

»Wozu hat er einen Spaten gebraucht?«, sagt Ron.

»Das findest du unter ›Diverses‹ aufgelistet, Ron«, sagt Ibrahim.

»O Pardon!«, sagt Ron. »Wo ist das Heroin also?«

»Kuldesh hat einen Lagerraum in Fairhaven, sagt Nina«, meldet sich Joyce zu Wort.

»Den hatte er zumindest«, sagt Nina. »Keine Ahnung, wo.«

»Vielleicht ist das Heroin ja dort«, meint Joyce. »Wir könnten ihn sicher ausfindig machen.«

»Möglich«, sagt Ibrahim. »Oder ist es bereits verkauft. Soviel ich weiß, ist Heroin sehr gefragt. Auf jeden Fall wirkt es nicht so, als hätte Mitch Maxwell es in seinem Besitz. Wer hat es also?«

»Ich frage mich ja«, äußert Elizabeth, »ob sich aus Connie Johnson nicht noch mehr rauskriegen lässt, Ibrahim. Wir wissen immer noch nicht, wer der Käufer hätte sein sollen.«

»Ich sehe sie am Montag«, sagt Ibrahim.

»Wer ist Connie Johnson?«, fragt Jonjo.

»Sie ist wie Samantha Barnes, nur für Drogen«, antwortet Joyce. »Soll ich ihr vielleicht Scones backen, Ibrahim? Scones kriegen sie im Gefängnis eher nicht, oder?«

»Na prima!«, sagt Ron. »Sie will mich umbringen, also backst du ihr Scones.«

»Was wirst *du* eigentlich machen, Elizabeth?«, wendet Joyce sich an sie. »Während wir anderen hier rumrödeln?«

»Oh, ich habe ein volles Programm«, sagt Elizabeth.

Joyces Telefon klingelt. Sie sieht auf das Display und hebt ab.

»Hallo, Donna, was für eine reizende Überraschung, grade gestern hab ich an Sie gedacht. Auf ITV3 lief eine

Folge von *Cagney & Lacey*, und Cagney, oder vielleicht auch Lacey, die Blonde jedenfalls, war in einer Bar, und sie sagte … ach … ja, sicher, ja …« Leicht zerknirscht hält sie Elizabeth ihr Handy hin. »Für dich.«

Elizabeth nimmt es an sich. »Ja? Hmm hmm … Hmm hmm … Hmm … hmm. Ja … ja … ich wüsste nicht, was Sie das angeht … ja … danke, Donna, Sie haben mir sehr geholfen.«

Sie gibt Joyce das Handy zurück.

»Cagney oder Lacey war nämlich in einer Bar, und –«

»Ibrahim«, unterbricht Elizabeth, »was machst du heute Nachmittag?«

»Ich wollte eigentlich beim Zumba vorbeischauen«, sagt Ibrahim. »Da gibt es diesen neuen Lehrer, und er –«

»Du fährst mit Joyce nach Petworth«, befiehlt Elizabeth. »Ihr müsst sofort mit Samantha Barnes sprechen.«

»Na gut, für Kunst interessiere ich mich ja«, sagt Ibrahim. »Und Heroinschmuggel finde ich auch ein sehr spannendes Thema. Das Subversive daran –«

Elizabeth bringt ihn mit einer Handbewegung zum Schweigen. »Donna hat meine Telefonverbindungen überprüft.«

»Aha!«, sagt Ron.

»Am Dienstag um 16:41 Uhr habe ich bei Samantha Barnes angerufen.«

Ibrahim blickt von seinen Notizen auf. »Und?«

»Und«, sagt Elizabeth, »Samantha Barnes' Nummer wird als Code 777 wiedergegeben.«

# 28

Der Verkehr auf der A 23 ist so dicht, dass sie mit knapper Not Coulsdon hinter sich gelassen haben, aber Stephen, der vorn bei Bogdan sitzt, scheint das nicht zu stören. Seit sie in Coopers Chase losgefahren sind, hat er nicht aufgehört, ihm Fragen zu stellen.

»Es gibt dieses Museum«, sagt er gerade. »In Bagdad. Waren Sie da schon mal?«

»Ob ich in Bagdad war?«, sagt Bogdan. »Nein.«

»Da müssen Sie unbedingt hin«, sagt Stephen.

»'kay, dann mach ich das«, sagt Bogdan.

Das Timing vorhin war ungünstig; Elizabeth wünscht, sie hätte die Sitzung nicht so schnöde abkürzen müssen. Aber Viktor ist ein viel beschäftigter Mann, und es ist zwingend erforderlich, dass sie ihn sieht. Dass er Stephen sieht.

Joyce hat sie alle zusammen ins Auto steigen sehen und nicht einmal gewinkt, vielleicht ahnt sie also etwas. Man kann nur hoffen, dass der Besuch bei Samantha Barnes sie ablenken wird. Das war großes Glück, diese Eingebung, die Elizabeth dazu gebracht hat, Donna auf Samanthas Nummer anzusetzen. Hat Kuldesh tatsächlich bei Samantha angerufen? Um sie um Rat zu fragen? Um das Heroin an sie loszuschlagen?

Elizabeth versucht, diese Fragen aus ihrem Kopf zu verbannen. Sie braucht ihre Konzentration für Entscheidenderes.

»Wirklich unglaubliche Exponate«, sagt Stephen. »Viele Jahrtausende alt. Das rückt die Perspektive doch ein bisschen zurecht. Haben Sie schon mal was berührt, was sechstausend Jahre alt ist?«

»Nein«, sagt Bogdan. »Rons Auto vielleicht?«

»Wir sollten hinfahren, Elizabeth. Alle zusammen. Ich erkundige mich im Reisebüro.«

»Gibt keine Reisebüros mehr«, sagt Bogdan und schert auf die Busspur aus, um an dem stehenden Verkehr vorbeizuziehen.

»Keine Reisebüros mehr?«, sagt Stephen. »Das wäre mir neu.«

»Ich kümmere mich drum«, sagt Elizabeth. »Bagdad.« Was gäbe sie nicht darum, auf diese Reise gehen zu dürfen. Stephens Arm um ihre Taille. Ein Glas eisigen Wodkas in der Sonne des Nahen Ostens.

Bogdan zwängt sich auf den Randstreifen, um links zu überholen.

»Sie fahren katastrophal«, sagt Elizabeth. »Und gegen alle Regeln.«

»Ich weiß«, sagt Bogdan. »Aber ich habe versprochen, wir sind um 13:23 Uhr da.«

»Wir haben alle Zeit der Welt«, sagt Stephen. »Die Zeit tanzt um uns herum und lacht uns aus.«

»Erzählen Sie das Google Maps«, sagt Bogdan.

»Wohin fahren wir überhaupt?«, fragt Stephen.

Das hat er schon mehrmals gefragt.

»Nach London«, sagt Elizabeth. »Einen alten Freund besuchen.

»Kuldesh?«, fragt Stephen.

»Nein, nicht Kuldesh«, sagt Elizabeth. Sie verspürt Gewissensbisse. Sie hat Stephen in letzter Zeit etwas arg oft nach Kuldesh gefragt. Mit wem er Geschäfte gemacht hat, solche Dinge. Sie hat sogar Samantha Barnes und

Petworth erwähnt, aber damit keinerlei Reaktion bei ihm ausgelöst.

»Alter Freund von mir oder alter Freund von dir?«, erkundigt sich Stephen. »Können wir auf dem Rückweg im Reform Club vorbeifahren? Die haben in ihrer Bibliothek ein Buch, das ich suche.«

»Ein Freund von mir, aber du hast ihn auch kennengelernt«, sagt Elizabeth. »Und ich glaube, er kann helfen.«

Stephen dreht den Kopf zu ihr hinter. »Wer braucht denn Hilfe?«

»Wir alle«, sagt Bogdan. »Wenn wir's bis um 13:23 Uhr schaffen wollen.«

Der Verkehr bleibt bis nach Battersea hinein immer gleich zäh. Die ganze Stadt ist dicht.

Elizabeth vermisst London kaum noch. Früher waren Stephen und sie ständig dort – Ausstellungen, Theater, Mittagessen im Club. Einmal haben sie sich in der Albert Hall einen Vortrag von Professor Brian Cox angehört. Die Majestät des Kosmos. Wir alle kommen von den Sternen und kehren wieder zu den Sternen zurück. Es war kein schlechter Vortrag, nur auf diesen Laser-Hokuspokus hätte sie verzichten können.

War ihr damals schon klar, in was für einem Paradies sie lebte? Dass dies die besten Zeiten waren? Sie meint, ja. Sie wusste nur zu gut, wie reich sie beschenkt worden war. Mit Stephen im Zugabteil zu sitzen, er mit dem Kreuzworträtsel und einem Dosenbier (»Mir schmeckt Bier nur im Zug, nirgends sonst, frag mich nicht, warum«), die Brille den Nasenrücken hinuntergeschoben, um die Fragen besser lesen zu können. Beide waren sie überzeugt, den besseren Teil erwählt zu haben, das war das Geheimnis ihrer Beziehung.

Letztlich ist das Leben ja eine einzige Lektion in Vergänglichkeit, denkt sie. Dennoch ist es ein Schock, wenn es tatsächlich vergeht. Wenn man zusehen muss, wie der Mann, den man mit jeder Faser seines Wesens liebt, zu den Sternen zurückkehrt, Atom um Atom.

Und London? London ist träge, grau und verstopft. Wie eine dickflüssige Masse, durch die man hindurchwaten muss. Wird so das Leben ohne Stephen sein? Ein mühsames Sich-Vorankämpfen durch Abgase und Bremslichter?

Während Bogdan alle fahrerischen Register zieht, macht Stephen sie auf Sehenswürdigkeiten aufmerksam. »Das Oval! Das Kennington Oval, Elizabeth!«

»Das ist das Cricket-Stadion, oder?«

»Das wirst du doch noch wissen«, sagt Stephen.

Bogdan rumpelt gegen die Fahrtrichtung durch eine enge, kopfsteingepflasterte Gasse.

Sie erreichen ihr Ziel um 13:22 Uhr.

# 29

Ibrahim verzweifelt schier. Vor ihnen liegt der historische Stadtkern von Petworth, und noch immer ist nicht die kleinste Parklücke in Sicht. Das Städtchen ist entzückend – Kopfsteinpflaster, Blumen in den Fenstern, alle fünf Meter ein Antiquitätengeschäft –, aber er hat kein Auge dafür. Wie, wenn sie schlicht keinen Parkplatz finden? Was machen sie dann? Regelwidrig parken? Bloß nicht, das gibt einen Strafzettel, oder, noch schlimmer, das Auto wird abgeschleppt. Und wie sollen sie dann nach Hause kommen? Dann sind sie gestrandet! In Petworth! Denn egal, welche Loblieder die Reiseführer singen, für Ibrahim ist Petworth die Fremde. Wo immer er ist und was immer er tut, der erste Gedanke in seinem Kopf lautet stets: »Wie komme ich von hier wieder nach Hause?« Und mit abgeschlepptem Auto? Unmöglich.

Er zwingt sich, gleichmäßig zu atmen. Er will schon sagen: »Joyce, hier gibt es keine Parkplätze, lass uns umkehren und an einem anderen Tag wiederkommen«, da fährt ein Volvo aus einer Parklücke direkt zu ihrer Rechten. Volltreffer!

»Das ist unser Glückstag heute«, sagt Joyce. »Wir sollten Lotto spielen!«

Ibrahim seufzt, ist aber dennoch froh über diese Gelegenheit, Joyce eine wichtige Lehre zu erteilen. »Joyce, das wäre das Allerfalscheste, was wir tun könnten. Es gibt keine ›Glückstage‹, nur einzelne kleine Portionen von Glück.«

»Oh«, sagt Joyce.

Die Parklücke ist breit und narrensicher. Sogar die Außenspiegel passen entspannt hinein.

»Und so eine Portion Glück haben wir gerade abbekommen: Der Parkplatz ist frei geworden. Deshalb zu glauben, dass uns gleich die nächste Portion zusteht, wäre mehr als töricht. Solch kleine Glücksfälle wie dieser sind vielmehr, aufs Ganze gerechnet, Pech.«

»Wollen wir aussteigen?«, fragt Joyce.

»Und warum sind sie Pech?«, fährt Ibrahim fort. »Weil wir logischerweise davon ausgehen müssen, dass uns allen im Leben eine ähnliche Anzahl von Glückstreffern beschieden ist. Vergiss für einen Moment das ›Glück‹, das wir uns hart erarbeiten müssen. Ich spreche hier ausschließlich von dem, was uns in den Schoß fällt. Uns zu-fällt – und in dem Wort ist ja der Zufall bereits enthalten.«

»Ich glaube, Alan muss mal«, sagt Joyce, und Alan, der schon auf der Rückbank herumtrappelt, bellt zustimmend.

»Und wenn uns allen die gleiche Anzahl von Glückstreffern beschieden ist«, sagt Ibrahim, während er die Räder noch einmal um eine Winzigkeit begradigt, »ist es klüger, sie nicht an Bagatellen zu verschwenden. Vielleicht kriegst du mit knapper Not den Bus oder findest den perfekten Parkplatz, aber diese beiden kleinen Glücksfälle könnten bedeuten, dass dir kein Glück mehr für die großen Dinge bleibt, den Lottogewinn eben, oder die Begegnung mit dem Mann deiner Träume. Du wärst also deutlich besser beraten, auf einen Tag zu warten, an dem wir *keine* Parklücke gefunden haben, und dann zu sagen: ›Lass uns Lotto spielen.‹ Verstehst du?«

»Natürlich verstehe ich das«, sagt Joyce und schnallt sich ab. »Danke dir, wie immer.«

Ibrahim ist nicht ganz überzeugt. Manchmal will Joyce die Sache auf diese Weise nur abkürzen. Gar nicht so wenige Menschen tun das. Dabei weiß er, wovon er spricht. Man muss sich das Glück für die großen Dinge aufsparen und das Pech für die kleinen. Joyce ist schon ausgestiegen und leint Alan an. Ibrahim steigt ebenfalls aus und sieht sich um. Nun, da das Auto abgestellt ist, kann er würdigen, welch hübsches Städtchen Petworth ist. Und wenn er sich den Stadtplan korrekt eingeprägt hat – und das hat er selbstredend –, geht es zu Samantha Barnes' Antiquitätengeschäft geradeaus, dann die zweite Straße rechts und gleich wieder links. Und das Café, in dem Joyce zu Mittag essen möchte, liegt in derselben Richtung, nur links und dann sofort rechts. Er hat die Speisekarte für sie heruntergeladen, aber nicht ausgedruckt, denn irgendwo muss man ja anfangen. An Ibrahims Drucker wie auch an seinem Laminiergerät klebt seit Neuestem ein Zettel, auf dem steht: *Was würde Greta Thunberg tun?*

Joyce geht voraus, mitgezerrt von dem beglückten Alan, der alle paar Schritte neue Herrlichkeiten erschnüffelt. Er verbellt einen Postboten – eine liebe Gewohnheit von ihm, egal wo – und versucht, Joyce quer über die Straße zu schleifen, wo er einen anderen Hund entdeckt hat. So biegen sie an der zweiten Kreuzung nach rechts und dann gleich wieder nach links und stehen auch schon vor G&S ANTIQUITÄTEN – VORMALS S&W ANTIQUITÄTEN.

Die Türglocke lässt ein tröstlich kleinstädtisches Bimmeln ertönen, als sie eintreten. Samantha Barnes, von Elizabeth vorgewarnt, erwartet sie mit einer Kanne Tee und einem Schachbrettkuchen auf dem Ladentisch. Elizabeth wird wissen wollen, wie Samantha Barnes aussieht. Auf derlei Äußerlichkeiten achtet Ibrahim sonst nicht so, aber er will es versuchen. Sie trägt Schwarz und wirkt sehr elegant. Zu einer detaillierteren Beschreibung fühlt er sich nicht befähigt. Gut, mit größter Konzentration kann er vielleicht noch sagen, dass sie dunkles Haar und rot geschminkte Lippen hat. Ein Glück, dass Joyce bei ihm ist.

»Sie müssen Joyce und Ibrahim sein«, sagt Samantha.

Joyce drückt ihr die Hand. »Und das ist Alan. Wie nett von Ihnen, dass Sie so spontan Zeit für uns haben, Sie haben bestimmt sehr viel zu tun.«

Samantha weist auf den leeren Laden. »Ich will doch hören, was für Fragen Sie an mich haben! Hinterm Ladentisch ist noch eine Schüssel mit Wasser, falls Alan Durst bekommt.«

Nun gibt ihr auch Ibrahim die Hand. »Ibrahim mein Name. Sie werden nicht glauben, wo wir geparkt haben. Da kommen Sie nie und nimmer drauf.«

»Nein, ganz sicherlich nicht«, sagt Samantha. Sie bittet die zwei, Platz zu nehmen, und gießt den Tee in die Tassen. »Aber nun sagen Sie, was hat es mit diesem Heroin auf sich? Das passt so gar nicht zu Petsworth.«

»Heroin finden Sie überall«, sagt Joyce, »wenn Sie erst mal den Blick dafür haben. Soll ich vielleicht den Kuchen aufschneiden?«

»Und Mord auch noch, sagen Sie?«

»Bestürzend allgegenwärtig«, sagt Ibrahim. »Was man so hört, haben Sie ein sehr prächtiges Haus, Mrs Barnes?«

»Sagen Sie ruhig Samantha zu mir. Wo können Sie so etwas gehört haben?«

»Wir bekommen einiges mit«, sagt Joyce. Sie vertritt die abwesende Elizabeth sehr würdig, findet Ibrahim, und mit sichtlichem Gusto.

»Wie man sieht«, sagt Samantha. »Milch? Zucker?«

»Ist das normale Milch?«, fragt Joyce.

»Natürlich«, sagt Samantha.

Befriedigtes Nicken von Joyce. »Nur Milch für uns beide. Sie haben gehört, dass unser Freund Kuldesh Sharma ermordet wurde?«

»Das habe ich im *Evening Argus* gelesen«, sagt Samantha. »Und Sie glauben jetzt – was? Dass ich ihn getötet habe? Dass ich weiß, wer ihn getötet hat? Dass ich das nächste Opfer sein könnte? Alles auf seine Art faszinierend, muss ich sagen.«

»Wir hoffen eigentlich auf ein paar Informationen von Ihnen«, sagt Ibrahim. »Wir glauben, dass jemand Kuldeshs Laden dazu benützt hat, eine größere Menge Heroin in Umlauf zu bringen. Erscheint Ihnen das abwegig?«

Samantha trinkt ein Schlückchen von ihrem Tee. »Abwegig? Keineswegs. Ich würde nicht gerade sagen, dass so etwas alle Tage vorkommt, aber man hört es doch immer wieder.«

»Und hat das bei Ihnen auch schon mal jemand versucht?«, fragt Joyce sie.

»Bei mir? Nein«, sagt Samantha. »Das traut sich keiner.«

»Auf uns wirkt es so, als hätte Kuldesh beschlossen, die Sache selbst in die Hand zu nehmen und das Heroin zu verkaufen«, sagt Ibrahim. »Wurde das im *Evening Argus* auch erwähnt?«

»Nein, das kam nicht vor«, sagt Samantha. »Wissen Sie denn, wem er es verkauft hat?«

»Deshalb sind wir hier«, sagt Joyce. »Dieser Schachbrettkuchen ist übrigens fantastisch, ist das Marks & Spencer?«

»Den hat mein Mann Garth gebacken«, sagt Samantha.

»Chapeau!«, sagt Joyce. »Wir wollen unsere Nasen gar nicht in Ihre Angelegenheiten stecken oder Verdächtigungen in die Welt setzen. Es fällt nur auf, dass Sie einen recht kleinen Antiquitätenladen haben –«

»Und dennoch große Summen zu verdienen scheinen«, vollendet Ibrahim.

»Und so hatten wir eben die Idee«, fährt Joyce fort, »oder Elizabeth hatte sie, um ehrlich zu sein, dass man sich gut an Sie wenden könnte, wenn es um die Überschneidungen von Antiquitäten und Kriminalität geht. Könnte das stimmen?«

»Ich habe leider nicht die geringste Ahnung, worauf Sie hinauswollen«, sagt Samantha. »Aber ich kann Ihnen meine Einschätzung als Laiin anbieten, wenn Sie meinen, das hilft?«

»Liebend gern«, sagt Ibrahim. »Einfach ein zusätzliches Paar Augen …«

»Wenn Sie Zugriff auf eine große Menge Heroin bekämen«, beginnt Joyce.

»Wie groß?«, unterbricht Samantha sie.

»Circa hunderttausend Pfund wert«, sagt Joyce. »Zu wem würden Sie damit gehen? Irgendwelche zwielichtigen Gestalten, die Sie anrufen würden?«

»So spontan fällt mir niemand ein«, sagt Samantha.

»Es gibt eine Vermutung«, sagt Ibrahim, »und wie gesagt, es ist eine bloße Vermutung, dass Kuldesh, wenn er Heroin hätte verkaufen wollen, Sie um Rat gefragt haben könnte.«

»Ach ja?« Samantha nippt an ihrem Tee. »Und worauf gründet sich diese Vermutung?«

»Kuldesh hat eine nicht rückverfolgbare Nummer angerufen«, sagt Ibrahim. »Kurz vor seinem Ableben. Und aus Gründen, die nur Sie kennen, absolut respektablen Gründen mit Sicherheit, haben Sie selbst eine Nummer, die nicht rückverfolgbar ist. Was uns auf den Gedanken gebracht hat, dass möglicherweise Sie die zwielichtige Gestalt sind, die wir suchen.«

»Hmm«, sagt Samantha. »Ist das nicht etwas kühn? Und eigentlich auch ehrenrührig?«

»Wie verdienen Sie Ihr Geld?« Joyce bläst auf ihren Tee, um ihn abzukühlen. »Wenn ich so indiskret sein darf?«

»Mit Antiquitäten«, sagt Samantha.

»Wir haben uns bei Google Ihr Haus angeschaut«, sagt Joyce. »Hutständer müssen eine phänomenale Einnahmequelle sein.«

»Ich sollte wohl auch ein bisschen googeln, wenn Sie weg sind«, sagt Samantha.

»Üben Sie irgendwelche Nebentätigkeiten aus?«, will Ibrahim wissen.

»Ich unterrichte im Seniorenzentrum Line Dance«, sagt Samantha. »Aber da nehme ich kein Geld dafür.«

»Also«, sagt Joyce, der der Tee nun endlich kühl genug ist für ein erstes Schlückchen. »Das Heroin.«

Die Ladentür geht auf. Ein sehr großer Mann mit Steppjacke und Wollmütze füllt den Türrahmen aus und duckt sich ins Ladeninnere.

»Garth, Liebster«, sagt Samantha. »Das sind Joyce und Ibrahim.«

»Und Alan«, sagt Joyce.

Garth betrachtet Joyce und Ibrahim mit ausdrucksloser Miene und sieht dann Samantha an, achselzuckend. Alan läuft schnurstracks auf diesen aufregenden Neuankömmling zu, doch falls Garth den an ihm hochspringenden Hund überhaupt wahrnimmt, merkt man davon nichts.

»Das ist Ihr Schachbrettkuchen, habe ich gehört?«, sagt Joyce, Kuchengabel in der Hand. »Er ist grandios.«

»Steingemahlenes Mehl«, sagt Garth.

»Schatz«, sagt Samantha, »Joyce hätte gern gewusst, wer einem Heroin im Wert von hunderttausend Pfund abkaufen würde.«

Garth fasst Joyce ins Auge. »Verkaufen Sie Heroin?«

Joyce kichert erfreut. »Nein, ein Freund von uns. Obwohl, geben Sie uns noch ein paar Jahre Zeit, dann sind wir vielleicht so weit.«

»Jemand ist ermordet worden«, erläutert Samantha. »Irgendein Deal, bei dem etwas schiefgelaufen ist. Das Heroin ist verschwunden, und jetzt sollen wir unsere Expertenmeinung dazu abgeben.«

»Kein Schimmer«, sagt Garth. »Komische Frage für einen Donnerstag.«

»Ja, nicht wahr?«, sagt Samantha.

Alan macht es ganz wild, dass Garth ihn nicht beachtet. Er führt sämtliche seiner Tricks vor, aber Garth würdigt ihn keines Blickes. Garth denkt nach, ein Schauspiel, als würde ein gewaltiger Rechner hochgefahren. Er fixiert Joyce.

»Wissen Sie, wo das Heroin ist, Oma?«

»Joyce«, sagt Joyce. »Und nein. Es wird irgendwo rumschwirren. Jemand muss es ja haben. Oder? Meinen Sie nicht auch, Garth?«

»Klar, irgendwo wird es sein«, sagt Garth. »Haben Sie einen Tipp? Irgendeine Vermutung?«

»Wen würden Sie anrufen, Garth?«, fragt Joyce ihn. »Wenn Sie plötzlich ein Kästchen voll Heroin in Ihrer Schublade hätten?«

»Ich würde die Polizei anrufen«, sagt Garth mit einem Nicken zu Samantha hin. »Oder, Babe?«

»Sobald was illegal aussieht«, stimmt Samantha ihm zu, »sofort zur Polizei. Dein Freund und Helfer. Wie dicht sind Sie denn an dem Heroin dran, meinen Sie? Noch etwas Tee, Joyce?«

»Ich habe nicht mehr die Blase für zwei Tassen«, sagt Joyce. »In der Hinsicht war ich früher ja ein Kamel.«

»Wir werden es finden«, antwortet Ibrahim. »Das glaube ich ganz fest. Wenn Sie meine wohlerwogene Meinung hören wollen –«

Garth, vor dem immer noch Alan auf und ab hüpft, kehrt Ibrahim den Rücken und wendet sich an Joyce. »Der Hund ist echt klasse.«

»Sie können ihn streicheln, wenn Sie möchten«, sagt Joyce. »Er heißt Alan.«

Garth schüttelt den Kopf. »Hunde musst du zappeln lassen. Die müssen sich's erst mal verdienen.«

»Meine Rede«, bekräftigt Ibrahim und schiebt unauffällig ein Pfefferminzdragee in seine Tasche zurück.

»Ibrahim, ich habe eine Frage«, sagt Samantha. »Der Mann, der das Heroin in den Laden gebracht hat – Sie wissen nicht zufällig, wer das war?«

»O doch«, sagt Ibrahim. »Wir haben ihn sogar kennengelernt. Angenehmer Bursche, wenn auch etwas labil. Wobei das vermutlich in der Natur der Sache liegt, oder? Drogen verkaufen ist nicht dasselbe wie Schuhe verkaufen, nicht wahr? Oder Antiquitäten verkaufen. Es muss einen bestimmten Typus anzie–«

Garth hebt die Hand, um Ibrahim zum Schweigen zu bringen. »Sie quasseln mir zu viel. Ich hab eine niedrige Langweileschwelle. Seit meiner Geburt schon die Ärzte können nichts dagegen tun.«

»Verstehe«, sagt Ibrahim »Eine niedrige Langweileschwelle ist oft ein Zeichen von –«

Wieder hebt Garth die Hand. Ibrahim bezähmt sich, wenn auch mühsam. Er hätte eine so interessante Beobachtung zu machen gehabt! So oft schneiden ihm die Leute das Wort ab, wenn er sich gerade erst in Schwung redet. Die Welt verpasst schon sehr viel durch diesen

Drang, Ibrahims Ausführungen im Keim zu ersticken. Die heutige Gesellschaft krankt an einem fatalen Aufmerksamkeitsdefizit, die Reizüberflutung der modernen Welt löscht so gut wie jeden … Ibrahim wird bewusst, dass jemand ihm eine Frage gestellt hat.

»Wie bitte?«, sagt er.

»Ich wollte nur wissen, wie der Gentleman heißt.« Samantha schneidet noch ein Stück von Garths Schachbrettkuchen ab.

»Mr Dominic Holt«, sagt Ibrahim. »Gebürtig aus Liverpool.«

»Ist er Ihnen vielleicht ein Begriff?«, fragt Joyce.

»Dominic Holt?« Samantha sieht ihren Mann an. Der schüttelt den Kopf.

»Nein, ist er nicht«, sagt sie. »Tut mir leid.«

Aber Ibrahim, der sein zweites Stück Schachbrettkuchen dankend annimmt, könnte seinen Parkplatz in Petworth darauf verwetten, dass die zwei lügen.

# 30

»Elizabeth hat mich gebeten, mit Ihnen zu sprechen, Stephen«, sagt Viktor. »Einen Whisky?«

»Besser nicht. Ich fahre, und da sind sie ja heutzutage sehr pingelig«, sagt Stephen.

Stephen und Viktor sitzen auf einem breiten, halbmondförmigen weißen Sofa in Viktors riesiger Penthouse-Wohnung. Draußen vor dem Panoramafenster liegt ihnen London zu Füßen. Elizabeth und Bogdan sind aus dem Zimmer gegangen und sitzen auf der Terrasse, in Decken gehüllt gegen die Kälte.

»Stephen, Sie sind an Demenz erkrankt«, sagt Viktor. »Ich denke, das wissen Sie?«

»Ich, äh, ja, davon war die Rede, nicht wahr. Ich bin noch nicht völlig weggetreten. Ein bisschen Saft ist noch drin in der Batterie.«

»Elizabeth lässt Sie jeden Morgen diesen Brief lesen?« Viktor hält Stephen seinen Brief hin. Stephen nimmt ihn, überfliegt ihn.

»Ja, den Brief kenne ich.«

»Glauben Sie, was da steht?«

»Ja. Schon. Ich habe ja keine Wahl.«

»Es ist ein enorm tapferer Brief«, sagt Viktor. »Sehr weise. Sehr traurig. Elizabeth sagt, ihr wisst nicht, was ihr jetzt tun sollt, ihr zwei?«

»Sagen Sie mir noch mal, wer Sie sind?«

»Viktor.«

»Ja, dass Sie Viktor sind, weiß ich, auf der Herfahrt hieß es nur immer ›Viktor dies‹, ›Viktor das‹. Aber wer *sind* Sie? Warum sind wir hier?«

»Ich war ein hochrangiger KGB-Funktionär«, sagt Viktor. »Jetzt bin ich, ja, man könnte wohl sagen, ein Mediator für internationale Kriminelle. Ich schlichte Meinungsverschiedenheiten.«

»Und Sie kennen meine Frau woher?«

»Elizabeth habe ich kennengelernt, als sie beim MI6 war, Stephen.«

Stephen blickt hinaus auf den Balkon. Auf Elizabeth. »Immer für eine Überraschung gut, diese Frau.«

Viktor nickt. »Ja, das ist sie.«

»Wissen Sie, als ich ein Junge war«, sagt Stephen, »gab es bei uns einen O-Bus. Kennen Sie O-Busse?«

»Ist das wie ein Bus?«

»Im Prinzip, ja. Ein Bus, aber doch kein Bus. Er fuhr an einer Oberleitung, wie eine Trambahn. Leitungen quer durch ganz Birmingham, da bin ich nämlich her. Hört man mir gar nicht mehr an, oder?«

»Nein, das hätte ich nicht gehört.«

»Tja, das haben sie mir in der Schule gründlich ausgetrieben. Es gab einen O-Bus aus der Stadt raus, der bis ans Ende unserer Straße ging – wir wohnten auf einem steilen Hügel, da sparte einem das doch sehr viel. Er fuhr direkt in der Stadtmitte los. Beim Hinweg nahmen wir nie den Bus, weil es, äh …«

»Bergab ging«, sagt Viktor.

»Bergab, genau. Aber jetzt kommt das, worum es mir geht. Wissen Sie, welche Nummer der Bus hatte?«

»Nein«, sagt Viktor. »Aber Sie wissen es.«

»Der 42er«, sagt Stephen. »Und samstags war es der 42a, und am Sonntag fuhr er überhaupt nicht.«

Viktor nickt.

»Und daran erinnere ich mich glasklar. Als wäre ein Scheinwerfer darauf gerichtet. Aber ich wusste nicht mehr, dass meine Frau beim MI6 war. Ich nehme an, sie hat es mir erzählt?«

»Das hat sie.«

»Wie ist das für Elizabeth?«, fragt Stephen. »Mit mir zusammenzuleben?«

»Es ist sehr schwierig«, sagt Viktor.

»Nicht ganz das, was sie sich vorgestellt hatte, wie?«, sagt Stephen.

»Wahrscheinlich nicht, aber das gehört zur Liebe dazu«, sagt Viktor. »Und sie liebt Sie sehr. Da haben Sie großes Glück.«

»Ja, nicht wahr? Sie haben auch eine kleine Schwäche für sie, kann das sein?«

»Hat das nicht jeder?«

»Nein, eigentlich nicht«, sagt Stephen. »Nur Sie und ich, soweit ich das überblicke.«

Beide lächeln sie.

»Sie hat Vertrauen zu Ihnen«, sagt Stephen dann.

»Das stimmt«, sagt Viktor. »Vielleicht wollen Sie mir etwas darüber erzählen, wie Sie sich fühlen?«

Stephen holt tief Atem.

»Viktor, in meinem Kopf – soweit ich das überhaupt noch erklären kann –, in meinem Kopf geht nichts weiter. Die Welt, *die* bewegt sich weiter, das sehe ich, und das spüre ich. Sie hört nicht *auf*, sich weiterzubewegen. Aber in meinem Hirn hakt es. Selbst jetzt, hier, geht nichts von der Stelle. Wie Wasser in einer Badewanne, wo jemand den Stöpsel zieht. Alles strudelt im Kreis, und bei jeder Runde ist irgendwas neu, irgendwas unverständlich, und ich versuche, die glatte Wand hochzuklettern. Und ich spreche hier noch von den besseren Zeiten, wenn ich nicht vollkommen schwimme.«

»Verstehe«, sagt Viktor. »Sie schildern das sehr anschaulich.«

»Der 42er Bus, Viktor, da stecke ich fest. Alles andere sind Geräusche aus großer Höhe, Wörter, die ich nicht höre.«

»Stephen, ich bin hier, um Ihnen zu helfen, jedenfalls hoffe ich das«, sagt Viktor. »Um Ihnen zuzuhören und einzuschätzen, wie sehr Sie leiden. Das ist das, was Elizabeth wissen möchte. Und sie weiß, dass Sie ihr nicht die Wahrheit sagen werden, wenn sie Sie fragt. Deshalb braucht sie mich dafür.«

Stephen versteht.

»Ich glaube, dass die Frage im Grunde schon beantwortet ist«, sagt Viktor. »Ich glaube, ich kann Ihnen die Antwort vom Gesicht ablesen. Aber leiden Sie sehr?«

Stephen lächelt und sieht dann zu Boden. Blickt hinaus zu Elizabeth und Bogdan auf der Terrasse und von da wieder zu Viktor. Er beugt sich vor und legt Viktor eine stetigende Hand aufs Knie.

»Sehr, mein Lieber, sehr. Ich kann Ihnen gar nicht sagen, wie sehr.«

# 31

## Joyce

Jetzt habe ich das mit dem steingemahlenen Mehl ausprobiert, und Garth hat absolut recht. So gut wie bei ihm schmeckt es allerdings trotzdem nicht, er muss mir also etwas verschwiegen haben. Beim nächsten Mal frage ich ihn, was es ist.

Denn ich habe sehr stark das Gefühl, dass es ein nächstes Mal geben wird.

Ibrahim und ich sind uns einig, dass Samantha Barnes und Garth uns angelogen haben. Nur in Bezug worauf? Sie wissen auf jeden Fall mehr, als sie zugeben.

Aber backen kann der Mann!

Das war ein rundum gelungener Ausflug gestern. Nachdem wir bei Samantha und Garth waren, haben wir noch die restlichen Läden in Petworth abgeklappert. Ich habe ein Hufeisen gekauft, weil das in Gerrys Sinn gewesen wäre, und Ibrahim ein altes Londoner Straßenschild, »Earls Court Road«. Seltsam, nicht wahr? Er sagte, er hätte es gekauft, weil es so schön vornehm klingt, aber das nehme ich ihm nicht ganz ab. Er wird seine Gründe haben, das hat Ibrahim immer. Ich habe ihn gefragt, was mit Ron und Pauline ist, aber er sagte, genau das hätte er mich auch fragen wollen, vielleicht ist es also wirklich aus zwischen ihnen. Das wäre jammerschade. Es ist immer schwer, nicht einzugreifen, nicht wahr, wenn man weiß, dass jemand einen Fehler macht?

Sobald wir zurückkamen, habe ich bei Elizabeth geklingelt, um ihr Bericht zu erstatten, aber sie war noch nicht wieder da. Das heißt, wohin auch immer sie mit Stephen und Bogdan gefahren ist, eine Stippvisite war es nicht.

Ob sie ein Heim besichtigt haben? Für Stephen? Besser nicht näher darüber nachdenken. Wir werden es schon zu gegebener Zeit erfahren. Der Schachbrettkuchen ist jedenfalls für sie. Wenn sie ihn will.

Ich backe jetzt übrigens doch keine Scones für Connie Johnson. Ron hat recht, irgendwie wäre das unpassend. Außerdem sagt Ibrahim, Connie lässt sich regelmäßig Backwaren von Gail's Bakery liefern, sie braucht meine Scones also gar nicht. Hier in Fairhaven gibt es seit Neuestem auch eine Filiale, und obwohl mir das vegane Café unten am Hafen nach wie vor lieber ist, hat mich Donna überredet, Gails Würstchen in Blätterteig zu probieren, und sie haben tatsächlich Suchtpotenzial. Deshalb kehre ich jetzt meistens auf eine Tasse Tee und einen Muffin im No Milk Today ein und kaufe mir danach noch ein Blätterteigwürstchen, das ich im Minibus mit heimnehme und mir abends, wenn *Bergerac* läuft, noch mal kurz warm mache.

Nur einmal, als ich es nicht gleich aus der Handtasche geholt hatte, lagen, als ich ins Wohnzimmer kam, die Tasche und meine Lippenstifte am Boden, und Alan schaute sehr unschuldig und hatte Krümel ums Maul.

Ich kann im Netz leider immer noch nichts über den angehenden Neuzugang finden, Edwin Mayhem, was ihn noch mysteriöser und aufregender macht. Wenn er nicht wenigstens auf einem Motorrad angeknattert kommt, werde ich sehr enttäuscht sein.

Morgen ist Samstag, und an den Samstagen passiert in der Regel nie etwas. Außer für Sportfans, für die überschlagen sich samstags natürlich die Ereignisse. Ich hoffe, ich werde Elizabeth von Petworth erzählen können, aber sie scheint im Moment andere Dinge im Kopf zu haben.

Was nur zu verständlich ist, aber wir haben nach wie vor keine Spur von dem Mörder oder dem Heroin, also ist es vielleicht an der Zeit, dass ich für eine Weile das Ruder übernehme?

Joyce am Ruder. Ich weiß ja nicht. Eigentlich liegt mir das nicht, ich befolge lieber Anweisungen. Aber da ich es andererseits mag, wenn die Leute auf mich hören, sollte ich mir vielleicht doch ein Herz fassen.

Denn wenn Elizabeth ausfällt, wer übernimmt dann das Kommando?

Ibrahim?

*Ron?*

Da muss ich selbst lachen. Aber gut, solange nichts Dramatisches passiert, bevor Elizabeth wieder auftaucht, sind wir auf der sicheren Seite. Und wie gesagt, an den Samstagen passiert in der Regel sowieso nie etwas.

Süße Träume allerseits.

# 32

Manchmal wünscht Donna, sie wäre im Donnerstagsmordclub anstatt bei der Polizei. Beim Donnerstagsmordclub muss niemand in Uniform rumlaufen, vor Knallchargen strammstehen oder sich an das Polizeiaufgabengesetz halten. Da fahren sie Ergebnisse ein, und wenn Donna anderen Leuten Drogen unterschieben, sie mit der Waffe bedrohen, Morde simulieren und Verdächtige vergiften dürfte, würde sie höchstwahrscheinlich auch Ergebnisse einfahren, denkt sie.

Ihr erster dahingehender Versuch läuft gerade.

Streng genommen sollte sie das hier nicht machen, auf gar keinen Fall. Aber Donna fühlt sich durch SIO Regan bei ihrer Ehre gepackt. Chris ist da gefestigter, aber Donna würde Regan und der NCA zu gern eins auswischen. Und vielleicht ganz nebenbei noch Elizabeth beweisen, dass auch sie gegen Regeln verstoßen kann. Also wird sie heute ein paar eigene kleine Recherchen zu Dominic Holt anstellen. Schaden kann es ja nichts.

Außerdem war sie noch nie beim Fußball, und auf diesem Weg kann sie Zeit mit Bogdan verbringen, und es ist trotzdem Arbeit.

Die Firmenloge füllt sich für das Samstagmittagsspiel. Es gibt ein Büfett und eine Bar im Warmen sowie draußen, derzeit noch durch Automatiktüren abgetrennt, zwanzig Plätze auf Höhe der Mittellinie. Das Spielfeld sieht wunderschön aus, wie ein smaragdgrünes Amphitheater. Schrecklicher Gedanke, dass gleich Dutzende Fußballschuhe diese grüne Pracht umpflügen werden, aber was hilft's.

Donna war noch nie undercover. Und auch jetzt ist sie ja nicht in dem Sinn undercover. Chris würde sie umbringen, wenn er wüsste, was sie vorhat. Das hier ist zutiefst inoffiziell. Aber Chris ist mit ihrer Mutter im Gartencenter, weil Patrice Sorge hat, es könnte seiner Wohnung an Sauerstoff mangeln.

Donna hatte befürchtet, sie könnte herausstechen, aber bis jetzt lag noch jeder, der zur Tür hereinkam, so herzerfrischend im Clinch mit der Kleiderordnung – Anzug und Krawatte, keine Jeans, keine Turnschuhe –, dass sie alle wie verdeckte Ermittler aussehen. Bogdan bringt ihr ein Glas englischen Sekt. Er kommt aus einer Kellerei ganz hier in der Nähe; sie bieten Verkostungen an. Bogdan trinkt stilles Wasser, weil Mineralwasser den Zahnschmelz angreift.

»Er ist noch nicht da?« Bogdan sieht sich um.

Donna schüttelt den Kopf. Die Loge gehört dem Autohaus Musgrave, bei dem es sich, soweit sich das dem Computer des Innenministeriums entnehmen ließ, um ein rechtlich einwandfreies Unternehmen handelt. Eines dieser versprengten legalen Unternehmen, von denen sonst nur die Statistik weiß.

Sie probiert ein veganes Würstchen in Blätterteig. Bei jedem Heimspiel lädt Dave Musgrave Freunde und Kunden in seine Loge ein, damit sie das Spiel anschauen, ein paar Drinks nehmen und vielleicht das eine oder andere Geschäft abschließen. Weiß der Himmel, was das alles hier kostet, aber vermutlich lohnt es sich ja. Sehr viele Range Rovers und Aston Martins muss man im Zweifel nicht verkaufen, um ein paar vegane Würstchen springen lassen zu können.

Sie sieht Dave Musgrave auf sie zuhalten.

»Kannst du Sprüche klopfen?«, fragt sie Bogdan rasch.

»Sprüche klopfen? Klar«, sagt Bogdan.

»Sicher? Ich hab dich noch nie Sprüche klopfen hören.«

»Ist leicht«, sagt Bogdan. »Ich wohne ja schon sehr lang hier. Du sagst einfach was über Golf.«

Jetzt steht Dave Musgrave vor ihnen und streckt Bogdan die Hand hin. Donna würdigt er keines Blicks. Damit hat sie kein Problem. Wenn sie die Wahl hat zwischen zu wenig und zu viel männlicher Aufmerksamkeit, ist ihr Ersteres definitiv lieber. Davon abgesehen kann sie heute gar nicht unbeachtet genug bleiben. Sie fürchtet ständig, der nächste Mensch, der durch diese Tür kommt, wird sie erkennen, weil sie ihn irgendwann festgenommen hat. Schließlich sind sie hier beim Fußball.

»Barry, richtig?«, fragt Dave Musgrave Bogdan.

»Ja, Barry«, bestätigt Bogdan.

»Nicko schwärmt ja in den höchsten Tönen von Ihnen.«

»Nicko« ist ein Freund von Bogdan. Nicholas Lethbridge-Constance, Erfinder eines tragbaren Windrads, mit dem er so viel verdient hat, dass er sich mit fünfzig zur Ruhe setzen konnte. Bogdan hat ein paar Aufträge für ihn ausgeführt. Nur am Bau, hofft Donna – sie hütet sich, da zu genau nachzuforschen. Nicko hat den Kontakt ohne Zögern vermittelt und auch bei dem falschen Namen mit keiner Wimper gezuckt. Bogdan leistet nun mal erstklassige Arbeit.

»Nicko sagt, ›Dave ist ein guter Typ‹«, sagt Bogdan. »Er sagt, gute Autos, gute Preise, nur sehr schlechter Golfer.«

Dave lacht schallend und haut Bogdan auf den Rücken.

»Ah, dich mag ich, Barry! Dich mag ich!«

»Du magst mich, ich mag Bier!«, sagt Bogdan und haut

Dave seinerseits auf den Rücken. Neuerliches schallendes Lachen von Dave. »Bier, sagt er! Du machst mir echt Spaß!«

Beweis erbracht, Bogdan kann Sprüche klopfen. Wieso hat sie daran gezweifelt? Donna wendet sich wieder dem Büfett zu und lässt die Jungs reden. Eine Platte mit Garnelen steht da, aber Donna ist sich nie sicher, welche Teile man isst und welche man abpult, darum hält sie sich lieber an die panierten Hähnchenstreifen.

»Was meinst du, wie's ausgeht, Bazza?«, fragt Dave Bogdan. Oh-oh. Bogdan kennt sich mit vielem aus, aber Fußball gehört nicht dazu.

»Ich denke, 3:1«, sagt Bogdan. »Everton, da ist die Verteidigung wacklig, die lassen zu viele Tore rein, haben zu viele alte Spieler. Welbeck und Mitoma, gegen die kommen sie nicht an. Und wenn Estupiñán aufdreht, ist eh Schluss.«

*Das* hat er also gestern auf seinem Handy gemacht, während sie *Stirb langsam* geguckt hat.

»Na, hoffentlich hast du recht, Bazza«, sagt Dave. »Diesen Scousers gönn ich's echt nicht. Ah, wenn man vom Teufel spricht …«

Dave Musgrave sieht zum Eingang hin. Donna folgt seinem Blick. Durch die Tür tritt, umrauscht von teuren Stoffen, Dom Holt. Endlich einmal jemand, der nicht aussieht wie ein verkleideter Polizist. Dave lässt Bogdan stehen und pirscht sich an diese neue, reichere Beute heran.

Werden sie irgendetwas aufschnappen, was sie nicht bereits wissen? Irgendeine unüberlegte Bemerkung seitens eines enthusiasmierten Fußballfans, dem die Drinks die Zunge gelöst haben? Eine kleine Erkenntnis, die sie Chris präsentieren kann? So oder so steckt Dom Holt bis zu seinem kaschmirumhüllten Hals in der Kuldesh-Sharma-Geschichte mit drin. Und wenn sie sich neunzig Minuten Fußball antun muss, um es zu beweisen – das ist es ihr wert. Vorsorglich hat sie ein Buch dabei und fragt sich, ob sie sich trauen kann, es aufzuschlagen.

Sie denkt an Chris, ihren Chef, der jetzt seinen Einkaufswagen durch die Grünpflanzenabteilung des Gartencenters schiebt, Arm in Arm mit ihrer Mutter. Verzeih mir, Chris, aber irgendeiner muss hier mal querschießen, und du wirst es ganz sicher nicht sein.

# 33

Chris trinkt sein zweites Glas englischen Sekt aus. Zwei Gläser gibt es bei der Begehung umsonst. Ab dann muss man zahlen.

Streng genommen sollte Chris gar nicht hier sein, aber er verzehrt sich danach, SIO Regan eins auszuwischen. Er weiß, dass das kleinlich von ihm ist. Er sollte sich nicht provozieren lassen, sollte stark bleiben, wie Donna, aber hier sind sie nun mal. Ein paar Gläser Schampus, ein Nachmittag mit Patrice, und hoffentlich bald eine Gelegenheit, sich wegzustehlen und hinüberzuschlendern zum Lagerhaus von Sussex Logistics gleich auf der anderen Seite des Parkplatzes. Donna würde ihn umbringen, wenn sie wüsste, was er hier treibt; sie glaubt ihn mit Patrice im Gartencenter. Donna und Bogdan sind zu einer Ausstellung nach Hastings gefahren. Manche Leute machen sich das Leben schon unnötig schwer.

Obwohl die Frau aus dem Café Dom Holt identifiziert hat – und der Mordclub sowieso –, ist ihre Aussage, wen wundert's, vor Gericht nicht verwendbar. Es wird ihnen nicht möglich sein, sich einen Durchsuchungsbeschluss für Sussex Logistics zu verschaffen, weder jetzt noch in der Zukunft, darum hat sich Chris dazu entschieden, ein bisschen nachzuhelfen.

Sonst ist er ja nicht so, aber er mag einfach nicht mehr zuschauen, wie Elizabeth und ihre Gefolgschaft ständig Abkürzungen nehmen, die ihm verboten sind. Es stinkt ihm, Punkt, aus. Chris ist wild entschlossen, bei diesem Fall schneller zu sein als SIO Regan und, wenn er ganz ehrlich mit sich ist, auch als der Donnerstagsmordclub. Er würde zu gern den Blick auf Elizabeths Gesicht sehen, wenn er das Heroin findet und Kuldeshs Mörder festnimmt. Und was immer der Donnerstagsmordclub im Moment macht – Schießübungen in einem ausgehöhlten Vulkan, weiß der Teufel, was –, bei Sussex Logistics bricht er sicherlich nicht ein.

Dom Holt wird auch nicht da sein, jede Wette. Brighton spielt heute gegen Everton. Da sitzt ein Mann wie Dom Holt in irgendeiner Firmenloge. Von so was träumt Chris ja schon lange. Man sieht diese Firmenlogen manchmal im Crystal Palace: Häppchen und Drinks, bequeme Sitze im Warmen, Männer, die anderen Männern die Hände schütteln. Irgendwann vielleicht. Was muss die Polizeiarbeit in den Siebzigern für einen Spaß gemacht haben, als man sich noch offen bestechen lassen durfte. Er erinnert sich an einen alten Kriminalkommissar ganz zu Beginn seiner Laufbahn, der nach dem Verschwinden eines Beweisstücks plötzlich in Wimbledon in der Königsloge saß.

Vielleicht wird Sussex Logistics ja gänzlich verlassen sein. Übers Wochenende unbesetzt. Chris hat viel über Dom Holts Boss, Mitch Maxwell, und sein Gastspiel beim Donnerstagsmordclub gehört, aber der Mann lebt oben in Hertfordshire und begibt sich selten in die Schusslinie.

Ob irgendwo ein offenes Fenster zu finden sein wird? Eine angelehnte Feuertür? Es wird Alarmanlagen geben, aber die hat Chris über die Jahre in ausreichender Zahl deaktiviert. Und falls bei der Polizei Meldung eingeht, hat Chris sein Funkgerät dabei, sodass er als Erster am Tatort dem Einbruch nachgehen kann.

Die Verkostung ist vorbei, und diskret wird angedeutet, dass die Teilnehmer vielleicht noch rasch die Toilette aufsuchen möchten, bevor der Rundgang durch die Kellerei beginnt. Chris hat gedacht, sie würden Trauben zu sehen bekommen, aber eine Kellerei ist offenbar nicht dasselbe wie ein Weingut. Wieder etwas dazugelernt.

Er sieht Patrice an und macht eine Kopfbewegung Richtung Tür. Sie erwidert sein Nicken. Sie hat begeistert reagiert, als er ihr seinen Plan unterbreitet hat (»Ich darf *Wache stehen*? Na, das nenn ich mal ein Date!«). Als sie unbemerkt hinausschlüpfen in die kalte Luft, nimmt er ihre Hand und küsst sie.

»Bereit zum Gesetzesbruch, meine Dame?«

»Für Sie immer, mein Herr«, sagt Patrice. »Donna würde uns umbringen, meinst du nicht auch?«

»Sie ist in einer Kunstausstellung in Hastings«, sagt Chris. »Da bringt sie wahrscheinlich erst mal sich um.«

# 34

Bogdan hat den Platz neben Dom Holt erobert. Er musste dafür ein Kind minimal aus dem Weg stupsen, aber alles besser, als Donna zu enttäuschen. Er schachtelt seinen mächtigen Körper in einen Sitz, der der Aufgabe kaum gewachsen scheint. Er und Dom Holt nicken sich zu, wie Fremde in einem Zugabteil. Bogdan zieht einen Everton-Schal aus der Jackentasche und legt ihn sich um die muskelstrotzenden Schultern. Das erregt Doms Aufmerksamkeit.

»Sind Sie Everton-Fan?«, fragt er.

»Ja, Everton«, antwortet Bogdan. »Ich denke, der einzige hier.«

»Das dachte ich auch«, sagt Dom und hält ihm die Hand hin. »Dann sind wir schon zwei. Dom mein Name.«

Bogdan nimmt die Hand. Angenehm kräftiger Händedruck, nicht dass das viel heißen würde. Ein paar der schlimmsten Schurken, die Bogdan im Lauf der Jahre untergekommen sind, hatten einen guten Händedruck. »Ich heiße Barry, ist aber nicht mein richtiger Name. Mein richtiger Name ist polnisch.«

»Von mir aus«, sagt Dom. »Wie kommt ein Pole dazu, Everton-Fan zu sein? Sie armes Schwein.«

»Mein Großvater saß in einer Zelle mit einem Mörder aus England. Der war ein großer Everton-Fan. Dann hat er einen Wachmann getötet, und sie haben ihn erschossen, aber seitdem sind wir alle in der Familie für Everton.«

Dom nickt. »So kann's gehen. Tja, da werden wir heute wohl wieder eins auf die Mütze kriegen, wie?«

»Ich weiß nicht, warum ich mir das jede Woche wieder antu«, sagt Bogdan. »Wird noch mein Tod sein.«

Bogdan kann Donna auf dem Platz direkt hinter Dom Holt spüren, von wo sie mithört. Er hat ihr gesagt, dass das nicht nötig ist, dass er sich alles merken kann, aber Donna trifft ihre eigenen Entscheidungen.

»Woher kennen Sie Davey Musgrave?«, fragt Dom.

»Bekannter von mir ist mit ihm befreundet«, sagt Bogdan. »Ich hab ihm einen Gefallen getan.«

»Was machen Sie beruflich?«

»Dies und das«, sagt Bogdan.

»Da haben wir noch was gemeinsam«, sagt Dom. »Ist bei mir genau dasselbe.«

Der Anpfiff ertönt, und Bogdan beschränkt sich auf Kommentare zum Spielgeschehen. »Schon wieder Iwobi! Warum läuft denn da keiner mit?«

»Aber echt, Mann, aber echt.«

Er will, dass Donna stolz auf ihn ist. Weihnachten war großartig – ausschlafen, australische Reality-Shows gucken, sich bei Brettspielen besiegen lassen. Seit dem Tod seiner Mutter hat sich Bogdan nicht mehr gewünscht, dass jemand stolz auf ihn ist. Er genießt das Gefühl.

Schon nach zehn Minuten kassiert Everton ein Tor, und die beiden Männer grummeln gemeinsam. Das nächste Tor für Brighton fällt in der fünfundzwanzigsten Minute, und ihre Aufmerksamkeit beginnt abzuschweifen.

»Sind Sie hier aus der Gegend?«, will Dom wissen.

»Fairhaven«, sagt Bogdan. »Aber ich komm viel rum. Wo es einen Job für mich gibt, da fahr ich hin.«

»Warum wollten Sie eigentlich so dringend neben mir sitzen?«, fragt Dominic Holt. Er sieht Bogdan nicht an dabei, sondern scrollt in seinem Handy.

»Wie?«, sagt Bogdan.

»Sie sind ja richtiggehend auf mich zugeschossen.«

»Ist ein guter Platz«, sagt Bogdan. »Und Sie haben einen schönen Mantel.«

Dom ist immer noch am Scrollen. »Ich würde sagen, Sie heißen Bogdan Jankowski.«

»Ich kann nicht lügen«, sagt Bogdan. »Leider. Ihre Aussprache ist sehr gut.«

»Und hinter uns sitzt PC Donna De Freitas.« Dominic dreht sich halb um und gibt Donna die Hand. »Dom Holt«, sagt er. »Wie Sie ja bereits wissen.«

Bogdan hat es versiebt.

»Komische Taktik«, sagt Dom. »Sie und Ihr Freund. Ist das jetzt Standard bei der Polizei Kent? Oder sind Sie in geheimer Mission unterwegs?«

»Wir sehen uns das Fußballspiel an«, sagt Donna. »Ist das neuerdings verboten?«

»Kennen Sie auch nur einen von den Everton-Spielern mit Namen?«, fragt Dom sie.

»Pff!«, sagt Donna. Hätte sie mal gestern Abend ihre Hausaufgaben gemacht, so wie Bogdan. »Kennen Sie irgendeine von den Sugababes mit Namen?«

»Ich pack's«, sagt Dom Holt und steht auf. »Für diesmal drück ich noch ein Auge zu. Aber wenn ich einen von euch noch mal in meiner Nähe sehe, gibt's eine Beschwerde, ist das klar?«

»Wo ist das Heroin, Dom?«, fragt Donna ihn leise. »Suchen Sie danach? Oder haben Sie es eventuell selber gestohlen?«

Worauf Dom ebenso leise erwidert: »Kein Wunder, dass sie euch den Fall weggenommen und die NCA eingeschaltet haben. Pfuscher!«

Brighton erzielt den dritten Treffer, rings um sie springen die Fans aus den Sitzen, nur Doms Schultern sacken ein Stück nach unten. Bogdan zieht seinen Kopf leicht zu sich her.

»Donna war noch höflich. Ich hab Kuldesh Sharma gekannt. Wenn du ihn umgebracht hast, bring ich dich um. Kapiert?«

Dom Holt macht einen Schritt rückwärts, ohne Bogdan aus den Augen zu lassen. Die Menge kommt wieder zur Ruhe. Dom schaut zwischen Bogdan und Donna hin und her.

»Dann viel Spaß noch.«

# 35

In der Regel macht Anthony keine Hausbesuche. Aber für Elizabeth weicht er von dieser Regel schon mal ab.

Sie hat ihm einen Tee aufgebrüht und schaut nun vom Sofa aus zu, wie Anthony Stephen die Haare schneidet. Eigentlich hätten sie schon vor dem Besuch bei Viktor geschnitten gehört, aber Viktor sieht derlei zum Glück nicht so eng.

»Wie hat es Elizabeth nur geschafft, Sie zu kapern?«, fragt Anthony Stephen. »Man wagt gar nicht darüber nachzudenken. Einen richtigen Clooney haben Sie da, Elizabeth.«

»Clooney?«, sagt Stephen.

»Wie lebt sich's so mit ihr, Stephen?«

Stephen sieht Anthony im Spiegel an. »Tut mir leid, da haben Sie mir jetzt was voraus …?«

»Anthony«, sagt Anthony und schnippelt ein paar Haarspitzen um Stephens Ohren ab. »Wie lebt es sich mit Elizabeth?«

»Mit Elizabeth?«

»Ich meine, starke Frauen sind ja was Tolles, keine Frage«, sagt Anthony. »Aber doch alles in Grenzen. Ich meine, wir alle lieben Cher, aber möchte man mit ihr verheiratet sein? Ein, zwei Wochen tanzt man vielleicht ganz gern mit ihr in der Küche rum, aber irgendwann braucht man doch auch einen freien Abend.«

Stephen lächelt und nickt. »Klingt vernünftig.«

»Anthony schneidet dir immer die Haare, Stephen«, sagt Elizabeth. Auf der Rückfahrt von Viktor vorgestern haben sie nicht viel geredet. Stephen schlief, und Elizabeth und Bogdan wussten beide, dass es nichts weiter zu besprechen gab.

»Wenn du's sagst«, sagt Stephen. »Ganz vage kommen Sie mir schon auch bekannt vor. Nur einordnen kann ich Sie nicht, aber das liegt sicher an mir. Ich bin nicht immer so ganz auf der Höhe.«

»Ich weiß, ich hab eins von diesen Nullachtfünfzehn-Gesichtern.« Anthony kämmt Stephens Stirnhaar durch, sucht nach dem richtigen Punkt zum Ansetzen. »Ich geh in der Masse unter. Sehr praktisch, wenn die Polizei nach dir sucht, ein Albtraum, wenn du bei Grindr unterwegs bist.«

»Ganz schön grau bin ich«, sagt Stephen, der sich im Spiegel studiert.

»Unsinn«, sagt Anthony. »Elizabeth ist grau. Sie sind poliertes Platin.«

»Sie schneiden ihn immer so schön, Anthony«, sagt Elizabeth. »Sieht er nicht gut aus jetzt?«

»Großartig sieht er aus«, stimmt Anthony zu. »Allein schon diese Backenknochen. Damit würden Sie bei der Brighton Pride keine Minute überleben. Irgendwer würde Sie gleich in sein Airbnb abschleppen und da vernaschen.«

»Sind Sie aus Brighton?«

»Portslade«, sagt Anthony. »Gehupft wie gesprungen, was?«

»Kennen Sie dann vielleicht meinen Freund Kuldesh?«

»Ich werd Ausschau nach ihm halten«, verspricht Anthony.

»Kahl wie Yul Brynner«, sagt Stephen und fängt an zu lachen. Anthony fängt seinen Blick im Spiegel ein und muss ebenfalls kichern.

»Also kein Kandidat für mich?«

Stephen nickt. »Was sind Sie von Beruf, Anthony?«

»Ich? Hair-Stylist«, sagt Anthony, indem er die Finger an Stephens Schläfen legt und seinen Kopf hin und her dreht. »Und Sie?«

»Ach«, sagt Stephen. »Ich wurstle so rum. Gärtnern vor allem. Schrebergarten.«

»Ah, Schrebergarten wäre mein Traum«, sagt Anthony. »Ich ziehe Cannabis unter meiner Sonnenliege, aber mehr auch nicht. Ist das hier für einen besonderen Anlass? Geht ihr tanzen?«

»Es war einfach mal wieder so weit«, sagt Elizabeth.

»Wenn Sie Kuldesh sehen, richten Sie ihm schöne Grüße von Stephen aus«, sagt Stephen. »Sagen Sie ihm, er ist ein alter Schlawiner.«

»Schlawiner mag ich«, sagt Anthony.

»Ich auch«, sagt Stephen.

Stephen erinnert sich nur noch an so wenige seiner Freunde. Hauptsächlich Freunde aus der Schule. Elizabeth hört immer dieselben Geschichten, muss immer an denselben Stellen lachen, denn Stephen gehört zu den Menschen, die dir eine Geschichte zum hundertsten Mal erzählen können, und sie ist immer noch komisch. Er handhabt die Sprache mit solcher Leichtigkeit, solcher Anmut. Sosehr er die meiste Zeit mit den Worten kämpft, diese alten Geschichten bleiben rundum stimmig, und das Lächeln, mit dem er sie erzählt, ist jedes Mal echt. An Kuldesh erinnert er sich, weil das sein letztes Abenteuer war. Sein kleiner Ausflug mit Bogdan und Donna. Wie lebendig muss er sich da gefühlt haben.

»Früher war ich zum Haareschneiden immer in Edgbaston«, sagt Stephen. »Kennen Sie das?«

»Ich kenn überhaupt nichts«, sagt Anthony. »Ich dachte, Dubai liegt in Spanien. Ich war völlig baff, wie lange der Flug ist.«

»Ein Herrenfriseur namens Freddie. Freddie der Frosch wurde er genannt, keine Ahnung, wieso.«

»Lange Zunge?«, schlägt Anthony vor.

»Könnte gut sein«, lacht Stephen. »Er war ziemlich alt. Müsste inzwischen gestorben sein, was meinen Sie?«

»Wann war das denn?«, fragt Anthony.

»Hmm, 1955? So um den Dreh.«

»Dann wird er gestorben sein«, mutmaßt Anthony. »Vielleicht hat er gequakt?«

Stephen lacht, dass seine Schultern unter dem Umhang beben. Elizabeth lebt für diese Momente. Wie viele werden es noch sein? Es ist schön, hier so mit ihm zu sitzen. Nicht an den Fall zu denken und die Arbeit zur Abwechslung einmal den anderen zu überlassen. Wo immer das Heroin ist, es kann warten. Joyce weiß vermutlich, dass etwas im Busch ist. Joyce weiß es immer, wenn etwas im Busch ist. Elizabeth wird demnächst mit ihr sprechen müssen.

Anthony ist fertig, und Elizabeth greift in ihre Handtasche, um ihr Geld herauszuholen. Ihre Handtasche, die nun etwas schwerer ist als vor dem Besuch bei Viktor.

»Unterstehen Sie sich«, sagt Anthony. »So hübsche Männer kriegen's bei mir umsonst.«

Elizabeth lächelt Stephen im Spiegel zu, und er lächelt zurück. Liebe kann etwas so Einfaches sein. Sie beschließt, ihr Handy auszuschalten. Einen Tag lang werden die anderen schon ohne sie auskommen. Sie fragt sich zwar, wie es Joyce und Ibrahim bei Samantha Barnes ergangen sein mag, aber fürs Erste soll nichts sie von Stephen ablenken. Die Arbeit ist nicht alles.

Anthony wirft einen letzten Blick auf Stephens Spiegelbild. »So, das sollte jetzt ein Weilchen halten.«

Stephen betrachtet sich bewundernd. »Ist Ihnen je ein Bursche namens Freddie der Frosch untergekommen?«

»Freddie aus Edgbaston?«, fragt Anthony.

»Ganz genau der«, sagt Stephen. »Gibt's den noch?«

»Und ob's den gibt«, sagt Anthony.

»Freddie der Frosch, fit wie ein Fakir«, sagt Stephen.

Anthony legt ihm die Hände auf die Schultern und küsst ihn auf den Scheitel.

# 36

Mit Durchsuchungsbeschluss in ein Gebäude eindringen ist eine feine Sache. Besonders ganz früh am Morgen. Erst gibt es hinten im Polizeitransporter Bacon-Sandwiches für alle, dann verknackt man einen Dealer in der Unterhose, bevor der Rest der Welt überhaupt wach wird. Manchmal türmt einer durch die Hintertür, und man darf zuschauen, wie er von einem schwer schnaufenden Sergeant zu Boden gerungen wird.

Oder er hat sich auf dem Dachboden verschanzt, und man spielt auf der Treppe Karten, bis er irgendwann doch aufs Klo muss.

Ein Gebäude ohne Durchsuchungsbeschluss zu entern, fühlt sich dagegen sehr anders an. Chris hat Patrice auf einem Poller postiert, von dem aus sie das Lagerhaus der Sektkellerei, Sussex Logistics und die Einfahrt zum Industriegelände im Blick hat. Er wartet noch, bis eine alte Dame in Rot außer Sicht ist. Zu seiner Überraschung ist ein Fenster bereits aufgebrochen. Wer weiß, seit wann, aber es bedarf schon sehr großer Verwegenheit – oder sehr großer Torheit –, um in dieses spezielle Lagerhaus einzudringen. Chris überlegt lieber nicht, in welche Kategorie er selbst fällt. Das Fenster gehört zu einer kleinen Abstellkammer voll Putzzeug. Noch kein Alarm.

Sehr vorsichtig öffnet er die Tür der Kammer und findet sich in einer großen, offenen Halle wieder, an deren Rückwand sich Kisten stapeln. Gefüllt womit? Drei zerschlissene Sofas bilden ein Hufeisen vor einem Fernsehapparat, der so alt ist, dass er nicht mal einen Flachbildschirm hat. Wer immer diese Sofas benutzt, scheint ausgeflogen zu sein. Chris' Schritte hallen auf dem Betonboden, sein Atem dampft in der kalten Luft.

An einem Ende der Halle führen Eisenstufen zu einem hölzernen Verschlag auf halber Höhe empor, der offenbar das Büro darstellt. An der Tür des Verschlags kann Chris ein Vorhängeschloss erkennen. Eine Sicherheitsvorkehrung, endlich.

Er beschließt, sich die Kisten für später aufzuheben und erst das Büro zu durchsuchen. Was hofft er zu finden? Telefonnummern? Egal was, muss er sich eingestehen. Hauptsache, er kommt Elizabeth zuvor. Ist er wirklich so tief gesunken? Dass er eine Rentnerin ausmanövrieren zu müssen glaubt, um seine Berufsehre zu retten?

Aber vielleicht liegt das Heroin ja einfach da und wartet auf ihn. Und dann ist er der Held.

Das Gebäude ist menschenleer, trotzdem schleicht Chris auf Zehenspitzen die metallenen Gitterstufen hinauf. Auf dem schmalen Treppenabsatz liegen ein paar Kippen, und an der Bürotür sind Schmierer, die nach getrocknetem Blut aussehen. Altem Blut zum Glück, aber er hofft trotzdem, dass sich hinter der windigen Tür kein frischer Leichnam verbirgt.

Das Schloss wird er vermutlich aufbrechen müssen. Setzt das endlich einen Alarm in Gang? Dass so gar nichts passiert, macht ihn unruhig. Er berührt das Schloss, und der Bügel dreht sich zur Seite. Die Tür ist unversperrt.

Einen langen Augenblick verharrt Chris reglos und lauscht. Von drinnen kein Laut. Aus der Halle hinter ihm nur das gelegentliche Rütteln des Winterwinds an den geschlossenen Torflügeln. Behutsam drückt er die Klinke herunter und schiebt mit dem rechten Fuß die Tür einen Spalt auf.

Alles bleibt still.

Durch den Spalt sieht er Aktenschränke, so wie erhofft, und die Ecke eines hölzernen Schreibtisches.

Chris tritt ein, und nun sieht er den Tisch zur Gänze. Und hinter dem Tisch, in einem hochlehnigen, ergonomischen Bürostuhl, Dom Holt.

Mit einem Einschussloch in der Stirn.

## 37

»Nur kann ich es eben nicht selbst melden«, sagt Chris. »Weil ich ja offiziell gar nicht hier war.«

»Alles klar«, sagt Ron, der mit Joyce den Leichnam von Dominic Holt inspiziert, auf die ungerührte Art von Menschen, die besonders professionell wirken möchten. »Und wir waren wirklich die Ersten, die Sie angerufen haben?«

»Natürlich«, sagt Chris.

»Die Allerersten?«

»Elizabeth ging nicht ran«, räumt Chris ein.

»Aber dass Patrice für Sie Wache schieben musste!«, moniert Joyce. Sie setzt sich wieder zu ihr auf das kleine Sofa.

»Er hat es mir als Date verkauft«, sagt Patrice. »Ich war sofort Feuer und Flamme.«

»So ähnlich geht doch Escape Room, oder?«, fragt Joyce. »Joanna musste das mit ihrer Firma machen, aber sie hat Panik gekriegt, und sie mussten sie rauslassen. Sie ist mal in Torremolinos mit dem Lift stecken geblieben, deshalb hält sie so was nicht gut aus.«

»Ich wollte nur fünf Minuten hier drin sein«, sagt Chris. »Kurz die Akten durchblättern, schauen, ob ich irgendwelche Nummern oder Kontakte finde.«

»Das ist illegal, Chris«, sagt Joyce. »Haben Sie denn was gefunden?«

»Ob Sie's glauben oder nicht, Joyce«, sagt Chris, »nachdem ich den Leichnam entdeckt hatte, ist mir die Lust dazu vergangen.«

»Anfänger«, sagt Ron. »Aber was machen dann wir hier?«

»Ich bräuchte einen Gefallen von Ihnen«, sagt Chris. »Sie müssten bitte so tun, als hätten Sie einen Schuss gehört und deshalb mich angerufen. Um meine Anwesenheit hier zu erklären. Vielleicht, wenn Sie sagen, Sie wären drüben bei der Verkostung gewesen und hätten mal kurz frische Luft schnappen wollen?«

»Der Polizei Lügen auftischen«, sagt Ron. »Ja, so was kann Elizabeth.«

»Wir können das auch, Ron«, sagt Joyce. »Wir brauchen nicht immer für alles Elizabeth.«

»Wo ist sie eigentlich?«, erkundigt sich Patrice.

»Das fragt man bei ihr besser nicht«, sagt Ron.

»Ist denn schon jemand unterwegs?«, fragt Joyce.

»Jetzt, wo Sie hier sind, rufe ich SIO Regan von der NCA an«, sagt Chris. »Ich sage ihr, ich wäre von einem besorgten Mitglied der Öffentlichkeit verständigt worden und daraufhin eingedrungen und auf den Leichnam gestoßen.«

»Wie lange brauchen die hierher, glauben Sie?«, will Joyce wissen.

»Die sitzen alle in Fairhaven«, sagt Chris. »Fünfundzwanzig Minuten?«

Joyce schaut auf ihre Uhr, dann auf die Aktenschränke. »Das müsste reichen. Also, legen wir los.«

»Da dürfen wir jetzt nichts mehr anfassen«, warnt Chris.

Joyce verdreht die Augen und zieht ihre Handschuhe über. »Was täte Elizabeth?«

»Gut, wenn ich Ihnen erlaube, die Akten durchzusehen, machen Sie dann bei dem Plan mit?«, fragt Chris.

»Sie *erlauben* uns hier gar nichts, Chris«, sagt Joyce. »Sie sind nicht wirklich in einer Position, in der Sie Genehmigungen erteilen könnten.«

»Sie klingen sogar schon wie Elizabeth«, bemerkt Patrice.

»Papperlapapp, Kindchen«, sagt Joyce, und sie kichern beide.

»Klar machen wir mit«, sagt Ron. »Ich meine, vor einer halben Stunde war das Spannendste noch das Curling-Turnier im Fernsehen, und jetzt: Lagerhaus, Leichnam, alles dabei.«

»Denken Sie aber dran, dass Sie aufgewühlt klingen müssen, wenn Sie diese Frau anrufen, Chris«, sagt Joyce. »So als hätten Sie eben erst eine Leiche gefunden.«

»Und nicht so, als wären Sie schon vor Stunden hier eingebrochen und hätten erst zwei Rentner herholen müssen, die Sie raushauen«, ergänzt Ron.

Chris tritt hinaus auf die Eisentreppe, um Jill Regan anzurufen. Joyce ruckelt an der obersten Schublade des nächststehenden Aktenschranks. Abgesperrt.

»Ron, zieh dir Handschuhe an und such die Schlüssel.«

»Wo soll ich die suchen?«, fragt Ron.

»In seinen Taschen.« Joyce zeigt auf den Leichnam von Dom Holt. »Also wirklich, Ron, gebrauch deinen Kopf.«

Ron holt zaudernd ein Paar Autohandschuhe aus seiner Jacke hervor.

Joyce probiert die Schubladen sämtlicher Aktenschränke durch. Sie sieht zu Ron hinüber, der sich zaghaft an Dominic Holts Taschen zu schaffen macht.

»Soll ich vielleicht?«, bietet Patrice an. »Wenn es Ihnen unangenehm ist?«

»Ach wo«, sagt Joyce. »In Wahrheit genießt er es. Sobald wir wieder daheim sind, wird er sich vor Ibrahim damit brüsten.«

In dem Moment kommt von Ron auch schon ein triumphierendes »Wer sagt's denn!«. Er hält Joyce einen großen Schlüsselbund hin. »Tut mir leid, Kumpel«, entschuldigt er sich dann bei Dominic Holt für die Störung.

Joyce hat gerade begonnen, eine Anzahl kleiner Schlüsselchen auszuprobieren, als Chris wieder zur Tür hereinkommt.

»Verstärkung ist unterwegs«, sagt er.

Eine Schublade springt auf, dann noch eine und noch eine. Joyce holt die Ordner heraus, legt sie auf dem Tisch aus, vorsichtig, um kein Blut dranzubringen, und erteilt ihre Anweisungen.

»Patrice, haben Sie ein Handy?«

»Stellen Sie sich vor, das habe ich«, sagt Patrice.

»Kein Druck, aber könnten Sie bitte so viele Seiten ablichten, wie es nur geht? Chris, bringen Sie Ron hier raus. Ron, du musst blasser aussehen, geschockter, mehr wie ein hilfloser alter Mann.«

»Ich weiß ja nicht, wie ich dieses neue Ich von dir finde«, sagt Ron. »Können wir bitte die alte Joyce zurückhaben?«

Joyce hantiert zügig und präzise. Es ist, als wäre sie wieder in der Klinik, in einer dieser Nächte, in denen die Arbeit nicht abreißt, aber trotzdem jeder Handgriff sitzen muss. Sie blättert, Patrice fotografiert, und sowie ein Ordner fertig ist, stellt Joyce ihn ins Regal zurück, an exakt dieselbe Stelle wie vorher. Die beiden Frauen arbeiten im Gespann, fixiert von den toten Augen Dom Holts.

Als auch der letzte Schrank aus- und wieder eingeräumt ist, steckt Joyce die Schlüssel in Dom Holts Tasche zurück, flüstert ihm »Danke« zu und winkt Patrice, ihr nach draußen zu folgen.

Bevor sie freilich die Eisentreppe hinabsteigen, hält sie inne und überlegt, was Elizabeth in so einer Situation noch täte. Hat sie irgendetwas vergessen? Nicht dass Elizabeth bei ihrer Rückkehr nur die Augen verdreht. Natürlich!, kommt es ihr dann, und sie zieht Patrice wieder nach drinnen und bittet sie, den Leichnam aus allen Perspektiven zu fotografieren. Das war knapp!

# 38

Garth schlendert durch Joyces Wohnung, getreulich gefolgt von Alan. Man kann jede Adresse herausfinden, wenn man nur weiß, wie. Und wenn das irgendwer weiß, dann Garth.

Von Zeit zu Zeit bellt Alan seinem neuen Freund zu, dann antwortet Garth ihm: »Da hast du verdammt recht«, oder: »Ich seh's ganz genauso, Buddy.«

Er hatte gehofft, Joyce anzutreffen, aber wenn sie nicht da ist, schaut er sich eben so um. Es riecht, als hätte sie gebacken. Und zwar, wenn ihn nicht alles täuscht, seinen eigenen Schachbrettkuchen, nur ohne den Zimt.

Hübsch hat sie es hier; das überrascht Garth kein bisschen. Joyce hält auf sich. Ihm gefällt ihre Art, sich zu kleiden, ihre Art zu reden, und was er hier in ihrer Wohnung sieht, gefällt ihm auch. Seine Großmutter – Garths Lieblingsgroßmutter – hat einen Hehlerring in Toronto geleitet. Kunstdiebstähle. Das war sein Einstieg in das Gewerbe. Sie hat Kunst gestohlen und Kunst geliebt, und beide dieser Vorzüge hat sie an Garth weitervererbt. Seine andere Großmutter war Wetteransagerin in Manitoba.

Der Weihnachtsschmuck hängt noch. Das bringt Unglück, Joyce. Garth fragt Alan, ob Joyce weiß, dass das Unglück bringt. Alan bellt: Joyce weiß es, sie kann sich nur nicht davon trennen.

Am liebsten würde Garth das Zeug runternehmen, Joyce vor sich selbst beschützen, aber sie soll nicht wissen, dass er hier war. Er will ihr ja keine Angst machen, will ihre Privatsphäre nicht verletzen. Joyce hat viele Weihnachtskarten bekommen, von vielen Freunden, auch das keine Überraschung. Garth wünschte, er hätte mehr Freunde, aber das hat er irgendwie nie hingekriegt. War nie sesshaft genug, bis er Samantha kennengelernt hat.

Garth öffnet den Kühlschrank. Mandelmilch. Joyce geht mit der Zeit.

Samantha und er waren vorhin bei einer Frau namens Connie Johnson. Sie dealt mit Kokain, Garth und Samantha kannten sie vom Hörensagen. Sie hatten einen Vorschlag für sie. Im Heroingeschäft scheint derzeit etwas zu gehen, und ihre Idee war, sich mit Connie zusammenzutun. Connies Kontakte, Samanthas und sein Geld, da könnte sich ein Joint Venture lohnen.

Angeblich will Connie darüber nachdenken, aber für Garth klang es nicht echt. Er geht davon aus, dass sie es allein machen werden – wie schwer kann das sein?

Garth hat sich in seinem Leben schon an so einigem versucht. Kunststudium, Bassgitarre, sogar eine Herde Bisons hat er einmal gestohlen. Und auch der größte Bankraub in der kanadischen Geschichte geht auf sein Konto. Allerdings nicht nur auf seins – sein Cousin Paul hat mitgeholfen. Und seine Großmutter hat große Teile des Geldes gewaschen.

In der Industriespionage war er ebenfalls eine Weile tätig und hat sich klammheimlich Zugang zu verbotenen Orten jedweder Art verschafft. Weil er so groß ist, hat er es gelernt, behutsam zu sein. Er ist groß wie ein Bär, aber leise wie ein Mäuschen. Wenn Garth etwas anfasst, dann stellt Garth es auch wieder an seinen Platz.

Wonach sucht er bei Joyce? Keine Ahnung. Was hätte er sie gefragt, wenn sie da gewesen wäre? Auch das weiß er nicht. Aber wenn irgendetwas ihm über all die Jahre das Leben gerettet hat, dann seine Vorsicht, und er muss sichergehen, dass Joyce sie nicht reinzulegen versucht. An zu viel Hintergrundwissen ist noch keiner gestorben.

Elizabeths Wohnung hätte er sich auch ganz gern angesehen, aber sie hatte einen Friseur da und außerdem eine Alarmanlage, wie sie ihm bisher nur im Hochsicherheitsgefängnis begegnet ist.

Hier ist nichts, das kann er jetzt sagen. Er will gerade gehen, da klopft Joyces Freund Ibrahim an die Tür und beginnt dann durch den Briefschlitz eine Unterhaltung mit Alan. Garth kocht sich lautlos einen Tee, während er wartet, dass die beiden fertig werden. Es zieht sich.

Sobald Ibrahim weg ist, wird Garth seine Tasse ausspülen und abtrocknen und dann einen kleinen Rundgang über das Gelände machen. Sich ein bisschen umschauen.

Dieses Coopers Chase birgt Chancen, Garth wittert sie. Chancen und Geheimnisse.

Und was von Connie Johnson zu halten ist, muss er auch erst entscheiden.

# 39

Die beiden Frauen gehen die Stufen hinunter und durch den Hangar ins Freie, wo Chris mit Ron wartet. Chris wirkt nervös, doch das muss er nicht, sie haben alles im Griff.

Ron, Joyce sieht es mit Freuden, hat sich in einen verängstigten, überforderten alten Mann verwandelt. Sie würdigen Ron oft nicht hinreichend, denkt sie. Was hat er in seinem Leben nicht schon alles geleistet! Er spielt gern den Trottel, ist aber alles andere als das.

Der erste Streifenwagen biegt bremsenkreischend in den Hof ein. Braucht es das wirklich?, denkt Joyce. Kreischende Bremsen für einen Toten?

Zwei Beamte in Zivil springen heraus und rennen auf sie zu. Auch das nicht ganz einzusehen.

Chris fasst den einen beim Arm. »Hier lang, ich zeig's Ihnen.«

Der andere bleibt bei Ron, Joyce und Patrice. Er hat Fragen.

»Also, die Herrschaften, wir müssen jetzt alle versuchen, Ruhe zu bewahren. Schaffen Sie das?«

Ron bricht in Tränen aus, und Joyce nimmt ihn tröstend in den Arm, während der junge Mann verlegen zuschaut.

»Lassen Sie sich so viel Zeit, wie Sie brauchen. Können Sie mir sagen, was passiert ist?«

»Wir, also mein Freund und ich – das ist Ron, und ich

bin Joyce –, wir waren bei dieser Führung durch die Sektkellerei Bramber, gleich dort drüben.«

»Ein Geschenk von meinem Sohn«, schnieft Ron. »Ein Gutschein.«

O weh, Ron, trag nicht ganz so dick auf, denkt Joyce. Andererseits: wenn sie selbst zu Elizabeth wird, muss Ron vielleicht logischerweise zu Joyce werden. Und sie hätte unter Garantie etwas von Gutscheinen erzählt. Alle springen sie heute ins kalte Wasser – gute Arbeit, Ron.

»Wir hatten uns so darauf gefreut«, sagt sie. »Aber wir sind zu spät gekommen – wir haben uns verfahren.«

Ein nächster Wagen fährt vor, und der Beamte weist die Neuankömmlinge in Richtung Lagerhaus.

»Wir waren gerade eben aus dem Auto gestiegen, es können wirklich nur Sekunden gewesen sein«, sagt Joyce, »da haben wir den Schuss gehört.«

»Sind Sie sicher, dass es ein Schuss war?«, fragt der Beamte.

»Ja«, sagt Joyce.

»Ich meine ja nur«, sagt der Beamte »Vieles kann wie ein Schuss klingen, wenn man nicht viel Erfahrung mit so etwas hat.«

»Oh, wir haben Erfahrung«, sagt Joyce. »Der Schuss schien uns aus dem Gebäude links von uns zu kommen, und das war dieses Gebäude hier, Sussex Logistics.«

»Verstehe«, sagt der Beamte. »Und daraufhin haben Sie …«

»Ron hatte die Nummer von einem Polizisten, mit dem wir schon öfter zu tun hatten.«

»DCI Hudson?«

»Sehr guter Mann«, sagt Ron, etwas gefasster jetzt. Er geht immer mehr auf in seiner Rolle.

»Und so schneidig«, fügt Joyce hinzu.

»Also hab ich Chris angerufen«, sagt Ron.

»DCI Hudson«, sagt Joyce.

»Und ich sag zu ihm, hier wurde gerade geschossen, und er: Sind Sie sicher?, und ich: Machen Sie schnell, vielleicht läuft da ja einer Amok, also fackelt er nicht lang und macht, dass er herkommt, um uns zu beschützen. Gibt schon auch ganz anständige Bullen, das muss ich sagen.«

Der Beamte wendet sich an Patrice. »Und Sie, Ma'am?«

»Ich bin die Freundin von Chris«, sagt Patrice. »Wir waren auf dem Weg ins Gartencenter, als der Anruf kam.«

»Okay«, sagt der Beamte. »Die Chefin wird Sie später noch eingehender befragen.«

Wie aufs Stichwort biegt SIO Jill Regan in einem großen Lexus mit dezentem Blaulicht in den Hof ein.

»Schicke Kutsche«, sagt Ron zu Joyce.

»Du machst das ganz prima«, flüstert Joyce ihm zu, und sie drücken sich diskret die Hand.

»Der Tote ist im Lagerhaus, Ma'am«, sagt der junge Beamte. »Diese beiden haben den Schuss gehört und DCI Hudson verständigt.«

Jill mustert erst Joyce und dann Ron. »Wieso hatten Sie die Privatnummer von DCI Hudson?«

Während Joyce noch nach einer plausiblen Antwort sucht, bricht Ron in neuerliche Tränen aus und vergräbt den Kopf an Joyces Schulter. Joyce formt mit den Lippen ein »Tut mir leid« in die Richtung von Jill, die den Kopf schüttelt und ohne ein weiteres Wort in der Lagerhalle verschwindet.

»Glauben Sie, dass wir noch sehr lange hierbleiben müssen«, fragt Joyce den Beamten.

»Nein, nein«, beruhigt der Beamte sie. »Wir melden uns wieder bei Ihnen, aber im Moment wollen Sie wahrscheinlich nur noch nach Hause.«

Du ahnst nicht, wie sehr, denkt Joyce. Bei dem Berg Fotos, den sie zu sichten haben.

# 40

Ursprünglich wollte Ibrahim Elizabeth von dem Besuch bei Samantha Barnes erzählen, aber Elizabeths Telefon war ausgeschaltet. Also beschloss er, stattdessen mit Alan spazieren zu gehen, aber Joyce war nicht da. Ibrahim hörte Alan von drinnen bellen, und so haben sie sich eine Weile durch den Briefschlitz unterhalten, doch in Ermangelung eines Schlüssels war mehr nicht drin. Na gut, sagte er sich, dann schaut er sich eben mit Ron einen Film an. Aber nein, auch Ron war aushäusig. Wo zum Kuckuck steckt er? Haben er und Pauline sich wieder versöhnt?

Während er heimwärts stapfte, mit seinen Gedanken bei Samantha Barnes, Garth und dem Aufleuchten in beider Augen, als von dem Heroin die Rede war, erinnerte sich Ibrahim plötzlich, dass er ja noch einen Freund hat, und noch ein Projekt. Es geht auch manchmal ohne den Donnerstagsmordclub!

Und so sitzen Ibrahim und Bob Whittaker jetzt teetrinkend vor Ibrahims Computer und haben ihren Spaß. Im Grunde ist die Angelegenheit natürlich tiefernst, aber wenn sie sich dabei amüsieren, umso besser. Ibrahim liest ihren letzten Mailwechsel – als Mervyn – mit Tatiana, während Bob seinen Pfefferminztee schlürft und sich freut, mal aus dem Haus zu kommen.

MERVYN: Meine Liebe ist offen wie der Kelch einer Blume, die sich lange vor den Frösten des

Frühjahrs versteckt hat, doch nun der Sonne entgegenharrt, die ihr Leben bringt. Meine Liebe ist offen wie eine Wunde, zart und empfindlich und doch voll Gewissheit, dass Deine Hand sie verarzten wird. Meine Liebe ist offen wie die Tür einer Hütte im Wald, der sich Deine Schritte nähern.

TATIANA: Das Geld ist wieder nicht durchgegangen. Kannst du es noch mal versuchen, Liebster?

MERVYN: Was ist Geld in dieser Fülle des Glücks? Eine einzelne Primel in einer Wiese. Eine Träne in einem Wasserfall.

TATIANA: Die Bank hat das Geld nicht bekommen. Ich muss die Flugtickets kaufen.

MERVYN: Komm zu mir geflogen, meine Tatiana. Lass Dich vom Atem der Liebe in meine Arme tragen. Ich hole Dich in Gatwick ab, am Nord-Terminal gibt es ausgezeichnete Parkmöglichkeiten, auch wenn die Preisstruktur zu wünschen übriglässt.

»Da sagen Sie was!«, pflichtet Bob ihm bei. »Fünfzehn fünfzig, und ich war grade mal eine Stunde da.«

TATIANA: Ich liebe dich, Mervyn. Ich muss das Geld in sechs Stunden haben, sonst bricht mein Herz.

MERVYN: Ich rufe noch einmal bei der Bank an. Aber wir haben Samstag, und sie wollen jedes Mal von mir wissen, wofür das Geld sein soll. Ich sage ihnen, für die Liebe, und sie sagen, sie müssen es überprüfen.

TATIANA: Sag ihnen es ist für ein Auto. Sag nichts von Liebe.

MERVYN: Wie soll ich nichts von Liebe sagen, mein Engel? Wenn mein Herz mit jedem Schlag Deinen Namen singt?

TATIANA: Sag es ist für ein Auto. Und bitte mach schnell, ich muss bei dir sein.

MERVYN: Ich könnte das Geld in bar abheben.

»Und das ist jetzt der Köder?«, fragt Bob.

»Das ist der Köder«, sagt Ibrahim. »Donnas Idee.«

TATIANA: Dann schickst du Bargeld?

MERVYN: Es schicken? Bei den ständigen Poststreiks in unserem Land? Die britische Post wird seit vielen Jahren systematisch unterfinanziert. Wen kann es da wundern, wenn loyale Mitarbeiter von ihrem Streikrecht Gebrauch machen? Was für eine andere Wahl haben sie? Das ist die Malaise des Spätkapitalismus.

TATIANA: Ich könnte einen Freund zu dir schicken, dass er es holt. Ein Freund in London.

MERVYN: Einen Freund? Was für eine wunderbare Idee. Einen Freund von Dir kennenzulernen, wäre an sich schon ein Traum. Wir werden bis tief in die Nacht von Dir schwärmen.

TATIANA: Er wird nicht lang können. Er hat wichtigen Job in London. Er muss sehr viel tun.

MERVYN: Wie immer Du befiehlst, meine Geliebte. Ich werde das Geld über die nächsten Tage abheben und Deine Instruktionen erwarten. Und dann wird der Traum wahr.

TATIANA: £2800

MERVYN: Ist das nicht sehr viel für ein Flugticket?

TATIANA: Das sind die Steuern.

MERVYN: War es Franklin, der sagte, nichts in diesem Leben ist sicher außer dem Tod und den Steuern? Der Spruch wird ja oft fälschlich Oscar Wilde zugeschrieben.

TATIANA: Sprich nicht vom Tod, mein Mervyn.

MERVYN: Welch weiser Ratschlag, Tatiana.

TATIANA: Ich muss arbeiten gehen. Mein Freund meldet sich, und dann werden wir für immer zusammen sein. Das ist mein Traum.

MERVYN: Ein Bonmot, das tatsächlich von Oscar Wilde stammt, lautet ja, dass es nur zwei Tragödien im Leben gibt. Die eine ist, nicht zu bekommen, was man sich wünscht, die andere ist, es zu bekommen.

TATIANA: Dein Freund klingt sehr klug. Ich schicke dir viele Küsse.

MERVYN: Ich Dir auch, meine süße Tatiana.

»Und jetzt warten wir?«, sagt Bob.

»Jetzt warten wir«, bestätigt Ibrahim.

Bob sieht Ibrahim an. »Sie formulieren sehr schön.«

Ibrahim zuckt die Achseln. »In meinem Beruf hört man so einiges über die Liebe. Das gebe ich hier einfach wieder. Liebe ist ja in erster Linie ein willentliches Überbordwerfen der Logik.«

Bob nickt. »Sie sehen keine Wahrheit darin?«

»In der Liebe?« Ibrahim überlegt. »Bob, Sie und ich sind aus demselben Holz geschnitzt.«

»Und was für ein Holz ist das?«

»Die Welt der Systeme und Muster, der Nullen und Einsen. Der binären Anordnungen, die Sinn ins Leben bringen. Wir mögen imstande sein, die Vor- und Nachteile der Liebe zu sehen, aber sie als eigenständige Wesenheit zu betrachten, das überlassen wir den Dichtern.«

»Und Sie sind kein Dichter?«, fragt Bob.

Ein ungestümes Klopfen ertönt.

Ibrahim geht zur Tür und kommt mit Joyce und Ron ins Zimmer zurück. Joyce ist ganz beschwingt.

»Rate, was passiert ist!«, sagt sie.

Ron schaut von Bob zu Ibrahim. »Habt ihr ohne mich mit Tatiana weitergemacht?«

»Du warst nicht da«, sagt Ibrahim. »Ich hab's bei dir probiert.«

Erst jetzt bemerkt Joyce Bob. »Hallo, Computer-Bob!«

»Bob reicht«, sagt Computer-Bob.

»Aber ich dachte, wir machen das zusammen«, sagt Ron.

»Bob und ich sind auch Freunde«, versetzt Ibrahim. »Was ist denn nun passiert?«

»Dominic Holt ist tot«, sagt Ron. Ibrahim stößt einen leisen Pfiff aus.

»Und das an einem Samstag!«, sagt Joyce ehrfürchtig.

»Dominic Holt?«, fragt Bob.

»Drogenhändler«, sagt Ron wegwerfend.

»So was wissen Sie doch bestimmt«, wendet sich Joyce an Bob. »Wenn wir Fotos auf einem Handy haben, können wir sie dann auf dem Fernseher anschauen? Ich bin mir fast sicher, dass Joanna das gemacht hat, als sie aus Chile zurückkam.«

»Auf jeden Fall«, sagt Bob. »Nichts leichter als das. Sie teilen sie einfach per Screenshare. Haben Sie ein iPhone oder ein Android?«

»Ich weiß nicht«, sagt Joyce. »Es ist in einer gelben Hülle.«

»Ist auch nicht so wichtig«, sagt Bob. »Bei einem iPhone gehen Sie zu ›Einstellungen‹ und weiter zu ›Kontrollzentrum‹. Da sehen Sie eine Option, die sich ›Bildschirmaufnahme‹ nennt. Ich gehe jetzt mal davon aus, dass Sie auch Apple-TV haben. Wenn ja, wählen Sie aus der Liste, die –«

»Meinen Sie, Sie könnten vielleicht mitkommen und es für uns machen?«, fragt Joyce. »Oder sind Sie furchtbar beschäftigt?«

»Nein, das kann ich natürlich – wenn Sie nicht stört, einen Fremden dabeizuhaben.«

»Sie sind kein Fremder«, sagt Joyce. »Sie sind Computer-Bob.«

»Ja, kommen Sie, Bobby-Boy«, sagt Ron. »Sie passen bestens dazu.«

»Sie müssen mir nur sagen, wohin«, sagt Bob.

»Rein zur Sicherheit«, sagt Joyce, »auf den meisten Bildern sind zwar bloß Akten, aber wie empfindlich sind Sie beim Anblick von Leichen?«

»Äh«, sagt Bob, »das müsste ich sehen. So etwas hatte ich noch nie.«

»Alles Gewöhnungssache«, sagt Ibrahim, schon halb im Mantel.

# 41

Schnee beginnt zu fallen und taucht Coopers Chase in einen matten silbrigen Schimmer. Die Truppe ist vollzählig versammelt, selbst Elizabeth konnte herbeizitiert werden, mittels heftigem Trommeln an ihrer Tür und der Verheißung von Tatortfotos. »Kann man nicht *einen* Tag für sich haben?«, hat sie geseufzt.

Der Fernsehraum ist samstagabends sonst immer leer, aber just heute hat sich Audrey, Gattin eines langfingerigen Gemüsefachverkäufers, vor den Fernseher gepflanzt, weil sie *The Masked Singer* zwingend auf dem großen Bildschirm sehen muss. Verhandlungen werden geführt, intensiv, aber fruchtlos. Geld wird geboten, allerdings längst nicht genug, gemessen an den Summen, die Audreys Mann bei Tesco veruntreut hat, bevor ihm der vorzeitige Ruhestand nahegelegt wurde. Ibrahim versucht, an Audreys besseres Ich zu appellieren, kann es aber nicht finden. Zwischendurch droht Audrey damit, die Polizei zu rufen, worauf Chris erwidert: »Ich bin die Polizei«, nur um sich von Audrey einen vernichtenden Blick einzufangen: »Im T-Shirt? Das glauben Sie ja wohl selber nicht!«

Mit der einen Hand hält sie die Fernbedienung umklammert wie ein Kind im tosenden Verkehr die Hand seiner Mutter, mit der anderen Hand einen Wodka Tonic. Sie wankt und weicht nicht.

Zu einer weiteren Verzögerung kommt es, als Joyce

der angewiderten Elizabeth das Format von *The Masked Singer* zu erklären versucht, und noch mehr Zeit geht verloren, weil Ibrahim unbedingt abwarten möchte, ob die als Mülltonne kostümierte Sängerin Elaine Paige ist. »Ich hab da so ein Gefühl«, sagt er, bevor sie ihn wegzerren.

Und so ist es die viel zu kleine Wohnung von Joyce, in der sie sich jetzt alle drängen: Joyce, Elizabeth, Ron, Ibrahim – der immer wieder von Elaine Paige anfängt –, Chris und Patrice, Donna und Bogdan sowie, verschüchtert ob all des Neuen, das hier auf ihn einstürmt, Computer-Bob. Bogdan hat zusätzliche Stühle aus Rons Wohnung geholt.

Alan schwänzelt herum und fordert reihum die Aufmerksamkeit ein, die ihm zusteht. Computer-Bob kennt er noch nicht, deshalb widmet er ihm etwas mehr Zeit, damit Bob nur ja auf seine Kosten kommt.

Auf Joyces Fernsehbildschirm sieht man Dom Holt von vorne, in seinem Sessel hintübergesackt, Einschussloch in der Stirn.

»Du hast gesagt, ihr fahrt ins Gartencenter!«, sagt Donna anklagend zu ihrer Mutter.

»Ich hab nur Wache gestanden«, sagt Patrice. »Krieg dich mal wieder ein.«

»Wie ihr seht«, sagt Joyce, »wieder ein Mord, und wieder absolut professionell ausgeführt. Ein einziger Schuss in den Kopf.«

Bob meldet sich zaghaft.

»Ja, Bob?«, sagt Joyce.

»*Wieder* ein Mord?«

»Unser Freund Kuldesh wurde von Drogenhändlern ermordet«, klärt Ibrahim ihn auf. »Alan, hör auf, Bob zu bedrängen. Sie haben ihn auf einem Waldweg erschossen, weil er ihnen Heroin entwendet hatte.«

»Sonst noch Fragen, Bob?«, fragt Elizabeth. »Oder können wir weitermachen?«

Bob hebt bestürzt die Hände, er nimmt alles zurück.

»Also«, sagt Joyce, »wer hat ihn getötet, und weshalb?«

»Mitch Maxwell, wer sonst?«, sagt Ron. »Dom lässt sich die Drogen klauen, von wem auch immer, und das kann Mitch nicht dulden, also ballert er ihm eine Kugel ins Hirn.«

»Und Mitch wusste natürlich auch, wo er Dom findet«, schiebt Joyce nach.

»Ein kleiner Schönheitsfehler«, gibt Chris zu bedenken: »Als ich eingestiegen bin …«

Donna verdreht die Augen.

»… war das Erdgeschossfenster schon aufgebrochen. Mitch Maxwell hätte einfach durch die Tür gehen können.«

»Vielleicht wollte er unbeobachtet bleiben«, sagt Donna. »Mit deinem alten Gewicht hättest du übrigens nie im Leben durch dieses Fenster gepasst. Da kannst du mal sehen.«

»Wenn ich auch eine These äußern dürfte«, schaltet sich Joyce ein. »Als Ibrahim und ich Samantha Barnes besucht haben, in Petworth – Bob, waren Sie schon mal in Petworth?«

»Äh – nein«, sagt Bob.

»Das lohnt sich wirklich sehr«, sagt Joyce. »Es ist allerliebst und unter der Woche auch nicht zu überlaufen, wir hatten es praktisch für uns. Und wenn Sie hinfahren, es gibt dieses entzückende Café gleich bei –«

»Du wolltest eine These aufstellen, Joyce?«, erinnert Elizabeth sie.

»Ach so, ja«, sagt Joyce. »Herrgott noch mal, Alan, als hättest du noch nie Schuhe gesehen – entschuldigen Sie, Bob. Ja, als wir Samantha Barnes und ihren Mann …«

»Garth«, ergänzt Ibrahim. »Mit hoher Wahrscheinlichkeit Kanadier.«

»… als wir Samantha und ihren Mann nach Dom Holt gefragt haben, sagten beide, sie hätten noch nie von ihm gehört, aber das war definitiv gelogen, nicht wahr, Ibrahim?«

»Auf jeden Fall«, stimmt Ibrahim zu.

»Woher wissen Sie das so genau?«, fragt Donna.

»So etwas weiß man«, sagt Joyce. »So wie ich auch weiß, dass Sie und Bogdan nicht in einer Kunstausstellung waren. Aber das können wir später besprechen.«

»Wieso, wo wart ihr?«, will Chris wissen.

»Beim Fußball«, sagt Bogdan.

»Brighton gegen Everton?«, fragt Chris.

»Ich hab nicht darauf geachtet, wer spielt«, sagt Donna. »Kann schon sein.«

»Und, habt ihr irgendwen Interessantes getroffen?«

»Das heißt, Mitch Maxwell könnte ihn getötet haben«, unterbricht Elizabeth, »oder auch Samantha Barnes und ihr Kanadier. Sonst noch irgendwer?«

»Der Käufer, für den die Lieferung gedacht war«, sagt Donna. »Hätte der nicht ein noch stärkeres Motiv?«

Joyce nickt. »Deshalb haben wir ja die Geschäftsbücher abfotografiert. Das war doch richtig von mir, oder, Elizabeth?«

»Goldrichtig, Joyce«, sagt Elizabeth.

Joyce wächst gleich ein paar Zentimeter vor Stolz. »Gut, Bob, könnten Sie dann bitte zurückscrollen zu den Bildern von den Büchern? Davor kommen leider sehr viele Nahaufnahmen von dem Einschussloch, fürchte ich.«

Bob scrollt im Rekordtempo zurück, bis die ersten Zahlenreihen erscheinen.

»So. Irgendwo hier drin sollten wir Aufschluss darüber finden, wer sein Käufer ist«, sagt Elizabeth. »Dank Joyce.«

»Ich hab auch geholfen«, betont Ron.

»Und wie«, sagt Joyce. »Sogar geweint hat er.«

»Gut gemacht, Ron«, lobt Elizabeth, und auch Ron wächst ein paar Zentimeter in die Höhe.

»Soll ich uns einen Tee kochen?«, schlägt Joyce vor. »Wir haben eine lange Nacht vor uns.«

»Lass mich das machen«, bietet Ibrahim an. »Damit ich auch zu was gut bin.«

»Mir scheint, das ist alles chiffriert, Ibrahim«, sagt Elizabeth. »Das schaffen wir nicht ohne dich. Ich mache den Tee.«

Ron und Joyce wechseln einen Blick: ganz neue Töne von Elizabeth.

»Ich weiß bloß nicht, ob ich neun Tassen habe«, meint Joyce.

»Soll ich nicht doch wieder gehen?«, fragt Bob, aber davon wollen die anderen nichts wissen, und Alan, der sich an Bobs Füßen zusammengerollt hat, besiegelt sein Bleiben.

»Ich hole welche von Elizabeth«, sagt Bogdan. »Und schaue ein bisschen nach Stephen, solange ich da bin.«

Elizabeth drückt seine Hand, ehe sie in die Küche verschwindet.

# 42

Bogdan mag keinen Schnee. Seiner Erfahrung nach mögen nur zwei Sorten von Menschen Schnee. Einmal die, die so gut wie nie welchen haben, wie die Engländer, und dann solche mit Bergen in der Nähe. In Polen gab es Unmengen von Schnee, aber kaum wen, der Ski fuhr. Was hatten sie also davon?

Er schließt die Tür zu Elizabeths und Stephens Wohnung auf. Im Wohnzimmer brennt Licht, darum geht er hinein. Stephen steht am Fenster und starrt hinaus in das schneeige Dunkel.

»Stephen?«, sagt Bogdan. »Ich bin's nur.«

»Alter Knabe«, sagt Stephen. »Hier geht irgendwas sehr Merkwürdiges vor.«

»'kay?«, sagt Bogdan. »Mögen Sie einen Tee? Einen Whisky? Fernschauen?«

»Ich kenn Sie«, sagt Stephen. »Wir haben uns schon mal unterhalten.«

»Ich bin Ihr Freund«, sagt Bogdan. »Sie sind meiner. Wir haben vorgestern einen Ausflug gemacht.«

»So was dachte ich doch«, sagt Stephen. »Wenn ich Ihnen jetzt was erzähle, halten Sie mich dann für weich in der Birne?«

»Weich in der Birne?« Der Ausdruck ist Bogdan neu.

»Weich in der Birne!«, wiederholt Stephen, plötzlich gereizt. Das ist das erste Mal, dass er Bogdan scharf anredet. »Nicht ganz dicht, gaga, Himmelherrgott!«

»Sie sind hart in der Birne.« Bogdan hofft, das kann man so sagen.

»Die Sache ist die«, fährt Stephen fort, »es gibt einen Fuchs, der mich besuchen kommt.«

»Snowy?«

»Snowy, genau«, sagt Stephen. »Kennen Sie ihn? Mit den Ohren?«

»Ich kenne ihn«, sagt Bogdan. »Ein sehr guter Fuchs.«

»Er war heute Abend nicht da«, sagt Stephen

»Ist der Schnee«, sagt Bogdan. »Da bleibt er lieber im Warmen.«

»Blödsinn«, sagt Stephen. »Einem Fuchs macht doch das bisschen Schnee nichts aus. Einem Fuchs macht überhaupt nichts was aus. Haben Sie denn keine Ahnung von Füchsen?«

»Nicht viel«, sagt Bogdan.

»Dann glauben Sie einem Mann, der welche hat. Wo ist er?«

»Haben Sie ihn verpasst, vielleicht?«

»Ich verpasse ihn nie«, sagt Stephen. »Fragen Sie meine Frau, die treibt sich irgendwo rum. Ich verpasse ihn nie. Wir verpassen einander nie.«

»Soll ich gehen, ihn suchen?«

»Ich glaube, wir gehen besser zusammen«, sagt Stephen. »Ich sag Ihnen ganz ehrlich, ich mache mir Sorgen. Haben Sie eine Taschenlampe?«

»Ja«, sagt Bogdan.

»Und wir sind Freunde? Gute Freunde?«

Bogdan nickt.

»War ich sehr schroff vorhin?«, fragt Stephen. »Ich habe das Gefühl, ich war schroff zu Ihnen. Ich hab nicht mit Ihnen gerechnet, wissen Sie, und wir haben nichts im Haus.«

Bogdan schüttelt den Kopf. »Nein, Sie waren nicht

schroff zu mir. Kommen Sie, wir suchen Ihnen was zum Anziehen. Es ist kalt draußen.«

»So ein großer bärtiger Kerl mit Wollmütze ist vorhin auch noch vorbeigestiefelt«, sagt Stephen. »Ganz schön was los hier.«

# 43

Drüben im Wohnzimmer schauen sie Ibrahim über die Schulter, während er sich durch die Geschäftsbücher scrollt. Elizabeth lauscht von der Küche aus. Kurz hatte sie erwogen, eine Kollegin von früher anzurufen, Kasia. Kasia war die wohl beste Verschlüsselungsexpertin des MI6; inzwischen arbeitet sie für Elon Musk. Doch dann hörte sie Ibrahim zu Joyce sagen: »Schau her, A = 1, B = 2 und so weiter«, und ihr wurde klar, dass Kasia mit diesem Geheimcode im Zweifel etwas unterfordert wäre.

Gott segne Joyce. Welch gute Arbeit sie geleistet hat. Elizabeth wird demnächst eine Zeit lang ausfallen, da ist das sehr beruhigend.

Sie blickt hinab auf ihr Werk. Joyce hatte recht, es gibt nur acht Tassen, aber Elizabeth musste trotzdem dreimal Wasser kochen. Und bei den ersten Tassen hat sie die Beutel zu lange dringelassen, sodass sie viel stärker geraten sind als der Rest. Dann hat sie aus Versehen Mandelmilch hineingeschüttet, denn wie soll ein Mensch darauf kommen, dass Joyce *Mandelmilch* im Kühlschrank hat? Und zuletzt hat sie den Zucker am falschen Ende angefasst, sodass er sich über den Boden ergossen hat. Sie hat die Bescherung sofort aufgefegt, weil Joyce ihr einmal gesagt hat, dass Zucker Ameisen anzieht. Zweimal hat Joyce zu ihr hereingerufen: »Brauchst du Hilfe?«, und beide Male hat Elizabeth zurückgerufen, dass sie ja wohl imstande ist, einen Tee zu kochen.

Tja, was Elizabeth alles kann, und was nicht.

Solange der Tee nur für alle trinkbar ist, denkt sie. während sie die Tassen auf einem Tablett ins Wohnzimmer trägt. Sie werden ermutigende Laute ausstoßen, das weiß sie, aber sie wird sich auf Joyces Augen konzentrieren, denn die lügen nie.

Ibrahim hatte mit dem Code leichtes Spiel, er hat schon einen Namen parat.

»Luca Buttaci, Elizabeth«, meldet Joyce ihr. »Wenn man das so ausspricht.«

»Ich bin ja für Butt-aci«, sagt Ron.

»Das ist keine Hilfe, Ron«, weist Joyce ihn zurecht.

»Ich google ihn gerade«, sagt Bob, »um mich auch etwas nützlich zu machen, aber ich kann nichts finden. Oder zumindest nichts in Richtung Drogen. Diverse italienische Bürgermeister und Gartenbauunternehmer gibt es, und einen Schüler aus Südwest-London, aber keine Polizeimeldungen, keine Festnahmen, keinerlei kriminellen Kontext.«

»Also vermutlich ein Deckname«, sagt Joyce.

»Vermutlich ein Deckname«, bestätigt Elizabeth. Grundgütiger, ist sie jetzt nur noch ein Echo auf Joyce? Genug! Zeit, wieder die Führung zu übernehmen. Sie klatscht in die Hände. »Gut, dieser Luca Buttaci wird damit zu einem neuen Verdächtigen für den Mord an Kuldesh und auch für den Mord an Dominic Holt.«

»Und wie geht es jetzt weiter?«, fragt Donna in die Runde. »Ich bin beim Fußball aufgeflogen, Chris findet einen Leichnam. Mir scheint, wir sind keine so gewieften Gesetzesbrecher wie Sie.«

»Das sind die wenigsten«, sagt Elizabeth. »Was wir brauchen, ist ein Gipfel.«

»Oh, ein *Gipfel*, Alan!«, sagt Joyce. Elizabeth fällt auf, dass sie ihren Tee noch nicht angerührt hat.

»Bringen wir alle in ein und demselben Raum zusammen«, fährt sie fort, »dann geben sie vielleicht etwas preis. Momentan wirkt es ja, als würden uns alle nur anlügen. Mitch Maxwell lügt uns an, Samantha Barnes und ihr Mann lügen uns an. Und Chris und Donna werden von der NCA angelogen. Dom Holt hat uns belogen, und die Kugel in seinem Kopf spricht dafür, dass er auch noch jemand anderen belogen hat.«

»Was muss er auch meinen Daihatsu zertrümmern«, sagt Ron.

»Der Tee ist übrigens köstlich, Elizabeth«, bemerkt Joyce.

»Nicht du auch noch, Joyce, Himmel noch mal«, sagt Elizabeth. »Das heißt, wir müssen Luca Buttaci finden. Ibrahim, da kannst vielleicht du deine Beziehungen spielen lassen.«

»Zu Bob?«, fragt Ibrahim.

»Wie rührend«, sagt Elizabeth. »Nein, ich meine natürlich zu Connie Johnson. Frag sie, wie wir mit Luca Buttaci in Kontakt kommen, und dann laden wir ihn, Mitch und Samantha und Garth nächsten Sonntag zum Mittagessen ein. Und danach sehen wir weiter.«

»So einen spitzenmäßigen Tee hatte ich schon ewig nicht mehr«, sagt Ron und prostet ihr mit seiner Tasse zu. Was sie über Gebühr freut.

»Sehr gemütlich ist das, wie wir jetzt alle zusammensitzen«, bemerkt Joyce.

»Und, Joyce«, sagt Elizabeth, »wir sollten schauen, dass wir bis zu dem Treffen diesen Lagerraum von Kuldesh finden. Was hältst du von Montag?«

»Das heißt, du bist selber dabei?«, fragt Joyce. »Das wäre ja mal schön.«

Das soll keine Spitze sein, macht sich Elizabeth klar. Joyce spürt nur, dass etwas nicht stimmt, und sorgt sich um sie. Und Anteilnahme ist etwas, womit Elizabeth noch nie umgehen konnte.

Der Gipfel ist eine gute Idee. Damit sind alle fürs Erste beschäftigt. Und wenn er vorbei ist, hat sie den Kopf hoffentlich frei für die andere Aufgabe, die auf sie wartet.

Apropos, wo bleibt eigentlich Bogdan? Wenn es ein Problem gäbe, würde er anrufen, da ist sie sicher. Spielen er und Stephen womöglich Schach? Das ist ein tröstlicher Gedanke. Wenn auch nicht sehr wahrscheinlich, so wie die Dinge stehen. Oder sie unterhalten sich einfach? Stephen weiß dieser Tage nicht immer, wer Bogdan ist, aber seine ruhige Art tut ihm wohl. Neulich ist er an Bogdans Schulter eingeschlafen, und Bogdan hat sein Krafttraining ausfallen lassen, um ihn nur ja nicht zu stören.

# 44

Die beiden Männer stapfen durch den Schnee, der jetzt liegen zu bleiben beginnt, zwei Silhouetten in einer schwarz-weißen, von diesigen Lichtinseln erhellten Welt. Schnee zu ihren Füßen, Schnee vor ihren Gesichtern. Stephen trägt einen langen Wintermantel, den Bogdan hinten im Kleiderschrank gefunden hat, dazu Wollmütze, Handschuhe, zwei Schals und Bergstiefel. Bogdan selbst, seltenes Zugeständnis an die Witterung, hat ein langärmliges T-Shirt an.

Die Wege sind schlüpfrig, darum hält er Stephen bei der Hand. Der Strahl seiner Taschenlampe zickzackt über das weißliche Gras, sucht nach Spuren von Snowy. Nach dem huschenden Verschwinden einer Rute, dem Glitzern seiner Augen, diesen weißen Ohrspitzen.

Stephen bleibt stehen, den Blick nach rechts gewendet. Sie sind an die vierzig Meter von der Wohnung entfernt. Vor dem Blumenbeet oben an der Böschung ist ein kleiner Hügel zu ahnen, mehr ein Buckel im Gras, eine unbedeutende Erhebung. Aber Stephen lässt Bogdans Hand los und strebt die Böschung hinauf. Bogdan leuchtet ihm von hinten mit seiner Lampe. Stephen kniet sich hin, legt die Hand auf den Buckel. Bogdan holt ihn ein und sieht, was Stephen sieht. Den Fuchs im Schnee, still und leblos. Die Spitzen seiner schneeigen Ohren im Weiß versunken.

Stephen schaut Bogdan an, nickend. »Tot. Das Herz, schätze ich mal, so friedlich, wie er da liegt.«

»Armer Snowy«, sagt Bogdan und kniet neben Stephen nieder. Der wischt die frisch gefallenen Flocken aus Snowys Pelz, dreht sich dann um und sieht zu seinen Fenstern hinüber. »War auf dem Weg zu mir, würde ich sagen. Wollte sich noch verabschieden und hat's nicht mehr geschafft.«

»Wir können uns nicht immer verabschieden«, sagt Bogdan.

»Nein, das können wir nicht«, sagt Stephen. »Reines Glück, wenn es hinhaut. Tut mir leid, Snowy, mein Alter.«

Bogdan nickt. Er streichelt Snowys Fell. »Sind Sie traurig?«

Stephen spielt mit Snowys Ohr. »Wir haben uns durch die Scheibe angeschaut und wussten beide, dass wir nicht mehr lange haben. Das war das, was uns zueinander hingezogen hat. Ich bin in keiner guten Verfassung, wussten Sie das?«

»Sie sind in Ordnung«, sagt Bogdan. »Wird Elizabeth traurig sein?«

»Helfen Sie mir kurz auf die Sprünge?«

»Ihre Frau. Wird sie traurig sein?«

»Ich denke doch«, sagt Stephen. »Kennen Sie sie? Wird sie leicht traurig?«

»Nicht sehr«, sagt Bogdan. »Aber über Snowy schon, glaube ich.«

Stephen steht auf und klopft sich den Schnee von den Knien. »Was meinen Sie? Begräbnis mit vollen militärischen Ehren?«

Bogdan nickt.

Stephen prüft den Boden mit der Stiefelspitze. »Sind Sie gut im Löcher-Graben? Sie sehen mir fast so aus.«

»Ich hab schon ein paar Löcher geschaufelt, ja«, sagt Bogdan.

»Die Erde ist teuflisch hart jetzt im Winter«, bemerkt Stephen. »Wie eine Asphaltdecke.«

»Aber bis dahin? Was machen wir so lange mit ihm?«

»Lassen wir ihn ruhig hier liegen«, sagt Stephen. »Bei dem Wetter passiert ihm nichts. Aber drehen Sie ihn mit dem Kopf zu meinem Fenster, dann weiß ich, dass er mich sehen kann.«

Bogdan hebt Snowy vorsichtig an. Er bettet ihm die Schnauze auf die Pfoten, sodass er in die Richtung von Stephens und Elizabeths Wohnung schaut.

Stephen bückt sich und tätschelt noch einmal Snowys Kopf. »Jetzt hast du's warm, mein Alter, und kannst alle beiden Augen zumachen beim Schlafen. War schön mit dir, Snowy.«

Bogdan legt Stephen die Hand auf die Schulter und drückt sie behutsam.

# 45

Chris und Donna haben ihn gefragt, ob sie wohl mal mit Jason reden dürfen. Ausgesucht höflich haben sie gefragt, das muss man sagen, und Ron war der Idee nicht abgeneigt. Also hat er Jason gefragt, der auch keine Einwände hatte, und so sitzen sie nun alle hier an diesem schönen Montagmorgen.

Ron findet es immer herrlich bei Jason. Sein ganzer Keller ist ein Hobbyraum. Er hat einen Billardtisch, eine Jukebox, eine Bar, seine Fitnessgeräte. Ron ist stolz auf seinen Sohn.

Das große Geld hat Jason mit Boxen verdient, aber er hat eben auch Umsicht bewiesen. Nicht alles verjuxt wie so viele. Trotzdem gab es ein paar Jahre, da konnte Ron sehen, wie sein Junge ins Schleudern kam. Keine Zahltage mehr, keine Arbeit. Aber er hat in die Hände gespuckt, sich eine neue Karriere aufgebaut, Reality Shows, gelegentliche Expertenauftritte, sogar hier und da eine Filmrolle, und seitdem fließt das Geld wieder. Jason ist einer, der sich reinkniet, und das macht Ron am allerstolzesten. Privat kommt er auch langsam zur Ruhe, so wie's aussieht.

Momentan sitzt Ron mit Chris und Donna auf einem lackschwarzen Sofa, und sie schauen dem auf einer Matte in der Zimmermitte herumtänzelnden Jason beim Schattenboxen zu. Er hat sie gebeten, ein paar Minuten ganz still zu sein, also sind sie still. Ron hasst es, still sein zu müssen. Jason liefert zu seinen Boxhieben einen laufenden Kommentar ab.

»Jetzt kommt Jason Ritchie mit einer Geraden, versucht, Tony Weir aus dem Tritt zu bringen, aber keine Chance. Tony Weir, dieser Unverwüstliche, fünfundvierzig Jahre ist er alt, praktisch aus dem Nichts aufgetaucht, kämpft hier um den Weltmeistertitel im Mittelgewicht. Und wie er kämpft! Weir setzt einen rechten Haken, Ritchie weicht gerade noch aus, was für ein Fight zwischen diesen beiden großen Boxern! Und da schlägt die Glocke …«

Jason hört auf zu boxen, hängt sich ein Handtuch um die Schultern und beugt sich über den Laptop, der auf der Bar aufgeklappt ist. Er blickt direkt in die Laptop-Kamera.

»Hey, Tony, alter Sportsfreund, hier ist Jason Ritchie. Happy Birthday, 'nen super Fight hast du hingelegt. Deine Frau Gabby sagt mir, dass du heute fünfundvierzig Jahre jung wirst und dass sie so verrückt nach dir ist wie am ersten Tag. Also, Bro, *keep ducking and diving*, und wenn du mal zu Boden gehst, steh einfach wieder auf. Gabby und die Kids, Noah und Saskia, schicken dir durch mich die besten Wünsche, also lass dich feiern, hau rein, aber nicht zu sehr, und morgen dann in alter Frische wieder im Ring. Hab noch 'nen bombigen Tag, Mate, alles Gute von Jason.«

Jason schließt mit dem frechen Augenzwinkern, das sein Markenzeichen ist, schaltet dann die Kamera ab und wendet sich seinen Gästen zu.

»Wer ist Tony Weir?«, fragt Ron.

»Irgendein Typ«, sagt Jason. »Keine Ahnung.«

»Ist ja nett, dass du ihm dann gratulierst«, sagt Ron. »Wenn du ihn gar nicht kennst. Bist halt doch ein Lieber.«

Diese letzte Bemerkung ist für die Ohren von Chris und Donna bestimmt. Ron weiß, dass manche von Jasons Kontakten nicht ganz hasenrein sind, aber Chris und Donna sollen doch auch wissen, dass er ein guter Junge ist. Ein guter, fünfzigjähriger Junge.

»Ich krieg das bezahlt, Pop«, sagt Jason. »Cameo-Auftritt heißt so was. Eine persönliche Nachricht von einem Promi. Glückwünsche zum Geburtstag, zur Hochzeit, was auch immer. Neulich hab ich einem Typen Glück zur Scheidung gewünscht.«

»Dafür kriegen Sie *Geld*?«, fragt Chris.

»49 Pfund pro Message«, sagt Jason. »Alle Promis machen das, und ich kann sie in der Unterhose aufnehmen, wenn's sein muss.«

»Lassen Sie sich durch uns nicht abhalten«, sagt Donna.

Ron schüttelt ungläubig den Kopf. »Wie viele davon machst du denn?«

»So zehn am Tag«, sagt Jason. »Um den Dreh. Es gibt viele Boxfans.«

»Sie kriegen fünfhundert Pfund pro Tag, nur für ein Augenplinkern und ein bisschen Boxerlatein?«, fragt Donna.

»Früher musste ich mich für das Geld auf den Kopf hauen lassen«, sagt Jason. »Da hab ich das verdient, finde ich.«

»Gibt's die auch mit David Attenborough?«, fragt Ron.

»Ich glaub eher nicht, Dad«, sagt Jason. »Er dürfte etwas mehr Geld haben als ich.«

»So ganz schlecht stehen Sie ja nun nicht da«, sagt Chris mit einem Blick auf Jasons Bar und den Billardtisch. »Apropos, es gibt da ein paar Punkte, bei denen Sie uns vielleicht helfen könnten.«

»Bei denen stehst du immer noch unter Generalverdacht, Jase«, sagt Ron. »Auch wenn sie überhaupt nichts in der Hand haben.«

»Nicht er steht unter Generalverdacht«, stellt Donna klar. »Nur so ziemlich alle Leute, mit denen er verkehrt.«

»Da geht es teils ziemlich turbulent zu«, bestätigt Jason. »Was brauchen Sie denn?«

»Hast du irgendwas über einen größeren Posten Heroin gehört?«, fragt ihn Ron. »In letzter Zeit?«

»Inwiefern?«, will Jason wissen.

»Es ist verschwunden«, sagt Ron. »Und es könnte uns zu jemandem führen, der einen Freund von uns umgebracht hat. Kennst du einen Dom Holt?«

»Scouser?«, sagt Jason. »Dem nach dem Everton-Spiel das Hirn weggeballert wurde?«

»Genau der«, sagt Donna.

»Ich hab ein paar Dinge gehört«, sagt Jason.

Seine Freundin Karen steckt den Kopf zur Tür herein. »Ich geh schnell Rote Bete und Papaya kaufen, hallo, Ron, hallo, ihr zwei, brauchen wir sonst noch was?«

»Hallo, Herzchen«, sagt Ron. Chris und Donna heben die Hand.

»Ich hab das restliche Quinoa aufgebraucht«, sagt Jason.

»Alles klar, Schnuckel«, sagt Karen. »Ich bin so zwanzig Minuten weg. Lieb dich.«

»Ich dich auch, Schnuckel«, sagt Jason, während sich die Tür schon schließt.

»Wohnt sie jetzt bei dir?«, erkundigt sich Ron.

»Mehr oder weniger«, sagt Jason.

»Wie schön«, sagt Ron. Und dann, wieder an die Adresse von Donna und Chris: »Guter Junge. Er ist wirklich ein guter Junge.«

»Wir waren beim Heroin stehengeblieben«, sagt Chris. »Was wissen Sie darüber?«

»Das wird hier alles von ein und derselben Gang kontrolliert«, sagt Jason. »Mit einer Haupt-Einfuhrroute.

Maxwell heißt der Typ. Es gibt Gerüchte, dass er angeschlagen ist, und das ruft gleich die Haie auf den Plan.«

»Was für Haie?«, fragt Chris.

»Eure Freundin vor allem, Dad«, sagt Jason. »Connie Johnson. Sie hat Leute geschickt.«

»Wie kann Connie Johnson wissen, dass Maxwell in Schwierigkeiten ist?«, fragt Donna.

»Irgend so ein alter Knacker besucht sie im Bau«, sagt Jason. »Er war neulich bei ihr, und gleich danach: Großeinsatz. Die gesamte Kanalküste stand kopf. Niemand weiß, wer der Typ ist, fragt also gar nicht erst.«

»Wir wissen, wer der Typ ist«, sagt Chris.

»Ibrahim«, sagt Ron.

»Himmel, Dad.« Jason muss lachen. »Dass mir das nicht gleich klar war! Das heißt, du und deine Truppe startet neuerdings Drogenkriege? Ich glaube, du warst mir lieber, als du noch Beschwerdebriefe wegen der Mülltonnen geschrieben hast.«

»Die Tonnen gehören einmal die Woche geleert, Jase«, sagt Ron. »Wofür zahl ich denn diese ganzen Steuern?«

»Wenn Sie von Großeinsatz sprechen«, sagt Chris, »was meinen Sie damit?«

»Einfach, dass sie aktiv geworden ist«, sagt Jason. »Maxwells Leute angesprochen hat, sie gefragt hat, ob sie die Seiten wechseln und bei ihr mitmachen wollen.«

»Reicht ihr der Kokainhandel nicht mehr?«, fragt Chris.

»Amazon verkauft ja auch nicht nur Bücher«, gibt Jason zurück.

»Hat sie auch mit Dom Holt gesprochen?«, fragt Donna.

»Keine Ahnung«, sagt Jason. »Das ist nur das, was man sich im Pub erzählt.«

»Luca Buttaci?«, sagt Chris. »War er dabei?«

»Kenne ich nicht«, sagt Jason. »Ich hab schon mehr als

genug gesagt. Ich vergesse immer, dass ihr zwei von der Polizei seid.«

»Das vergesse ich auch ständig«, sagt Chris. »Ich gebe Ihrem Vater die Schuld.«

»Wenn Connie jemanden umbringen lassen möchte«, fragt Donna, »könnte sie das vom Gefängnis aus organisieren?«

»Locker«, sagt Jason. »Ein Fingerschnipsen.«

Das stimmt sie alle nachdenklich. Ibrahim ist jetzt gerade bei ihr. Aber Ron hat noch etwas anderes auf dem Herzen.

»Darf ich auch noch was fragen?«

»Klar, Dad«, sagt Jason.

Ron beugt sich vor.

»Wann habt du und Karen an Weihnachten die Geschenke ausgepackt?«

»Gleich nach dem Frühstück«, sagt Jason. »Wann denn sonst?«

»Ich hab's doch gewusst«, sagt Ron.

Ron sieht erst Chris an und dann Donna. Das Recht ist auf seiner Seite! Chris wartet ein paar Takte, bevor er an seine Frage von vorhin anknüpft.

»An wen würde Connie sich wenden, Jason?«, fragt er. »Um jemanden umbringen zu lassen?«

»Gute Frage.« Jason ist wieder aufgestanden und macht sich für das nächste Video bereit. »Ibrahim war nicht ihr einziger unbekannter Besucher. Diese Frau Anfang vierzig, vielleicht Ende dreißig, war auch paarmal da. Keiner kennt sie, aber sie hat was Bedrohliches, heißt es. Und das sind Häftlinge, die das sagen.«

»Kein Name?«, fragt Chris.

»Nichts«, bestätigt Jason. »Ist vor zwei Wochen das erste Mal aufgekreuzt. Nicht lang nach eurem Mord, was?«

## 46

Mit ein bisschen mehr Montagsgefühl hätte Ibrahim selbst in Darwell gerechnet, aber die Montage fühlen sich exakt so an wie jeder andere Tag. Gut, vermutlich ist genau das der Witz am Gefängnis.

Obwohl er als Psychiater für seine Patienten da zu sein hat, ist heute er es, der etwas von Connie will. Elizabeth hat ihm einen Auftrag erteilt, und er wird ihn nach bestem Vermögen ausführen.

Connie lehnt sich in ihrem Stuhl zurück. Sie trägt eine kostspielige neue Uhr.

»Sagen Sie, ist Ihnen der Name Luca Buttaci ein Begriff?«, fragt er sie.

Connie bricht nachdenklich eine Rippe von ihrem KitKat ab und tunkt sie in ihren Flat White. »Ibrahim, haben Sie vielleicht manchmal das Gefühl, dass Sie kein sehr guter Psychiater sind?«

»Ich würde mich, ganz objektiv, als recht versiert betrachten«, sagt Ibrahim. »Habe ich Selbstzweifel? Ja. Bin ich der Meinung, dass ich schon vielen Menschen helfen konnte? Ebenfalls ja. Habe ich Ihnen geholfen?«

Connie ist bei der zweiten Rippe KitKat angekommen. Sie zeigt damit auf Ibrahim. »Ich erzähl Ihnen mal eine Geschichte.«

»Darf ich mir Notizen machen?«

»Wenn die Polizei sie nicht zu sehen kriegt.«

»Selbstverständlich nicht.«

»Dann dürfen Sie«, sagt Connie. »Also. Heute beim Anstehen fürs Mittagessen drängt sich dieses Mädchen vor mich …«

»Ach je«, seufzt Ibrahim.

»Aber hallo! Sie wusste nicht, wer ich bin, schätze ich mal. Das wissen die Jüngeren manchmal nicht. Jedenfalls drängelt sie sich vor mich, also tippe ich ihr auf die Schulter und sage, tut mir echt leid, aber ich glaube, das ist mein Platz.«

»In diesen exakten Worten?«

»Nicht ganz«, sagt Connie. »Und sie dreht sich um und sagt, Sorry, aber ich steh nicht Schlange, wenn du damit ein Problem hast, kriegst du ein Problem mit mir – auch das nicht ganz ihre exakten Worte. Und dann hat sie mich geschubst.«

»Ach je«, sagt Ibrahim wieder. »Hat sie auch einen Namen, diese junge Frau?«

Connie denkt kurz nach. »Stacey, ich glaube, die Sanitäter haben sie Stacey genannt. Auf jeden Fall wird es totenstill um uns, alle starren uns an. Und ihr geht auf, dass sie vielleicht die falsche Person geschubst hat.«

»Woran konnte sie das merken?«

»Ein Wärter wollte dazwischengehen, und wie ich ihn weggeschickt hab, hat er nur genickt und so was wie ›Tut mir leid‹ in ihre Richtung gesagt. Da hat sie dann wohl geschaltet. Also lang ich ihr eine, und sie fällt hin.«

»Aha«, sagt Ibrahim. »Hat diese Geschichte auch einen Clou? Bis jetzt gefällt sie mir nicht sehr.«

»Der Clou ist, wie es weitergeht«, sagt Connie. »Sie lag also da, vor mir auf dem Boden, und ich kremple mir schon die Ärmel hoch, um Kleinholz aus ihr zu machen, da höre ich Ihre Stimme in meinem Ohr.«

»Du liebe Güte«, sagt Ibrahim. »Und was habe ich gesagt?«

»Dass ich von fünf rückwärts zählen soll. ›Haben Sie das Gefühl, sich im Griff zu haben? Fühlen Sie sich jetzt und hier im Reinen mit sich? Wer hat hier das Sagen, Sie oder Ihre Wut? Was rät Ihnen Ihre Vernunft?‹«

»Verstehe«, sagt Ibrahim. »Und zu welchem Ergebnis sind Sie gelangt?«

»Dass nichts gewonnen ist, wenn ich auf ihrer Brust knien bleibe und sie zu Mus schlage. Weil, ich hatte ihr ja schon gezeigt, wo der Hammer hängt. Alles darüber hinaus wäre nur für mein Ego gewesen.«

»Und Sie sind nicht Ihr Ego«, nickt Ibrahim. »Zumindest nicht ausschließlich.«

»Und dieses Mädel«, sagt Connie, »eins muss man sagen, es gehört ganz schön was dazu, sich im Knast vorzudrängen, völlig verkehrt kann sie also nicht sein. Sie hat ihre Lektion gelernt, das konnte ich sehen, also bin ich einfach über sie drübergestiegen, hab mir mein Tablett geschnappt und mich zum Essen gesetzt. Und ich war stolz auf mich, und ich dachte, Ibrahim wird auch stolz auf mich sein.«

»Und das Mädchen?«, fragt Ibrahim. »Wie geht es ihr?«

Connie zuckt die Achseln. »Keine Ahnung. Also, sind Sie jetzt stolz auf mich?«

»In Maßen, ja«, sagt Ibrahim. »Ein gewisser Fortschritt ist es.«

»Ich wusste es!«, trumpft Connie auf.

»Und irgendwann«, fährt Ibrahim fort, »verkneifen Sie sich dann vielleicht sogar noch den ersten Schlag.«

»Sie hat sich vorgedrängt, Ibrahim«, erinnert Connie ihn.

»Ich weiß«, sagt Ibrahim. »Und Sie haben, ohne jede Reflexion, jedes Zögern, mit sofortiger, massiver Gewalt reagiert.«

»Danke«, sagt Connie. »Es war wirklich eine sehr

schnelle Reaktion. So, und jetzt kommen Sie mal runter von Ihrem hohen Ross – Sie wollten was über Luca Buttaci wissen?«

»Nun ja …«, sagt Ibrahim.

»Hier sitze ich«, sagt Connie, »ein Vogel mit einem gebrochenen Flügel, und zahle Ihnen Geld, damit Sie mich heilen, mich wegführen von dem Pfad der Gewalt und der Ichbezogenheit, mir einen Sinn aufzuzeigen in einem Leben, das vom Chaos diktiert ist – das sind übrigens alles direkte Zitate, merken Sie das?«

»Natürlich«, sagt Ibrahim bewegt.

»Aber bei jeder Sitzung stoßen Sie mich zurück in den Sumpf: Wie würden Sie jemand umbringen, Connie? Kann man etwas aus einer Zelle stehlen, Connie? Und jetzt: Connie, kennen Sie den größten Heroindealer der ganzen Kanalküste?«

»Es ist zugegebenermaßen etwas unorthodox«, sagt Ibrahim. »Ich entschuldige mich.«

Connie winkt ab. »Egal – wenigstens macht Sie das einen Tick weniger salbungsvoll. Ich halt Ihnen ab und zu einfach ganz gern einen Spiegel vor. Ich meine, Sie kommen hier rein, Sie sprechen eine vulnerable Patientin auf einen hochgefährlichen Kriminellen an, und das ist in Ordnung. Ich erzähle Ihnen, dass ich diesem Mädel nur einen Schlag verpasst habe anstatt dreizehn oder vierzehn, und ganz ehrlich, Ibrahim, sehr beeindruckt kamen Sie mir nicht vor.«

»Ich gestehe meine Schwächen ein«, sagt Ibrahim. »Und wenn ich es an der gebührenden Begeisterung habe fehlen lassen, weil Sie eine junge Frau so zugerichtet haben, dass sie medizinisch versorgt werden musste, dann verzeihen Sie bitte.«

»Danke«, sagt Connie. »Ja, ich kenne Luca Buttaci. Beziehungsweise, ich weiß, wer er ist.«

»Und wäre es Ihnen auch möglich, Kontakt zu ihm aufzunehmen?«

»Wäre es«, sagt Connie. »Warum fragen Sie?«

»Wir wollten ihn gern zum Mittagessen einladen«, sagt Ibrahim.

»Soviel ich weiß, isst er nur Selbstgetötetes«, sagt Connie.

»Sonntags gibt es bei uns immer ein Bratenbüfett«, sagt Ibrahim. »Ausgezeichnetes Fleisch. Sie müssen auch mal kommen, wenn Sie jemals entlassen werden. Und wenn Sie versprechen, dass Sie Ron leben lassen. Meinen Sie, Sie können mir Luca Buttacis Nummer besorgen?«

»Sagen Sie mir bitte noch mal, was das hier mit Psychotherapie zu tun hat?«, fragt Connie. »Ich bezahle Sie, wissen Sie das noch?«

»Eine Therapie ist wie ein Tanz«, antwortet Ibrahim. »Wir müssen uns zur Musik bewegen«.

»Sie sind derart aufgeblasen«, sagt Connie. »Ich mag Sie, das ist Ihr Glück. Seine Nummer kann ich Ihnen nicht geben, aber ich kann ihm was ausrichten lassen. Sein Schwager arbeitet hier.«

»In einer Justizvollzugsanstalt?«

»Ich weiß, die wirken alle so engelsrein.«

Ibrahim senkt den Blick auf seine Aufzeichnungen. Zeit für einen Themawechsel.

»Elizabeth wüsste gern, ob Sie eine Meinung zu dem Mord vom Samstag haben.«

Connie bricht eine dritte KitKat-Rippe ab. Das ist ungewöhnlich – in der Regel isst sie während der Sitzung nur zwei und nimmt die anderen beiden mit in ihre Zelle. Es gehört zu Ibrahims Beruf, auf solche Dinge zu achten.

»Wer wurde ermordet?«, will Connie wissen.

»Dominic Holt«, sagt Ibrahim. »Der Mann, auf den

wir durch Sie gekommen sind. Schmeckt das KitKat heute besonders gut?«

»Hmm«, sagt Connie. »Irgendwann müssen wir alle sterben.«

Ibrahims Handy brummt. In der Regel muss jeder Besucher in Darwell sein Handy abgeben, aber wenn man Connies Namen erwähnt, darf man es behalten. Er ruft die Nachricht auf. Donna.

»Es kommt Sie noch jemand öfter besuchen?«, fragt er.

»Einige«, sagt Connie. »Sportmasseur, Tarotlegerin. Mein Spanischlehrer.«

»Eine Frau Anfang vierzig«, sagt Ibrahim. »Die vor ein paar Wochen das erste Mal hier war?«

Achselzucken von Connie. »Ich lass immer mal eine Floristin kommen. Diese Zellen können schon sehr grau sein.«

»Ich glaube nicht, dass wir hier von einer Floristin sprechen«, sagt Ibrahim.

»Wie rätselhaft«, sagt Connie. »Haben Sie sonst noch Fragen an mich, oder kriege ich auch noch ein bisschen echte Therapie?«

»Erzählen Sie mir denn wirklich alles, Connie?«, fragt Ibrahim. »Alles, was Sie wissen?«

»Sie sind der Fachmann«, sagt Connie. »Sagen Sie's mir.«

# 47

## Joyce

So, Kuldeshs Lagerraum hätten wir schon mal gefunden. Übermäßig schwer war es nicht. Aber auch nicht sehr ergiebig, leider.

Elizabeth hatte ihn unbedingt vor unserem »Gipfel« finden wollen. Morgen statten wir dann noch SIO Regan einen Besuch ab, wozu, weiß ich nicht, aber ich bin schon gespannt.

»Wir« haben ihn gefunden, sage ich. Elizabeth kam auf die glorreiche Idee, sich bei der Stadtverwaltung von Fairhaven als Kuldeshs Witwe auszugeben.

Sie legte sich schwer ins Zeug. Die trauernde Witwe, die die Nummer des Lagerraums verloren hat. In dem lauter Familienfotos und Andenken aufbewahrt sind. Fünf Minuten waren es sicher, sie bot wirklich alles auf, und die Frau von der Stadtverwaltung – Lesley hieß sie – nickte immer wieder mitfühlend. Elizabeth kam schwungvoll zum Ende, mit einem Appell an die Gnade Lesleys, der Stadtverwaltung Fairhaven und der Götter höchstselbst.

Worauf Lesley ein letztes Mal mitfühlend nickte und dann sagte, sie könne ihr leider keine Auskünfte geben, weil das gegen die Datenschutzverordnung verstoße.

Genau das hatte ich Elizabeth schon prophezeit. Die ganze Herfahrt im Minibus hatte ich ihr gepredigt: Du verschwendest deine Zeit, Stadtverwaltungen sind bei so was knallhart. Sie sagte: Ich habe dem KGB russische

Nukleargeheimnisse entlockt, da werde ich ja wohl mit der Stadtverwaltung Fairhaven fertigwerden. Aber so läuft das nicht, und das wusste ich, und die Bestätigung tat mir gut. Ich warf ihr sogar einen triumphierenden Blick zu, was sie immer besonders ärgert.

Darauf nahm sie zu meiner bewährten Masche Zuflucht und brach in Tränen aus – etwas überzeugender als sonst, das muss ich ihr lassen, aber ich hätte ihr gleich sagen können, dass auch das nicht verfängt. Lesley von der Stadtverwaltung Fairhaven blieb ungerührt. Sie ging zwar so weit, Elizabeth ein Glas Wasser anzubieten, aber das war das Ende der Fahnenstange.

Also schaltete ich mich ein.

Während Elizabeth schluchzend auf ihrem Plastiksitz zusammensank, sagte ich zu Lesley, nachdem Kuldesh nun tot und seine Konten eingefroren seien, stehe ja sicher die Januarmiete noch aus. Da spitzte sie plötzlich die Ohren. Wenn es etwas gibt, worauf Stadtverwaltungen noch versessener sind als auf die Datenschutzverordnung, dann ist es Geld.

Ich sagte ihr, dass ich Kuldeshs Schulden gerne begleichen würde. Ich sähe es quasi als meine Pflicht an, sagte ich. Keine zwei Minuten später hielt ich eine ausgedruckte Rechnung in der Hand: £37,60 Monatsmiete für Lagerraum Nr. 1772, Pevensey Road, Fairhaven.

Ich versprach Lesley, den Betrag umgehend zu überweisen, dankte ihr für ihre unbürokratische Hilfe und führte die weinende Elizabeth durch die Doppeltür hinaus ins Freie.

Elizabeth war tief beeindruckt, und wir kamen überein, dass in Zukunft sie für alles zuständig ist, was mit dem KGB zu tun hat, und ich für alles, was mit Stadtverwaltungen zu tun hat. Jeder muss ein Spezialgebiet haben. So fragte ich Elizabeth zum Beispiel, wie wir denn ohne Schlüssel in das Lager hineinkommen sollten, und sie lachte nur.

Ich schlug vor, bevor wir den Lagerraum durchsuchten, sollten wir vielleicht Nina Mishra Bescheid sagen, denn es sei ja möglich, dass das Heroin selbst nicht da war, aber etwas anderes, das uns auf seine Spur bringen würde, und Nina hätte möglicherweise eine klarere Vorstellung davon, was das sein könnte. Elizabeth warf mir vor, ich würde Nina »anhimmeln«, und ein bisschen stimmt das wohl auch. Ich mag starke Frauen. Nicht gerade Bodybuilderinnen, aber Sie wissen schon. Jedenfalls versprach Nina, nach ihrer Vormittagsvorlesung zu uns zu stoßen.

Wir gingen zu Fuß vor zur Pevensey Road, die gleich hinter der Uferpromenade liegt. Ich fragte Elizabeth, ob sie meint, wir werden zur Hochzeit eingeladen, wenn Donna und Bogdan irgendwann heiraten, und sie sagte: »Jetzt bleib doch *einmal* zwei Sekunden beim Heroin!«

Die Lagerräume waren so eine Art Schuppen oder Garagen in zwei gegenüberliegenden Reihen. Hellgrüne Türen, an jeder ein Aushang mit Sicherheitsbestimmungen. Zwei oder drei davon standen offen, und von drinnen hörte man Hämmern und Sägen. Wir mussten ein paarmal ausweichen, um den herumstolzierenden Möwen Platz zu machen, bis wir, ziemlich in der Mitte, die Nummer 1772 erreichten.

Elizabeth zog etwas aus ihrer Handtasche. Ich konnte nicht genau sehen, was, irgendein dünner Stab aus Metall. Sie führte ihn in das Schloss ein und drückte ihn mit dem Handballen scharf nach unten, drehte dann den Griff und stemmte das Tor hoch.

Ich weiß nicht, was ich erwartet hatte. Eine Art Schatzhaus vermutlich. Eine Höhle wie in einem Disneyfilm, voll mit Gold und Edelsteinen und Dukaten. Stattdessen stapelten sich nur alte Pappkartons an den Wänden, jeder mit einer handgeschriebenen Nummer darauf. Wir machten gerade die ersten auf, als Nina im Taxi vorfuhr.

Ihr Haar war mit einer unglaublich schönen Nadel hochgesteckt.

Das Heroin war natürlich nicht da. Wenn wir es gefunden hätten, dann hätte ich das längst erwähnt, ganz bestimmt. Wenn auf meinem Esstisch Heroin im Wert von hunderttausend Pfund läge, würde ich hier nicht von Haarnadeln und Bodybuilderinnen schreiben.

Die Kisten enthielten alles Mögliche, alte Uhren, Schmuck, sogar ein paar Picasso-Drucke. Elizabeth fragte Nina, ob sie Abnehmer dafür wüsste, aber Nina meinte, da das meiste im Zweifel gestohlen sei, sollten wir uns als Erstes an die örtliche Polizei wenden, und ich sagte, da wollten wir morgen sowieso hin. Elizabeth wollte wissen, ob die Picasso-Drucke einen Wert hätten, und Nina warf einen Blick darauf und sagte, die seien eindeutig gefälscht und wir sollten uns je einen nehmen, was wir taten. Meiner zeigt eine Taube und lehnt im Moment noch auf meinem Kaminsims. In Haywards Heath gibt es einen Mann, der sehr schöne Rahmen macht, zu dem bringe ich ihn, wenn ich das nächste Mal hinkomme. Ich werde natürlich so tun, als ob das Bild echt wäre. Deshalb haben die Fälscher wohl auch so leichtes Spiel. Niemand gibt freiwillig zu, dass etwas nicht echt ist.

Übrigens, falls ich vorhin den Eindruck erweckt habe, ich würde zwar starke Frauen mögen, aber keine Bodybuilderinnen – so war das nicht gemeint. Bodybuilding ist nichts für mich, aber ich kann den Reiz schon verstehen. Es ist ein gesundes Vergnügen und damit die zweitbeste Art von Vergnügen, die es gibt.

Wenn das alles jetzt klingt, als wäre der Nachmittag eine Enttäuschung gewesen: ganz und gar nicht. Elizabeth sagt, dieser Schuppen ist unsere Trumpfkarte. Wir müssen bei dem Essen am Sonntag nur durchblicken lassen, dass er existiert, und ihn im Anschluss gut überwachen. Sie werden alle ihre Methoden haben, ihn zu finden, und sie werden ihn alle durchsuchen wollen.

Was umgekehrt heißt: Wenn jemand ihn nicht durchsuchen kommt, dann können wir davon ausgehen, dass er das Heroin in seinem Besitz hat.

So hat uns Elizabeth das erklärt, und sie hat Nina gebeten, bei dem Essen dabei zu sein und ihrerseits ein paar Andeutungen fallen zu lassen. Nina schien gleichermaßen verschreckt und entzückt. Was ja, seit ich Elizabeth kenne, im Grunde mein Dauerzustand ist.

Morgen besuchen wir also SIO Regan. Je mehr Kenntnisse wir bis zum Sonntagmittag gesammelt haben, desto froher wird Elizabeth sein. Nicht dass sie zurzeit sonderlich froh wirken würde. Heute hat ein Begräbnis stattgefunden, eins der ungewöhnlicheren Art. Ich werde davon erzählen, wenn ich mir im Klaren darüber bin, was ich davon halten soll.

Ich habe Elizabeth gefragt, ob wir einen Termin bei SIO Regan haben, und sie sagte, natürlich nicht, das solle ich nur ihre Sorge sein lassen. Ich erinnerte sie auch daran, dass am Dienstag der Minibus nicht fährt, aber sie meinte, wir lassen uns von Ron hinbringen, weil er sich sonst übergangen fühlt. Sein Daihatsu ist aus der Werkstatt zurück.

Mein Instinkt sagt mir, dass diese Woche ein Durchbruch ansteht, bei Kuldesh und vielleicht sogar bei dem Heroin. Elizabeth scheint mir dabei zu sein, ihre Geschütze in Stellung zu bringen. Weiß sie etwas, das wir nicht wissen?

Alan ist beleidigt, weil ich den ganzen Tag unterwegs war. Rauschgift und Mord sind Dinge, die man einem

Hund schwer erklären kann. Außer vielleicht einem Drogenspürhund. Er schmollt im Gästezimmer und seufzt nur alle paar Minuten laut, damit ich merke, dass er noch da ist. Aber sehr lange hält er in der Regel nicht durch. Ich rufe ihn mal.

Und schon kommt er angewedelt. Alles vergeben und vergessen.

# 48

»Wir möchten zu SIO Regan«, sagt Elizabeth der wachhabenden Beamtin im Polizeirevier Fairhaven.

»Wer ist ›wir‹?«, fragt die Beamtin, eine Frau Anfang fünfzig.

»Sagen Sie einfach, Elizabeth und Joyce«, sagt Elizabeth. »Im Mordfall Dominic Holt.«

»Zwei geständige Täterinnen, was?«, fragt die Frau, während sie eine Nummer wählt. »Ich hätte hier eine Elizabeth und eine Joyce für SIO Regan. Informationen zu Dominic Holt.«

Eine kurze Pause, dann nickt sie und sagt: »Danke, Jim. – Sie ist leider nicht da«, wendet sie sich an Elizabeth. »Wenn Sie eine Nummer hinterlassen wollen?«

»Sie ist nicht da?«, wiederholt Elizabeth.

»Ja, sorry. Ihr Geständnis wird warten müssen.«

»Hm, das ist ja sehr sonderbar, nicht wahr, Joyce?« Elizabeth zeigt auf Joyce. »Das ist Joyce.«

»Höchst sonderbar«, sagt Joyce. »Wir haben sie nämlich um« – Joyce schlägt eine Kladde auf –, »um 10:23 Uhr hier reingehen sehen, und seitdem haben wir die Tür nicht aus den Augen gelassen, und sie ist nicht wieder rausgekommen.«

»Unsere Beamten haben Autos«, erklärt die Frau. »Und Sie sollten keine Polizeireviere observieren.«

»Oh, wir waren auf öffentlichem Grund«, sagt Elizabeth. »Auf einer hübschen kleinen Bank im Park.«

»Ich hab auch eine Thermoskanne dabei«, sagt Joyce.

»Und nur zwei Autos sind seitdem vom Hof gefahren, und sie saß in keinem davon«, sagt Elizabeth. »Es ist jetzt – Joyce, wie viel Uhr haben wir inzwischen?«

»Vier nach elf«, sagt Joyce.

»Es ist jetzt vier nach elf …«

»Fünf nach elf mittlerweile«, berichtigt Joyce.

»… und wir dachten, wir sollten SIO Regan ausreichend Zeit geben, um anzukommen und den Ermittlungsstand abzufragen. Jetzt gerade trinkt sie vermutlich einen Kaffee, liest ihre Mails …«

»Also dachten wir, der perfekte Zeitpunkt«, ergänzt Joyce.

»Der perfekte Zeitpunkt«, sagt Elizabeth. »Wenn Sie also noch mal durchklingeln könnten und nachfragen, ob nicht vielleicht ein Irrtum vorliegt? Wir würden sie wirklich sehr gerne sprechen. Der Minibus fährt um drei Uhr nach Coopers Chase zurück, und wir haben noch einige Besorgungen zu machen.«

Die Beamtin vom Dienst erhebt sich und stützt die Hände auf den Tresen.

»So spaßig das alles hier ist, meine Damen: SIO Regan ist nicht da. Dieses Gebäude hat mehr als einen Ausgang.«

»Oh, den Hinterausgang bewacht Ron«, sagt Elizabeth. »Sie hat das Gebäude nicht verlassen.«

»Hören Sie nicht, was ich Ihnen sage? Also lassen Sie mir Ihre Nummer da, dann sorge ich dafür, dass sie sie bekommt. Aber ich würde Ihnen dringend davon abraten, Polizeireviere zu überwachen, wenn Sie nicht festgenommen werden wollen.«

Elizabeth zieht ihr Handy aus der Tasche und fotografiert sie.

»Foto Nummer eins, 11:07 Uhr«, sagt Joyce.

»Noch so ein Foto«, die Frau fixiert Elizabeth drohend, »und ich nehme Sie fest.«

Elizabeth sieht Joyce an und zieht eine Braue hoch. Joyce schaut auf ihre Uhr, wägt eine Sekunde lang ab und nickt dann kaum merklich.

Elizabeth macht ein zweites Foto.

## 49

Sayed blickt hinaus auf die Berge unter und vor ihm. Alles auf dem Talgrund dort unten gehört ihm, und auf den Hängen im Norden ebenfalls. Die südlichen Hänge sind pakistanisches Gebiet. Wem sie gehören, weiß er nicht, aber da gab es noch nie Ärger. Was an sich schon viel wert ist. Ärger hat man heutzutage mehr als genug.

Hanif hat sich seit Mittwoch nicht mehr gemeldet. Er hat sich in Moldawien umgehört und gesagt, er fährt weiter nach England; irgendetwas muss er also herausgefunden haben. Sayed wird erst wieder ruhig schlafen können, wenn die Sache vollständig aufgeklärt ist. Das alles stresst ihn. Er sollte ja nicht mal in diesem Hubschrauber sitzen – das zieht Unglück an, schon eine einzige verirrte Kugel kann sie zum Absturz bringen. Aber die Alternative wäre eine sechsstündige Reise per Jeep und Pferd gewesen.

In einer Lage wie dieser war er noch nie, und er muss schnellstens Klarheit schaffen. Eine Woche wird er Hanif noch geben. Er weiß ja, dass er der Lieferung nachspürt. Da kann er schlecht anrufen und ihn zur Rede stellen.

Hanif wird mit Mitch Maxwell sprechen und der mit Luca Buttaci. Erst höflich und dann, wenn er nicht bekommt, was er will, weniger höflich. Sayed lässt sich nicht gern übers Ohr hauen oder für dumm verkaufen. Wer das zulässt, lebt zumeist nicht lange.

Auch Hanif wird natürlich bestraft werden müssen,

wenn die Lieferung nicht wieder auftaucht. Motiviert sollte er also sein.

Durch die offene Tür des Hubschraubers sieht Sayed die Mohnfelder, die sich unter ihm ausbreiten, und der Anblick hebt seine Stimmung etwas. Denn diese Felder voll roter Mohnblüten bedeuten vor allem eines:

Profit.

# 50

SIO Jill Regan ist in höchstem Maße unerbaut.

»Und Sie!«, anklagend auf Joyce gerichteter Finger, »Sie standen vor dem Lagerhaus, in dem Dominic Holt erschossen wurde.«

»Das stimmt«, sagt Joyce erfreut. »Wie schön, so viele Leute vergessen mein Gesicht. Oder sie kommen nicht mehr darauf, woher sie mich kennen. Mich haben Patienten teils Jahre später bei Sainsbury angesprochen und zu mir gesagt –«

»Bitte!«, sagt Jill. »Verschonen Sie mich, ich leite hier die Ermittlungen zu einem Mordfall.«

»Aber nicht sehr kompetent«, sagt Elizabeth. »Wenn ich das anmerken darf.«

»Dürfen Sie nicht«, sagt Jill. »Hat eine von Ihnen schon mal einen Mörder gefangen?«

»Allerdings«, erwidert Elizabeth.

»Was heißt ›einen‹?«, sagt Joyce.

»Sie haben fünf Minuten«, sagt Jill. »Also, was ist so wichtig? Ich bin ganz Ohr.«

»Dürfte ich vorab fragen«, sagt Elizabeth, »was Sie hier eigentlich machen?«

»Ein sinnloses Gespräch mit den Golden Girls führen? Sagen Sie's mir.«

»Sie wissen genau, was ich meine«, sagt Elizabeth. »Warum ermittelt im Mordfall Kuldesh Sharma die NCA?«

»Ich wüsste nicht, was Sie das angeht.«

»Wir sind Steuerzahler«, sagt Elizabeth. »Aber auch interessierte Beobachter.

»Sie kennen DCI Hudson?«, fragt Jill Joyce.

»O ja«, sagt Joyce. »Und auch seine Freundin, Patrice, haben Sie sie kennengelernt?«

»Er hat Sie hergeschickt, stimmt's?«

Elizabeth lacht. »Um Gottes willen, nein. Er wäre hellauf entsetzt, wenn er wüsste, dass wir hier sind.«

»Dann sind wir schon zu zweit«, sagt Jill.

»Lassen Sie mich Ihnen wenigstens meine Theorie unterbreiten«, sagt Elizabeth. »Ich kann mir nicht vorstellen, dass Sie, beziehungsweise die NCA, ein gesteigertes Interesse an Kuldesh haben. Ich glaube vielmehr, Sie haben ein professionelles Interesse an dem Heroin.«

»Sie stellen sich unseren Beruf zu abenteuerlich vor«, sagt Jill. »Das ist hier nicht Netflix.«

»Oh, gegen das Leben, das ich geführt habe, sieht Netflix alt aus«, versetzt Elizabeth. »Ich glaube, dass das Heroin Teil einer groß angelegten NCA-Fahndung war. Sie haben es ganz gezielt ins Land gelassen, um dann zugreifen und alle verhaften zu können. Habe ich recht?«

»Wenn Sie nicht mehr zu bieten haben, sollte ich zurück an meinen Schreibtisch gehen«, sagt Jill.

»Aber die Lieferung kommt abhanden«, fährt Elizabeth fort. »Eine Lieferung, der Sie die Tür geöffnet haben. Die Sie in Newhaven durchgewinkt haben. Damit ist Ihre Operation gescheitert und der gute Ruf der NCA in Gefahr. Nicht zum ersten Mal, wenn wir ehrlich sind. Und schlimmer noch, ein unschuldiger Mann wird erschossen, gut, was heißt unschuldig, sagen wir einfach, ein Freund von uns. Ich tippe darauf, dass Sie vorher nie von Kuldesh Sharma gehört hatten und nicht geahnt haben, dass er in die Sache verwickelt sein würde. Ich unterstelle nicht, dass Sie den Mord an ihm nicht aufklären wollen, aber in erster Linie müssen Sie das Heroin finden.«

»So«, sagt Jill. »Die fünf Minuten sind um.«

»Und dann wird auch noch Dom Holt umgebracht«, sagt Elizabeth. »War er vielleicht Ihre Kontaktperson? Und jemand ist ihm auf die Schliche gekommen?«

»Wer sind Sie?«, fragt Jill.

»Jetzt kommen wir der Sache schon näher«, sagt Elizabeth. »Ich bin jemand, der Ihnen helfen könnte.«

»Wie das?«

»Wir könnten Ihnen helfen, das Heroin zu finden«, sagt Elizabeth. »Meinst du nicht auch, Joyce?«

»Mit Diamanten haben wir das auch schon gemacht«, sagt Joyce.

»Wenn Sie wissen, wo sich das Heroin befindet, und Sie nicht –«

Elizabeth bremst Jill. »Keine Panik, SIO Regan, wir haben es nicht. Aber ich würde einiges darauf wetten, dass wir deutlich dichter an ihm dran sind als Sie. Und weil ich herausfinden möchte, wer unseren Freund umgebracht hat, würde ich von Ihnen sehr gern eins wissen: Wer arbeitet für Sie? Wen von den Dealern schützen Sie? War es Dom Holt?«

»Ich schütze überhaupt niemanden«, sagt Jill.

»Hmm«, sagt Elizabeth. »Dann haben Sie Ihre Operation also ohne jede Insider-Hilfe geplant? Machbar ist so etwas. Wir haben das 1968 in Budapest gemacht, aber – nein, tut mir leid, das nehme ich Ihnen nicht ab.«

»Was war in Buda–«

»Joyce wird Ihnen jetzt vier Namen sagen«, sagt Elizabeth. »Einer davon arbeitet für Sie oder hat für Sie gearbeitet, und wir werden an Ihrer Reaktion erkennen können, welcher. Das winzigste Muskelzucken genügt uns.«

»Schluss mit dem Theater«, sagt Jill. »Das ist ja absurd.«

»Mitch Maxwell«, sagt Joyce.

Jill steht auf. »Ich gehe.«

»Luca Buttaci«, sagt Joyce.

»Spricht man das so aus, Jill?«, fragt Elizabeth. »Oder anders?«

»Samantha Barnes«, sagt Joyce.

»Ich schicke Ihnen einen Constable, dass er Sie rausbegleitet«, sagt Jill.

»Dominic Holt«, sagt Joyce.

Bei der Tür bleibt Jill noch einmal stehen. »Und lassen Sie sich hier besser nicht noch mal blicken, es sei denn, Sie haben mein Heroin.«

»*Das* Heroin, meinen Sie doch sicher«, sagt Elizabeth, während die Tür hinter Jill zuklappt.

Sie dreht sich zu Joyce um. »Sie ist gut.«

»Sie hat keine Miene verzogen«, sagt Joyce.

»Was zwei Gründe haben könnte«, sagt Elizabeth. »Entweder ist sie eine Psychopathin …«

»Meinst du echt?«, fragt Joyce.

»… was ich allerdings nicht glaube«, schließt Elizabeth. »Sie hat sich die Lippen nachgezogen, bevor sie zu uns runterkam. Sie wollte einen guten Eindruck machen.«

»Ich glaube, Psychopathinnen benutzen schon auch Lippenstift«, wendet Joyce ein.

»Oder«, fährt Elizabeth fort, »sie hat deshalb keine Reaktion gezeigt, weil niemand aus dem Drogenring für die NCA arbeitet.«

»Aber warum ist sie dann hier?«

»Weil vielleicht jemand aus der NCA für den Drogenring arbeitet?«

# 51

Das Restaurant in Coopers Chase war in den wenigen Jahren seines Bestehens schon Schauplatz etlicher Dramen. Ein ehemaliger Oberster Richter verstarb über dem Warten auf sein Bananen-Dessert. Ein Ehepaar zerstritt sich so bitter, dass eine Frau von neunundachtzig sich nach achtundsechzig Jahren Ehe scheiden ließ, und ein öffentlicher Heiratsantrag schlug erst hohe Wellen und wurde dann stillschweigend vergessen, als sich der Bräutigam als Heiratsschwindler entpuppte. Feiern und Leichenschmäuse wurden hier abgehalten, Paare haben sich gefunden, Kinder, Enkel und Urenkel wurden vorgeführt, und bei einem hundertsten Geburtstag musste nach einem Vorfall mit einem Stripteasetänzer sogar die Polizei einschreiten.

Aber eine Gesellschaft, wie sie derzeit in dem Separee im Wintergarten versammelt ist, haben diese vier Wände noch nicht gesehen. Zwei der umsatzstärksten Drogenschmuggler Englands sitzen hier mit am Tisch, eine millionenschwere Antiquitätenhändlerin mit ihrem riesenhaften kanadischen Mann, eine Professorin der historischen Archäologie von der Universität Kent, ein über und über tätowierter polnischer Bauleiter sowie, an der Stirnseite, die stolzen Gastgeber: eine einstige Krankenschwester, eine einstige Spionin, ein einstiger Gewerkschaftsfunktionär und ein gelegentlich noch praktizierender Psychiater.

Thema der Unterhaltung ist der Verbleib einer verschwundenen Lieferung Heroin. Die Vorstellungsrunde ist abgeschlossen. Ab und zu stockt das Gespräch, wenn die Kellner neue Speisen auftragen, und man ist übereingekommen, während dieser Phasen so zu tun, als wäre man ein Wohltätigkeitskomitee, das ein Gartenfest plant.

»Wir sind ja nun alle aus unterschiedlichen Gründen hier«, sagt Elizabeth. »Mitch, Ihnen wurde Ihr Heroin gestohlen und Ihr engster Mitarbeiter erschossen. Wobei Sie Dom Holt natürlich auch selbst erschossen haben könnten.«

»Hab ich aber nicht«, sagt Mitch Maxwell.

»Irgendwer war's aber«, sagt Luca Buttaci.

»Genau deshalb sind wir hier ja versammelt«, sagt Ibrahim. »Um all diese Fragen ganz offen zu besprechen.«

»Luca«, sagt Elizabeth, »Sie haben ebenfalls einen finanziellen Schaden erlitten, obwohl auch Sie sowohl beim Verschwinden des Heroins als auch bei dem tödlichen Schuss auf –«

»Und eine Hüpfburg für die Kinder«, fällt Joyce ihr ins Wort, als drei junge Kellnerinnen die Vorspeisen bringen. »Die kosten gar nicht so viel für einen Nachmittag. Wir könnten fünfzig Pence pro Runde verlangen.«

»Zwei Pfund pro Runde«, sagt Samantha Barnes.

»Eins fuffzig«, sagt Mitch Maxwell. »Zwei Pfund, geht's noch!«

»Reden Sie nicht so mit meiner Frau«, sagt Garth, während er der Kellnerin höflich zunickt.

»Ganz entscheidend ist ein striktes Schuhverbot beim Hüpfen«, steuert Ibrahim bei. »Versicherung hin oder her, wir müssen –«

»Als auch bei dem tödlichen Schuss auf Dom Holt Ihre Finger im Spiel haben könnten«, vollendet Elizabeth ihren Satz, sobald die letzte Kellnerin fort ist.

»Ich hab niemand erschossen«, sagt Luca.

»Niemanden«, verbessert Ibrahim. »Das ist ein Akkusativ, und beim Ak–«

Ron legt ihm die Hand auf den Arm. »Jetzt mal nicht, Ib. Der Mann ist Drogenhändler.«

Ibrahim nickt und nimmt seinen Büffelmozzarella in Angriff.

»Samantha und Garth«, fährt Elizabeth fort. »Sie haben wir aus mehreren Gründen hergebeten. Erstens, weil Sie über ein großes Fachwissen verfügen. Und zweitens, weil Sie Joyce und Ibrahim gesagt haben, Sie hätten noch nie von Dominic Holt gehört, und das war gelogen.«

»Gelogen, so?«, sagt Samantha. »Behauptet wer?«

»Joyce und Ibrahim, und das reicht mir als Beweis.«

»Sie haben definitiv gelogen, tut mir leid«, sagt Joyce. »Jetzt ärgere ich mich, dass ich nicht auch die Garnelen genommen habe. Ihre sehen echt gut aus.«

»Und vor allem haben Sie eine Code-777-Sperre in Ihrem Telefon, was sonst extrem selten ist, deshalb vermuten wir, dass Kuldesh an dem Tag, bevor er ermordet wurde, bei Ihnen angerufen hat.«

»Mitch und Luca haben doch bestimmt auch eine«, sagt Samantha.

Die beiden schütteln den Kopf. »Wir werfen unsre Handys immer weg«, sagt Mitch.

»So, das wären die Gründe auf unserer Seite, Samantha«, sagt Elizabeth. »Ich frage mich allerdings, warum Sie die Einladung angenommen haben. Was versprechen Sie sich von dieser kleinen Zusammenkunft?«

»Eine sehr gute Frage«, sagt Samantha. »Sind wir alle ehrlich?«

»Soweit ein Tisch voller Lügner und Betrüger dazu in der Lage ist«, erwidert Elizabeth.

»Na ja, Heroin im Wert von hunderttausend Pfund ist

im Moment quasi herrenlos, und ich wette …«, sagt Samantha, »… dass auch Verkaufsstände für Marmeladen und Chutneys gut ankommen würden.«

»Ja, und wir könnten einen Wettbewerb abhalten, wer die besten hat«, stimmt Joyce zu. »Mit einem örtlichen Prominenten als Juror. Wir kennen zufällig Mike Waghorn, den Nachrichtensprecher.«

Die Kellnerin hat einen frischen Krug mit Wasser auf dem Tisch abgestellt und ist wieder gegangen.

»Und ich wette, dass irgendwer in diesem Raum das Heroin finden wird«, sagt Samantha. »Deshalb wollten Garth und ich gern dabeisitzen und zuhören, um vielleicht rauszukriegen, wo es ist.«

»Und es dann selber stehlen«, fügt Garth hinzu. »Einfach aus Jux – für uns sind das keine Summen. Aber wir sind die beiden Cleversten hier am Tisch, also haben wir wohl ganz gute Karten.«

»Ich habe einmal einen Intelligenztest gemacht«, wirft Ibrahim ein, »als Schuljunge noch, und ich war der …«

Wieder legt Ron seinem Freund die Hand auf den Arm. »Soll er doch glauben, er ist der Schlauste, Ib. Das kann uns nur recht sein.«

»Ich *bin* der Schlauste«, insistiert Garth.

Ibrahim will widersprechen, aber Ron bringt ihn mit einem Blick zum Schweigen.

»Nina ist hier, weil sie der letzte Mensch ist, mit dem Kuldesh gesprochen hat, und damit automatisch verdächtig«, sagt Elizabeth. »Nichts für ungut, Kindchen, aber das ist bewiesen.«

»Gar kein Thema«, sagt Nina. »Ich würde mir bevormundet vorkommen, wenn Sie mich nicht mitzählen würden.«

»Und Bogdan ist da, falls einer von Ihnen versucht, uns umzubringen. Ich habe zwar einen Revolver bei mir, aber

Sie sind doch recht viele, da gehe ich lieber auf Nummer sicher.«

»Und ich war hungrig«, sagt Bogdan. »Und ich habe Kuldesh gekannt.«

»Aber was ist mit Ihnen?«, fragt Samantha zurück. »Warum sind Sie hier? Was springt für Sie vier raus?«

»Wir vier sind hier«, antwortet Elizabeth, »weil jemand den Freund meines Mannes erschossen hat und ich eine beträchtliche Summe darauf verwetten würde, dass es jemand an diesem Tisch war.«

»Wir werden einfach nur dasitzen und zuhören«, erklärt Joyce. »Und unser Essen genießen und schauen, ob irgendwer sich verrät.«

»Für wie schlau er sich auch halten mag«, sagt Ibrahim zu niemandem im Besonderen.

»Wenn Sie das Heroin finden«, sagt Elizabeth, »behalten Sie's gerne, das interessiert uns einen feuchten Kehricht. Wollen wir also am Anfang anfangen? Ibrahim?«

Ibrahim bringt einen Ordner zum Vorschein. »Mr Maxwell, beginnen wir mit Ihnen. Das Heroin kommt ursprünglich woher? Afghanistan?«

»Und ein Bierzelt«, sagt Ron. »Mit Bieren hier aus der Gegend, da kriegen wir vielleicht einen Rabatt.«

Die Hauptgerichte werden serviert.

# 52

Hanif ist im Claridge's abgestiegen. Es liegt mitten im Herzen von London, und er hat ein Zimmer im obersten Stock. Sein Zimmer *ist* der oberste Stock. Es hat einen eigenen Butler, einen Pool und einen Flügel. Hanif kann zwar weder Klavier spielen noch schwimmen, aber beides macht sich gut auf Instagram.

Das Claridge's ist sein Lieblingshotel, und das aus vielerlei Gründen. Die Lage ist unschlagbar, so nah an den Geschäften der Bond Street und Savile Row wie an den Kunstgalerien der Cork Street. Die Bar und das Restaurant sind London in Quintessenz: entspannt, aber elegant und von solider Kostspieligkeit. Das Allerbeste jedoch ist die unerschütterliche Diskretion des Personals. Hanif, der noch in den besten Zeiten zur Schusseligkeit neigt, hat einen Revolver und achtzigtausend Pfund in bar auf dem Bett liegen lassen, als er zum Frühstück nach unten ging, und als er zurückkam, hatte das Zimmermädchen beides liebevoll in der Nachttischschublade verstaut. So einen Service kann man bei den Ketten-Hotels lange suchen.

Er hat Kontakt zu Mitch Maxwell aufgenommen und ihm das Ultimatum unterbreitet. Entweder die Lieferung taucht bis Ende nächster Woche wieder auf, oder er wird liquidiert. Und er hat dafür gesorgt, dass die Nachricht auch Luca Buttaci erreicht. Das Ultimatum könnte früher ablaufen, aber Hanif will unbedingt noch etwas Zeit in London haben; er war seit dem Studium nicht mehr hier, und außerdem will er dringend noch zu dem Coldplay-Konzert im Wembley. Wenn er Mitch und Luca tötet, muss er danach unverzüglich abreisen, und den beiden schadet es bestimmt nicht, etwas mehr Zeit zum Suchen zu haben. Luca Buttaci hat er nie kennengelernt, aber mit Mitch saß er bei der Fußballweltmeisterschaft in Qatar zusammen in einer FIFA-Loge, und sie haben sich prächtig verstanden. Mitch hat ihm versichert, dass er alles im Griff hat, daher hofft Hanif einfach mal, dass er ihn nicht umbringen muss.

Diese Lieferung jetzt, die ganze Sache, war Hanifs Idee, und Sayed ist gar nicht glücklich über den bisherigen Verlauf. Wenn die Ladung verschollen bleibt, dann wird Hanif Mitch und Luca töten, ganz klar, doch es ist keineswegs gesagt, dass er selbst seine Rückkehr nach Afghanistan überlebt. Aber so läuft das nun mal, dafür wird er bezahlt. Er wird sich nachher massieren lassen, dann kann er diesen ganzen Mist hoffentlich für eine Stunde oder länger vergessen.

Heute Abend ist eine Party in Mayfair. Eine Sonntags-Soiree. Einer von seinen alten Freunden aus Eton richtet sie aus und war hocherfreut, als er durch Instagram erfahren hat, dass Hanif in London ist, wenn auch etwas verblüfft, ihn am Klavier zu sehen.

Es wird guttun, ein paar Leute von früher zu treffen, sich erzählen zu lassen, was sie so machen, darüber zu lügen, was er so macht, alle auf eine Runde in seinem Pool einzuladen.

Hanif lässt die Schultern kreisen – da ist eine Verspannung, die er durch nichts gelockert kriegt. Hoffentlich hat dieser Masseur irgendwelche Tricks auf Lager.

Er wünscht sich sehnlichst, dass seine Rechnung aufgeht. Hanif hat keine Lust, noch mehr Leute umzubringen. Und erst recht will er nicht selbst umgebracht werden. Ihm bleibt noch Zeit bis zum Monatsende.

Kann nicht einfach jemand diesen Behälter finden?

Es wäre so schön, zu Coldplay zu gehen, ohne vorher irgendwelche Leichen verscharren zu müssen.

# 53

Bei Hauptgang und Dessert haben sie den Fall nach allen Regeln der Kunst seziert. Als dann der Kaffee kam, ging es darum, ob sie auf das englische Augustwetter vertrauen oder doch lieber ein Zelt mieten sollen.

»Bevor dieser Kuldesh erschossen wurde, wusste ich nicht mal, wer das ist«, sagt Mitch Maxwell jetzt.

»Ich auch nicht«, sagt Luca Buttaci. »Irgendein Typ mit 'nem Laden halt.«

»Ihr werdet aber doch Rivalen haben?«, meint Ron. »Ihr seid ja wohl nicht die Einzigen an der Kanalküste, die Heroin verkaufen.«

»Ganz ehrlich?«, sagt Mitch. »Wenn irgendwer hier unten plötzlich Heroin anbieten würde, dann wüssten wir das. Fragen Sie Ihre Freundin Connie Johnson.«

»Sie ist nicht meine Freundin«, sagt Ron.

Elizabeth fragt: »Und Sie leugnen nach wie vor, dass Kuldesh Sie kontaktiert hat, Samantha? Garth?«

»Ich wünschte, er hätte es«, sagt Samantha. »Das wäre ein schönes, einfaches Geschäft gewesen. Und ich hätte ihn nicht umgebracht.«

»Garth?«

»Ich hätte ihn wahrscheinlich schon umgebracht. Sauberer so. Aber ich habe es nicht.«

»Ich hätte eine Idee«, sagt Samantha. »Wenn Sie meinen, das könnte Ihnen weiterhelfen?«

»Nur zu«, sagt Elizabeth.

»Wie sieht das Gefäß denn aus, in dem das Heroin geschmuggelt wurde? Das Heroin wird nicht lange dringeblieben sein, denke ich mir, aber das Gefäß gibt es ja trotzdem. Vielleicht taucht es eines Tages in einem Antiquitätengeschäft auf. Und dann haben Sie Ihren Mörder.«

»Ein sehr frommer Wunsch«, kommentiert Nina.

Mitch lacht. »Das können Sie laut sagen. Warten Sie, ich kann's Ihnen zeigen. Das stellt sich keiner freiwillig in seinen Laden.«

Ibrahim versucht sich einzuschalten. »Wir haben immer noch nicht über den Mord an Dominic Holt gesprochen. Über das Wer und das Warum.«

Mitch hat durch seine Fotos gescrollt und gefunden, wonach er gesucht hat. Er reicht das Handy Samantha. Sie setzt ihre Brille ab und hält es sich dicht vor die Augen. »Sie haben Heroin im Wert von hunderttausend Pfund in so einem Ding transportiert? Nicht sehr stilvoll.«

Sie gibt es weiter an Garth, der eine Grimasse schneidet. »Trödelladen, höchstens. Trotzdem gute Idee, Babe. Wir sollten Ausschau halten.«

»In seinem Schuppen war es jedenfalls nicht«, sagt Nina. Das ist ein Satz, den ihr Elizabeth vorgegeben hat.

»In seinem was?«, fragt Mitch.

»So hat er das Hinterzimmer von seinem Laden genannt«, sagt Elizabeth schnell. »Da haben wir schon geschaut.«

»Niemand würde zu so was Schuppen sagen«, sagt Luca. »Kuldesh hatte also einen Schuppen, ja?«

»Entschuldigung«, sagt Nina kleinlaut zu Elizabeth. Sie spielt wirklich gut.

»Na schön«, sagt Elizabeth. »Ja, Kuldesh hatte einen Schuppen, und nein, ich werde Ihnen nicht sagen, wo er ist –«

Garth hebt die Hand.

»Nein, Garth, auch nicht, wenn Sie mir mit dem Tode drohen.«

Jetzt machen alle unzufriedene Gesichter. Genau wie von Elizabeth beabsichtigt.

»Was aber nichts daran ändert«, fährt sie fort, »dass ich das Heroin gerne finden würde, bevor SIO Ronson es findet.«

»Regan«, verbessert Luca.

»Ich und Namen …«, seufzt Elizabeth. »Gut, eins ist klar, wenn alle in diesem Raum die Wahrheit sagen, dann wird es keine Probleme geben. Denn dann haben wir ein gemeinsames Ziel. Wir können unsere Kräfte bündeln und so das Heroin finden, und hoffentlich auch den- oder diejenigen, die für die Morde verantwortlich sind.«

»Sollte allerdings jemand hier nicht die Wahrheit gesagt haben …«, setzt Ibrahim an.

»Dann gibt es früher oder später ein Blutbad«, vollendet Ron. »Und vielleicht Eselreiten, darf man das noch, oder ist das inzwischen auch verboten?«

Die Kellnerinnen haben begonnen, die Kaffeetassen abzutragen, das Mahl ist beendet.

Da eilen sie alle hin, denkt Elizabeth, fort zu ihren mehr oder minder finsteren Machenschaften, und als Nina Mishra aufbricht, fragt sie: »Und jetzt?«

»Jetzt warten wir, wer die Woche überlebt«, antwortet Elizabeth.

# 54

## Joyce

Gestern Mittag hatten wir einen ganzen Trupp zwielichtiger Gestalten zum Essen da, und es war großartig. Wir hatten das Separee reserviert, was einigen Leuten anscheinend nicht passte. »Für wen hält sie sich eigentlich?«, hörte ich eine Stimme flüstern, als ich einmal aufs Klo ging.

Mitch Maxwell war da, der Heroindealer, dann Luca Buttaci, noch ein Heroindealer, der aber kein Italiener ist, auch wenn er so klingt. Und Samantha und Garth, die wir in Petworth besucht haben. Samantha begrüßte mich mit einem Wangenküsschen, aber Garth sagte nur: »Wo ist Alan?«, und dann: »Das ist ja blöd«, als ich ihm sagte, dass Alan daheim an der Heizung lag und schlief. Nina Mishra kam auch und war hin und weg von Coopers Chase. Die Wintersonne schien, und ich muss selbst sagen, es sah alles unglaublich hübsch aus. Sie plant jetzt schon, in fünfunddreißig Jahren hier einzuziehen.

Herausgefunden haben wir nichts, aber nichts herauszufinden war auch der Zweck der Übung. Elizabeth wollte einfach alle zusammenbringen und bei ihnen ein bisschen auf den Busch klopfen.

Wobei »auf den Busch klopfen« meine Formulierung ist. »Warten wir ab, wer wen als Nächstes umbringt«, so hat es Elizabeth ausgedrückt.

Mir kam es vor, als wüsste jeder der Anwesenden einen Teil der Wahrheit, aber niemand die ganze Wahrheit, und darauf setzt Elizabeth.

Das heißt, jetzt warten wir, während sie sich gegenseitig an die Gurgel gehen, und schauen, was für Geheimnisse ihnen dabei aus den Taschen fallen.

Hinterher sagte mir Elizabeth, dass sie die nächsten Tage nicht erreichbar sein wird. Auch nicht übers Handy. Sie sagt, sie hat Angelegenheiten, um die sie sich kümmern muss, und vielleicht stimmt es ja.

Ihre Angelegenheiten sind nicht meine Angelegenheiten, und jeder braucht zwischendurch etwas Privatsphäre. Ganz besonders hier. Hier sitzt man einander doch sehr auf dem Schoß, was nicht jedermanns Fall ist. Ich persönlich mag das ja. Ich schwatze einfach gern, worüber, ist mir nicht so wichtig.

Aber Elizabeth ist anders, und ich habe gelernt, das zu respektieren. Sie in Ruhe zu lassen und mir auch das Spionieren zu verkneifen. Obwohl ich neulich durchs Fenster gesehen habe, wie Anthony im Larkin Court verschwand, und da er, wie er uns immer versichert, grundsätzlich keine Hausbesuche macht, muss es einen besonderen Anlass gegeben haben. Vielleicht mache ich einen kleinen Schlenker, wenn ich nachher zum Laden gehe, und schaue, ob bei ihr die Vorhänge vorgezogen sind. Dann weiß ich schon mehr.

Warum war Anthony bei Elizabeth? So, wie ich sie kenne, hat sie wahrscheinlich einen Termin im Buckingham-Palast. Wird dem König vorgestellt, bekommt einen Orden. Spione kriegen doch ständig Orden. Krankenschwestern ja nicht so sehr. Aber eins steht fest, wenn sie zu König Charles geht, ohne mir etwas davon zu sagen, dann bekommt sie von mir was zu hören. Ein Freund von Gerry war einmal zu einer Gartenparty im Buckingham-Palast eingeladen. Er war Präsident bei den Rotariern oder so, und sie hatten Spenden für ein Hospiz zusammengetrommelt. Und dann ging er nicht hin, weil er zum Golf verabredet war, ist das zu fassen?

Ich glaube, mit der Queen hätte ich mich gut verstanden. Sie hat mich immer an Elizabeth erinnert. Nur vielleicht etwas weniger unnahbar.

Aber so ganz ohne Elizabeth weiß ich nicht recht, was ich mit mir anfangen soll, und das finde ich immer schwierig. Ich kann ein bisschen in der Wohnung herumräumen, ich kann mit Alan eine Folge *Schnäppchenjagd* gucken. Aber früher oder später brauche ich eine richtige Beschäftigung, und ich brauche Gesellschaft dazu. Mit Gerry war das einfach, ich konnte mit ihm an seinem Kreuzworträtsel herumkniffeln oder ihm erzählen, was ich so denke. Jetzt erzähle ich stattdessen Alan, was ich so denke, was bestens funktioniert, bis mir bewusst wird, was ich da tue.

Vielleicht kann ich den Jungs ein bisschen dabei helfen, die Liebesschwindler hereinzulegen? Ich könnte den weiblichen Blickwinkel beisteuern. Obwohl sich Ibrahim laut Ron Nachrichten aus dem Ärmel schüttelt, bei denen, so er, »ein Werftarbeiter rot wird«.

Die zwei wissen ja auch, dass Elizabeth nicht da ist, sie werden also nicht allzu überrascht sein, wenn ich komme. Am besten, ich backe ihnen etwas.

Ob ich auch mal bei Mervyn vorbeischauen sollte? Ich wüsste schon gern, wie es ihm geht. Wir haben unsere Hundegänge ja letztens eher so gelegt, dass wir uns nicht begegnen. Manchmal sieht Alan durchs Fenster Rosie und gerät außer sich – wälzt sich auf dem Boden und hält den Bauch in die Luft. Da ist er wie ich, muss man sagen.

Gerade schaue ich wieder hinüber zu der Gästeparkbucht, wo neulich Anthonys Auto stand. Und ich weiß genau, was Sie jetzt denken – aber so dumm bin ich auch wieder nicht. Mir ist völlig klar, warum er da war.

Wir haben letzte Woche Snowy beerdigt – es war so viel anderes los, dass ich das noch gar nicht erwähnt habe. Er war der Fuchs mit dem weißen Fellsaum an den Ohren, der hier seine Runden gedreht hat, wenn wir anderen schliefen. Bogdan hatte ihm ein Grab ausgehoben, »schön tief, damit ihm keiner was tun kann«. Bogdan hat in jüngster Zeit so einige Gräber geschaufelt, er weiß also, wovon er spricht. Ihn beim Grab-Schaufeln zu sehen, ist eines der wenigen Dinge, die mich dazu bringen könnten, meinen Plan mit der Einäscherung noch mal zu überdenken.

Er und Stephen hatten Snowy am Wochenende gefunden. Jetzt liegt er in einem biologisch abbaubaren Weidenkorb, auf dem die Leute weiße Blumen abgelegt haben.

Es kamen erstaunlich viele. Ich glaube, wir alle hielten ihn für unser Geheimnis, aber als der Anschlag dann am Schwarzen Brett hing, fand sich halb Coopers Chase ein, um Snowy die letzte Ehre zu erweisen. Wobei ihn jeder anders genannt zu haben scheint, »Lucky«, »Tippy«, »Moonlight«, alle möglichen Namen. »Snowy« war Stephens Name. Bei mir hieß er nur »Mr Fox«, aber vielleicht fehlt es mir ja an Fantasie. Joanna sagt das sowieso immer.

Eine Frau aus dem Ruskin Court, die erst seit Kurzem verwitwet ist, nannte ihn »Harold«, und sie gehörte zu den vielen, die weinten, als wir ein Abschiedslied für ihn sangen und ihn zur Ruhe betteten.

Aber worum es mir eigentlich geht: Unter den Trauernden, sein erster öffentlicher Auftritt seit Gott weiß wie langer Zeit, war Stephen.

Er und Elizabeth kamen Arm in Arm den Weg zu den

Kleingärten herauf, und Stephen begrüßte alle reihum und redete sie mit »alter Knabe« und »mein Freund« und »Maestro« an. Ibrahim umarmte ihn, und Stephen strahlte und nannte ihn Kuldesh.

Ron schüttelte ihm ganz förmlich die Hand; er tut sich mit dem Umarmen schwer. Stephen warf einen Blick auf Rons Tätowierungen und sagte: »Ein West-Ham-Anhänger! Sie machen sich's ja nicht grade leicht!«, und da umarmte Ron ihn auch. Als ich an der Reihe war, sagte er: »Das ist Joyce. Die kenne ich.«

Jedenfalls kam es mir vor, als wollte Elizabeth uns Gelegenheit geben, uns von ihm zu verabschieden. Als ich ihn umarmte, hätte ich ihn am liebsten gar nicht mehr losgelassen.

Und natürlich waren Stephens Haare tipptopp.

Wie gesagt, ganz dumm bin ich auch nicht. Im Grunde wusste ich von Anfang an, dass Anthony bei Stephen war. Und dass Elizabeth deshalb für die nächsten Tage nicht erreichbar ist, weil sie Stephen in ein Heim bringt, wo man sich fachgerecht um ihn kümmern kann. Sie lässt ihn los, endlich. Letzten Endes hätte sie ihn schon vor Monaten loslassen müssen, und das weiß sie, aber solange man etwas hat, woran man sich klammern kann, hält man fest. Was mag sie wohl umgestimmt haben? Können sie miteinander darüber sprechen?

Anthony hatte Stephens Haare wirklich sehr schön geschnitten. Elizabeth will, dass er so gut aussieht, wie er nur kann. Wohin er auch kommt, soll er den bestmöglichen Eindruck machen; jeder soll wissen, welch besonderer Mensch er ist und wie sehr er geliebt wird.

Ich weiß nicht, wie sie ohne einander zurechtkommen werden. Für Stephen wird es eine fremde Welt sein, aber um ihn haben sich die Mauern ja ohnehin längst geschlossen. Elizabeth liebt ihn so rückhaltlos und wird von ihm so rückhaltlos geliebt, und das wird ihr nun genommen.

Hoffentlich hat sie ein Heim in der Nähe gefunden, wo sie ihn oft besuchen kann. Die beiden werden es besprochen haben, soweit das möglich ist. Die Liebe findet immer eine Sprache. Elizabeth hat mich nicht um Hilfe oder um meinen Rat gebeten, und das verstehe ich vollkommen. Trauern muss man allein, das weiß ich von mir selbst.

Ich kann nur ahnen, was Elizabeth jetzt durchmacht. Vielleicht hat sie das Gefühl, dass Stephen schon gegangen ist. Vielleicht ist das der Punkt, an dem sie sind. Es geht nur die zwei etwas an, und alles, was ich für Elizabeth tun kann, ist, für sie da zu sein, wenn sie es braucht.

Es heißt ja, der Schmerz schwächt sich mit der Zeit ab, aber das ist eins dieser Ammenmärchen. Wer würde je wieder wagen zu lieben, wenn die Wahrheit sich herumspräche? An manchen Tagen möchte ich mir immer noch das Herz aus der Brust reißen und um Gerry weinen, bis ich tot umfalle. An manchen Tagen? Jeden einzelnen Tag. Das ist der Weg, den meine beste Freundin noch fast zur Gänze vor sich hat.

Also sehen Sie es mir nach, wenn ich mir noch ein Weilchen länger vorgaukle, dass Elizabeth in den Palast bestellt ist, um vom König geehrt zu werden.

# 55

Ron hat schon mit dem Klingeln gerechnet. Hätte fast die genaue Uhrzeit voraussagen können.

Elizabeth ist die nächsten Tage nicht da, also weiß er, dass es Joyce sein muss. Die sich einsam fühlt und die – hoffentlich – einen Kuchen mitbringt. Er lässt Ibrahim und Computer-Bob vor dem Bildschirm sitzen und drückt den Türöffner.

»Das wird Joyce sein, und sie wird Kuchen dabeihaben«, sagt Ibrahim zu Bob. »Wetten wir?«

»Was macht Elizabeth eigentlich?«, fragt Ron die zwei, während er schon mal die Wohnungstür öffnet.

Ibrahim zuckt die Achseln. »Irgendwen erschießen?«

Joyce kommt die Treppe herauf, im Arm eine Tupperdose. Hinter ihr trottet der erwartungsvoll schnüffelnde Alan.

»Himbeer-Kokos.« Joyce hebt einladend ihre Dose. »Tag, Jungs.«

Bob steht auf, als sie ins Zimmer tritt.

»Bleiben Sie doch sitzen, Bob«, sagt sie.

»Tasse Tee?«, fragt Ron.

»Hast du Milch?«

»Nein«, gibt er zu.

»Hast du überhaupt Tee?«

Er überlegt. »Nein, auch nicht mehr. Ein Bier hätte ich.«

»Ich hole mir ein Glas Wasser«, sagt Joyce. Schon auf

dem Weg in die Küche ruft sie über die Schulter: »Wie kommt ihr mit Tatiana voran?«

»Wir haben alles exakt so gemacht, wie Donna es wollte«, sagt Ibrahim.

»Von einem Liebesgedicht mit fünfzehn Strophen hat sie aber nichts gesagt«, bemerkt Ron.

»Ich habe manches ein wenig ausgeschmückt«, räumt Ibrahim ein. »Aber der Köder ist ausgelegt, und die Falle wird hoffentlich jeden Augenblick zuschnappen.«

Joyce kommt ins Zimmer zurück, zieht einen Esszimmerstuhl zu Rons Schreibtisch heran und lässt sich neben Bob und Ibrahim nieder. »Und, haben Sie Spaß, Bob?«

Bob überlegt kurz. »Ich denke schon, doch. Ich bin ja eigentlich nur für die Technik da, alles Schwierige, Dichten und so, macht Ibrahim. Aber manchmal streikt das WLAN, und dann kann ich mich nützlich machen. Und das macht mir Spaß.«

»Und wir reden über das Leben«, sagt Ron.

»Ja, wir reden über das Leben«, bestätigt Bob.

»Sag mir eine Sache, die Bob über das Leben denkt, Ron«, sagt Joyce. »Aus allen euren Gesprächen.«

Ron denkt nach. »Er mag Computer.«

Joyce wendet sich dem Bildschirm zu. Ibrahim hat begonnen zu tippen. »Also, wo stehen wir?«

»Wir haben eingewilligt, weitere 2800 Pfund zu bezahlen«, sagt Ibrahim. »Aber wir haben Tatiana gesagt, dass unsere Bank sie uns nicht überweisen lässt. Dass sie sie als verdächtige Zahlung eingestuft hat.«

»Das ist mir mal passiert, als ich mein Sofa gekauft habe«, sagt Joyce. »Ein Riesenzirkus.«

»Also haben wir gefragt, ob es jemanden in England gibt, der das Geld bei uns abholen kann, um es ihr zu bringen.«

»Ein Komplize?«, sagt Joyce.

»Wir vereinbaren ein Treffen«, sagt Ron. »Ein echter Mensch kommt her, wir übergeben das Geld, und Donna und ihre Leute brechen aus dem Hinterhalt hervor und verhaften ihn.«

»Also ein Freund von Tatiana, nicht Tatiana selbst«, sagt Joyce.

»Es gibt keine Tatiana«, sagt Ibrahim.

»Ach so, stimmt.«

»Ich korrespondiere mit diesem Freund von Tatiana«, sagt Ibrahim. »Er nennt sich Jeremmy. Mit zwei m.«

Während er schreibt, liest Joyce, was bisher auf dem Bildschirm steht.

JEREMMY: Sie haben das Geld?

MERVYN: Erzählen Sie mir noch mehr von Tatiana. Wie lange kennt ihr euch schon? Sind ihre Augen wirklich so klar und blau wie auf den Fotos? So tief, dass man darin versinken möchte?

JEREMMY: Ich bin Mittwoch frei.

MERVYN: Keiner von uns ist wahrhaft frei, Jeremmy, alle schleppen wir unsere Ketten mit uns herum. Sie haben einen sehr ungewöhnlichen Namen. Steckt da eine Geschichte dahinter?

JEREMMY: Können Sie Mittwoch auch?

MERVYN: Werden Sie das Geld persönlich an Tatiana übergeben? Wenn ja, dann beneide ich Sie! Ich muss noch über eine Woche warten, bevor ich ihr Gesicht sehen und ihren Duft einatmen darf.

JEREMMY: London ist am besten. London, am Mittwoch.

MERVYN: Das geht leider nicht, Jeremmy, zu meinem

größten Bedauern. Ich bin sehr immobil, in London komme ich nicht zurecht. Und der Lärm dort! Wie ertragen Sie es nur, Jeremmy? Aber Sie werden ein jüngerer Mann sein, den der schnelle Puls der Großstadt beschwingt. Ich fürchte, Sie werden zu mir kommen müssen.

Die Antwort auf diese letzte Replik steht noch aus.

»Das wäre ja toll«, sagt Joyce. »Wenn er nach Coopers Chase kommt und hier festgenommen wird. Was für eine Meldung für den Rundbrief!«

»Mir wäre es lieb, wenn Mervyn ihn sehen würde«, sagt Ibrahim. »Dann könnte er leichter mit der Sache abschließen. Wie geht es ihm?«

»Hab ihn nicht gesehen«, sagt Joyce.

»Vermisst Alan Rosie nicht schrecklich?«

Alan, der seinen und Rosies Namen hört, wirft sich auf den Boden und bietet seinen Bauch dar. Ron krault ihn pflichtschuldig.

»Was sagst du zu unserem Essen gestern?«, fragt er Joyce.

»Ich traue Mitch nicht, ich traue Luca nicht, ich traue Samantha nicht, und ich traue Garth nicht«, sagt Joyce. »Obwohl er schon sehr männlich aussieht.«

»Ich habe gesehen, dass ihr das Separee hattet«, sagt Bob. »Es war das große Thema im Restaurant.«

»Aber andererseits«, fährt Joyce fort, »wenn einer von ihnen das Heroin hätte oder wüsste, wo es ist, dann wäre er nicht zu dem Essen gekommen. Ich glaube, sie haben sich alle irgendwelche Aufschlüsse erhofft.«

»Und Kuldesh?«

»Jemand aus dieser Runde hat ihn getötet«, sagt Joyce. »Einer oder mehrere.«

»Was ist mit dem Mann, den ich gesehen habe?«, fragt Bob. »Dominic mit der Kugel im Kopf?«

»Könnte jeder von denen gewesen sein«, antwortet ihm Ron. »Kriminelle murksen Kriminelle ab. Nicht schade drum.«

»Danke, Ron«, sagt Ibrahim. »Du bist eine große Hilfe, jetzt wo Elizabeth nicht hier ist.«

»Wo ist sie denn nun, Joycey?«

»Das weißt du genauso gut wie ich«, sagt Joyce. »Ich hab doch gesehen, wie du Stephen umarmt hast.«

»Hm.« Ron sieht das Etikett seiner Bierflasche an, nicht Joyce. »Sollten wir nicht irgendwas tun?«

»Wir können nichts tun«, sagt Ibrahim. »Sie weiß, dass wir da sind.«

Auf dem Bildschirm erscheint eine neue Nachricht.

JEREMMY: Ok ich komme zu Ihnen. Sie haben ganz sicher das Geld?

MERVYN: Oh, das ist sehr, sehr nett von Ihnen, Jeremmy, danke, dass Sie mir so entgegenkommen. Die Leute denken so selten an die, die älter und schwächer als sie selbst sind. Sie müssen ein gütiger und sensibler Mensch sein. Können Sie zum Abendessen bleiben? Ich fände es wunderbar, Sie näher kennenzulernen. Und wenn Tatiana ankommt, sind wir vielleicht schon enge Freunde!

»Fällt denen nicht auf, dass du überhaupt nicht mehr klingst wie Mervyn?«, fragt Joyce.

»Sie sind dem Geld so nahe, da schlucken sie alles«, sagt Ibrahim. »Es ist der gleiche Trick, den sie auch anwenden: Das, was der andere am meisten ersehnt, lässt man ihm dicht vor der Nase baumeln. Mervyn will Liebe, sie wollen Mervyns Geld.«

JEREMMY: Ich kann nicht abendessen. Ich muss weiter. Das Geld ist in bar?

MERVYN: Selbstredend. Die gesamten £2800. Eine gut angelegte Summe.

JEREMMY: £5000 jetzt. Für Kosten.

MERVYN: £5000 habe ich nicht.

JEREMMY: Dann fragen Sie. Oder ich kann nicht zu Ihnen kommen und Tatiana ist wütend auf uns beide.

MERVYN: Das dürfen wir auf gar keinen Fall zulassen. Wann können Sie kommen?

JEREMMY: Morgen.

»Nein«, sagt Joyce. »Warte, bis Elizabeth wieder da ist. Dann hat sie gleich eine Freude.«

MERVYN: Nächste Woche. Diese Woche habe ich eine Hodenoperation.

Ibrahim sieht Joyce an. »Das wirkt bei Männern immer. Das Wort ›Hoden‹ macht sie alle mundtot.«

JEREMMY: Nächsten Mittwoch, ok. Adresse haben wir.

MERVYN: Fabelhaft. Ich kann es gar nicht erwarten, Jeremmy.

Joyce klatscht in die Hände und schreckt damit Alan auf. »Wunderbar. Und was machen wir jetzt?«

»Wir wollten eigentlich Whisky trinken und Snooker sehen«, sagt Ron. »Das ist der einzige Sport, den wir beide mögen.«

»Wobei ich mich allmählich auch mit den Darts anfreunde«, sagt Ibrahim.

»Nur ›Darts‹«, verbessert Ron.

»Vielleicht bleibe ich dann auch noch?«, stellt Joyce in den Raum. »Und wir schwatzen dabei ein bisschen.«

»Wenn wir Snooker sehen«, sagt Ibrahim, »dann wird nur über Snooker geredet. Wie weit Mark Selby seinen Vorsprung ausbauen kann. Oder ob Shaun Murphy ein besonders vertrackter Sicherheitsstoß gelingen wird. Es gibt keine allgemeine Unterhaltung.«

»Oh. Na ja, ich muss sowieso noch mit Alan gehen«, sagt Joyce. »Bob, möchten Sie mitkommen?«

»Ich, äh …« Bob will nicht recht mit der Sprache herausrücken.

»Sind Sie auch Snooker-Fan, Bob?«, fragt Ron.

»Ja. Ja, doch«, sagt Bob. »Ich wollte eigentlich zu mir rübergehen und es anschauen.«

»Wie wär's, wenn Sie's mit zwei Kumpeln anschauen würden?«

»Äh, ja, doch, das wäre sehr nett.« Bob schaut wie ein kleiner Junge, der nach der Schule mit zu einem Freund darf.

»Aber es wird nur über Snooker geredet«, warnt Ron.

»Großartig.«

Joyce steht auf. Alan jagt auf Rons Teppich seinem eigenen Schwanz hinterher.

»Den wirst du nie kriegen, Alan«, sagt Ron zu ihm.

»Genau das ist es, nicht wahr?«, sagt Joyce, indem sie den Mantel anzieht. »Immer ist etwas ganz knapp außer Reichweite. Liebe, Geld. Alans Schwanz. Das Heroin. Jeder jagt hinter irgendetwas her, das er nicht haben kann. Und zerfleischt sich so lange, bis er es hat.«

»Hmm«, macht Ron und schaltet den Fernseher ein.

»Ich ja auch, jede Nacht. Ich träume jede Nacht von

Gerry. Ich weiß, dass ich ihn nicht zurückholen kann, aber ich versuche es immer wieder.«

Ibrahim und Ron sehen Joyce an und dann einander. Ibrahim nickt ganz leicht, und Ron rollt mit den Augen.

»Na gut, du kannst bleiben und schwatzen, worüber du willst.«

»Aber nur, wenn ihr ganz sicher seid«, sagt Joyce, schon wieder halb aus dem Mantel.

## 56

Nina Mishra hadert mit vielem an ihrem Beruf. Vor allem mit dem Gehalt. Das wurde ihr gestern wieder so richtig bewusst, als sie mit diesen Drogendealern und Kunstfälschern am Tisch saß und Angst haben musste, ihr Kleid zu bekleckern, das heute, säuberlich gefaltet, schon wieder auf dem Weg zum Händler ist.

Gut, das ist nicht ganz fair. Mit vielem hadert sie auch nicht. Nicht mit dem Lesen – gemütlich im Sessel zu sitzen und sich in die Geschlechterpolitik Mesopotamiens zu vertiefen, das freut sie. Auch nicht mit dem Reisen, Jordanien, die Türkei, der Irak, überall war sie schon. Und gegen die gelegentlichen One-Night-Stands bei den Konferenzen hat sie ebenfalls nichts. Was sie wirklich hasst, von der Bezahlung einmal abgesehen, ist das Unterrichten. Und am Unterrichten ganz besonders die Studenten.

Einer sitzt gerade bei ihr, um die zwanzig, Erstsemester vermutlich, irgendein Tom oder Sam oder Josh. Er trägt ein Nirvana-T-Shirt, dabei war Kurt Cobain bei seiner Geburt schon Jahre tot.

Sie sprechen über die Hausarbeit, die er hätte schreiben sollen, »Kunst im Römischen Reich und die Manipulation des historischen Gedächtnisses«.

»Fanden Sie die Lektüre wenigstens interessant?«, fragt sie ihn.

»Nö«, sagt der Junge.

»Ah ja«, sagt Nina. »Möchten Sie irgendwas hinzufügen? Gründe, warum sie Sie nicht interessiert hat?«

»Hat mich irgendwie nicht gekriegt«, sagt der Junge. »Nicht so mein Gebiet.«

»Sie sind für ›Altphilologie, Archäologie und Alte Zivilisationen‹ eingeschrieben. Worin sehen Sie denn Ihr Gebiet, wenn ich fragen darf?«

»Ich zahl jedenfalls keine neuntausend Pfund im Jahr, nur um mir von irgendwelchen Linksintellektuellen erzählen zu lassen, dass die römische Geschichte neu geschrieben werden muss.«

»Zahlen die neuntausend Pfund nicht eher Ihre Eltern?«

»Diskriminieren Sie mich jetzt wegen mangelnder Armut?«, sagt Tom oder Sam oder Josh. »Dafür kann ich Sie anzeigen.«

»Soso«, sagt Nina. »Und ich darf vermutlich davon ausgehen, dass Sie die Arbeit auch in nächster Zeit nicht abzugeben gedenken?«

»Lesen Sie halt meine Akte«, sagt der Junge. »Ich brauch keine Arbeiten zu schreiben.«

»Verstehe«, sagt Nina. »Was tun Sie dann hier? Was und wie hoffen Sie zu lernen?«

»Man lernt durch Erfahrung«, belehrt sie der Knabe in dem müden Ton des weisen Mannes, der von unterbelichteten Existenzen umgeben ist. »Durch Interaktion mit der realen Welt. Bücher sind was für Loser –«

Es klopft an Ninas Bürotür, obwohl draußen ein Zettel hängt: TUTORIAL IM GANGE. Nina will den Störenfried unbesehen wegschicken, als die Tür auch schon auffliegt und kein anderer als Garth, der kanadische Koloss von gestern Mittag, hereinpoltert.

»Tut mir leid, das hier ist eine private Supervision«, sagt Nina. »Garth, nicht wahr?«

»Ich brauch was von Ihnen«, sagt Garth. »Jetzt sofort. Seien Sie froh, dass ich überhaupt angeklopft habe.«

»Ich unterrichte gerade«, sagt Nina, und dann, mit einem Blick auf den Jungen: »So weit man das so nennen kann.«

Garth zuckt die Achseln.

»Wenn Sie also bitte warten würden? Wir sind mitten in einer Diskussion über römische Kunst.«

»Ich warte nie«, sagt Garth. »Hab nicht die Geduld.«

»Klingt nach ADHS«, sagt der Junge, dem die männliche Verstärkung noch mehr Auftrieb gibt.

Garth betrachtet den Jungen, als sähe er ihn jetzt erst. »Du hast ein Nirvana-T-Shirt an.«

Der Junge nickt altklug. »Das ist meine Wellenlänge.«

»Welches ist dein Lieblingssong?«

»›Smells Like –«

»Wenn du jetzt sagst, ›Smells Like Teen Spirit‹, schmeiß ich dich aus dem Fenster da.«

»Garth, ich unterrichte«, sagt Nina.

»Ich auch«, sagt Garth.

»Äh … äh«, stammelt der Junge.

»Das kann ja wohl nicht so schwer sein«, sagt Garth. »Nirvana ist die viertgrößte Band aller Zeiten. Nenn mir ihren besten Song.«

»›The Man Who …‹, ähm …«

»Falls du sagen wolltest ›The Man Who Sold the World‹, überleg's dir gut. Den haben sie von Bowie gecovert. Über Bowie können wir extra noch reden, wenn wir hier durch sind.«

»Nun lassen Sie ihn doch, Garth«, sagt Nina. »Er ist noch ein Kind. Ein Kind in meiner Obhut.«

»Ich bin kein Kind«, protestiert der Junge.

»Soll ich Ihnen jetzt helfen oder nicht?«, fragt Nina. »Ich würde sowieso sagen, machen wir Schluss für heute.

Wenn Sie die Arbeit nicht geschrieben haben, bringt es ja ohnehin nichts.«

»Ist gut«, sagt der Junge und steht eilig auf.

»Wie, du hast deine Arbeit nicht geschrieben?«, fragt Garth.

»Garth, lassen Sie ihn in Ruhe«, sagt Nina.

»Über was sollte sie sein? Die Arbeit?«

»Römische Kunst oder so«, sagt der Junge.

»Und du hast sie nicht geschrieben? Weil du keinen Bock hattest, oder wie?«

»Ich hab sie einfach … ich hab nicht … es war mir zu öde.«

Garth lässt ein Wutgebrüll los und trommelt sich auf die Brust. Der Junge weicht unwillkürlich hinter Nina zurück, die beschützend den Arm um ihn legt.

»Zu öde? Römische Kunst? Bist du noch ganz sauber? Du sitzt in diesem schönen Zimmer mit dieser hochintelligenten Frau, die mit dir über römische Kunst reden will, und dir ist das zu öde? Zu öde? Du hast noch drei Jahre, bis du dir einen Job suchen musst! Weißt du, was das heißt? Jobs sind fürchterlich! Meinst du, du kannst noch über römische Kunst reden, wenn du erst mal einen Job hast? Meinst du, du kommst noch zum *Lesen*? Was machst du in deiner Freizeit?«

»Ich hab einen TikTok-Kanal«, sagt der Junge.

»Ja? Weiter?«, sagt Garth. »TikTok interessiert mich. Wollte ich eh mal reinschauen. Was machst du?«

»Wir bringen … äh … Fastfood-Kritiken.«

»Fastfood-Kritiken«, sagt Garth. »Das ist gut. Der beste Burger in Canterbury?«

»Yak House«, sagt der Junge.

»Merk ich mir«, sagt Garth. »Werd ich ausprobieren. So, ich hab was mit Miss Mishra zu besprechen, also wär's nett, wenn du dich verdünnisieren könntest.«

Das lässt sich der Knabe nicht zweimal sagen. Er flitzt Richtung Tür, aber Garth streckt seinen gewaltigen Arm aus und hält ihn zurück. »Drei Sachen noch, bevor du abhaust. Erstens, wenn diese Arbeit nicht bis nächste Woche geschrieben ist, bring ich dich um. Und das meine ich so. Nicht wie in ›Wenn ich mein Zimmer nicht aufräume, bringt meine Mom mich um‹. Sondern richtig. Glaubst du mir das?«

Der Junge nickt.

»Gut. Hör auf, deine Chancen so zu vertun, ich sag's dir. Zweitens, kein Wort zu irgendwem, dass ich dich bedroht habe, sonst bring ich dich auch um. Hörst du? Kein Wort.«

»Okay«, sagt der Junge.

»Ich rat's dir. Kanadier lügt man nicht an, das mag der liebe Gott gar nicht. Und drittens, der beste Nirvana-Song ist ›Sliver‹ oder ›Heart-Shaped Box‹. Kapiert?«

»Kapiert.«

»Ich war mal zwei Tourneen lang Bassist in einer Band, Mudhoney hieß sie. Schon mal gehört?«

»Glaub schon«, lügt der Junge.

»Gut, check sie, und ich check deine TikTok-Videos. Dann lauf mal, Kleiner.«

Garth wuschelt dem Jungen durchs Haar und sieht ihm nach, als er aus dem Zimmer stürzt. Dann dreht er sich zu Nina um.

»Netter Bursche. Wo ist der Lagerschuppen, Nina?«

»Sie haben ihm Todesangst eingejagt, Garth. Er ist noch ein Kind.«

»Mir egal«, sagt Garth. »Und zwar nicht wie in ›Es ist mir egal, welchen Film wir anschauen‹. Sondern es geht mir kalt am Arsch vorbei. Aber dermaßen kalt. Wo ist der Schuppen?«

»Das weiß ich nicht«, sagt Nina.

»Kommen Sie«, sagt Garth. »Sollen wir das auf die schnelle oder auf die langsame Tour machen? Wenn Sie einen Tipp wollen, schnell ist besser.«

Jetzt ist rasches Denken gefragt. Letztlich zählt hier für Nina nur eines. Die vier wollen herausfinden, wer Kuldesh getötet hat – wie macht sie sich die Situation also am besten zunutze? Wird dieser Mann ihnen eine Hilfe oder ein Hindernis sein? Genau dies hat Elizabeth schließlich bezweckt: sie alle auf eine falsche Fährte zu setzen. Zu schauen, was für Erkenntnisse dabei für sie abfallen. Nina fasst einen Entschluss.

»Sagen wir, ich würde es Ihnen verraten«, beginnt sie.

»Ja, sagen wir das«, stimmt Garth zu.

»Was springt dann für mich raus?«

Garth lacht. »Was wohl. Ich werf Sie nicht aus dem Fenster da.«

»Garth, Sie drohen ständig damit, Leute aus irgendwelchen Fenstern zu werfen«, sagt Nina. »Dabei möchte ich wetten, dass Sie so was im wirklichen Leben noch nie gemacht haben.«

»Wette verloren, Miss«, sagt Garth. »Wo ist der Schuppen?«

»Wenn Sie es finden, kriege ich zehn Prozent«, sagt Nina.

»Zehn Prozent von dem Heroin?«

»Mit dem Heroin will ich nichts zu tun haben. Ich will zehn Prozent vom Erlös, wenn Sie es verkaufen.«

»Hmm«, sagt Garth nachdenklich. »Aber ihr habt den Schuppen ja eh schon durchsucht. Da ist es nicht, oder?«

»Ich wusste nicht, wonach ich suche«, sagt Nina. »Sie haben da vielleicht mehr Glück.«

»Hat nichts mit Glück zu tun«, sagt Garth. »Bohren und immer weiter bohren, das ist der Trick.«

»Und sie vertrauen mir, Elizabeth und die anderen.

Da kann ich sicher auch Informationen an Sie weitergeben.«

»Wieso machen Sie den Deal nicht gleich mit denen?«

»Weil sie das Heroin nicht verkaufen wollen«, sagt Nina. »Davon habe ich nichts.«

»Stimmt, die wollen damit ja die Bullen beglücken. Okay, abgemacht«, sagt Garth. »Wo ist der Schuppen? Und danach probier ich das Yak House aus. Warum heißt es eigentlich nicht ›Yak Shack‹? Das würde sich reimen.«

Er scheint ernsthaft auf eine Antwort zu warten. Nina setzt einen Moment lang den Stift ab.

»Das kann ich Ihnen leider auch nicht sagen. Sie werden die Betreiber fragen müssen.«

»Mach ich«, versichert Garth ihr. »Das mach ich.«

Nina gibt ihm den Zettel mit der Adresse. War das nun eine sehr gute oder eine sehr schlechte Idee von ihr? Sie wird es erfahren.

# 57

Donna, Kaffeebecher an den Lippen, liest Chris die SMS vor.

> Nur ganz theoretisch: Falls Sie je heiraten, glauben Sie, es würde eine große Hochzeit werden? An welche Größenordnung würden Sie ungefähr denken? In diesem Film, den ich gestern gesehen habe, hat eine Polizistin einen Mann auf einem Parkplatz erschossen, da musste ich an Sie denken.

»Von Joyce?«, fragt Chris.

Donna nickt. Gestern war offenbar irgendein Mittagessen in Coopers Chase, und als Folge hat Elizabeth sie und Chris gebeten, den Lagerschuppen im Auge zu behalten. »Schaut einfach, was ihr seht«, waren ihre Worte.

»Und was hast du geantwortet?«

»Dass ich so bald nicht heiraten werde und dass ich nach wie vor keine Dienstwaffe habe«, sagt Donna. »Und sie schrieb, wie schade, Sie sind wie gemacht für beides.«

Chris nimmt das Fernglas hoch und lässt es nach einem kurzen Blick wieder sinken. »Da rührt sich nichts. Du möchtest also nicht heiraten?«

»Ich hab noch so viel anderes vor«, sagt Donna. »Ich war nie in Indien, ich bin nie aus einem Flugzeug gesprungen. Ich hab noch nie jemandem so richtig die Fresse poliert.«

»Ja, hak das erst mal ab«, sagt Chris. »Völlig sinnlos, zu heiraten, solange dir das noch im Nacken sitzt.«

»Du hast doch bestimmt auch eine Bucket-List?«

Chris überlegt. »Na ja, ich hab *Titanic* noch nicht gesehen. Und ich würde gern mal nach Brügge fahren. Aber das könnte ich wahrscheinlich beides mit deiner Mutter zusammen machen.«

»Die Glückliche«, sagt Donna. Jetzt schaut sie durch das Fernglas. »Kein Schwein da. Irgendwie kommt mir das wie eine ziemliche Zeitverschwendung vor, dir nicht? Auf diesem Hügel zu sitzen und auf Heroindealer zu warten?«

»Elizabeth sagt, dass sie kommen werden«, sagt Chris. »Also kommen sie auch.«

»Du wirst ihr richtig hörig, kann das sein?«

»Ja«, sagt Chris. »Ich habe beschlossen, mich nicht länger zur Wehr zu setzen.«

Donna und Chris parken auf einer Anhöhe hoch über der Schuppenzeile beim Hafen. Von hier aus haben sie vor einigen Monaten Connie Johnsons Büro überwacht. Jetzt muss Connie ihre Geschäfte von einer Gefängniszelle in Darwell aus führen, was aber ihrer Rührigkeit, was man so hört, keinen Abbruch tut.

Die Pferdediebstähle von Benenden gehen derweil ungestört weiter, selbst Peasmarsh ist inzwischen betroffen. Kein Pferd ist mehr sicher, und die Einwohnerschaft ist in Harnisch.

Das heißt jedoch nicht, dass Chris und Donna nicht ziemlich genau wissen, wer hinter den Diebstählen steckt: ein Mann namens Angus Gooch, der bei Battle einen Mietstall betreibt und ein stattliches Vorstrafenregister aufweisen kann. Er stiehlt Pferde auf Bestellung und verfrachtet sie in alle Landesteile. Er fährt einen Audi TT, es scheint also ein lukratives Geschäft zu sein.

Sie haben einen knappen Tag gebraucht, um ihm auf

die Schliche zu kommen, und die Beweise reichen für eine Verhaftung längst aus. Aber sie warten noch ab, zur besseren Tarnung, während sie gemeinsam mit dem Donnerstagsmordclub nach dem Heroin fahnden. Schließlich bringt er die Pferde nicht um, da ist es vertretbar, ihn noch ein paar mehr klauen zu lassen; sie werden bald genug wieder mit ihren rechtmäßigen Besitzern vereint sein.

Wenn SIO Regan wüsste, was sie hier tun, wäre ihnen die sofortige Suspendierung sicher, aber Donna und Chris benehmen sich ihr gegenüber jetzt mustergültig, stellen keinerlei lästige Fragen und ärgern sie auch sonst nicht. Und im Gegenzug lässt SIO Regan sie in Frieden. Was immer ihr Problem ist, Chris und Donna sind es derzeit nicht. Das verschafft ihnen einen gewissen Freiraum.

Sollte sie von ihnen wissen wollen, warum sie hier einen Lagerschuppen überwachen – was sie nicht tun wird, denn sie ist eine bemerkenswert unneugierige Ermittlerin –, werden sie sich auf einen Hinweis aus der Bevölkerung berufen, dem zufolge ein Mann aus Fairhaven plötzlich auffällig viele Sättel in seinem Besitz hat.

»Da!«, sagt Donna, das Fernglas wieder vor den Augen. Sie reicht es an Chris weiter, damit auch er sehen kann, was sie sieht.

Zwischen den Schuppen ist Mitch Maxwell aufgetaucht, der einen Zettel in der Hand hält und verstohlen um sich schaut. Er erreicht die Nummer 1772 und zieht am Türgriff. Nichts. Er holt ein Stück Metall aus der Manteltasche, führt es ins Schloss ein und zieht wieder. Das gedämpfte Scheppern ist bis oben zu ihnen zu hören. Aber die Tür gibt nicht nach. Er versucht es erneut.

»Schon praktisch, wenn man mit einem Dietrich umgehen kann«, meint Donna.

Beim fünften Anlauf gelingt es, und Mitch schiebt die Tür auf.

»Den können wir schon mal von der Liste streichen«, sagt Chris. »Wenn er wüsste, wo das Heroin ist, würde er hier nicht suchen. Ich schreib's kurz der Chefin.«

»Der Chefin?«

»Elizabeth.«

»Was frag ich so blöd«, sagt Donna. »Wie klappt's mit dem Schwimmen im Meer?«

»Einmal war ich«, sagt Chris. »Es war mörderisch kalt. Ich meine, ich hab nicht erwartet, dass es warm ist, aber dermaßen kalt! Jetzt lerne ich stattdessen Trompete.«

Mitch kommt gar nicht wieder heraus aus dem Schuppen. Chris und Donna hätten ihm gleich sagen können, dass seine Suche vergeblich ist.

»Weißt du inzwischen mehr über Samantha Barnes?«, erkundigt sich Donna.

»Ich hab bei der Kripo in Chichester angerufen«, sagt Chris. »Ihnen gesagt, dass wir wegen der Pferdediebstähle ermitteln und auf Samantha Barnes' Namen gestoßen sind. Sie ist immer tadellos höflich, hieß es, aber aalglatt.«

»Irgendwelche Verbindungen zu Drogendelikten?«

»Verbindungen zu allem angeblich. Auch wenn der Kommissar meinte, Pferdediebstahl hätten sie bisher noch nicht auf der Liste.«

Chris sieht wieder durch das Fernglas. »Armer Mitch, wem soll er noch trauen?«

»Es ist schon eine Schande«, sagt Donna, »wenn selbst Heroindealer den Glauben verlieren. Hat Elizabeth geantwortet?«

Chris schaut auf sein Handy. »Sie hat die Nachricht nicht mal abgerufen. Was sie wohl macht?«

»Und was ist mit dir?«, fragt Donna. »Hast du irgendwelche Heiratspläne?«

»Wenn, dann erfährst du es als Zweite«, verspricht Chris.

Ein schwarzer Range Rover rollt langsam die Schuppenzeile entlang und kommt vor der Nummer 1772 zum Stehen.

## 58

Mit Mitch können es die wenigsten aufnehmen. Deshalb ist er an diesem schönen Montagnachmittag auch schon drinnen im Schuppen und durchsucht die Kartons. Dieser Blick von Elizabeth, als Nina Mishra das Lager erwähnt hat! Irgendetwas *muss* hier sein.

Ein Mitarbeiter der Stadtverwaltung mit einem Drogenproblem hat ihm bereitwilligst die Adresse verschafft. Ein bisschen verschnupft war er allerdings, als Mitch ihm eröffnen musste, dass er aufgrund unvorhergesehener Umstände im Moment kein Heroin für ihn hat.

Hanif ist gelandet und hat Mitch bis zum Ende des Monats gegeben, um das Rauschgift zu finden. Mitch hat ihm versichert, dass er es bis dahin wiederhaben wird.

Falls tatsächlich Dom die Schwachstelle war, dann sollte durch seinen Tod schon mal etwas gewonnen sein. Vielleicht zeigt Hanif ja Verständnis, selbst wenn Mitch die Drogen nicht finden kann. Aber er findet sie noch, natürlich findet er sie.

Mitch sieht in einem der Kartons eine TAG-Heuer-Vintage-Uhr und steckt sie ein. Wer den Pfennig nicht ehrt …

Das Garagentor scheppert in die Höhe, Mitch reißt seine Waffe heraus. Unter dem Tor duckt sich Luca Buttaci hindurch, und Mitch schiebt die Pistole zurück in den Hosenbund.

»Hab mich schon gefragt, wann du wohl aufkreuzt«, sagt er. »Wie hast du's gefunden?«

»GPS-Tracker an deinem Wagen«, sagt Luca. »Und? Was entdeckt?«

»Paar ganz nette Uhren. Kein Heroin.«

»War sonst jemand hier drin? Dieser Kanadier?«

»Wenn, dann hat er alles picobello hinterlassen«, sagt Mitch. »Und das seh ich bei dem Kerl irgendwie nicht.«

Luca setzt sich auf einen Kistenstapel und zündet sich eine Zigarette an. »Wo ist dieses Scheißzeug, verdammt?«

»Und du hast gar nichts gehört? Ich trau Connie Johnson ja alles zu.«

»Es ist einfach« – Luca spreizt die Finger an einer Hand – »weg. Futsch. Weißt du, Mitch, irgendwann werd ich mir ’nen anderen Lieferanten für mein Heroin suchen müssen. Wenn bei dir ständig neue Probleme auftauchen.«

»Ich weiß«, sagt Mitch. »Kann ich dich was fragen? Und du gibst mir eine ehrliche Antwort?«

»Kommt auf die Frage an«, sagt Luca. »Versuch’s.«

»Okay, ich frag jetzt John-Luke Butterworth, meinen alten Kumpel von früher«, sagt Mitch. »Und nicht Luca Buttaci. Haben sich die Afghanen bei dir gerührt?«

Luca schüttelt den Kopf. »Bei mir doch nicht. Ich kenn die doch gar nicht. Das ist dein Job.«

»Okay«, sagt Mitch. »Bist du ganz sicher?«

»Todsicher«, sagt Luca. »Den Ärger brauch ich nicht auch noch. Warum fragst du?«

»Einer von denen ist da«, sagt Mitch.

»Du meinst, hier?«

»Ja.«

»Aber die kommen doch nie her.«

»Ich weiß«, sagt Mitch. »Er will uns treffen.«

»Na dann gute Nacht«, sagt Luca. »Was will er?«

»Wir werden’s erfahren«, sagt Mitch. »Aber wenn wir

vorher das Heroin finden würden, wäre das sicher gut. Und hier drin ist es nicht.«

»Wie viel wissen wir über diesen Garth? Den Kanadier?«

»Nicht genug«, sagt Mitch. »Dafür einiges über seine Frau. Die ist für sich schon ein ziemliches Kaliber.«

Er spürt die TAG Heuer in seiner Tasche. Da hat er gleich ein nettes Willkommensgeschenk für Hanif. Wenn er stirbt, dann stirbt er eben, aber die Uhr schadet bestimmt nicht.

Und vielleicht gibt es ja eine völlig harmlose Erklärung dafür, dass Hanif Tausende von Meilen hierherfliegt, um ihn zu treffen.

Er folgt Luca aus dem Schuppen, hinaus in die winterliche Seeluft.

Beide winken leutselig zu den Polizeibeamten hinauf, die sie von der Hangkante aus beobachten.

# 59

Samantha Barnes hält nächste Woche einen Vortrag beim örtlichen Frauenbund: Fälschungen, Fakes, und wie man Betrügern nicht auf den Leim geht. Denn die heutige Welt ist voll von Betrügern.

Sie hat jede Menge nützliche Fakten parat.

Wer beispielsweise einen Banksy kauft, sollte wissen, dass er von einer Firma authentifiziert sein muss, die Pest Control heißt. Auf das Echtheitszertifikat ist die eine Hälfte eines entzweigerissenen Zehn-Pfund-Scheins getackert. Die andere Hälfte verbleibt bei Pest Control. Wenn ein Banksy ohne ein solches Dokument angeboten wird, dann ist er gefälscht, und dann heißt es, Hände weg.

Es ist ein ausgeklügeltes Authentifizierungssystem, Samantha selbst hat erst heute wieder einen Nachmittag lang gefälschte Zehn-Pfund-Noten zerrissen und sie an gefälschte Bescheinigungen getackert, für die Banksys, die sie oben in ihrem Loft druckt. Wenn ihre Käufer genau, wirklich sehr genau hinsähen, dann würde der Schwindel auffliegen, aber wer hat Lust, gar so genau hinzuschauen, wenn er schon zehntausend Pfund für einen signierten Banksy mit offiziellem Echtheitszertifikat berappt hat? Nein, die Trophäe muss gerahmt und ins Wohnzimmer gehängt werden, damit alle Freunde sie sehen und neidisch sind. Und wenn sie irgendwann weiterverkauft wird, schaut der nächste Käufer hoffentlich auch nicht zu genau hin. So läuft das nun mal. Sollte ein Kunde sich beschweren, bekäme er selbstredend sein Geld zurück, doch bis jetzt hat es bei den Tausenden von Banksys, Picassos, Lowrys, Hirsts und Emins, die sie schon verkauft hat, noch keine einzige Beschwerde gegeben, außer das eine Mal, als ein Paketausfahrer einen Kandinsky kurzerhand übers Gartentor segeln ließ. Erstattung in voller Höhe.

Es ist ein Verbrechen ohne Opfer. So wie auch dasjenige, an dem sie und Garth gerade tüfteln.

Sie wartet auf Garths Rückkehr, um mit ihm die letzten Details abzustimmen. Das Essen in Coopers Chase hat alles verändert. Alles.

Zu denken, dass sie fast nicht gegangen wären. Garth wollte partout nicht glauben, dass es sich lohnen könnte. »Um halb zwölf? Mit diesen Mumien?« Aber sie konnte ihn überreden, und jetzt sind sie beide heilfroh darüber. Im Auto, auf der Rückfahrt, hat Garth zu ihr gesagt: »Wo du recht hast, hast du recht, Babe.«

Samantha ist klar, dass ihre Beziehung auf Außenstehende recht sonderbar wirken muss. Die damenhafte Engländerin und der wortkarge, raubeinige Kanadier, dieser Schrank von einem Mann, zwanzig Jahre jünger als sie. Aber ab dem Moment, als er damals seine Waffe auf sie richtete, war ihnen beiden klar, dass es Liebe ist. Und welch einen Höhenflug sie ab da begonnen haben. Samantha mit ihrem Esprit, ihrer Gewandtheit, und Garth mit seiner Schläue und seiner Bedrohlichkeit. Wenn sie ihrer beider Kontostände ansieht, muss Samantha manchmal laut lachen. Die Wohltätigkeitsvereine in der Umgebung haben sehr stark von Garth und ihr profitiert, aber da sie keinen Penny Steuern zahlt, ist das letztlich nur ein Feigenblatt. Sooft sie wieder eine Spende für ein neues lokales Projekt überweist, verdreht Garth die Augen und nennt sie sentimental. Er spendet ausschließlich der Hunde- und Katzenrettung in Battersea. Letztes Jahr hat er ihnen siebenhunderttausend Pfund gespendet.

Samantha überlegt ihren nächsten Schachzug.

Von Mitch Maxwell und Luca Buttaci verspricht sie sich wenig. Sie müssen gut in ihrem Metier sein, denn im Drogenschmuggel herrscht starker Konkurrenzdruck, aber dass sie das Heroin finden, traut sie ihnen nicht zu. Elizabeth. Sie wird diejenige sein, welche. Sie und ihre Truppe. Und wenn sie es finden, dann werden Samantha und Garth zur Stelle sein. Gut, ein Hinweis ist schon mal das mit dem Schuppen. Das wird der erste Schritt. Garth ist gerade unterwegs und sucht ihn. Elizabeth Best weiß, wo er ist, die Frau von der Uni weiß, wo er ist, und sehr bald wird es auch Garth wissen. Auch wenn das Kästchen nicht dort sein muss, irgendetwas werden sie finden, irgendeinen Anhaltspunkt, den die alte Dame übersehen hat. Aber Mitch und Luca suchen bestimmt auch mit Hochdruck und stellen den Schuppen vermutlich gerade schon auf den Kopf. Garth wird Sorge tragen, dass sie diese Runde gewinnen. Garth enttäuscht sie nie.

Sie und Garth haben die Fahrt nach Fairhaven für morgen geplant. Im Auto können sie einen ihrer True-Crime-Podcasts hören. In dem jetzigen geht es um einen Eishockeyspieler, der auf einer Flugzeugtoilette gestorben ist. Er hat vierzehn Folgen.

Samantha beginnt einen Artikel über Grayson Perry zu lesen, diesen Künstler, der immer öfter im Fernsehen auftritt. Seine Arbeiten sind inzwischen sehr wertvoll, aber, so scheint ihr, schwierig zu fälschen. Auch dafür ließe sich jemand finden, aber letztlich macht sie ihre Fälschungen lieber selber. Mehr Profit, weniger Risiko. Ihr unerreichter Liebling ist Damien Hirst, dessen Bilder sie nicht nur ausgemacht schön, sondern auch herrlich leicht zu fälschen findet.

Unten knarzt eine Tür. Das muss Garth sein, also macht sie besser Schluss für heute. Sie steht auf und dehnt ihre Glieder, während sie seine Schritte im Erdgeschoss hört, eine Spur leiser als gewöhnlich. Verliert er an Gewicht? Sie hofft, nein. Seine Masse ist das, was sie am Boden hält. Sie davon abhält, in den Äther zu entschwinden, William nach.

Sie steigt die schmale Stiege vom Dachboden hinunter und geht vor zu der großen Prachttreppe. Hundertfünfzigtausend hat sie gekostet, Marmor und Kirschbaumholz, mit einem Mini-Anteil Elfenbein, aber das bleibt bitte unter uns, ja? »Garthy«, ruft Samantha, »ich bin hier oben.«

Doch falls Garth ihr antwortet, hört sie ihn nicht, denn ein Schlag trifft sie am Hinterkopf, und sie stürzt vornüber. Die tausend Lichter des Kronleuchters sind das Letzte, was sie sieht. Sie hat immer davon geträumt, eines Tages in die Höhe zu entschweben, zu William, aber die letzte Empfindung, bevor sie stirbt, ist die des Fallens. Tiefer und immer tiefer.

# 60

Die Vorhänge sind zugezogen, die Heizung hochgedreht, und auf dem Plattenspieler läuft Dvořák. Alles, wie sie es ausgemacht haben.

Das Werk ist vollbracht. Werk? Nicht ganz das passende Wort. So oder so gibt es kein Zurück mehr. Das war für sie beide klar.

Sie haben viele Stunden geredet. Sie haben gelacht, sie haben geweint, beide in dem Bewusstsein, dass Lachen und Weinen nun eins sind. Wie schön er ist, in seinem Anzug. Bogdan hat sie noch zusammen fotografiert, bevor er ging. Danach hat er Stephen umarmt und ihm gesagt, dass er ihn lieb hat. Stephen hat ihm befohlen, kein so rührseliger alter Narr zu sein. Bogdan hat auch sie umarmt und gefragt, ob sie wirklich sicher ist.

Sicher? Natürlich nicht. Sie wird sich nie wieder einer Sache sicher sein. Gewissheit ist etwas für die Jungen und für Spione, und beides ist sie nicht mehr.

Aber sie haben es so abgesprochen. Stephen hat sich das Mittel selbst gespritzt. Darauf hat er bestanden. Elizabeth hätte es an seiner Stelle genauso gemacht.

»Wir sehen das mit der Zeit völlig falsch«, sagt Stephen, den Kopf in Elizabeths Schoß gebettet. »Verstehst du?«

»Das würde mich nicht überraschen«, sagt sie. »Wir sehen ja das meiste falsch, nicht wahr?«

»Genau«, sagt Stephen mit ruhiger Stimme. »Du sagst es, mein Mädchen. Wir denken, die Zeit drängt nach vorn, marschiert in gerader Linie vorwärts, deshalb eilen wir mit ihr mit und versuchen, Schritt zu halten. Schnell, schnell, bloß nicht zurückfallen. Aber das stimmt gar nicht, verstehst du? Die Zeit wirbelt nur immer um uns herum. Alles ist immerzu gegenwärtig. Die Dinge, die wir getan haben, die Menschen, die wir geliebt und denen wir Leid zugefügt haben, sie sind alle noch hier.«

Elizabeth streichelt sein Haar.

»Das habe ich jetzt begriffen«, sagt Stephen. »Meine Erinnerungen sind wie Smaragde, so blitzend und funkelnd und wahr, aber jeder neue Tag zerkrümelt wie Sand, und ich bekomme ihn nicht zu fassen.«

Es war ein ziemliches Gefummel mit der Spritze. Nicht traumatisch, nicht friedvoll, nicht niederschmetternd, einfach ein Gefummel. Ein weiterer banaler Handgriff in diesem von banalen Handgriffen so vollen Leben.

»Und jetzt habe ich endlich begriffen, dass es ein Trugschluss ist«, sagt Stephen. »Das mit der Zeit. Alles, was ich getan habe, und alles, was ich gewesen bin, ist an ein und demselben Ort gegenwärtig. Nur wir halten immer das als letztes Geschehene oder als nächstes Anstehende für am wichtigsten. Meine Erinnerungen sind keine Erinnerungen, meine Gegenwart ist keine Gegenwart, es ist alles ein und dasselbe, Elizabeth. Dieser Mann?«

»Welcher Mann?«

»Der Pole?«

»Bogdan«, sagt Elizabeth.

»Ja, den meine ich«, sagt Stephen. »Er ist nicht – das ist vielleicht eine komische Frage, oder ich habe sie schon öfter gestellt – er ist nicht mein Sohn, oder?«

»Nein.«

»Hätte mich auch gewundert, wo er doch Pole ist«, sagt Stephen. »Aber es geht ja nicht immer alles auf, stimmt's? Im Leben?«

Dem kann Elizabeth nur beipflichten. »Nein, es geht nicht alles auf.«

»Ich wollte ihn fast fragen, aber irgendwie wäre ich mir dumm vorgekommen, und zwar so oder so. Hast du Freunde?«

»Ja«, sagt Elizabeth. »Früher hatte ich keine aber jetzt schon.«

»Gute Freunde?«, fragt Stephen. »Die sich in einer Krise bewähren?«

»Ich denke doch.«

»Ist das eine Krise, meinst du?«

»Hmm«, sagt Elizabeth. »Das Leben ist eine einzige Krise.«

»Allerdings«, sagt Stephen. »Warum sollte der Tod da anders sein? Wissen sie, was wir hier machen? Deine Freunde?«

»Nein«, sagt Elizabeth. »Das geht nur dich und mich an.«

»Werden sie es verstehen?«

»Vielleicht«, sagt Elizabeth. »Kann sein, dass sie anderer Meinung sind, aber ich glaube, sie werden es verstehen.«

»Stell dir vor, wir wären uns nie begegnet«, sagt Stephen. »Stell dir das vor.«

»Aber wir sind uns begegnet«, sagt Elizabeth und zupft ihm eine Fluse von der Schulter.

»Was wir da alles verpasst hätten!«, sagt Stephen. »Kümmerst du dich um den Schrebergarten?«

»Du hast keinen Schrebergarten«, sagt Elizabeth.

»Mit den Steckrüben«, sagt Stephen.

Jeden Tag sind sie daran vorbeigekommen, und jedes Mal sah Stephen die Steckrüben an und sagte: »Reiß sie raus. Pflanz Rosen, also wirklich!«

»Ich kümmer mich drum«, sagt sie.

»Das weiß ich doch«, sagt Stephen. »Es gibt dieses Museum in Bagdad, waren wir da mal?«

»Nein, Lieber«, sagt Elizabeth. All die Orte, die sie nun nie mehr zusammen sehen werden.

»Ich hab dir den Namen aufgeschrieben«, sagt Stephen. »Auf meinem Schreibtisch. Ein paar der Stücke da drin sind sechstausend Jahre alt, kannst du dir das vorstellen? Und auf diesen Stücken sind Fingerabdrücke erhalten, Kratzer, wo jemandem die Hand abgerutscht ist, weil vielleicht sein Kind zu ihm gelaufen kam und ihn gestört hat. Diese Menschen sind noch lebendig, verstehst du? Jeder, der stirbt, ist lebendig. Wir sagen, er ist ›tot‹, weil wir ein Wort dafür brauchen, aber ›tot‹ bedeutet nur, dass die Zeit sich für ihn nicht mehr vorwärtsbewegt. Verstehst du das? Niemand stirbt, nicht wirklich.«

Elizabeth küsst ihn aufs Haar. Atmet seinen Geruch ein.

»Ich verstehe vor allem eins«, sagt sie, »und da helfen mir Worte gar nichts: Wenn ich heute Abend einschlafe, wird meine Hand nicht in deiner liegen. Das ist alles, was ich verstehe.«

»Da sprichst du was an«, sagt Stephen. »Darauf hab ich auch keine Antwort.«

»Trauer braucht keine Antwort, so wie Liebe auch nicht«, sagt Elizabeth. »Sie ist keine Frage.«

»Hast du Milch besorgt? Die Leute werden Tee wollen.«

»Mach dir wegen der Milch keine Gedanken.«

»Ich weiß nicht, wozu wir auf der Welt sind«, sagt Stephen. »Ich weiß es beim besten Willen nicht. Aber wenn ich eine Antwort finden müsste, würde ich damit beginnen, wie sehr ich dich liebe. Damit hat es zu tun, da bin ich sicher. Ganz sicher bin ich mir da. Im Kühlschrank ist noch ein halber Liter, aber das wird nicht reichen. Ich vergesse manchmal, dass ich dich liebe, wusstest du das?«

»Natürlich«, sagt Elizabeth.

»Ich bin froh, dass ich es jetzt wieder weiß«, sagt er. »Und dass ich es nicht noch einmal vergessen werde.«

Stephens Lider werden schwer. Genau wie Viktor prophezeit hat. Und wie sie und Stephen es besprochen haben. So gut es ging. Als sie ein letztes Mal gemeinsam den Brief gelesen haben.

»Bist du ein bisschen müde?«, fragt Elizabeth.

»Ein bisschen«, sagt er. »Es war ein sehr voller Tag, nicht wahr?«

»O ja, Stephen, o ja.«

»Voll, aber schön«, sagt Stephen. »Ich liebe dich so, Elizabeth. Das alles tut mir so leid. Aber du hast auch bessere Zeiten mit mir erlebt, oder? Es war nicht immer so wie jetzt?«

»Es war wunderbar«, sagt Elizabeth. In seinen lichten Momenten war Stephen sich seiner Sache vollkommen sicher. Seine Zeit ist gekommen.

»Und sie werden sich um dich kümmern? Deine Freunde?«

»Soweit sie es können«, sagt Elizabeth. Sie werden sich alle fragen, wie sie an Stephens Stelle entschieden hätten. Wie würde Elizabeth sich entscheiden? Sie kann es nicht sagen. Aber Stephen war sich ganz und gar sicher.

»Joyce«, sagt Stephen. »Joyce ist deine Freundin.«

»Das stimmt.«

»Und sag Kuldesh, dass ich ihn bald wieder besuche. Am Wochenende, wenn ihm das passt.«

»Das sag ich ihm, Liebster.«

»Vielleicht mach ich mal kurz die Augen zu«, sagt Stephen.

»Ja, mach das«, sagt Elizabeth. »Ruh dich etwas aus.«

Stephens Augen schließen sich. Er klingt schläfrig.

»Erzähl mir die Geschichte, wie wir uns das erste Mal begegnet sind«, sagt er. »Das ist meine Lieblingsgeschichte.«

Es ist auch Elizabeths Lieblingsgeschichte.

»Vor vielen Jahren bin ich einem bildschönen Mann begegnet«, beginnt sie. »Und ich habe mich auf der Stelle in ihn verliebt. Also habe ich meinen Handschuh fallen lassen, und er hat ihn aufgehoben und mir hingehalten, und damit änderte sich mein Leben für immer.«

»Bildschön, sagst du?«

»Bildschön.« Ihr laufen die Tränen übers Gesicht. »So unsagbar schön. Und es stimmt nicht, dass sich mein Leben an dem Tag geändert hat, Stephen. Mein Leben fing überhaupt erst an.«

»Der Mann hatte echt Glück«, sagt Stephen, schon halb im Schlaf. »Wirst du in deinen Träumen an mich denken?«

»Immer. Und denk du in deinen an mich«, sagt Elizabeth.

»Danke«, sagt er mit einem Seufzer. »Danke, dass du mich schlafen lässt. Genau das brauche ich jetzt.«

»Ich weiß, mein Liebster«, sagt Elizabeth und fährt fort, ihm das Haar zu streicheln, bis seine Atemzüge ganz aufhören.

## 61

# Joyce

Ich weiß gerade nicht, was ich sagen oder tun soll. Ich glaube, ich muss einfach ein bisschen vor mich hin schreiben. Meine Gefühle ordnen.

Der Notarzt kam gegen fünf Uhr nachmittags. Ohne Blaulicht, was ja schon genug sagt. Kein Grund mehr zur Eile.

Jeder fragt sich natürlich, zu wem der Arzt diesmal kommt, das ist völlig normal. Eines Tages wird man selber geholt, und andere Leute werden schauen und sich fragen. So ist der Lauf der Welt. Die Bestatter kommen mit einem langen weißen Wagen, und auch der ist in Coopers Chase kein Unbekannter.

Stephen ist tot. Elizabeth ist im Krankenwagen mitgefahren. Ich lief nach unten, sobald mir klar wurde, was da passiert, aber als ich ankam, wurde die Bahre schon in den Wagen verladen. Elizabeth stieg mit ein. Sie fing meinen Blick auf, und sie nickte. Sie sah aus wie ein Gespenst, kein bisschen wie sie selbst. Ich streckte ihr die Hand hin, und sie nahm sie.

Ich sagte, ich würde ein wenig bei ihr aufräumen, solange sie fort war, und sie dankte mir und sagte, das wäre sehr nett. Ich fragte, ob es friedlich gewesen sei, und sie sagte, für Stephen auf jeden Fall.

Ron kam auf uns zugeeilt, schief und humpelnd mit seinen Knien und der Hüfte. Er sah so alt aus. Elizabeth zog die Hecktür zu, bevor er uns erreichte.

Er hielt mich im Arm, als der Krankenwagen wegfuhr. Ich hätte es wissen müssen. Mir darüber klar sein müssen, was Elizabeth und Stephen vorhaben. Was hätte ich gesagt, wenn ich es gewusst hätte? Was hätten Sie gesagt?

Es gibt nichts zu sagen, und doch muss ich etwas sagen.

Ich hätte diese Entscheidung so nicht getroffen, das weiß ich. Wenn ich Elizabeth gewesen wäre und Gerry Stephen, dann hätte ich ihn so lange wie nur irgend möglich festgehalten. Ich hätte ihm ein schönes Zimmer in einem guten Heim besorgt und ihn jeden Tag besucht und es ausgehalten, von ihm nur noch sporadisch erkannt zu werden und dann irgendwann gar nicht mehr. Ich hätte es durchgestanden bis zum bitteren Ende. Meine Liebe hätte nichts anderes zugelassen. Ich kenne viele Leute, deren Partner in einem Heim dahinvegetiert, und ich wünschte es meinem schlimmsten Feind nicht. Aber es einfach beenden? Es beenden, bevor es von selber endet? Das ist keine Wahl, die ich treffen könnte. Solange die Liebe noch lebendig ist, brächte ich es niemals über mich, sie zu töten.

Aber gut, das ist *meine* Liebe, von der ich hier spreche, nicht wahr? Was ist, wenn nur meine Liebe noch lebendig wäre und die von Gerry nicht mehr? Wenn ich hier nur an *mich* denke, daran, wie viel es *mir* bedeuten würde, ihn anschauen und im Arm halten zu dürfen? Während er nichts davon hätte? Während ich wüsste, dass er jede Nacht und jeden Morgen allein schläft, allein aufwacht, verängstigt und verwirrt?

Ich weiß es einfach nicht. Die Demenz raubt nicht allen jede Freude und Liebe, sosehr sie es auch versucht. Es gibt trotz allem Lächeln und Lachen, sicher, aber wie oft hört man Stöhnen und Schreien! Vor vielleicht zwei Jahren hatten wir hier in Coopers Chase eine Diskussion über Sterbehilfe. Sie war leidenschaftlich, mit guten, durchdachten Argumenten, sehr zugewandt und sehr bewegend auf beiden Seiten. Ich weiß nicht mehr, ob Elizabeth sich äußerte. Ich selbst sagte ein paar Worte über meine Erfahrung mit der Sterbebegleitung im Krankenhaus. Über die Male, wenn wir ein Medikament ganz zum Ende hin höher dosiert hatten, um den Gang der Dinge zu beschleunigen, die Qual abzukürzen.

Aber Stephen war noch nicht ganz am Ende, oder? Auch da wird es unterschiedliche Auffassungen geben.

Die beiden müssen ihre Entscheidung sehr bewusst getroffen haben. Was für Gespräche sie geführt haben mögen? Andere Leute fahren für so etwas in die Schweiz, gehen zu Dignitas – zwei oder drei hier haben das gemacht. Aber dieser Entschluss muss meistens viel früher gefasst werden, als es einem lieb ist. Man muss geistig und körperlich in der Lage sein, einzuwilligen. Man muss reisefähig sein. Sprich, man kann nicht bis ganz zuletzt warten, was es noch grausamer macht. Ich habe mich damit befasst, am Rande zumindest. Wer in meinem Alter etwas anderes behauptet, der lügt.

Elizabeth und Stephen waren natürlich nicht auf Dignitas angewiesen. Elizabeth kann sich alles verschaffen, was sie braucht. Als der Krankenwagen kam, war der Arzt gerade am Gehen, und es war keiner der Ärzte, die man sonst hier sieht.

Ich witzele ja oft über Elizabeths Härte, und zum Teil ist sie wirklich steinhart. Aber das hier steht auf einem anderen Blatt. Sie wird darüber sprechen, wenn sie so weit ist, aber ich denke, es ging von Stephen aus. Er war immer ein sehr starker Mensch, ein sehr klarer Mensch. Er wird das, was in seinem Kopf passierte, nicht ertragen haben. Sich so zu verlieren. Und er hatte seine Sinne gerade noch so weit beisammen, dass er Einfluss nehmen konnte.

Ich hätte es ahnen können. Elizabeths Auszeit. Der Besuch von Anthony. Mir hätte klar sein müssen, dass Elizabeth und Stephen sich nicht trennen werden, dass Stephen nicht vorhat, sich von Elizabeth pflegen zu lassen, während die Demenz sein Hirn immer weiter zerfrisst. Dass er sie nicht zuschauen lassen würde, wie er verfällt. Manche Menschen leben nach anderen Regeln. Ich war dazu immer zu feige.

Aber ich kann es verstehen, doch, ich kann es verstehen. Wenn Gerry mich angefleht hätte, dann hätte ich auch zugestimmt. Ich gestehe mir das ungern ein, aber ich hätte zugestimmt. Liebe hat so viele Gesichter, nicht wahr? Und dass sie kostbar ist, heißt nicht, dass sie nicht grausam sein kann.

Als ich Elizabeth im Krankenwagen sah und ihre Hand hielt, war das eine Form von Liebe. Und als Ron zu ihr zu rennen versuchte, war das ebenfalls Liebe. Und gerade führt Ibrahim Alan für mich aus, eine halbe Stunde nur, und auch das ist Liebe.

Ich habe einen Shepherd's Pie im Ofen, den werde ich Elizabeth in den Kühlschrank stellen, wenn ich jetzt gleich zu ihr gehe. Ich kenne sie gut genug, um zu wissen, dass nichts herumliegen wird, aber es kann nicht schaden, kurz durchzusaugen und vielleicht eine Kerze anzuzünden.

Stephen wird mir fehlen, aber das tut er natürlich schon länger. Vielleicht ging es Elizabeth ja auch so. Und vor allem Stephen muss es so gegangen sein. Er wird sich selbst jeden Tag gesucht und nicht gefunden haben.

Hätte ich den beiden wünschen sollen, dass es so weitergeht? Nein.

Würde ich wollen, dass mir jemand in dieser Form hilft? Nein.

Ich werde mit Zähnen und Klauen festhalten am Leben, an jeder Sekunde, die drin ist für mich. Egal, was mir blüht, ich werde nichts davon verpassen wollen.

Ron und Ibrahim werden heute Abend zusammensitzen, und ich wäre ihnen sicher willkommen, aber ich brauche Zeit zum Nachdenken. Über Gerry und Stephen und Elizabeth und die Liebe.

Ich will daran denken, wie sich Stephen letzte Woche von uns verabschiedet hat. Der stolze Ehemann, so stattlich und hübsch, mit diesem unwiderstehlichen Lächeln. So wollte er uns in Erinnerung bleiben, und wer will sagen, das sei nicht sein gutes Recht?

Also werde ich ihn genau so im Gedächtnis behalten. Stephen mit seiner letzten Botschaft an die Welt: »Grüß Sie, Maestro.« »Wie steht's, alter Knabe?« Während die Wintersonne schien und die Vögel tschilpten und die Liebe uns in all ihren Formen umgab.

## 62

Oben auf dem Hügel dröhnen die Baumaschinen, unten in Coopers Chase gehen die Menschen ihren täglichen Geschäften nach. Hunde preschen im Kreis, Kuriere fahren ihre Pakete aus. Briefe werden eingeworfen.

Doch die kalte Sonne bleibt wirkungslos.

Coopers Chase ist in den Tod eingepanzert wie in eine Rüstung.

Es ist elf Uhr morgens am Donnerstag, aber das Puzzlestübchen liegt verlassen.

Der Kunstgeschichtsverein hat die Stühle sauber aufeinandergestapelt wie immer, und dabei wird es bleiben, bis um zwölf Französische Konversation beginnt. Vom Donnerstagsmordclub ist nichts zu sehen. Seine Abwesenheit reißt ein Loch.

Ron schickt eine SMS an Pauline – vielleicht reagiert sie diesmal ja. Joyce hat für Elizabeth eingekauft und ihr die Tüte vor die Tür gestellt. Sie hat geklingelt, aber es rührte sich nichts. Ibrahim sitzt in seiner Wohnung und starrt auf das Bild eines Segelschiffs an der Wand.

Und Elizabeth? Für sie gibt es im Moment weder Zeit noch Ort. Sie befindet sich in einem Nirgendwo. Bogdan hat ein Auge auf sie.

Joyce schaltet den Fernseher aus; es gibt nichts, was sie sehen möchte. Alan liegt an ihren Füßen und schaut zu, wie sie weint. Ibrahim überlegt, ob er nicht einen Spaziergang machen soll, aber dann sitzt er doch nur da und starrt das Bild an. Auf Rons Handy geht eine Nachricht ein, aber sie ist von seinem Stromanbieter.

Ein Mord will aufgeklärt sein, aber heute passiert erst einmal nichts. Die Zeitachsen, die Fotos, die Theorien und Pläne, all das wird warten müssen. Wird der Fall vielleicht nie aufgeklärt werden? Hat der Tod sie mit diesem neuesten Streich endgültig ausgehebelt? Wer hat nach so einem Schlag noch die Kraft zu kämpfen?

Sie haben einander, natürlich, aber nicht heute. Sie werden wieder lachen und sich kabbeln und sich vertragen, aber nicht heute. Nicht an diesem Donnerstag.

Während das Leben ringsum seinen üblichen Gang geht, gehört dieser Donnerstag Stephen.

# 63

## Joyce

Die Einäscherung war in Tunbridge Wells. Für die Fahrt bildeten wir einen kleinen Trauerzug. Vorneweg der Leichenwagen, dann Elizabeth, Bogdan und ich im schwarzen Wagen des Bestatters. Dahinter Rons frisch reparierter Daihatsu mit Ron, Pauline und Ibrahim. Dass Pauline mitkam, war natürlich eine schöne Überraschung. Und als Letztes Chris mit Donna und Patrice in Chris' neuem Auto, ich weiß nicht, welche Marke, aber es ist silbern, deshalb passte es gut.

Ich hatte gedacht, im Krematorium könnte es voll werden, aber als wir ankamen, waren nur vier Leute da, drei Männer und eine Frau, die alle so alt aussahen wie wir. Sie umarmten Elizabeth und begrüßten dann mich. Die Frau hieß Marianne und einer der Männer, ein sehr flott aussehender, Wilfried, aber die anderen Namen verstand ich nur halb. Wilfried schien mir Pole zu sein, jedenfalls redete er eine Zeit lang mit Bogdan. Er hatte Stephen irgendwo im Nahen Osten kennengelernt – die Einzelheiten bekam ich nicht ganz mit. Marianne kannte Stephen noch vom Studium her. Irgendwie merkte man, dass sie einmal ein Paar gewesen sein müssen.

Mehr Freunde von Stephen sind also nicht übrig. Oder mehr wollte Elizabeth nicht dabeihaben. Sie wird das Netz nicht weiter ausgeworfen haben als unbedingt notwendig.

Das Krematorium war sehr annehmbar, das muss man

sagen. Der Himmel war blau, die Sonne schien. Bogdan, Donna und Chris stellten sich an den Ecken des Sargs auf, zusammen mit einem der Bestatter. Im letzten Augenblick tippte Ron dem Mann auf die Schulter und nahm seinen Platz ein.

Wir betraten die Halle als Erste. Ich hatte Elizabeth untergehakt. Auch wenn das vielleicht nicht der richtige Ort dafür war, sagte ich ihr, wie gut Schwarz ihr steht, denn das tut es. Mich macht es ja immer nur blass. Dafür hatte ich eine hübsche Brosche angesteckt, eine Sonne, die Stephen bestimmt gefallen hätte, als kleinen Farbtupfer. Wilfried bemerkte sie auch.

Diese Krematorien wollen Orte der Ruhe und Geborgenheit sein, ein Kokon, in den die Welt nicht eindringen kann. Aber dann sieht man über einer Tür das Wort NOTAUSGANG leuchten, und die Wirklichkeit fordert wieder ihr Recht. Auf einer der Bänke lag ein alter, deckelloser Filzstift.

Als der Sarg an seinem Platz stand, kam Bogdan zu uns und setzte sich auf Elizabeths andere Seite. Er weinte, sie nicht. Donna saß in der Reihe hinter uns, und ab und zu streckte sie die Hand aus und streichelte ihm die Schulter. Einfach als Zeichen, dass er nicht allein war. Ich streichelte Elizabeths Schulter, aber niemand streichelte meine.

Eine sehr nette junge Frau hielt die Feier ab. Sie erzählte Anekdoten von Stephen – die Ibrahim für sie zusammengestellt hatte – und las mehrere Bibelstellen, wie das so gerne gemacht wird. Ich war inzwischen doch auf vielen Beerdigungen, und fast immer wird im finsteren Tal gewandert. Bei meiner Beerdigung hätte ich es gern etwas fröhlicher. Ich finde diese Feierlichkeit anstrengend, auch wenn man sie wahrscheinlich doch braucht. Bei der Trauerfeier für Gerry habe ich nur einmal kurz zu weinen aufgehört, und das war, als uns der Pfarrer predigte, wie gütig und barmherzig Gott ist.

Ich fragte mich, was jetzt wohl in Elizabeth vorging. Nachdem ich ja weiß, welche Rolle sie bei Stephens Tod gespielt hat. Aber ich hoffe, sie dachte mehr an die Rolle, die sie in seinem Leben gespielt hat. Ein Lied wurde gesungen, das ich nicht kannte, und dann verschwand der Sarg langsam zu klassischer Musik – ebenfalls nichts, was man so kennt, aus der Werbung, meine ich, Stephen hatte es ja sehr mit Klassik. Da fing Elizabeth an zu weinen. Bogdans Arm lag um ihre Schultern und mein Arm um ihre Taille, aber es war klar, dass sie nichts davon spürte.

Ich lugte ganz kurz umher, und Ron und Pauline waren beide in Tränen aufgelöst. Ibrahim hatte den Kopf gesenkt und die Augen geschlossen. Marianne, stellte ich fest, war gar nicht mehr da.

Hinterher gab es bei mir Getränke und Häppchen für alle – wozu einen Saal irgendwo mieten, wo Elizabeth nur auf dem Präsentierteller ist? Stephens Freunde kamen nicht mit; sie verabschiedeten sich vor dem Krematorium von uns. Marianne war doch nicht gegangen, sie saß draußen auf einer Bank und weinte. Wilfried ging zu ihr, um sie zu trösten. So hat eben jeder seine Geschichte, nicht wahr? Wenn man Marianne oder Wilfried nach Hause folgen würde, was fände man da?

Ich hatte ein Foto von Stephen auf dem Esstisch aufgestellt. Er raucht darauf eine Zigarre und erzählt ganz unverkennbar einen Witz. Ich zündete Kerzen an, und Bogdan hatte das Schachbrett aufgebaut. Die Figuren standen so, wie sie bei dem letzten Spiel standen, das Stephen gewonnen hat. Bogdan versuchte es mir zu erklären, aber ich sagte ihm, ich sei wohl doch mehr der Kerzen-Typ.

Wir hatten ein paar Flaschen englischen Sekt da, die

Chris mitgebracht hatte. Patrice war noch schnell zurückgelaufen, nachdem sie Dom Holts Leiche entdeckt hatten, um sie zu kaufen, »weil man sie bei der Führung dreißig Prozent billiger kriegt«. Eine Frau ganz nach meinem Herzen!

Die Häppchen kamen hauptsächlich von Aldi, mit einzelnen Waitrose-Delikatessen dazu, damit es mehr hermachte.

Ich schaltete Classic FM ein, was wunderbar passte, bis auf die Werbeblöcke.

Elizabeth soll wissen, dass sie nicht allein ist. Dass sie uns hat. Und wir, das ist nicht nur der Donnerstagsmordclub, sondern der ganze Tross, der sich mit der Zeit um uns gesammelt hat. Bogdan natürlich, und Donna. Chris und Patrice. Pauline, die uns nun hoffentlich doch erhalten bleibt. Sogar Computer-Bob kam, um seine Anteilnahme zu bekunden. Nur Mervyn ließ sich nicht blicken, obwohl ich ihn extra eingeladen hatte. »Ich hab den Mann nie getroffen«, so seine Begründung.

Chris hatte etwas zu verkünden, wobei man merkte, dass er sich nicht ganz sicher war. Einen Moment lang dachte ich, jetzt macht er Patrice einen Antrag, was selbst ich unter den Umständen leicht daneben gefunden hätte, aber dann erzählte er uns strikt vertraulich, dass Samantha Barnes ermordet worden ist. Das sei kein Thema für heute, sagte er, er habe nur gedacht, wir würden es lieber früher als später erfahren.

Diesen Zeitpunkt wählte Elizabeth für ihren Abgang. Sie wird so bald keine Verbrecher mehr jagen. Bogdan begleitete sie nach Hause und blieb über eine Stunde weg.

Wir sprachen von Stephen, wir sprachen ein wenig über Samantha, aber nur halbherzig, denn was können wir ohne Elizabeth schon ausrichten? Donna fragte die Jungs nach Mervyn und Tatiana. Ihre Unterhaltung klang sehr fidel. Das Leben ist ein Bulldozer, was das angeht. Es walzt über alles hinweg.

Gegen neun trennten wir uns, und ich habe noch abgespült. Und jetzt liegt vor uns allen eine lange Nacht.

Vielleicht rufe ich Joanna an. Es ist zwar spät, aber ich glaube, ihr Rhythmus ist anders als meiner. Was hat sie mich abgekanzelt, als ich es einmal gewagt habe, sie samstagmorgens um neun anzurufen! Ich war schon seit drei Stunden aus den Federn. Hoffentlich hebt sie ab. Ich will nur hören, wie ihr Tag so war, normale Sachen eben. Mit ihr ein bisschen über ihren Vater reden.

Alan spürt, dass ich traurig bin. Er liegt neben meinem Stuhl, die Pfoten über meine Füße gestreckt, damit mir nichts zustoßen kann.

# 64

Ron hält Pauline fest im Arm.

Sie hat ihm gefehlt, also hat er ihr eine SMS geschickt. Ihr fehlte er auch, aber sie schrieb nicht zurück. Sie hat ihm gefehlt, also schickte er noch eine SMS, diesmal mit einem Witz über ein Cricket spielendes Pferd. Ihr fehlte er auch, über den Witz musste sie lachen, aber zurück schrieb sie trotzdem nicht. Sie hat ihm gefehlt, also rief er sie an, wider besseres Wissen. Ihr fehlte er auch, aber sie ging nicht ans Telefon.

Sie hat ihm gefehlt, also hat er ihr von der Trauerfeier für Stephen geschrieben. Ihr geschrieben, wie er sich fühlt, dass er sie liebt und vermisst. Woraufhin sie sich für einen Tag krankmeldete, ein schwarzes Kleid anzog, nach Coopers Chase fuhr, an seine Tür klopfte, ihn küsste, ihm verbot, mit der West-Ham-Krawatte zur Einäscherung zu gehen, dann aber nachgab, als sich herausstellte, dass er nur diese eine Krawatte besaß. Er sagte ihr, wie scharf sie in Schwarz aussah, sie wies ihn zurecht, und dann nahm sie seine Hand und hat sie seitdem nicht mehr losgelassen.

»Glaubst du, irgendeiner von den anderen schläft?«, fragt er.

»Nein«, sagt Pauline. »Elizabeth weint wahrscheinlich, Joyce backt, und Ibrahim wird spazieren gehen und so tun, als dächte er an etwas anderes.«

»Meinst du, sie haben das Richtige getan? Stephen und Elizabeth?«

»›Das Richtige‹ gibt es nicht, Ronnie«, sagt Pauline. »Weder ›das Richtige‹ noch ›das Falsche‹. Solange es das war, was sie wollten. Sie haben keinem geschadet außer sich selbst, und sich selbst schaden darf man.«

»Wie wenn man seiner Ex simst, obwohl man weiß, dass man es nicht sollte?«, sagt Ron.

»Seinem Partner Sterbehilfe zu leisten und seiner Ex zu simsen, ist, glaube ich, nicht ganz das Gleiche«, sagt Pauline. »Außerdem bin ich nicht deine Ex.«

»Nicht?«, fragt Ron.

»Ach wo«, sagt Pauline. »Wir sind beide gleich dämlich, Ronnie. Aber vielleicht macht das ja nichts.«

»Ich bin überhaupt nicht dämlich«, widerspricht Ron. »Du kannst lange suchen, bevor du jemand weniger Däm–«

Pauline legt ihm den Finger auf den Mund. »Psst! Du bist kreuzdämlich. Das mögen sie ja so an dir. Deine Freunde. Du bist ein wunderbarer, großer, starker, lieber Dämlack.«

»Na gut, aber du bist nicht dämlich«, sagt Ron.

»Ich liege bei dir im Bett, oder? Und ich musste mich an keiner Schlange hochvernünftiger Frauen vorbeidrängen, um hierherzugelangen.«

Ron lächelt und fühlt sich gleich darauf schuldig deswegen. »Was machen wir jetzt bloß mit Elizabeth?«

»Gebt ihr einfach Zeit«, sagt Pauline. »Seid da und lasst ihr Zeit. Sie wird ein paar Wochen ihre Ru–«

Rons Handy klingelt. Er sieht Pauline an, die auffordernd nickt. Auf dem Display steht LIZZIE.

# 65

Ibrahim kann nicht schlafen. Damit hat er schon gerechnet. Ihm war klar, dass er die ganze Nacht aufbleiben wird, und auch klar, woran er denken wird.

Marius.

Er macht einen Spaziergang durch Coopers Chase. Aus Rons Fenster kommt sanfter Lichtschein. Pauline wird bei ihm sein, wofür Ibrahim sehr dankbar ist. Genau das braucht Ron heute Abend. Ron, der so tut, als bräuchte er nichts und niemanden. An wen erinnert Ibrahim das?

Auch bei Joyce brennt noch Licht. Sie hat Alan bei sich, der es sicher großartig findet, so spätnachts noch auf zu sein. Sie wird irgendwelche alten Serien im Fernsehen sehen und an Gerry denken. Vielleicht hat sie auch mit Joanna telefoniert. Die hoffentlich verstehen konnte, warum ihre Mutter gern ihre Stimme hören wollte.

Tage der Trauer sind Tage, an denen wir unser Quantum an Liebe mit den bloßen Händen wiegen. Zurückdenken an das, was wir verloren haben, und uns fürchten vor dem, was vor uns liegt. Unser Glück bedenken, und den Preis dafür. Dank sagen, aber auch um Gnade bitten. Deshalb denkt Joyce heute an Gerry, deshalb halten Ron und Pauline sich im Arm, deshalb geht ein einsamer alter Ägypter durch das nächtliche Coopers Chase und denkt an Marius. An sein Leben vor diesem.

Vielleicht wird er irgendwann über ihn sprechen – vielleicht aber auch nicht. Wenn er diese Geister einmal ruft, wird er sie nicht wieder loswerden, und er weiß nicht, ob sein Herz dem gewachsen wäre. Wem sollte er sich überhaupt anvertrauen? Elizabeth? Ein wenig könnte sie es jetzt sicher nachfühlen. Ron? Damit der ihn unbeholfen in den Arm nimmt? Joyce? Aber was, wenn er in ihrem Blick Mitleid entdeckt? Das könnte er nicht ertragen.

Noch ein Fenster ist natürlich erleuchtet. Elizabeths. Dieses Licht wird jetzt viele Nächte hindurch leuchten. Sie hat alle Dunkelheit, die sie braucht.

Ibrahim hat den Schmerz um Marius in sich verkapselt, ihn in sich versiegelt wie in einem Gefäß. Er muss an das Gefäß mit dem Heroin denken, das schon so viel Unglück gebracht hat. Ihre Suche danach werden sie jetzt vermutlich einstellen. Wer hat es? Wer weiß, wo es ist? Wer hat Kuldesh getötet? Wer immer es war, er wird straffrei ausgehen.

Aber das Gefäß mit dem Thema Marius. Hat er den Mut, es zu öffnen? Hat er den Mut, diese Geschichte zu erzählen?

Ein Tag der Trauer ist ein Tag der Liebe. Ibrahim ist Experte in beidem. Vielleicht wird es Zeit, sie …

Sein Handy klingelt.

# 66

Es ist drei Uhr nachts, und Bogdan weint in Donnas Armen.

Weint um das, was er getan, und um das, was er verloren hat.

Er war tapfer und stark für Elizabeth. Hat vor ihr keine Träne geweint, außer bei der Trauerfeier. Hat nur zugehört und geholfen.

Er und Stephen haben vor einer Woche ihre letzte Partie Schach gespielt. Oder nicht eigentlich eine Partie. Bogdan hatte angeboten, Stephen das Schachspielen beizubringen, und Stephen war einverstanden. »Das wollte ich schon immer mal ausprobieren.«

Bogdan hat gehofft, wenn er Stephen die Züge erklärt, kommt die Erinnerung zu ihm zurück, aber Stephen schüttelte nur den Kopf. »Das ist mir zu hoch, Compadre.« Trotzdem, sie saßen zusammen über dem Schachbrett, sie plauderten, und Bogdan konnte so tun, als ob alles seine Richtigkeit hätte. Stephen hat immer gewusst, dass er bei Bogdan in Sicherheit ist, selbst wenn er ihn nicht so recht einordnen konnte. Und auch Bogdan hat sich bei Stephen immer sicher gefühlt.

Stephen hat ihm gesagt, was er vorhat. Er wusste es schon von Elizabeth, aber es von Stephen bestätigt zu hören, die Entschlossenheit in seiner Stimme zu hören, half. Stephen war nicht bereit, langsam zu verlöschen, immer weiter von sich selbst wegzudriften. Er wollte das Heft in der Hand behalten, und Bogdan mochte ihm dieses Recht nicht verweigern.

Bei der Trauerfeier hat Bogdan neben Elizabeth gesessen, und er war sehr froh darüber. Donna saß hinter ihm, mit ihm verbunden, und auch darüber war er froh.

Donna küsst seine Tränen.

»Erzähl mir was«, sagt Bogdan und räuspert sich dann. »Sing mir ein Schlaflied vor.«

Donna schmiegt den Kopf in seine Halsbeuge und flüstert: »Samantha Barnes hat einen Schlag mit einem stumpfen Gegenstand abbekommen. Aber gestorben ist sie an dem Sturz die Treppe hinunter.«

»'kay …«, sagt Bogdan und schließt die Augen.

»Von Garth fehlt jede Spur«, fährt sie fort. »Das heißt, entweder war er es, oder er ist selbst auf der Flucht vor dem Mörder.«

»Aber warum sie töten?«, fragt Bogdan. »Außer sie hatte das Heroin? Glaubst du, sie hatte es?«

»Wer weiß?«, sagt Donna. »Mitch Maxwell und Luca Buttaci haben beide den Schuppen durchsucht, ohne etwas zu finden – waren sie also bei ihr? Und Garth war nicht im Schuppen – hat also er es?«

»Mmm«, sagt Bogdan. »Elizabeth wird nicht weitersuchen, glaube ich.«

»Sie braucht jetzt erst mal Zeit«, sagt Donna. »Meinst du, sie hatte bei Stephens Tod irgendwie die Hand im Spiel? Meinst du, sie hat … du weißt schon?«

»Nein«, sagt Bogdan. »Ist verboten.«

»Also hör mal«, sagt Donna. »Seit wann schert sich Elizabeth um Verbote? Abgesehen davon, dass wohl jeder verstehen könnte, wenn sie es getan hätte.«

»Ist verboten. Sie darf Stephen nicht helfen«, sagt Bogdan. »Und davon wissen ist auch verboten. Für mich, und noch mehr für dich.«

»Hab schon verstanden«, sagt Donna. »Aber rein hypothetisch, hättest du ihr geholfen?«

»Ich hätte Elizabeth geholfen, und Stephen auch.«

»Ich weiß«, sagt Donna.

»Und du glaubst, Garth hat das Heroin? Er hat es irgendwie gefunden, glaubst du?«

»Es wäre zumindest eine Theorie«, sagt Donna. »Du hast sicher recht, mit Elizabeth wird fürs Erste nicht zu rechnen sein. Dann wäre es doch vielleicht schön, wenn wir den Fall für sie aufklären könnten, oder? Quasi als kleines Geschenk an sie?«

»Ist ein ungewöhnliches Geschenk«, urteilt Bogdan.

»Sie ist eine ungewöhnliche Frau«, sagt Donna.

»Und du glaubst wirklich, du f–«

Bogdans Handy vibriert auf dem Nachttisch. Es ist Viertel nach drei. Er sieht fragend zu Donna, die nickt. Auf dem Display erscheint Elizabeths Name.

»Elizabeth?«, sagt Bogdan. »Alles in Ordnung? Brauchen Sie mich?«

»Ja«, sagt Elizabeth. »Ist Donna bei Ihnen?«

»Ja, sie ist hier«, sagt Bogdan.

»Bringen Sie sie gleich mit«, sagt Elizabeth. »Ich weiß jetzt, wo das Heroin ist.«

## 67

Wird sie je wieder schlafen? Elizabeth liegt auf dem Bett und fragt sich, wie ein gebrochenes Herz so hämmern kann.

Schon fünf vor drei. Wer je eine Nacht durchwacht hat, kann bestätigen, dass die Stunde zwischen drei und vier Uhr die längste von allen ist. Die Stunde, in der grimmige Einsamkeit alles beherrscht. In der jedes Ticken der Uhr zur Qual wird.

Es musste sein, das sagt sie sich immer wieder. Stephens Anweisungen waren unmissverständlich, und Elizabeth weiß Anweisungen auszuführen. Es war richtig, es war schmerzlos, Stephen hatte die Hoheit und die Kontrolle, und das hat ihm die Würde, die ihm immer so wichtig war und die er verdiente, auf den letzten Metern zurückgegeben.

Nach ihrem Gespräch bei ihm im Penthouse hat Viktor ihr Bericht erstattet. Wir haben einen Weg vereinbart. Stephen weiß, was er will.

Viktor hat ihr ein Döschen mit allem Nötigen gegeben. Wo er es herhatte, fragte sie lieber nicht. Schnell sollte es sein, schnell und schmerzfrei, nur das war ihr wichtig. Und, ja, nicht nachweisbar. Denn sonst würden sie es nicht durchziehen können. Stephen wollte sie schließlich nicht ins Gefängnis bringen – so wenig, wie es vermutlich die meisten Gerichte dieses Landes gewollt hätten, nur hätten sie nicht anders gekonnt. Wer der Tat beiwohnt und nicht eingreift, macht sich schuldig. Du sollst nicht töten.

Der Arzt war ein alter Freund aus Geheimdienstzeiten. Sie hat ihm Zeit und Ort genannt, und er war zur Stelle. Sein Ruf ist untadelig, sollte jemand ihn überprüfen wollen. So etwas kann vorkommen, man weiß nie. Todeszeitpunkt, Todesursache, eine Umarmung und ein paar tröstende Worte für die Witwe, das war's schon. Keine Fahrt in die Schweiz nötig, keine Veranlassung, Stephen aus seiner gewohnten Umgebung herauszureißen.

Stephens Leiden sind nun also ausgestanden. Vorbei das Rauschen und Knistern in seinem Hirn, dem er so hilflos ausgeliefert war, gepeinigt von Momenten aufzuckender Klarheit, wie ein Ertrinkender, den die Wellen kurz freigeben, bevor sie ihn wieder hinabziehen. Es wird keinen weiteren Niedergang geben. Nur noch für sie selbst. So wie es auch den Schmerz nur noch für sie gibt. Sie ist froh um den Schmerz, sie verdient ihn. Er fühlt sich wie eine Buße an.

Buße dafür, dass sie Stephen beim Sterben geholfen hat? Kann das sein? Nein. Elizabeth fühlt sich nicht schuldig deswegen. Sie weiß tief im Inneren, dass es ein Liebesdienst war. Auch Joyce wird wissen, dass es ein Liebesdienst war. Warum macht sie sich Sorgen darüber, was Joyce denken wird?

Nein, sie büßt hier für alles andere, was sie in ihrem Leben begangen hat. Für all das, was sie in ihrer langen Laufbahn entschieden, abgenickt, durchgewinkt hat, für all die nicht zugelassenen Skrupel. Sie zahlt nur den Preis für ihre Sünden. Stephen ist ihr geschenkt und dann wieder genommen worden, als Strafe. Sie wird mit Viktor darüber sprechen, er wird ähnlich empfinden. So hehr ihre Ziele auch gewesen sein mögen, sie waren nicht hehr genug, um die Nichtachtung des Lebens zu rechtfertigen. Tag für Tag, Einsatz für Einsatz im Kampf gegen das Böse. Bis auch der letzte Teufel vertrieben ist. Was für ein Witz. Für jeden Teufel, der stirbt, reckt ein neuer sein Haupt, wie die Narzissen im Frühling.

Wozu also das Ganze? All dieses vergossene Blut?

Stephen war zu gut für ihre befleckte Seele, und das wusste die Welt, darum hat die Welt ihn ihr genommen.

Aber Stephen hat Bescheid gewusst über sie, oder nicht? Er hat sie als das gesehen, was sie war. Und sich dennoch für sie entschieden. Stephen hat einen Menschen aus ihr gemacht, das ist die Wahrheit. Sie zu einem Ganzen zusammengefügt.

Und nun liegt sie hier. Entmenscht. In Stücke zerfallen.

Wie soll das Leben nun weitergehen? Wie soll das möglich sein? Sie hört ein Auto irgendwo in der Ferne. Wozu um alles in der Welt fährt jemand irgendwohin? Was für ein Ziel kann es noch geben? Warum tickt die Uhr in der Diele noch immer? Weiß sie nicht, dass vor drei Tagen die Zeit aufgehört hat?

Auf dem Weg zum Krematorium saß Joyce mit ihr im Auto. Gesprochen haben sie nicht, es gab nichts zu sagen. Einmal sah Elizabeth durchs Fenster, wie eine Mutter sich nach einem Stofftier bückte, das aus dem Kinderwagen geflogen war. Sie wäre fast in Gelächter ausgebrochen: dass das Leben es wagt, einfach weiterzugehen! Wissen es die anderen denn nicht? Haben sie es nicht gehört? Alles ist anders geworden, alles. Und doch hat sich nichts verändert. Nichts. Der Tag nimmt seinen üblichen Lauf. An einer Ampel lüftet ein alter Mann den Hut, als der Leichenwagen vorbeifährt, aber ansonsten ist die High Street wie immer. Wie können diese beiden Realitäten nur nebeneinander existieren?

Vielleicht stimmt es ja, was Stephen über die Zeit

gesagt hat. Vor den Autofenstern drängt sie nach vorn, marschiert vorwärts, vorwärts, und kommt nie aus dem Takt. Aber im Wageninnern läuft sie schon rückwärts, rollt sich schon in sich zusammen.

Ihr vergangenes Leben mit Stephen wird ihr ab jetzt mehr bedeuten als das Leben, das sie umgibt. Sie wird mehr Zeit dort verbringen, in der Vergangenheit, das weiß sie. Und während die Welt ringsum vorwärtseilt, wird sie selbst immer weiter zurückfallen. Irgendwann wird der Punkt erreicht sein, an dem sie ihre Fotoalben öfter anschaut als die Nachrichten. An dem sie sich ausklinkt, statt noch länger im Takt zu marschieren.

Sie sieht es ja an Joyce. Bei all ihrer Umtriebigkeit, all ihrer Wachheit ist ein Teil von ihr, der allerwichtigste Teil, unter Verschluss. Und dieser Teil sehnt sich für immer in das schön aufgeräumte Wohnzimmer zurück, wo Gerry im Lehnstuhl sitzt und das kleine Mädchen Joanna mit leuchtenden Augen Geschenke auspackt.

In der Vergangenheit leben. Elizabeth konnte das nie verstehen, aber jetzt versteht sie es mit umso schmerzhafterer Klarheit. Ihre Vergangenheit war immer zu düster, zu unschön. Familie, Schule, die gefahrvolle, belastende Arbeit, die Scheidungen, das viele Unglück. Aber seit drei Tagen ist nun Stephen ihre Vergangenheit, und dort wird ab jetzt auch sie leben.

Sie hat nicht viele seiner Freunde bei der Trauerfeier versammeln können. Kuldesh wäre sicher gekommen, wenn er noch lebte. Stephen hat in diesen letzten Wochen so viel von ihm geredet.

Elizabeth knipst die Nachttischlampe an. Schlafen wird sie sowieso nicht. Ob sie an die Luft gehen sollte? Jetzt, wo niemand sie sieht, niemand ihr sein Beileid aussprechen kann? Vielleicht begegnet ihr ja Snowy auf einer seiner Runden, denkt sie ganz kurz, bevor es ihr wieder einfällt. Armer Snowy. Elizabeth fängt an zu weinen. Um Snowy und um Kuldesh. Ihre Tränen um Stephen wird sie fürs Erste zurückhalten. Sie werden von gänzlich anderer Qualität sein.

Der arme Fuchs. In seinem Grab oben bei der Kleingartenanlage, neben den Steckrüben, die Stephen in diesen letzten Tagen so beschäftigt haben. Er war nie ein Gärtner, sein Hirn hat ihm da nur einen weiteren Streich gespielt.

Stephen und Gärtnern! Sie stellt ihn sich vor, wie er –

Elizabeth hat oft gerätselt, auf welche Weise Eingebungen zustande kommen. Dieser plötzliche Funke, der Licht ins Dunkel bringt, Sinn stiftet, wo zuvor keiner war. Am ehesten lässt sich vielleicht sagen, er zündet dann, wenn zwei völlig unterschiedliche Gedanken aufeinandertreffen und sich gegenseitig erhellen.

Stephen, der so oft von Kuldesh sprach in dieser letzten Zeit. »Hab ihn grad neulich gesehen.« Stephen, der immer wieder von dem Schrebergarten und den Steckrüben anfing. »Versprich mir, dass du nach dem Schrebergarten schaust.«

Oh, du brillanter Mann, denkt Elizabeth. Selbst im dicksten Nebel zeigst du mir den Weg.

Nach ihrem Ausscheiden aus dem Geheimdienst hat Elizabeth Vorkehrungen aller Art getroffen. Alarmknöpfe, Hotlines für den Fall, dass ihre Vergangenheit sie einholt. Und, geht ihr nun auf, auch ihre Telefonnummer ist mit an Sicherheit grenzender Wahrscheinlichkeit nicht rückverfolgbar. Eine Code-777-Nummer.

Wie dumm sie gewesen ist! Die zweite Nummer, die Kuldesh am Tag seines Todes gewählt hat, war ihre eigene Festnetznummer. Er hat Stephen gesprochen.

Stephen ist ab jetzt Elizabeths Vergangenheit, und vielleicht wird sie sich eines Tages damit abfinden können.

Aber für ein paar wenige Tage kann er womöglich noch einmal ihre Zukunft sein.

Ob es zu spät ist, Bogdan anzurufen? Dann erinnert sie sich: Die Zeit hat ja aufgehört, Bogdan wird genauso wenig schlafen wie sie.

Doch bevor sie ihn anruft, zieht sie rasch Schuhe und Mantel an und geht den Hügel hinauf, um auch den letzten Zweifel auszuräumen. Das Schloss an der Schuppentür stellt kein Hindernis für sie dar, und im Schuppen – Ron und sein Riecher! – steht ein sehr neu aussehender Spaten.

# Dritter Teil

## Am schönsten ist es zu Hause

# 68

Rund zwanzig Minuten nach dem Anruf steht Joyce schon oben an der Böschung, dick eingepackt in ihren Wintermantel. Elizabeth und Bogdan haben sie in Empfang genommen, und von unten kommen Ibrahim, Ron und Pauline den Hang herauf.

»Ich hab dich hoffentlich nicht geweckt?«, fragt Elizabeth.

»Ach was«, sagt Joyce. »Ich habe *Die Antik-Jäger* gesehen und geweint. Bogdan, haben Sie gar keine Jacke dabei?«

»Bogdan betrachtet Jacken als Zeichen der Schwäche«, erklärt Elizabeth.

Bogdan nickt bestätigend.

»Ich hätte die Thermoskanne mitbringen sollen«, sagt Joyce, als Ibrahim, Ron und Pauline bei ihnen ankommen. »Soll ich schnell noch mal zurücklaufen?«

»Auch mal eine gute Zeit für ein Treffen«, begrüßt Ron sie und umarmt Elizabeth, was diese widerstrebend mit sich geschehen lässt.

»Das lassen wir jetzt aber nicht einreißen«, sagt sie dann und macht sich los. »Danke, dass ihr so schnell gekommen seid.«

»Ich hatte das Heroin schon fast aufgegeben«, sagt Joyce. »So, wie du geredet hast.«

»Ich auch«, sagt Elizabeth. »Aber dann lag ich wach, wie ihr euch vielleicht vorstellen könnt. Und dachte an Stephen.«

»Natürlich hast du an ihn gedacht«, sagt Joyce. »Ich doch auch. An Stephen und an Gerry.«

»Ich habe an tausend Dinge gedacht«, sagt Elizabeth. »Mich gequält mit Erinnerungen an all unsere glücklichen Zeiten. Und dann musste ich an Kuldesh denken. Wie sehr er gefehlt hat gestern – wo Stephen so oft von ihm gesprochen hat.«

Joyce sieht, wie Ron Bogdan beäugt und sich dann aus seiner Jacke schält. Er will sich nicht ausstechen lassen.

»Und von da gingen meine Gedanken in alle möglichen Richtungen. Warum hat Stephen gar so viel über Kuldesh geredet? Er sagte, er hätte ihn gesehen, und wir alle dachten, er meint seinen Besuch bei Kuldesh im Laden mit Bogdan und Donna.«

»Hat er nicht?«, fragt Bogdan.

»Der Gedanke kam mir plötzlich«, sagt Elizabeth. »Vielleicht hatte ich ja etwas übersehen, dachte ich, und er hatte Kuldesh danach noch einmal getroffen?«

»Soll heißen?«, fragt Ron, der sein Schlottern zu unterdrücken versucht.

»Was ist, wenn er ihn nach Weihnachten gesehen hat?«

»Nachdem Kuldesh verschwunden war, meinst du?«, fragt Joyce.

»Dass Kuldesh in Bedrängnis war, wissen wir«, sagt Elizabeth. »Das hat er Nina ja gesagt. Und als Nina ihm nicht helfen konnte, bei wem könnte er es als Nächstes versucht haben?«

»Bei Stephen«, antwortet Ibrahim.

»Kuldesh stand vor einem Problem«, sagt Elizabeth. »Er hatte harte Drogen in die Hand bekommen und den weisen Entschluss gefasst, sie zu stehlen.«

»Deshalb brauchte er jemanden, dem er vertrauen konnte«, sagt Donna.

»Ganz genau«, sagt Elizabeth. »Einen alten Komplizen. Mit dem er vor Kurzem Kontakt gehabt hatte. Der ihn bestimmt nicht verraten würde. Und der weit genug ab vom Schuss wohnte.«

»Aber da hätte ihm Stephen doch schön was erzählt!«, sagt Joyce.

»Sollte man meinen«, sagt Elizabeth. »Aber ich glaube, in dem Fall nicht. Ich glaube, Kuldesh ist am 27., als wir mit Donna bei Mervyn waren, zu Stephen gekommen. Zwei alte Männer mit einer fetten Beute und der Aussicht auf ein Abenteuer. Wo hätten sie das Heroin besser verstecken können als in Coopers Chase?«

»Als wir Snowy gefunden hatten«, sagt Bogdan, »sagte Stephen, der Boden ist wie Asphalt. Ich hab mir nichts dabei gedacht.«

»Und mir hat er aufgetragen, mich um einen Schrebergarten zu kümmern, den er nie hatte«, sagt Elizabeth. »Immer wieder. Kuldesh und der Schrebergarten. Kuldesh und der Schrebergarten.«

»Also ist es hier vergraben?«, sagt Donna. »Ist das die Annahme?«

»Das werden wir bald wissen«, sagt Elizabeth. »Bogdan, könnten Sie wohl so nett sein?«

Bogdan hebt den neuen Spaten und stößt ihn in die Erde, so dicht bei den Steckrüben, wie es nur geht.

»Brauchen Sie Hilfe?«, fragt Ron ihn.

»Passt schon«, sagt Bogdan. »Aber danke.«

Während Bogdan schaufelt und das Metall über den steinharten Boden kratzt, meldet sich Ibrahim wie ein Schuljunge.

»Entschuldigt«, sagt er. »Mag sein, dass ich etwas schwer von Begriff bin, aber warum hätte Stephen Kuldesh helfen sollen?«

»Weil Kumpel das so machen«, sagt Ron. »Ich würde dir doch auch helfen.«

»Wenn ich Heroin vergraben wollte, würdest du mir dabei helfen?«, fragt Ibrahim. »Du würdest nicht sagen, lass die Finger davon, Ibrahim? Geh zur Polizei, Ibrahim? Gib es den Gangstern zurück, bevor sie dich umbringen?«

»Also, zur Polizei hätte ich dich damit bestimmt nicht geschickt.«

»Sehr löblich«, sagt Pauline.

»Aber du hast schon recht, Ib«, gibt Ron zu. »Warum hätte er das machen sollen, Lizzie? Mit Rauschgift rummurksen? Das passt doch nicht zu Stephen.«

»Aus Freundschaft möglicherweise«, erwidert Elizabeth, »oder verfehlter Abenteuerlust. Aber höchstwahrscheinlich hat er gar nicht zur Gänze verstanden, worauf er sich da einließ.«

Das bringt alle zum Schweigen, und das einzige Geräusch an dem dunklen Hang ist das Scharren des Spatens und ein verstohlenes Rascheln, als Ron wieder in seinen Mantel schlüpft.

Der Spaten trifft auf etwas Festes.

»'kay«, sagt Bogdan und schiebt die gelockerte Erde von dem noch unsichtbaren Gegenstand. Nach einer Weile geht er in die Hocke und ruckelt eine hässliche, plumpe kleine Schatulle frei. Er stellt sie auf den Boden.

»Stephen, du alter Hundling«, sagt Ron.

Der Deckel der Schatulle steht ganz leicht über. Einige Sekunden starren sie alle darauf.

Joyce beschließt, dass es zu kalt ist, um lange zu fackeln. Sie kniet neben der Schatulle nieder und schaut zu den anderen hoch. »Soll ich?«

Als alle nicken, drückt sie von unten vorsichtig gegen den Deckel, und er bewegt sich. Sie ist überzeugt, dass die Schatulle leer sein wird. Sie weiß nicht, warum, aber sie ist sich ganz sicher. Sie klappt den Deckel hoch.

Die Schatulle ist nicht leer. Sie ist bis zum Rand mit in Folie verpacktem weißem Pulver gefüllt.

»Und das soll Heroin sein?«, fragt Ron. »Sieht aus wie Waschmittel.«

Pauline kauert sich hin, holt ihre Schlüssel heraus und ritzt die Folie damit auf. Mit der angefeuchteten Fingerspitze tippt sie in das Pulver und kostet dann.

»Heroin«, bestätigt sie.

»Wenn wir Sie nicht hätten, Pauline«, sagt Elizabeth.

»Rauschgift für hundert Mille«, sagt Ron andächtig.

»Das schon etliche Menschen das Leben gekostet hat«, setzt Ibrahim hinzu und späht um sich, als könnten in den Bäumen Scharfschützen sitzen.

Joyce klappt das Kistchen wieder zu und klemmt es sich unter den Arm. »Darf ich etwas sagen? Fürs Protokoll?«

Die anderen bedeuten ihr zu sprechen. Nicht, dass sie sich sicher wäre, wie sie es am besten ausdrückt. Aber dann traut sie sich einfach.

»Das ist jetzt so ein Punkt, an dem normalerweise Elizabeth das Kommando übernehmen würde. Aber das erlaube ich nicht. Elizabeth hat im Moment andere Sorgen. Also springe ich noch einmal in die Bresche, wenn ich darf, Elizabeth, und mein Standpunkt ist folgender – Bogdan, könnten Sie *bitte* etwas überziehen? Wir haben jetzt das in Händen, wonach alle suchen. Und wegen dem schon so viele sterben mussten. Dieses kleine Kästchen. Kuldesh, Dominic Holt, Samantha Barnes und Gott weiß wer noch alles. Und niemand weiß, dass wir es haben, was uns eine Position der Stärke verschafft.«

»Das ist sehr gut«, sagt Ibrahim. »Sehr Elizabeth-mäßig.«

»Danke«, sagt Joyce. »Was ich also vorschlagen möchte, ist Folgendes. Elizabeth, du kannst so viel oder so wenig machen, wie du möchtest, wir sind für dich da. Was uns andere betrifft, wer glaubt, schlafen zu können, sollte das tun. Und morgen lassen wir durchblicken, dass wir das Heroin gefunden haben. Nicht, wo wir es gefunden haben, nicht, wo es sich jetzt befindet, nur dass wir es in unserem Besitz haben. Und dann warten wir.«

»Darauf, dass wir umgebracht werden?«, fragt Ron. »Sehr Elizabeth-mäßig, wirklich.«

»Ganz richtig«, sagt Joyce. »Wir warten, wer kommt, um uns zu töten. Wir benutzen das Heroin als Köder und schauen, ob es uns zu denjenigem führt, der Kuldesh ermordet hat.«

Sie schaut so gebieterisch in die Runde, wie sie nur kann. Wehe, einer wagt es zu widersprechen.

»Das ist unser Geschenk an Stephen. Einverstanden, Elizabeth?«

Elizabeth nickt ihrer Freundin zu. »Zu *demjenigen* muss es heißen, aber ansonsten, ja.«

# 69

Er hat noch nie ein Essen gegeben. Soweit man Gemüsecurry am Sonntagmittag ein »Essen« nennen kann.

»Dreh die Flamme ein bisschen runter«, sagt Patrice zu Chris, bevor sie Joyces Weinglas vollschenkt.

Doch, es ist auf jeden Fall ein Essen. Mehr oder weniger. Donna und Bogdan. Joyce und Ibrahim. Chris und Patrice. Das Heroin, wie könnte es anders sein, ist gefunden worden, und nun müssen sie es nur noch einsetzen, um den Mörder zu fangen. Ein Spaziergang.

»Ich habe eine WhatsApp-Gruppe eingerichtet, Betreff: ›Wer hat Kuldesh ermordet?‹«, sagt Ibrahim. »Ihr seid selbstverständlich alle dabei. Ich schicke euch jetzt erst mal ein Spreadsheet – ich arbeite mittlerweile ja papierlos.«

»Sie wissen schon, dass man für den Bau von Handys Kobalt abbaut?«, sagt Patrice.

»Bitte«, sagt Ibrahim. »Nur eine Front auf einmal.«

Um den Tisch ertönen unterschiedliche Signaltöne.

»Ron und Elizabeth sind natürlich auch Teil der Gruppe«, fährt Ibrahim fort. »Aber von Elizabeth dürfen wir zurzeit wohl nicht allzu viel erwarten, oder, Bogdan?«

»Ja«, sagt Bogdan. »Nein.«

»Und Ron weigert sich hartnäckig zu verstehen, wie WhatsApp geht«, sagt Ibrahim.

Donna hat den Anhang in ihrem Handy geöffnet und liest. »›Wer ist tot?‹ Ein starker Auftakt.«

»Danke«, sagt Ibrahim bescheiden. »Wer ist tot? Kuldesh ist tot. Dominic Holt ist tot. Samantha Barnes ist tot. Und auch noch ein Mann namens Lenny, höre ich von Donna.«

»Hat für Mitch gearbeitet«, sagt Donna. »In Amsterdam ist das passiert. Das habe ich gestern am Kaffeeautomaten erfahren, als diese NCA-Type Eindruck bei mir schinden wollte.«

»Wie heißt der Kerl?«, fragt Bogdan.

»Es war eine Sie«, sagt Donna. »Du denkst zu binär.«

»Lasst mich ihn kurz einfügen«, sagt Ibrahim. »Das Curry riecht köstlich, Chris.«

»Und ich kann ganz sicher nicht helfen?«, fragt Joyce.

»Alles schon geschnippelt und geschält und am Köcheln«, sagt Chris vom Herd her. »Trinkt ihr nur euren Wein und redet über Drogenmorde und Leute, die Donna anbaggern.«

»So, ich habe Lenny in die ›Wer ist tot?‹-Rubrik eingefügt«, sagt Ibrahim.

»›Wer ist noch am Leben?‹«, liest Bogdan von seinem Display ab.

»Mitch Maxwell ist noch am Leben«, sagt Ibrahim, »Luca Buttaci und vermutlich auch Garth, der allerdings seit dem Tod seiner Frau untergetaucht zu sein scheint. Meine These wäre, dass eine der Personen auf unserer ›Wer ist noch am Leben‹-Liste sich als der Mörder von mindestens einer der Personen auf unserer ›Wer ist tot?‹-Liste herausstellen wird. Bei ›Wer ist am Leben‹ fehlen außerdem noch Nina Mishra und Jonjo Mellor, da sie anfangs ja auch involviert waren. Joyce, warum schaust du nicht auf dein Handy?«

»Ich bekomme das Spreadsheet nicht auf«, sagt Joyce. »Aber ich hör zu, ich kriege alles mit. Nina Mishra würde natürlich eine sehr schillernde Mörderin abgeben. Während mir Jonjo Mellor für so was ein bisschen zu schlappschwänzig vorkommt – darf man ›schlappschwänzig‹ noch sagen?«

»Wollen wir diese Frau um die vierzig dazuschreiben, die Connie Johnson im Gefängnis besucht?«, schlägt Donna vor.

»Essen ist fertig.« Chris stellt den dampfenden Topf auf den Tisch. Diesen Tisch, über Jahre ein ungeliebtes Möbel, das nur als Ablage für Take-away-Gerichte, alte Zeitungen und gelegentlich Tatortfotos herhalten durfte. Jetzt sitzen Leute mit Messer und Gabel rundum und laden sich Reis auf den Teller – was für eine Entwicklung er durchlaufen hat! Obwohl neben den Okraschoten ein großes Bild von Samantha Barnes' Leichnam liegt, wie er jetzt sieht. Manche Dinge ändern sich eben doch nicht.

»Das schmeckt echt gut, für Gemüse«, sagt Donna.

»Ganz köstlich«, sagt Joyce. »Ron stünden die Haare zu Berge.«

»Wo ist er eigentlich?«, erkundigt sich Patrice.

»Mit Pauline bei der Aromatherapie«, sagt Ibrahim.

»Dann sind sie also wieder zusammen?«, fragt Patrice. »Das ist ja wie bei *Love Island* mit den beiden.«

»In Polen ist es keine Insel, sondern ein Berg«, bemerkt Bogdan. »Und einmal ist einer erfroren.«

»Nehmt euch doch noch«, sagt Chris. »Es ist genug da.« So etwas wollte er immer schon mal sagen. Die Gespräche sind angeregt, und das Essen ist tatsächlich gelungen. Donna hat recht, man würde nie darauf kommen, dass das Auberginen sind.

»Wie kommt ihr mit den Pferdediebstählen voran?«, fragt Joyce.

»Der kniffligste Fall seit Langem«, sagt Donna. »Wir haben überall gesucht. Keine Pferde.«

»Wo ist das Heroin jetzt? Rein interessehalber?«, fragt Chris.

»An einem sicheren Ort«, sagt Joyce.

»Sprich, Ihr Wasserkocher«, vermutet Donna.

»In den Kocher hat es nicht reingepasst«, sagt Joyce. »Also hab ich's in die Mikrowelle getan.«

»Aber nicht mit der Kiste, oder?«, sagt Bogdan. »Zu dreckig.«

»Nein, das Kästchen hab ich schön blank gescheuert, das ist jetzt perfekt für das ganze Kleinzeug unter der Spüle.«

»Vorbildlich nachhaltig«, meint Ibrahim. »Chris, wussten Sie, dass Auberginen eigentlich Früchte sind und auch ›Eierfrüchte‹ heißen, weil die frühen Varianten weiß und oval geformt waren?«

»Nein, das wusste ich nicht«, sagt Chris.

»Ich verlinke Ihnen den Artikel«, sagt Ibrahim. »Donna, ich muss Sie auf den neuesten Stand unserer Tatiana-Aktion bringen. Ich glaube, wir haben einen Durchbruch erzielt.«

Wieder die unterschiedlichen Signaltöne. Eine Nachricht für die Gruppe. Chris sieht nach. Sie ist von Ron und enthält aus unerfindlichen Gründen das Bild eines Pandabären mit Hut auf dem Kopf. Sie sehen Ibrahim eine Antwort abfassen, und dann plingt es erneut. *Danke, Ron.*

»Wie wollt ihr die Leute wissen lassen, dass ihr das Heroin habt?«, fragt Patrice. »Wie lockt ihr sie in die Falle?«

Wie schön, denkt Chris, jeder redet mit jedem. Nennt man so etwas eine geglückte Party? Er meint fast, ja.

»Ganz einfach«, sagt Ibrahim. »Ich bin morgen wieder bei Connie Johnson. Ich erzähle ihr, dass wir die Drogen gefunden haben, und bitte sie, es nur ja nicht weiterzusagen.«

»Und dann warten wir, bis sie die Nachricht verbreitet«, ergänzt Joyce. »Ich würde schon noch so einen Schluck Wein nehmen, Patrice. Wir warten und schauen, wer uns umbringen kommt.«

# 70

Diesmal ist Ibrahim professioneller vorgegangen. Ihre Sitzung ist zu Ende, Connie kann sich nicht beschweren, dass sie nicht genug Therapie für ihr Geld bekommen hat. Sie haben über Schmerz gesprochen. Über die Verrenkungen, die wir vollführen, um dem Schmerz zu entgehen.

Erst beim Aufbruch lässt er die Katze aus dem Sack.

»Einfach ausgegraben haben Sie's?«, fragt Connie. »Heroin für hunderttausend Pfund?«

»Das heißt es zumindest«, sagt Ibrahim. »Ich bin über die gängigen Preise nicht so informiert, wie ich mir wünschen könnte.«

»Wie viel wiegt es?«, will Connie wissen.

»1,2 Kilo«, sagt Ibrahim. »Auf Joyces Küchenwaage.«

»1,2 Kilo, direkt aus Afghanistan.« Connie überschlägt es im Kopf. »Eher hundertzehntausend, denke ich. Verschnitten oder unverschnitten?«

»Das weiß ich nicht«, sagt Ibrahim. »Ich könnte Pauline fragen.«

»Wie weiß ist es?«

»Sehr weiß.«

»Dann ist es wahrscheinlich rein«, sagt Connie. »Müsste um die vierhunderttausend wert sein, wenn es erst mal behandelt ist.«

»Ich dachte, Sie kennen sich nur mit Kokain aus«, sagt Ibrahim.

»Ein Fischer muss wissen, wie viel die Pommes kosten«, kontert Connie. »Was haben Sie jetzt damit vor?«

»Da sind wir uns noch unsicher«, sagt Ibrahim. »Was würden Sie machen?«

»Es verkaufen natürlich«, sagt Connie. »Ich bin Drogenhändlerin, Ibrahim.«

»Gut, ja«, stimmt Ibrahim zu. »Aber an unserer Stelle, was täten Sie da?«

»Ibrahim, der einfachste Weg wäre, damit zur Polizei zu gehen«, sagt Connie. »Aber der einfache Weg ist ja nichts für euch.«

Ibrahim nickt. »Wenn wir hoffen könnten, dadurch Kuldeshs Mörder zu finden, würden wir uns selbstredend an die zuständigen Behörden wenden. Aber mir scheint, Joyce und Elizabeth haben kein allzu großes Vertrauen in die Fähigkeiten von SIO Regan; sie halten die Erfolgschancen für größer, wenn wir selber ermitteln.«

»Sind Sie da denn inzwischen weitergekommen?«, fragt Connie.

»Nun ja, Mitch Maxwell und Luca Buttaci suchen nach wie vor nach dem Heroin. Sie sind sehr dahinter her.«

»Das sind die Leute bei Heroin meistens«, sagt Connie.

»Und Samantha Barnes ist auch ermordet worden. Aber Garth, ihr Mann, ist flüchtig. Oder möglicherweise ebenfalls ermordet. Wobei er mir nicht der Typ scheint, bei dem das so leicht geht, deshalb ist er wohl eher flüchtig.«

»Weiß jemand, dass das Heroin bei Ihnen ist?«

»Wir haben es keiner Menschenseele verraten«, sagt Ibrahim. »Wir sind noch dabei, unseren nächsten Schachzug zu planen.«

»Also von mir erfährt es keiner«, sagt Connie.

»Darauf zähle ich, Connie«, sagt Ibrahim. »Ich habe

das Gefühl, dass wir eine Vertrauensbasis geschaffen haben.«

»Aber darf ich eine Anmerkung machen?«, fragt Connie. »Sozusagen als Fachfrau?«

»Ich bitte darum«, sagt Ibrahim. »Sie wissen, wie sehr ich einen offenen Meinungsaustausch begrüße.«

»1,2 Kilo ist nicht furchtbar viel Heroin«, sagt Connie. »Aufs große Ganze gesehen.«

»In Joyces Mikrowelle sieht es nach ziemlich viel aus«, sagt Ibrahim.

»Ich wollte es Ihnen nur gesagt haben«, sagt Connie. »Für 1,2 Kilo Heroin würden Mitch und Luca niemand umbringen.«

»Dafür sterben aber recht viele Menschen«, wendet Ibrahim ein.

»Zu viele«, sagt Connie. »Alle sind auf Geisterjagd, und einer von den Afghanen ist anscheinend auch angereist. Da geht es um was Größeres. Oder um jemand Größeres. Ich weiß, wovon ich rede.«

»Aber das alles beantwortet nicht die Frage, wer Kuldesh getötet hat.«

»Sie denken viel zu kompliziert«, sagt Connie. »Kuldesh hat zwei der mächtigsten Drogendealer in ganz Südengland beklaut. Einen Tag später wird er tot aufgefunden. Das ist nicht grade Atomwissenschaft.«

»Dann glauben Sie also, entweder Luca oder Mitch haben Kuldesh getötet? Ihn in diesen Wald gelockt und da erschossen?«

»So hätte ich es gemacht«, sagt Connie. »Nichts gegen Ihren Freund.«

»Aber welcher von ihnen?«, fragt Ibrahim.

Connie geht zur Tür und hält sie ihm auf. »Der, der als Letzter stirbt, würde ich tippen. Sie nicht?«

»Noch leben sie beide, Connie.«

»Fragt sich, wie lange, oder?«

»Kommen Sie gar nicht mit raus?«, fragt Ibrahim.

»Ich bleib noch hier«, sagt Connie. »Ich hab einen Anschlusstermin.«

Sie berührt ihn zum Abschied am Arm. Das hat sie noch nie gemacht. Es ist ein sehr intimer Moment, ungewöhnlich für Connie. Was will sie ihm damit sagen? Ich vertraue dir? Ich mache mir Gedanken um dich? Ich weiß, was ich an dir habe? Auf ihre Art würde jede dieser Botschaften einen Fortschritt darstellen.

Ibrahim tritt hinaus in die Freiheit; er wird auf der Rückfahrt darüber nachdenken.

Als er ins Auto steigt, bemerkt er eine Frau um die vierzig, die auf das Gefängnistor zugeht.

# 71

Der Blick von hier oben ist zum Niederknien: bis zum Horizont nur die Weite des Ärmelkanals. Da Luxuswohnungen draus machen!, denkt Mitch, als er das oberste Deck des Parkhauses erreicht. Projektentwickler müsste man sein. Ein paar Gemeinderäte bestechen, Farbkonzepte auswählen, und keiner versucht einen umzubringen. Wenn das hier vorbei ist, muss er ernsthaft was ändern. Falls er dann noch lebt.

Mitch parkt seinen schwarzen Range Rover neben Lucas schwarzem Range Rover. Neben Lucas Wagen steht ein kleiner gelber Fiat Uno, aus dem sich soeben Garth herausfaltet. Er sieht aus, als hätte er unter der Brücke geschlafen.

»Unter der Brücke geschlafen, oder wie?«, begrüßt Mitch ihn.

»Yep.« Garth dehnt die Arme über dem Kopf. »Danke, dass ihr gekommen seid.«

»Sie haben mir eine Nachricht mit meiner Adresse geschickt und gedroht, meine Familie in die Luft gehen zu lassen«, sagt Mitch und klopft sich ein paar Hotdog-Krümel vom Sakko.

»Und mir haben Sie einen Ziegelstein ins Fenster geschmissen«, sagt Luca.

»Ihr seid hier«, sagt Garth. »Das ist erst mal die Hauptsache.«

Der Wind ist bitterkalt so hoch über den Straßen von

Fairhaven. Was will Garth von ihnen? Hat er dieselbe Information erhalten wie sie?

»Das mit Ihrer Frau tut mir leid«, sagt Luca zu ihm.

Was soll mit Garths Frau sein? Garth schaut selbst etwas verdutzt.

»Wie bitte?«, sagt er.

»Das mit Ihrer Frau tut mir leid«, wiederholt Luca.

»Was ist denn mit seiner Frau?«, fragt Mitch.

»Ermordet«, sagt Garth.

»Shit!«, murmelt Mitch. Wie viele sollen denn noch draufgehen? Möglichst keiner, hofft er. Oder jedenfalls nicht er. »Tut mir leid, Mann.«

»Hast du sie getötet?«, will Garth wissen.

»Nein«, sagt Mitch.

»Warum entschuldigst du dich dann? So, das Heroin soll jetzt ja bei den Mummelgreisen sein. Habt ihr auch gehört, oder?«

»Ja«, sagt Luca.

Mitch nickt. Einer aus Connie Johnsons Clique hat es ihm gestern Abend gesteckt.

»Wie nehmen wir es ihnen also ab, ohne sie umzubringen?«, fragt Garth.

»Wir bitten sie höflich?«, sagt Luca sarkastisch.

»Oder wir bieten ihnen einen Deal an«, sagt Mitch. Wie toll wäre das, wenn er zu dem Treffen mit Hanif käme, die Drogen in der Hand! Oder in einer Tasche, egal, aber wie gigantisch wäre das! Wenn er dafür vier Rentner abfinden muss, kein Thema. Lieber draufzahlen als sterben. Hanif kriegt seine Drogen, Handschlag, Entschuldigung, und dann ist er raus. Dann wird er Projektentwickler. Oder er steigt ins Sektgeschäft ein

»Deals gibt's bei mir nicht«, sagt Luca.

»Und damit kommst du durch?«, fragt Garth. »Ich mach euch einen Vorschlag. Ihr zwei beschafft zweihundert Riesen. Wir fahren noch mal nach Coopers Chase, aber bewaffnet und mit einem Koffer voll Geld. Die alten Leutchen geben uns den Stoff, ihr gebt ihnen hunderttausend, und wir hauen ab.«

»Und die anderen hunderttausend?«, fragt Luca.

»Die kriege ich«, sagt Garth. »Für meine Hilfe und meine seelischen Qualen.«

»Jetzt sag *ich* dir mal was«, sagt Luca. »Mitch und ich fahren da hin, ziehen die Knarren und holen uns das H einfach so. Kein Geld für die Alten, keins für dich. Wie wäre das?«

»Würde ich nicht empfehlen«, sagt Garth.

Luca lacht. »Garth, wir sind Drogendealer. Du bist ein Trödler, der sich in der Liga vertan hat. Also lauf schön heim, begrab deine Frau und verkauf ein paar Uhren.«

Mitch hat da starke Zweifel. Garth mag vieles sein, aber ein einfacher Trödler mit Sicherheit nicht. Und mit den vier Alten hat Mitch auch seine Erfahrungen gemacht, und sie wirken weder schreckhaft noch dumm.

»Garth«, sagt Mitch. »Fünfzigtausend für dich, fünfzigtausend für sie. Keine Waffen.«

Luca schüttelt den Kopf. »Vergiss es, Mitch. Wir legen ihn um und hauen ab.«

»Nicht noch mehr Leichen«, beschwört Mitch ihn. »Bitte!«

Tief unten auf der Straße jaulen Sirenen. Die drei Männer erstarren wie Erdmännchen, bis das Geräusch verklungen ist.

»Das ist der Letzte. Versprochen.« Luca zieht eine Pistole aus seinem Hosenbund und zielt damit auf Garth.

In der neuseeländischen Rugby Union gab es einen Spieler, Jonah Lomu, einen Maori, der das Spiel durch seine Körpergröße und Schnelligkeit praktisch neu definierte. Niemand hatte je seinesgleichen gesehen – diesen

Koloss, diesen wandelnden Panzer, der sich mit solcher Anmut bewegte, solchem Tempo. Und Jonah Lomus Bild ist es, das durch Mitchs Kopf zuckt, als Garth auf Luca zustürzt, ihn um die Mitte packt und über die Brüstung des Parkdecks schleudert. Ein langes, entgeistertes Schweigen tritt ein, gefolgt von einem fernen, knirschenden Aufprall und dem Aufheulen einer Autoalarmanlage. Mitch starrt Garth an. Garth kämmt sich die Haare.

»Woher wusste er, dass meine Frau tot ist?«, fragt Garth.

»Hä?«, sagt Mitch. Er hat eigentlich mehr sagen wollen, aber er bringt nur die eine Silbe heraus.

»Woher hat er gewusst, dass sie tot ist?«, wiederholt Garth. »Nur die Bullen und der Mörder wussten es.«

»Äh, er …«, sagt Mitch.

»Er hat sie getötet, und ich hab sie geliebt«, sagt Garth. »Ich weiß, ich komm nicht als so sensibel rüber, aber ich bin's.«

»Das hab ich gemerkt.« Mitch gewinnt mühsam etwas Fassung zurück. »Und jetzt?«

»Wir haben circa sieben Minuten, um hier rauszukommen, schätze ich«, sagt Garth. »Wir nehmen dein Auto.«

»Wohin wollen wir denn?«

»Nach Coopers Chase«, sagt Garth. »Uns dein Heroin zurückholen.«

»Aber ohne Blutvergießen«, sagt Mitch. »Im Ernst jetzt. Es reicht.«

»Kann ich nicht versprechen«, sagt Garth. »Aber wenn sie nicht zicken, passiert ihnen auch nichts.«

Von unten hört Mitch erste Schreie. Er fühlt sich elend bis ins Mark. Warum sterben alle? Was macht er falsch?

Wenn nur dieser Albtraum endlich aufhört. Und er irgendwie heil da rauskommt.

## 72

Ibrahim weiß, ab jetzt ist es einfach eine Frage der Zeit. Irgendjemand wird auftauchen und das Heroin von ihnen fordern. Jedes neue Auto, das über den Weiderost rumpelt, könnte den Tod bringen.

Darum tut es gut, für heute etwas in Aussicht zu haben, das sie ein wenig ablenken wird.

Tatianas Freund »Jeremmy« kommt am Abend, um sein Geld in Empfang zu nehmen. Jedenfalls glaubt er das. In Wahrheit steht ihm eine herbe Enttäuschung bevor. Joyce, der das Befehligen in Fleisch und Blut überzugehen scheint, hat den Plan ausgeheckt.

Sie werden sich alle um sechs bei ihr treffen. Donna ist jetzt schon dort und wird von ihr verwöhnt. Falls ihnen also heute jemand das Heroin abknöpfen will, wird er es mit einer ganzen Schar aufnehmen müssen.

Ibrahim hat Bob etwas früher zu sich bestellt als notwendig, weshalb, weiß er selbst nicht. Oder weiß er es doch?

»Was müssen Sie nur von uns denken, Bob«, sagt er, während er ihnen beiden Pfefferminztee einschenkt.

»Mir fällt es immer schwer, über andere zu urteilen«, sagt Bob. »Ich verstehe mich nicht gut auf Menschen. Sie sind mir fast alle ein Rätsel.«

»Jede wahrhaftige Seele ist unerforschlich«, sagt Ibrahim.

»Wer sagt das?«

»Ich, Freud, Jung, noch ein paar andere. Deshalb schätze ich meinen Beruf so. Es bleibt immer ein unverstandener Rest. Am Ende bleiben wir füreinander außer Reichweite.«

»Das tun wir, allerdings«, stimmt Bob ihm zu.

»Ich kenne eine Frau«, sagt Ibrahim. »Eine Kokaindealerin, die mit einem Fingerschnippen Morde anordnet. Aber letzten Montag hat sie mir über den Arm gestrichen wie eine Geliebte.«

»Das macht die Morde aber nicht wett, finde ich«, sagt Bob. »Oder sehe ich da etwas falsch?«

»Nein, um Gottes willen«, sagt Ibrahim. »Und heute kam ein wunderschöner Blumenstrauß von ihr. Er steht in der Spüle.«

»Blumen mag ich«, sagt Bob. »Aber ich kann mich nie überwinden, mir welche zu kaufen. Da käme ich mir irgendwie seltsam vor. Einmal habe ich Orchideenzweige gekauft, vor ein paar Jahren war das, und beim Bezahlen habe ich dem Mann gesagt, sie wären für meine Frau. Keine Ahnung, warum. Und dann habe ich sie im Zug vergessen.«

»Ich fand es sehr schön, mit Ihnen zusammenzuarbeiten, Bob«, sagt Ibrahim. »Diese Wochen jetzt.«

»Eine große Hilfe war ich ja nun nicht«, sagt Bob. »Von der Anfangsphase mal abgesehen.«

»Aber hat es Ihnen Spaß gemacht?«

»Doch, auf jeden Fall.« Bob trinkt ein erstes, vorsichtiges Schlückchen Tee. »Sonst spiele ich oft nur Online-Quiz oder lese irgendwelche Artikel im Netz oder warte aufs Mittagessen, da war das doch mal was anderes. Ich glaube, ich bin etwas zu viel allein.«

Ibrahim nickt. »Es ist schön, die Wahl zu haben, nicht wahr?«

»Und zusammen Snooker zu sehen«, sagt Bob. »Das

fand ich auch schön. Ich fand es sogar lustig, Joyces Fragen zu beantworten.«

Ist das nun ein guter Zeitpunkt? Oder doch nicht? Vermutlich wird der ideale Zeitpunkt nie kommen.

»Wissen Sie, Bob, als ich zwanzig war, habe ich Medizin studiert.«

»Das wusste ich gar nicht«, sagt Bob. »Ich war Mechaniker in der Fabrik, in der auch mein Vater gearbeitet hat.«

»Oh, das kann ich mir gut vorstellen«, sagt Ibrahim. »Erzählen Sie mir mehr davon.«

»Nein, nein«, sagt Bob. »Jetzt sind erst mal Sie an der Reihe, Ibrahim.«

»Sind Sie sicher?«

»Wir haben ja noch eine halbe Stunde«, sagt Bob.

»Das ist wahr.« Ibrahim lehnt sich zurück. Er vermeidet es, Bob ins Gesicht zu sehen. Stattdessen schaut er auf das Bild mit dem Segelschiff, dieses Bild, das mit ihm von einer Praxis zur anderen gezogen ist, all die Jahrzehnte hindurch. »Ich habe in Earls Court gewohnt, kennen Sie das?«

»In London, ja«, sagt Bob.

»Ganz genau«, sagt Ibrahim. »Ich hatte kaum Geld, aber dank einem Stipendium bin ich so halbwegs über die Runden gekommen. Den Tag über habe ich gelernt, und abends kam ich dann heim in mein winziges möbliertes Zimmer. 1963 war das ungefähr.«

»Die Beatles«, sagt Bob.

»Ja, die Beatles«, sagt Ibrahim. »Mein Englisch war gut, ich hatte in der Schule fleißig gelernt. Mit meinen Kommilitonen kam ich zurecht, ich saß gern im Café, und manchmal ging ich Jazz hören. Wenn es nichts kostete.«

»Klingt doch sehr gut«, sagt Bob. »Darf ich mir so einen Keks nehmen?«

»Bitte sehr.« Ibrahim macht eine einladende Geste. »Eines Abends lernte ich einen Mann kennen, der Marius hieß.«

»Aha«, sagt Bob, den Mund voll Schokoladenkeks.

»Er mochte Jazz auch. Nicht so sehr wie ich, aber eben ganz gern, und ich traf ihn in einem Pub in der Nähe der Cromwell Road. Das *Cherries*, so hieß es.«

»Hmm-hmm«, brummelt Bob.

»Das Haus steht heute nicht mehr«, fährt Ibrahim fort. »Sie haben da einen Tesco gebaut.«

»Wie überall«, sagt Bob.

»Ich saß immer für mich«, sagt Ibrahim. »Ich hatte die Zeitung dabei, obwohl ich sie längst gelesen hatte, aber so war mir das Alleinsein weniger peinlich. Und Marius saß am Nachbartisch, auch mit einer Zeitung. Wir sollten langsam zu Joyce aufbrechen, oder?«

Bob sieht auf die Uhr. »Wir haben noch Zeit.«

Ibrahim nickt. »Ja, Sie haben ja recht. Er war Deutscher, stellte sich heraus. Marius. Das hätte man gar nicht gedacht, er sah nicht so aus. Wenn schon eher finnisch, und er sagte zu mir: ›Meinst du nicht, du hast die Zeitung langsam ausgelesen‹, das waren seine ersten Worte an mich, und meine ersten Worte an ihn waren: ›Äh … Ich weiß nicht‹, aber er lud mich trotzdem auf einen Drink ein. Ich trank damals so gut wie keinen Alkohol, aber ich nahm ein Bier, schließlich will man so sein wie alle anderen, nicht wahr?«

»Ja«, sagt Bob. »Die Leute mögen es, wenn man so ist wie sie.«

»Ich habe endlos daran getrunken«, sagt Ibrahim. »Er trank sehr schnell. Oder wohl eher normal schnell, nur eben, na ja …«

»Im Vergleich«, sagt Bob.

»Genau«, sagt Ibrahim. »Und wir unterhielten uns,

und er erzählte mir, dass er Chemie am Imperial College studierte, das ist auch in London.«

»Ja, kenne ich«, sagt Bob und nimmt sich noch einen Keks. »Bei dem einen kann man es irgendwie nie lassen.«

»Das ist die Kombination aus Zucker und Fett«, sagt Ibrahim. »Die lässt alle Dämme brechen. Jedenfalls begann dann die Jazzband zu spielen, es war ein Quartett, sehr verhalten, aber gut, also fing ich an zuzuhören, und Marius auch, und ehe wir's uns versahen, hörten wir zusammen zu.«

»Das klingt sehr schön«, sagt Bob.

»Es war auch schön«, sagt Ibrahim. »Das ist genau das richtige Wort. Ich glaube, bis dahin hatte ich in meinem ganzen Leben noch nie etwas mit einem anderen Menschen *zusammen* gemacht. Als Marius einmal nach nebenan ging, zur Toilette, meine ich, goss ich mein restliches Bier weg, und als er zurückkam, hatte ich uns noch mal zwei Bier geholt, und er bedankte sich und fragte, ob ich das italienische Lokal neben der U-Bahn-Station Earls Court kannte. Ich kannte es nicht, aber ich nickte, weil mir das richtiger schien, und er schlug vor, dass wir nach dem Konzert dort essen sollten, und ich sagte, ich hätte schon etwas vor, und er sagte, dann sag ab.«

»Hatten Sie wirklich etwas vor?«

»Ich hatte damals überhaupt nie etwas vor. Und in dem Lokal bestellte ich Spaghetti vongole, und Marius ebenfalls.«

»Und wie ging es weiter?«, fragt Bob.

»Eine sehr gute Frage«, sagt Ibrahim. »Die in keiner Geschichte fehlen darf, nicht wahr? Er begleitete mich nach Hause, wir wünschten uns eine gute Nacht, und er sagte, er würde um dieselbe Zeit nächste Woche wieder im selben Pub sein, falls ich Interesse hätte.«

»Und hatten Sie?«

»Ja«, sagt Ibrahim. »Also ging ich wieder hin, wieder mit meiner Zeitung, zur Sicherheit, wissen Sie?«

Bob nickt.

»Und diesmal nahm ich einen Wein«, sagt Ibrahim. »Weil ich nicht mehr das Gefühl hatte, mich verstellen zu müssen. Und es spielte wieder dasselbe Quartett, und wir gingen in dasselbe Lokal wie in der Woche zuvor, und wir redeten über Deutschland und über Ägypten und darüber, weshalb wir so weit weg von zu Hause waren, und ich erzählte von meinem Vater, was ich vorher noch nie getan hatte und nachher auch nie wieder, und unter dem Tisch tastete seine Hand nach meiner. Man musste damals natürlich sehr vorsichtig sein.«

»Natürlich«, sagt Bob.

»Nach einem guten Monat sind wir zusammengezogen, in eine Zweizimmerwohnung«, fährt Ibrahim fort. »In Hammersmith. Kennen Sie Hammersmith?«

»Vage«, sagt Bob.

»Und Marius fuhr mit seinem Fahrrad Zeitungen aus, und ich arbeitete in einem Schirmgeschäft, so konnten wir uns die Wohnung leisten. Und ich studierte weiter Medizin, und er studierte weiter Chemie. Auf ihn wartete eine Stelle. Bei Bayer, das war eine Chemiefabrik und ist es vielleicht immer noch. Er war ein so starker Mensch und zugleich so verletzlich, und ich – ich wurde ich selbst, was ich nie für möglich gehalten hatte. Und ich weiß, ich rede oft ziemlichen Unsinn über die Liebe, Bob, aber wir haben uns geliebt, er und ich. Ich glaube nicht, dass ich das jemals laut ausgesprochen habe.«

»Nein«, sagt Bob. »Nein.«

»Sein Abschluss stand kurz bevor«, sagt Ibrahim, den Blick auf das Segelschiff an der Wand gerichtet, »und seine Stelle war in Manchester. Also galt es für mich, eine

Entscheidung zu treffen. Alles oder nichts. Ich hatte keine Ahnung, was die Zukunft für uns bereithalten würde. Es war nicht so wie heute. Ich beklage mich nicht – man wird eben in seine Zeit hineingeboren. Ich erkundigte mich und erfuhr, dass ich problemlos an eine Universität in Nordengland wechseln konnte. Meine Noten waren gut. Also dachte ich, ähm …«

»Riskieren wir's«, sagt Bob. »Auf Gedeih oder Verderb.«

»Auf Gedeih oder Verderb«, bekräftigt Ibrahim. »Mein Leben lang hatte ich mich von der Furcht leiten lassen. Aber ich sprang über meinen Schatten und beschloss, mich ab jetzt von der Liebe leiten zu lassen. Es gibt eben für alles ein erstes Mal.«

»So ist es«, sagt Bob.

»Und dann klopfte es an unsere Tür. Um halb zehn Uhr abends war das, Mai, es wurde schon dunkel. Ich hatte ein Beefsteak in Rotweinsoße auf dem Herd stehen. Und vor der Tür stand ein Polizist, und er teilte mir mit, dass mein Mitbewohner auf seinem Rad angefahren worden und tödlich verunglückt sei, in der Nähe der Strand, ob ich wüsste, wie seine Eltern zu erreichen seien.«

»Ich höre«, sagt Bob.

»Und ich wusste es nicht, seine Eltern hatten den Kontakt zu ihm abgebrochen, aber ich sagte, ich würde sie verständigen, und der Polizist war sichtlich froh, diese undankbare Aufgabe an mich abgeben zu dürfen. Und so konnte ich alles in die Hand nehmen, als ihr vorgeblicher Beauftragter, und die Einäscherung fand in St Pancras statt, und ich sagte, ich würde die Asche zu ihnen bringen.«

»Wo haben Sie sie?«, fragt Bob.

»Ich habe einen Safe«, sagt Ibrahim. »Hinter dem Gemälde mit dem Schiff.«

Bob schaut zu dem Bild hoch. »Sie stellen Ihr Inneres nicht gerade zur Schau.«

»Alte Gewohnheiten lassen sich schwer ablegen«, sagt Ibrahim. »Ich halte meine Liebe unter Verschluss. Und niemand hat je wieder unterm Tisch nach meiner Hand gegriffen.«

Bob nickt.

»Jetzt wird es aber Zeit, oder?«, meint Ibrahim. »Das war sehr nett von Ihnen, mir zuzuhören.«

Wieder sieht Bob auf die Uhr. »Ja, wir sollten los.«

Die beiden Männer stehen auf.

»Danke Ihnen, Bob«, sagt Ibrahim.

»Keine Ursache«, sagt Bob. »Ich bin gespannt auf den Rest Ihrer Geschichte.«

»Sie haben sie zu Ende gehört«, sagt Ibrahim.

»Schon«, sagt Bob. »Aber wie geht es weiter?«

# 73

Garth fährt so, wie er lebt: in der durch nichts zu erschütternden Gewissheit, dass Regeln nur für die anderen gelten.

Das heißt nicht, dass er ein Verkehrsrowdy ist, im Gegenteil. Ja, er fährt durch Rot, aber er schaut vorher nach rechts und nach links. Ja, er brettert über den Gehsteig, um an einer Autoschlange vorbeizuziehen, aber wenn dort ein Fußgänger unterwegs ist, kurbelt er das Fenster herunter und schreit eine Entschuldigung. Eine Frau an einer Bushaltestelle, die er fast umgefahren hätte, hat er sogar bis ins nächste Dorf mitgenommen.

Draußen ist es stockdunkel, aber Garth benutzt die Scheinwerfer nur, wenn es gar nicht anders geht. »Zu viel Lichtverschmutzung in diesem Land«, belehrt er Mitch. »In Kanada sieht man nachts die Sterne.«

Mitch würde seine eigenen Gefühle in diesem Moment als zwiespältig beschreiben. Er musste gerade mit ansehen, wie einer seiner ältesten Freunde vom fünften Stock eines Parkhauses geworfen wurde. Aber er ist unterwegs, um sich sein Heroin zurückzuholen und damit seine Haut zu retten. Die Höhen und Tiefen im Leben eines Geschäftsmannes.

»Und du meinst echt, dass sie es haben?«, fragt er Garth zum x-ten Mal.

»Das Heroin? Klar«, sagt Garth. »Mach dir mal nicht ins Hemd.«

»Du bist gut. Wenn ich es nicht zurückkriege, bin ich Ende der Woche tot.«

»Meinst du echt?«, sagt Garth.

»Ob ich das meine? Das weiß ich!«, sagt Mitch.

»Aber kommt dir das nicht komisch vor?«, fragt Garth, der jetzt aus keinem für Mitch ersichtlichen Grund auf der Gegenfahrbahn fährt.

»Saukomisch«, sagt Mitch. »Warum fährst du auf der falschen Seite?«

»Wenn niemand kommt, fahre ich, wo ich will«, sagt Garth. »Nein, dieses Geschiss wegen hundert Riesen, meine ich.«

»Ich hab in der Branche schon alles erlebt«, sagt Mitch.

»Bist du ein intelligenter Mensch, Mitch?«, fragt Garth. »Deiner Meinung nach?«

Eine gute Frage. Eigentlich hat er sich immer für intelligent gehalten. Bevor die Lieferungen ins Stocken gerieten und die Leute rings um ihn plötzlich starben wie die Fliegen. Was ist, wenn er einfach nur Glück hatte? Mit Skrupellosigkeit und Glück kommt man auch weit. Mitch wird klar, dass sein Selbstbild Dellen abbekommen hat. Sein Schwiegervater hat ihm einmal gesagt, die ersten drei Dinge, die bei einem Mann versagen, sind die Knie, die Sehkraft und das Selbstbewusstsein. Mitch schaut zu Garth hinüber – diesem Berg in Menschengestalt, der sich im gleichen enormen Ausmaß um die Welt schert und nicht schert.

»Das mit deiner Frau tut mir echt leid«, sagt er.

»Danke, Buddy«, sagt Garth. »Mir geht nicht viel unter die Haut, aber das schon.«

»Willst du drüber reden?«

»Nope«, sagt Garth. »Jedenfalls nicht mit dir.«

»Und du meinst echt, Luca war es?«, fragt Mitch. »Weil das nämlich …«

»Nicht mit dir, hab ich gesagt«, sagt Garth, und damit ist das Gespräch beendet.

So fahren sie durch die Dunkelheit. Hier und jetzt hat Garth das Sagen, keine Frage. Es mag Mitchs Heroin sein, aber Garth ist die Frau ermordet worden, er hat Luca Buttaci im hohen Bogen vom obersten Parkdeck geschmissen, und besser bewaffnet ist er vermutlich auch. Also wird sich Mitch fürs Erste in die Rolle des Juniorpartners fügen. Aber Garth wird so gut wie er selbst wissen, sobald sie das Heroin in Händen haben, gibt es für nichts eine Garantie.

# 74

Sie sind jetzt zu fünft in Joyces Wohnung – Joyce, Elizabeth, Ron und Ibrahim, plus ihr neuer Freund Computer-Bob. Der sich vorkommt wie der fünfte Beatle, das kann Ibrahim sehen. Er ist froh, dass Bob sich wohlfühlt, froh, dass er endlich einem Menschen von Marius erzählt hat.

Bis eben waren sie noch zu sechst, aber Donna wurde von Joyce vor einer Minute hinausgeschickt in ihr Versteck hinter einem Busch.

Joyces Plan stand mehr oder weniger in dem Moment, als sie das Heroin ausgegraben hatten. Ibrahim ist sehr stolz auf seine tüchtige Freundin.

Der Laptop steht bereit, der Tee ist eingeschenkt, die Zahl der Sitzgelegenheiten durch Joyces Esszimmerstühle vervollständigt, als es an der Tür klingelt, zum vierten und voraussichtlich letzten Mal an diesem Abend. Drei Mal durfte Alan heute schon Besucher begrüßen und nähert sich einem Zustand kompletter Ekstase.

Der junge Mann, dem Joyce nun die Tür öffnet, hat sichtlich nicht mit einem solchen Empfangskomitee gerechnet.

»Hereinspaziert«, sagt Joyce. »Sie müssen Jeremmy sein.«

»Wo ist das Geld?«, fragt Jeremmy.

»Jeremmy«, der vermeintliche »Freund« von »Tatiana«. Nur ist er leider nicht ganz so schlau, wie er glaubt. Computer-Bob hat festgestellt, dass Tatiana und Jeremmy ihre Nachrichten von exakt der gleichen IP-Adresse versenden.

Das heißt, Jeremmy arbeitet nicht für den Liebesschwindler, er ist von dem Liebesschwindler auch nicht für einen Gefallen eingespannt worden: Jeremmy *ist* der Liebesschwindler. Der Mann, der bereits fünftausend Pfund von Mervyn kassiert hat und nun kommt, um ihn um weitere fünftausend zu erleichtern.

Aber diesmal dürfte er sich verkalkuliert haben.

»Du liebe Güte, nicht so eilig, mein Junge«, sagt Joyce und lässt ihm keine Wahl, als ihr ins Zimmer zu folgen.

Jeremmy sieht in die Runde: »Wer ist Mervyn?«

»Mervyn war leider verhindert«, sagt Ibrahim. »Nehmen Sie doch einen Moment Platz, wir haben Ihnen einen Vorschlag zu machen.«

»Ich muss wieder zurück«, sagt Jeremmy.

»Unsinn«, sagt Ron. »Der Abend ist noch jung. Setz dich hin und hör zu.«

»Sie werden allerdings mit einem Esszimmerstuhl vorliebnehmen müssen«, sagt Joyce. »Die Sessel sind leider schon alle vergeben.«

Jeremmy setzt sich und versucht, alle gleichzeitig im Blick zu behalten. Die Arme um seine Umhängetasche gelegt.

»Das Wichtigste zuerst«, sagt Ibrahim, »Sie werden von uns kein Geld bekommen.«

Jeremmy schüttelt langsam den Kopf. »Fünftausend«, sagt er, »da in die Tasche. Oder jemand kriegt eine Kugel in den Kopf.«

Ibrahim schaut unwillkürlich zu Elizabeth.

»Was schaust du mich an?«, sagt Elizabeth. »Das hier ist Joyces Veranstaltung.«

»Hast du da ein Schießeisen drin?«, fragt Ron Jeremmy.

Der nickt.

»Du fährst mit dem Zug hierher, um für eine Freundin etwas bei einem alten Herrn abzuholen, und da kommst du *bewaffnet*?«

»Ich bin eben vorsichtig«, sagt Jeremmy.

»Ich glaub dir kein Wort«, sagt Ron. »Aber wie du meinst. Es fliegt, es fliegt, es fliegt … jeder, der eine Waffe in der Tasche hat!«

Der Mann hebt die Hand hoch und stutzt dann, als sich die von Elizabeth ebenfalls hebt. Ron nimmt es mit freudiger Überraschung zur Kenntnis.

»Also doch! Ich war mir nicht sicher, Lizzie.«

»Ich bin in Trauer, Ron«, sagt Elizabeth. »Ich bin nicht tot.«

Ron nickt und wendet sich wieder an Jeremmy. »Gut, selbst wenn du ein Schießeisen hast, was ich nicht glaube, wir haben auch eins, also sei jetzt ruhig und hör zu, und wir schauen, dass wir dich hier schnellstens wieder rauskriegen.«

Ibrahim sieht Joyce zufrieden nicken.

# 75

Chris hat die frittierten Süßkartoffeln bestellt. Er versucht sich einzureden, dass sie genauso schmecken wie echte Pommes, ohne Erfolg. Aber gut, was muss man sich nicht alles einreden, um durch den Tag zu kommen. Patrice schaut mitfühlend zu, wie er die Schnitze auf seinem Teller herumschiebt.

»Ich weiß, Liebster«, sagt sie. »Ich hab den gedämpften Fisch, ich leide mit dir.«

Für Mittwochabend ist das Pont Noir nicht schlecht besucht. Chris hat einmal einen der Eigentümer festgenommen, Alkohol am Steuer auf der A 272. Ein Porsche, wenn er sich recht erinnert, mit Meerfenchel und Chorizo scheint sich also nicht schlecht verdienen zu lassen.

Zur Tür kommt SIO Jill Regan herein. Chris sieht sie sofort. Sie schaut sich um, als würde sie jemanden suchen.

»Tu so, als würden wir reden«, zischt er Patrice zu.

»Reden wir denn nicht?«, fragt Patrice.

»Jill Regan ist grade reingekommen. Tu so, als hätte ich etwas Witziges gesagt.«

Patrice haut dreimal auf den Tisch und wischt sich die Augen.

»Lachen hätte auch gereicht.« Zu seinem Entsetzen sieht er, dass der Krach SIO Regans Aufmerksamkeit erregt hat. Zu seinem noch größeren Entsetzen entdeckt sie ihn, und erst da, o Horror, wird ihm klar, dass er selbst die Person war, nach der sie gesucht hat. Sie kommt auf ihn zu.

»Sie kommt rüber«, murmelt Chris. »Denk dran, Pferdediebstähle.«

Jill zieht einen Stuhl von einem der Nachbartische heran und schiebt sich zwischen Chris und Patrice. Sie lächelt Patrice an. »Sie müssen Patrice sein. Ich bin Jill Regan.«

Sie geben sich die Hand.

»Tut mir leid, wenn ich störe«, sagt Jill. »Ich brauche unbedingt Hilfe, und meine sämtlichen Mitarbeiter hassen mich.«

»Sie wissen aber, dass wir im selben Gebäude arbeiten?«, sagt Chris. »Sie müssen mich nicht ins Restaurant verfolgen.«

Jill winkt ab. »Sie haben Mitch Maxwell und Luca Buttaci beschattet. Was haben Sie rausgefunden?«

»Ich habe sie nicht beschattet.« Chris spießt einen Süßkartoffelschnitz auf. »Ich habe Pferde gejagt.«

»Ich habe keine Zeit für so was, Chris«, sagt Jill. »Luca Buttaci ist tot.«

»So ein Jammer«, sagt Chris.

»Allerdings«, sagt Jill. »Er hat nämlich für uns gearbeitet.«

»Ich dachte, er ist Heroindealer?«, sagt Patrice. »Ich weiß, die NCA hat alle möglichen V-Leute, aber das finde ich doch ein starkes Stück!«

»Er war auch Heroindealer«, sagt Jill. »Bis wir ihn im Claridge's mit einer Tüte Koks, zwei Nutten und der Schwester seiner Frau erwischt haben. Ab da hat er für mich gearbeitet.«

»Wer hat ihn getötet?«, fragt Chris.

»Und auf welche Weise?«, fragt Patrice. »Nehmen Sie sich gern von dem Broccoli.«

»Kennen Sie einen gewissen Garth, Chris?«

»Nie gehört«, sagt Chris.

»Sie sind nie über ihn gestolpert bei Ihrer Pferdejagd?«

Chris schüttelt den Kopf.

»Jetzt im Ernst«, sagt Patrice. »Wie hat er ihn getötet?«

»Ihn über die Brüstung eines Parkdecks geschmissen«, sagt Jill.

»Oh«, sagt Patrice beeindruckt. »Wo?«

»Gut, reden wir Tacheles«, sagt Chris. »Mal angenommen, ich wüsste, von wem Sie sprechen. Warum sind Sie hier?«

In einer Ecke des Raums steht ein Klavier, auf dem eine Frau jetzt leise »Tiny Dancer« zu spielen beginnt.

»›Tiny Dancer‹!«, ruft Patrice aus.

»Ich sitze in der Tinte«, sagt Jill. »Und alle in der NCA reiben sich die Hände.«

»Sind Sie etwa unbeliebt?«, fragt Chris.

»Jetzt tun Sie nicht so. Sie haben mich doch kennengelernt«, sagt Jill.

Chris lächelt und nickt. »Ich find Sie ganz okay. Ich lass mich nicht gern aus meinem Büro rausschmeißen, aber Sie scheinen mir eine ordentliche Polizistin zu sein.«

»Warum heiratest du sie nicht gleich?«, sagt Patrice.

»Ich habe Luca Buttaci geführt, verstehen Sie«, sagt Jill. »Er war mein V-Mann. Diese ganze Sache, das war meine Operation. Mein Heroin.«

»Alles durchgeplant.«

Jill nickt. »Wir hatten Mitch Maxwells Lieferungen über Monate immer wieder abgefangen. Einiges Heroin beschlagnahmt, ein paar Fußsoldaten verhaftet, um Lucas Loyalität und seine Informationen zu testen.«

»Und jetzt wollten Sie richtig zuschlagen?«

Jill nickt. »Darf ich Ihnen eventuell ein paar Pommes klauen?«

»Gern, aber es sind Süßkartoffeln«, sagt Chris.

»Oh, okay, nicht so wichtig«, sagt Jill. »Wir hatten grünes Licht für alles – die Lieferung hatte den Zoll passiert, und ab da wollten wir sie Schritt für Schritt verfolgen.«

»Maxwell in flagranti ertappen«, sagt Chris.

»Genau«, sagt Jill. »Jeden seiner Schritte dokumentieren, Fotos, Videos, alles, und sobald der Stoff sicher in Lucas und damit in unseren Händen ist, Zugriff und Festnahme.«

»Aber er ist nie in Lucas Hände gelangt. Oder in Ihre.«

»Mein schlimmster Albtraum«, sagt Jill. »Der Mittelsmann. Sharma.«

»Kuldesh«, sagt Chris.

»Fährt mitten in der Nacht los, lässt sich abknallen, und die Lieferung verschwindet.«

»Das ganze Heroin weiß der Teufel wo, und Sie ohne jeden Beweis, dass es je existiert hat.«

»Das hätte Waschpulver sein können in diesem Behälter«, sagt Jill. »Bis wir unsere Tests durchführen und nachweisen, dass es unser Heroin ist.«

»Deshalb haben sie eure ganze Truppe aus London hierhergeschickt«, sagt Chris, »damit ihr in dem Mordfall ermittelt, aber in Wahrheit nach dem Heroin sucht.«

»Das eine hätte das andere nicht ausgeschlossen«, sagt Jill. »Aber, ja. Und jetzt dachte Luca, er hat eine Spur. Er hatte neue Informationen bekommen und wollte sie heute bestätigen.«

»Bis er von einem Parkhaus geflogen ist«, sagt Patrice. Dann lenkt die Klaviermusik sie ab. »›Careless Whisper‹!«

»Das heißt, ich hab alles versemmelt und kann mich auf einen Untersuchungsausschuss gefasst machen«, sagt Jill. »Und ich arbeite in einem Raum voller Leute, denen ich nicht traue und die alle wissen, dass es mein Kopf ist, der rollen wird, und sich schon die Finger nach meinem Posten abschlecken.«

»Was für ein Schlamassel«, sagt Chris.

»Was für ein Schlamassel«, bestätigt Jill. »Den ich ausbaden muss. Und aus diesem Grund frage ich Sie, von Kollegin zu Kollege, können Sie mir helfen? Wissen Sie, was für Informationen das waren, die Luca hatte?«

Chris überlegt. »Angenommen, Donna und ich hätten ein bisschen recherchiert?«

»Chris, ich weiß, dass Sie recherchiert haben«, sagt Jill. »Ich habe ja extra weggeschaut, damit Sie es können.«

Chris zieht die Brauen hoch. »Ich denke, die NCA traut uns nicht?«

»Das stimmt«, sagt Jill. »Aber ich traue der NCA nicht, deshalb hab ich's riskiert.«

»Und wenn ich Ihnen bei dieser Sache helfe?«, sagt Chris.

»Dann, hmm, ich weiß nicht«, sagt Jill. »Dann würde, nur so als Beispiel, niemand das Überwachungsvideo zu sehen kriegen, auf dem Sie an Dom Holts Todestag in seinen Hangar einbrechen.«

Chris sieht hinab auf seine frittierten Süßkartoffeln, nickt ein wenig und sieht wieder Jill an.

»Sie wussten, dass ich dort eingebrochen bin?«

»Ich wusste, dass Sie eingebrochen sind, ich wusste, dass Donna bei dem Fußballspiel war.« Jill nimmt beim Zählen ihre Finger zur Hilfe. »Ich weiß, dass ein Mann namens Ibrahim Arif Connie Johnson einmal wöchentlich im Gefängnis besucht. Ich weiß, dass er außerdem eine Frau namens Samantha Barnes besucht hat, zusammen mit einer gewissen Joyce, die rein zufällig vor dem Hangar stand, als Sie Dom Holts Leiche entdeckt haben. Ich weiß, dass sie seine Geschäftsbücher fotografiert hat, während er tot danebenlag. Und ich weiß, dass sie dabei

Hilfe von einem Mann namens Ron Ritchie hatte, Vater von Jason Ritchie, den wiederum Sie vor zwei Wochen besucht haben.«

»Okay«, sagt Chris, aber Jill ist noch nicht fertig.

»Ich weiß, dass Samantha Barnes, Luca Buttaci und Mitch vor zehn Tagen in einer Seniorensiedlung zu Besuch waren und dass jetzt zwei von ihnen tot sind. Ich weiß, dass Donna Kuldesh Sharmas Handy gefunden hat, aber da ich das nicht beweisen kann, hoffe ich einfach, Sie haben es nutzbringend eingesetzt. Aber vor allem wusste ich, je schlechter Sie auf mich zu sprechen sind, desto mehr legen Sie sich ins Zeug, nur um es mir zu zeigen, und ich wusste, Sie und Donna und diese Leute, mit denen Sie so dick befreundet zu sein scheinen, sind meine beste Chance, meinen Kopf zu retten.«

»So was«, sagt Chris. »Ich hab ja gesagt, Sie sind eine gute Polizistin.«

»Haben Sie es denn nun gefunden?«, fragt Jill.

»Das Heroin? Ja, sicher.«

»Kann ich es haben?«, sagt Jill. »Wenn das ginge?«

»Kommt drauf an. Können Sie uns helfen, den Mörder von Kuldesh zu finden?«, fragt Chris. »Wenn das ginge?«

»Hmm«, sagt Jill Regan. »Ich kann Ihnen ein paar Leute nennen, die definitiv nicht der Mörder sind. Würde das helfen?«

»Es wäre auf jeden Fall ein Anfang«, sagt Chris.

## 76

Jeremmy muss sich erst vergewissern, dass er Ibrahim richtig verstanden hat.

»Heroin?«

»Wir sind da einfach nicht firm, wissen Sie«, sagt Joyce. »Aber wir dachten, wie praktisch, Sie sind kriminell, und Sie kommen uns besuchen …«

»Woher haben Sie es?«, will Jeremmy wissen.

»Im Schrebergarten ausgegraben«, sagt Elizabeth, »so unglaubwürdig das klingen mag. Weiß der Kuckuck, was es da sollte.«

»Also dachten wir«, sagt Ibrahim, »bevor wir es bei der Polizei abliefern …«

»Diese ganze Bürokratie«, wirft Joyce ein.

»… könnten wir die Sache vielleicht selbst in die Hand nehmen und uns ein kleines Zubrot verdienen«, fährt Ibrahim fort.

»Rentner sind nämlich keine Dukatenscheißer«, fügt Ron hinzu.

»Also, was sagen Sie?«, fragt Elizabeth. »Wir geben Ihnen diesen Beutel mit Heroin, Sie verkaufen es, und wir teilen.«

Ganz so überrumpelt ist Jeremmy inzwischen nicht mehr. Aber überzeugt auch noch nicht. »Das gefällt mir nicht. Ich kenn Sie ja gar nicht. Zahlen Sie mir meine fünftausend, und ich bin weg.«

»Er gibt sich spröde«, sagt Joyce. »Das tun sie bei

*Schnäppchenjagd* auch immer. Also, Jeremmy, wir haben bei Google geschaut, wie viel Heroin kostet, und es kostet *richtig viel.*«

Elizabeth hält Jeremmy das Heroin hin, der die Fingerspitze anfeuchtet und sie in das Pulver stippt.

»Wir sind nicht von gestern«, sagt Joyce, »auch wenn das für Sie vielleicht so aussieht, und wir haben ausgerechnet, dass das hier an die fünfundzwanzigtausend Pfund wert sein müsste.«

Ibrahim sieht das winzige Zucken um Jeremmys Mund. Der Mann weiß, dass der Beutel ein Vielfaches der Summe enthält. Die Gier, dieser ewige Fallstrick.

»Das sind fünfzehntausend. Höchstens«, sagt Jeremmy.

»Ich sag doch, wir sind nicht von gestern«, sagt Joyce.

»Also, was meinst du, Junge?«, fragt Ron. »Hilfst du ein paar alten Gruftis, ein bisschen auf den Putz zu hauen?«

»Ich schlage vor, Sie geben uns fünftausend, dann sind die restlichen zwanzig für Sie«, sagt Ibrahim.

Jeremmy, dieser Topkriminelle, fasst sie noch einmal scharf ins Auge. »Fünftausend für den Beutel Heroin da?«

»Wenn Ihnen das taugt?«, sagt Ibrahim.

Das tut es. Ibrahim ist nicht groß überrascht. Jeremmy ist gekommen, um fünftausend zu erbeuten, und wird mit einem Profit von fünfundneunzigtausend abziehen.

»Und halten Sie uns bitte nicht für kleinlich, Jeremmy«, sagt Joyce. »Aber könnten Sie uns die fünftausend vielleicht gleich überweisen, solange Sie hier sind? Einfach, damit wir sicher sein können?«

Jeremmy packt das Heroin, seine Hunderttausend-Pfund-Beute, in seine Umhängetasche. Der Coup des Jahrhunderts. Bob gibt ihm eine Kontonummer, und Jeremmy öffnet seine Banking-App.

Joyce zieht den Reißverschluss seiner Tasche für ihn zu. »Darf ich Ihnen ein Stück Schachbrettkuchen für die

Rückfahrt mitgeben? Der Kiosk am Bahnhof hat nicht immer offen.«

»Nee danke«, sagt Jeremmy und schließt seine Transaktion ab.

»Sie müssen's wissen.« Joyce schaut zu Bob hinüber, der auf seinen Bildschirm schaut.

Joyce hat an alles gedacht, Ibrahim kann sie nur bewundern. Sogar Donnas Erlaubnis hat sie vorab eingeholt: Ob sie das Heroin, solange es bei ihr in der Wohnung ist, als Köder verwenden darf? »Ich weiß, irgendwann braucht die Polizei es«, hat sie gesagt, »aber hätten Sie sehr viel dagegen, wenn wir es uns ein Weilchen ausborgen würden?«

»Alles da«, bestätigt Bob jetzt und klappt den Laptop zu.

Sprich, Jeremmy hat soeben fünftausend Pfund, jeden Penny, um den er Mervyn betrogen hat, zurück auf Mervyns Konto überwiesen.

»Dann ab mit dir, Junge«, sagt Ron. Das lässt sich Jeremmy nicht zweimal sagen. Schon ist er aus der Tür mit seinem Schatz.

Joyce nimmt ihr Handy und ruft Donna an. »Er kommt. Ja, alles in seiner Tasche. Hoffentlich frieren Sie nicht zu arg hinter diesem Busch.«

# 77

»Hübsch haben Sie's hier«, sagt Garth zu Joyce, die Pistole direkt auf sie gerichtet. Nicht dass er zum ersten Mal bei ihr in der Wohnung wäre.

Sie hätten viel früher da sein können, aber eine Dame vom »Ausschuss Parkraummanagement«, wie sie sagte, hat sie in eine lange Diskussion verwickelt, an deren Ende Garth, der weiß, wann er seinen Meister gefunden hat, den Wagen zurück auf die Hauptstraße fahren musste.

»Danke«, sagt Joyce. »Ich habe eine Putzfrau, die jeden Dienstag für zwei Stunden kommt. Ich habe mich so lange dagegen gesträu–«

»Wo ist es?«, fragt Mitch, dessen Waffe ebenfalls auf Joyce gerichtet ist.

»Könnte bitte einer von Ihnen auf jemand anderen zielen?«, fragt Joyce. »Nicht auf Elizabeth, sie hat gerade ihren Mann verloren. Aber vielleicht auf Ron?«

»Und ich habe gerade meine Frau verloren!«, sagt Garth. »Meine aufrichtige Anteilnahme!«

Joyce wendet sich wieder an Mitch. »Sie kommen leider zu spät, Mr Maxwell. Vor einer halben Stunde war es noch hier.«

»Was?«, stößt Mitch hervor. Er beginnt sichtbar zu zittern. »Wer hat es?«

»Sie sehen aber gar nicht gut aus«, sagt Ibrahim. »Wenn Sie mir die Bemerkung gestatten.«

»Jetzt sagen Sie schon, ich bitte Sie!«, sagt Mitch. »Wo ist es?«

»Bei der Polizei«, sagt Ron. »Als Beweismaterial beschlagnahmt.«

Mitch lässt die Waffe sinken. »Ihr habt es der Polizei gegeben? Mein Heroin?«

»Ich fürchte, ja«, sagt Ibrahim.

»O Gott! Das ist mein Todesurteil!«, ächzt Mitch. »Genauso gut hättet ihr mich erschießen können.«

Garth bricht in Gelächter aus. Es klingt so ansteckend, dass Joyce einfällt, auch wenn seine Pistole immer noch auf sie zielt. Dann beruhigt er sich wieder und dreht sich zu dem aufgelösten Mitch um.

»Du blickst immer noch nicht durch, oder, Mitch? Dieses ganze Trara, und du kapierst immer noch nicht, was Sache ist?«

# 78

Der junge Mann, den sie gerade verhört haben, heißt Thomas Murdoch. Er hat jede ihrer Fragen mit »Kein Kommentar« beantwortet, nur als Jill von ihm wissen wollte, wer ihm das Heroin verkauft hat, sagte er: »Fünf Rentner«, worauf selbst sein Anwalt skeptisch schaute.

Thomas Murdoch kann die Aussage verweigern, so lange er will, er hat ein umfassendes Vorstrafenregister und einen Beutel voll Heroin und sieht einer langen Haftstrafe entgegen.

Was die fünf Rentner angeht, so kann Jill sich nicht vorstellen, dass Thomas Murdoch sich vor Gericht auf sie berufen wird.

Jetzt, wo sie nicht mehr im Dienst sind, hat sie Donna gefragt, was es mit Thomas Murdoch wirklich auf sich hat, und von ihr erfahren, dass er ein Liebesschwindler ist, der einsamen alten Menschen ihr Geld aus der Tasche zieht, und damit ist ihr Wissensdurst fürs Erste gestillt.

Sie hat ihr Heroin wieder, ihr kann nichts mehr passieren. Sie hat außerdem Mantel und Handschuhe an, weil sie mit Chris und Donna in dem eiskalten Container eine Flasche Wein leert.

»Weder Mitch Maxwell noch Dom Holt kommen als Täter infrage«, sagt sie. »Beide wurden lückenlos überwacht. Einschließlich der Nacht, in der Kuldesh erschossen wurde.«

»Und Luca Buttaci?«, fragt Donna.

»Luca Buttaci war es auch nicht.« Jill ext ihren Wein.

»Das wissen Sie ganz sicher?«

»Das weiß ich ganz sicher«, sagt Jill. »Weil er mit mir zusammen war.«

»Oh«, sagt Donna.

»Tja«, sagt Jill.

»Doch, irgendwie passt das«, sagt Donna dann, und Jill bringt ein sehr kleines Lächeln zuwege.

»Ihr seid in ein Lagerhaus eingebrochen«, Jills behandschuhte Hand gestikuliert mit dem Weinglas, »habt einen Tatort manipuliert und Beweismaterial zurückgehalten, und ich habe den Kronzeugen gebumst – sehr viel nimmt sich das nicht, würde ich sagen.«

»Aber ist das nicht hart für Sie, dass er vom Parkdeck gestürzt wurde?«, fragt Donna.

»Man soll ja immer nach vorn schauen«, sagt Jill. »Danke, dass ihr mir den Job gerettet habt.

»Ma'am«, sagt Donna mit einem angedeuteten Salut.

»Und jetzt helfen Sie uns?«, sagt Chris.

»Versprochen ist versprochen«, sagt Jill.

»Die Konkurrenz habt ihr vermutlich unter die Lupe genommen«, sagt Chris. »Könnten irgendwelche anderen Dealer hinter dem Zeug her sein?«

»Mitch und Luca haben keine Konkurrenz hier unten«, sagt Jill. »Nicht beim Heroin.«

»Und dass jemand Neues den Markt zu erobern versucht?«

»Ich weiß einfach nicht, wer sonst von der Lieferung gewusst haben könnte«, sagt Jill.

»Aber die Afghanen sind inzwischen auch auf der Suche?«, fragt Donna.

»Ja, seltsamerweise«, sagt Jill. »Vielleicht weil ihnen zu viel Polizei im Spiel ist?«

»So viele Tote«, resümiert Chris. »Kuldesh, Dom

Holt. Luca, vom Parkdeck gestürzt. Samantha Barnes, die Treppe runtergestoßen. Irgendwer hat sie alle umgebracht. Und nur wegen diesem kleinen Beutel Heroin. Absurd.«

# 79

Die Aufmerksamkeit seiner Zuhörer hat Garth sich gesichert. Er legt seine Waffe weg und nimmt Platz.

»Setz dich hin, Mitch«, sagt er. »Ich frag euch jetzt alle was.«

Mitch setzt sich.

»Ich hab Mitch vorhin schon gefragt«, beginnt Garth, »ob ihm das nicht komisch vorkommt. Dass alle dermaßen hinter diesem Heroin her sind.«

»Sind das die Leute bei Heroin denn nicht immer?«, fragt Joyce.

»Für grade mal hunderttausend?«, sagt Garth. »Soll das diese ganze Aufregung wert sein? Diese ganzen Toten?«

»Ich musste ei–«, beginnt Mitch.

»Warum du es finden musst, weiß ich«, sagt Garth. »Dein Geschäftsmodell bröckelt, und ein Afghane will dich kaltmachen. Klar willst du es wiederhaben. Aber ich? Warum bin ich so scharf drauf? Meine Frau? Der Afghane, vor dem du davonläufst? Warum interessieren wir uns so brennend für hunderttausend Pfund? Wir sind alle reich.«

»Ich dachte eben … Geldgier? Keine Ahnung«, sagt Mitch. »Ich hab nicht groß drüber nachgedacht.«

»Und was ist die Antwort?«, will Ron wissen. »Warum schwirrt ihr um das Zeug rum wie Mistfliegen um einen Scheißhaufen?«

»Kommt echt keiner drauf?« Garth sieht in die Runde.

Elizabeth begegnet seinem Blick. »Doch.«

Garth nickt ihr zu. »Nämlich?«

»Eins habe ich von Anfang an nicht verstanden«, sagt Elizabeth. »Warum hat Stephen sich bereit erklärt, Kuldesh zu helfen? Dabei, Heroin zu verkaufen. Darum hätte Kuldesh ihn nie gebeten, und Stephen hätte nie eingewilligt. Und wieso hat Kuldesh sich plötzlich eingebildet, einen Drogendeal durchziehen zu können? Das hat mich auch stutzig gemacht.«

»Klar hat es das«, sagt Garth.

»Dieses kleine Kästchen Heroin, das da aus Afghanistan gekommen ist«, sagt Elizabeth, »hat eine Spur der Verwüstung hinterlassen. So viele wollen es um jeden Preis finden, und Kuldesh wollte es um jeden Preis schützen, und mir fällt nur ein möglicher Grund dafür ein: Es geht gar nicht um das Heroin.«

Garth wartet, nickend.

»Es geht um das Kästchen.«

»Halleluja, sie hat's erfasst«, sagt Garth.

»Um das Kästchen?«, fragt Ron.

»Sie haben es bei unserem Mittagessen gesehen, nicht wahr, Garth?«, sagt Elizabeth. »Auf Mitchs Handy.«

»Wir wären fast nicht zu dem Essen gekommen«, sagt Garth, »aber irgendwie hatte Samantha so ein Gefühl, was Sie anging, und das mit dem Heroin hat sie auch gereizt. Aber dann haben wir das Kästchen gesehen, und alles andere war vergessen. Es ist das Schönste, was ich in meinem ganzen Leben gesehen habe. Ich bin froh, dass Samantha es sehen durfte, bevor sie starb. Sechstausend Jahre alt. Sechstausend Jahre! Aus Bein geschnitzt, nicht aus Terrakotta. Und mit dem Teufelsauge graviert.«

»Stimmt, da waren so Rillen«, sagt Joyce. »Jetzt wo Sie's sagen.«

»Ach, auf einmal!«, sagt Ron zu ihr.

»Diese Gegenstände wurden geraubt«, sagt Garth. »Vor Hunderten von Jahren. Aus Ägypten …«

»Ah!«, sagt Ibrahim.

»… dem Irak, dem Iran, Syrien. Sie haben die Tempel geplündert, Archäologen zum Teil, Räuber alle miteinander, und das Zeug außer Landes geschmuggelt. Es wird immer mal was zum Verkauf angeboten, Sachen, die nie und nimmer verkauft werden dürften, Sachen, für die man lange in den Knast gehen würde – aber so was habe ich noch nie gesehen. Nie. Diese schlauen Hunde haben ein Kästchen nach England geschmuggelt, das zig Millionen wert ist, und dich außen vor gelassen, Mitch. Deshalb schlagen sie sich alle die Köpfe ein. Deine hundert Riesen interessieren kein Schwein.«

Mitch richtet seine Pistole wieder auf Joyce. »Her mit dem Ding! Aber schnell!«

Garth richtet seine auf Mitch. »Nein, Joyce. Ich kriege es.«

»Das kann völlig unblutig abgehen«, sagt Mitch. »Das Teil gehört mir, ich hab dafür bezahlt. Ich nehme es mit, ich gebe es Hanif zurück, keiner stirbt mehr, keiner macht mehr Ärger.«

»Meine Frau ist tot, Alter«, sagt Garth, Pistole im Anschlag. »Das Kästchen kriege ich.«

Mitch schwenkt den Arm, sodass seine Pistole auf Garth zielt.

»Dann gibt's vielleicht doch noch einen Toten.«

»Sieht ganz so aus«, sagt Garth.

Mitch entsichert seine Waffe, Garth ebenfalls.

»Jungs«, schaltet sich Joyce ein, »ich will euch den Spaß nicht verderben, aber ich hab das Kästchen nicht mehr.«

»Nein!«, ruft Mitch. »Nein! Nicht, wenn ich so nah dran bin!«

»Ich hatte es ein paar Tage unter der Spüle stehen,

aber es hatte diesen komischen Modergeruch. Und Alan mochte es auch nicht, also hab ich's gestern für die Müllabfuhr rausgestellt«, sagt Joyce. »Inzwischen ist es sicher schon auf der Müllkippe in Tunbridge Wells.«

# 80

## Joyce

War das ein Tag! Alan und ich sind beide völlig erledigt. Er liegt platt auf dem Teppich und hechelt, und ich halte noch rasch alles auf Papier fest, bevor ich ins Bett falle. Ich werde die Punkte nur kurz der Reihe nach auflisten, für mehr bin ich zu erschöpft.

1. Hier im Laden führen sie jetzt schon seit einer Weile Mandelmilch, nur hatte ich bis zu meinem Streit mit Joanna nie darauf geachtet. Aber heute habe ich so getan, als würde ich in dem Regal nebendran etwas suchen, und zwei Leute haben sie genommen und wieder zurückgestellt. Sie ist im Kommen, das merkt man. Ich habe Joanna ein Foto von mir neben der Mandelmilch geschickt und dazu einen hochgereckten Daumen, aber noch keine Reaktion bekommen. Sie ist geschäftlich in Dänemark, glaube ich, da ist die Nachricht vielleicht nicht durchgegangen.

2. Alan wurde heute von einem Eichhörnchen in die Flucht geschlagen. Manchmal wünschte ich wirklich, er wäre ein bisschen kämpferischer. Er hat sich hinter meinen Beinen verkrochen, und das Eichhörnchen blieb fünf Meter vor mir sitzen und funkelte uns an.

3. Auf ITV gibt es eine neue Quizshow, *Aber was ist die Frage?*. Sie ist furchtbar verzwickt, aber raten Sie, wer

sie moderiert? Mike Waghorn! Er hat es wirklich weit gebracht! Eine Frau aus Aberdeen hat eine Grillausrüstung gewonnen, und ich schaue die morgige Folge auf jeden Fall auch an.

4. Der angebliche »Jeremmy« kam heute mit einer großen Umhängetasche aus London, um seine fünftausend Pfund bei uns abzuholen. Wie so viele Leute, die denken, sie können uns etwas abluchsen, war er am Schluss enttäuscht. Tee, Kekse, ein gemütlicher Schwatz? Für so was sind wir gut. Geld, Rauschgift, Diamanten? Keine Chance. Jedenfalls kam uns das Heroin, das wir neulich nachts ausgegraben haben, sehr zupass, und um es kurz zu machen: Mervyn hat sein Geld wiederbekommen, und Jeremmy wandert ins Gefängnis.

5. Ibrahim kam mir irgendwie verändert vor. Was es ist, weiß ich nicht, aber ich werde es herausfinden, wenn nicht mehr gar so viel los ist.

6. Mitch Maxwell und Garth (ich weiß gar nicht, wie er mit Nachnamen heißt) kamen und haben uns mit ihren Waffen bedroht, um uns (dachten wir) das Heroin abzunehmen. Wir sagten ihnen, dass die Polizei es hat, und Mitch war am Boden zerstört (so ganz glücklich scheint er mir in seinem Job nicht zu sein), aber Garth fing zu lachen an, und wir erfuhren sehr bald, warum.

7. Es ging gar nicht um das Heroin. Es ging um das Kästchen. Es ist sechstausend Jahre alt und hält das Böse fern oder so. Sehr leistungsfähig ist es offenbar nicht mehr. Elizabeth tat so, als wäre sie längst da-

hintergekommen, aber ich glaube, es wurde ihr erst in der Sekunde klar, sonst hätten wir davon gewusst. Jedenfalls war es schön, sie wieder so obenauf zu sehen, deshalb sagte ich nichts außer »Respekt!«.

8. Ich eröffnete ihnen, dass das Kästchen leider im Müll sei, und Mitch Maxwell wurde weiß wie die Wand – man konnte buchstäblich durch ihn hindurchschauen. Und dann rannte er. Um sein Leben, so muss man wohl sagen. Garth nahm es mit sehr viel Haltung. »Pech muss der Mensch eben haben«, sagte er, was ich recht witzig von ihm fand, und dann tranken wir alle einen Tee. Er lobte uns dafür, wie gut wir mit der ganzen Sache umgegangen wären, und sagte, wenn wir jemals einen Job bräuchten, sollten wir zu ihm kommen. Dann fingen er und Elizabeth ein Hinterbliebenen-Gespräch an, und ich ließ sie allein.

9. Als Garth ging, fiel sein Blick auf den »Picasso«, den ich aus Kuldeshs Schuppen mitgenommen habe. Ich sah, wo er hinschaute, und sagte, ich wüsste schon, dass er gefälscht ist, aber mir würde er trotzdem gefallen, und er schüttelte den Kopf und sagte, das sei ein echter. Offenbar stammen die meisten Fälschungen hierzulande von seiner Frau. »Das hier ist Picasso, nicht meine Frau«, sagte er wörtlich. Ich habe also einen Picasso bei mir an der Wand hängen. Auch das habe ich Joanna geschrieben, aber vielleicht ist das Internet in Dänemark einfach sehr langsam. *Haben* tun sie es dort, das habe ich gegoogelt.

10. Und als Letztes, bevor ich ins Bett gehe: Elizabeth hat mich vorhin noch zu meiner Geistesgegenwart beglückwünscht, was mich doch sehr stolz gemacht

hat. Wobei ich sagen muss, seit ich nach Stephens Tod quasi aufgerückt bin, staune ich manchmal über mich selbst. Elizabeth färbt auf sehr positive Weise auf mich ab. Ich auf sie auch, hoffe ich. Jedenfalls hat ihr meine Reaktion offenbar imponiert. »Ein beispielhaft umsichtiges Verhalten in einer Situation extremer Anspannung, wenn du mir die Bemerkung gestattest.« Die gestattete ich ihr natürlich sehr gern. Denn als Garth uns das Geheimnis des Kästchens enthüllte – dass dieses Ding, das bei mir unter der Spüle stand, in höchstem Maße illegal und Millionen und Abermillionen Pfund wert ist –, da war mein Entschluss wirklich blitzschnell gefasst. Zu behaupten, ich hätte es für die Müllabfuhr rausgestellt. Denn das war gar nicht der Fall. Das Kästchen steht nach wie vor unter der Spüle. Nur das Abflussfrei habe ich doch lieber rausgenommen. Elizabeth hat jetzt eine recht klare Vorstellung davon, wer Kuldesh ermordet hat, sagt sie, und das Kästchen soll uns den Beweis dafür liefern. Und dann hat sie damit noch etwas vor.

# 81

»Ich dachte, vielleicht Mesopotamien?«, sagt Elizabeth zu Jonjo, der das Kästchen studiert.

Jonjo Mellors Büro ist eine Gelehrtenstube par excellence: Bücher vom Boden bis zur Decke, Kassettenfenster mit Blick über den Campus der Universität Kent, und auf jeder noch so kleinen Fläche Vasen, Schädel, Pfeifen und eine Tasse mit der Aufschrift »Für den besten Onkel der Welt«.

Um das Kästchen besser untersuchen zu können, hat er seinen Schreibtisch so weit wie möglich freigeräumt. Darum wachsen nun auf allen Stühlen und dem Fußboden Papierstapel in die Höhe. Sein Computer steht auf dem Fensterbrett neben einer Bronzekuh.

»Wenn das geraten ist«, sagt Jonjo, während er das Kästchen mit einem feinen Pinsel von Schmutzpartikeln säubert, »dann haben Sie ziemlich ins Schwarze getroffen.«

»Stephen hat von einem Museum in Bagdad gesprochen«, sagt Elizabeth. »Er war nie ein Mann sehr vieler Worte, auch als sie ihm noch leichter von den Lippen gingen. Er und Kuldesh müssen gemeinsam eine Identifikation vorgenommen haben.«

»Es ist ein außergewöhnlicher Fund, ich werde ihn melden müssen«, sagt Jonjo. »Aber können wir es vielleicht erst noch ein bisschen hier stehen lassen? Nur für eine Stunde oder zwei? Ich habe in meinem ganzen Leben nichts Derartiges gesehen.«

»Stephen sprach von Gegenständen, auf denen Fingerabdrücke und Schrammen zu sehen seien«, sagt Elizabeth.

»Da hat er von diesem Kästchen gesprochen«, sagt Jonjo. »Alles exakt wie beschrieben. Und es ist von den Heroindealern durch den Zoll geschmuggelt worden?«

»Nicht wissentlich, glaube ich«, sagt Elizabeth. »Sie dachten, sie bringen nur das Heroin ins Land. Also werden die Afghanen dahinterstecken.«

»Das wäre nur logisch«, sagt Jonjo. »Wenn ein Land in Aufruhr ist, versuchen die Menschen, ihre Reichtümer zu schützen. Oder sie zu verkaufen.«

»Und hatte es eine religiöse Bedeutung?«, fragt Elizabeth.

»In der damaligen Welt war nichts ohne religiöse Bedeutung«, sagt Jonjo. »Sie strotzte nur so von Göttern und Teufeln. Bei dem Kästchen handelt es sich vermutlich um einen Sündenschrein. Vor einem bedeutenden Grabmal aufgestellt, um die bösen Geister fernzuhalten. Es dürfte vor vielen Jahren geraubt worden sein. Die Iraker werden es genauer wissen.«

»Was ist also der nächste Schritt?«, fragt Elizabeth.

»Ich melde den Fund ans Auswärtige Amt«, sagt Jonjo. »Dann wird das Kästchen abgeholt, authentifiziert, Verhandlungen mit dem Irak werden aufgenommen, und spätestens in einem Jahr wird es in Bagdad sein. Wir könnten allerdings darum bitten, es eine Weile bei uns ausstellen zu dürfen.«

»Ein Jahr lang warte ich nicht«, sagt Elizabeth.

»Wie meinen Sie das?«, fragt Jonjo.

»So lange warte ich nicht«, wiederholt Elizabeth. »Ich will ehrlich zu Ihnen sein, Jonjo. Ich habe einen Anschlag auf Sie vor, und ich werde mich nicht mit Nein abspeisen lassen.«

»Guter Gott«, sagt Jonjo.

»Ich möchte, dass das Kästchen nach Bagdad zurückkehrt. Und zwar mit Stephens Asche darin.«

»Seiner Asche?«

»Er hat mich mehr oder minder darum gebeten«, sagt Elizabeth. »Das wird mir jetzt nachträglich klar. Das heißt, sobald wir hier fertig sind, nehme ich das Kästchen wieder mit zu mir und behalte es, bis die Übergabe zur Zufriedenheit aller Beteiligten geregelt ist.«

»Ich glaube nicht, dass Sie das –«

»Was Sie glauben, interessiert mich nur mäßig«, sagt Elizabeth. »Und Sie wissen hoffentlich, dass das kein Mangel an Respekt ist. Aber so und nicht anders wird die Sache laufen. Meinen Sie, Sie kriegen das gebacken?«

»Ich kann es versuchen«, sagt Jonjo lahm.

»Hervorragend«, sagt Elizabeth. »Nur darum bitte ich Sie ja. Dass Sie es versuchen. Denn vergessen Sie nicht, wir haben dieses Kästchen aus einem einzigen Grund: weil Kuldesh und Stephen beschlossen haben, es zu beschützen. Und Kuldesh hat dafür mit seinem Leben bezahlt.«

»Wissen Sie darüber immer noch nicht mehr?«, fragt Jonjo.

»Ich denke, das Kästchen hat noch eine letzte Geschichte zu erzählen«, sagt Elizabeth. »Noch einen letzten bösen Geist im Visier.«

»Sehr kryptisch«, sagt Jonjo.

»Gibt es irgendwelche inoffiziellen Kanäle, die wir eventuell anzapfen könnten«, fragt Elizabeth. »Über die das Kästchen etwas schneller nach Bagdad gelangt?«

»Na ja … die korrekte Vorgehensweise wäre das nicht«, sagt Jonjo.

»Das ist das Richtige selten«, äußert Elizabeth.

»Aber es ließen sich sicher Mittel und Wege finden«,

sagt Jonjo. »Wenn Sie mir vielleicht ein paar Tage Zeit geben würden? Und mir so lange das Kästchen hierlassen könnten?«

»Sehr gern«, sagt Elizabeth. »Ich weiß es bei Ihnen ja in sicheren Hä–«

Das gellende Schrillen eines Feueralarms zerschneidet die Luft.

»Verflixt«, sagt Jonjo. »Manchmal hört es nach ein paar Sekunden von selbst wieder auf.«

Sie warten die paar Sekunden, aber der Alarm schrillt weiter. Jonjo schaut auf das Kästchen, schaut nach draußen.

»Kommen Sie«, sagt er. »Dem Kästchen passiert hier nichts. Und falls es wirklich brennt, laufen wir schnell zurück und retten es.«

Er tätschelt das Kästchen; Elizabeth wirft einen letzten Blick aus dem Fenster und sieht Joyce unauffällig um die Ecke verschwinden. Sie tätschelt das Kästchen ebenfalls und folgt Jonjo aus dem Zimmer.

»Sie gehen schon mal raus ins Freie«, sagt Jonjo. »Und ich schaue nach, was da los ist.«

»Sie sind der Boss«, sagt Elizabeth und geht die Treppe hinunter, hinaus auf das große Rasenviereck, das derzeit von Studierenden wimmelt, alle beschwingt von diesem kurzen Moment der Freiheit, den der Feueralarm ihnen beschert.

Wie jung sie alle sind, auch wenn sich viele von ihnen vermutlich steinalt vorkommen. Wie jung und wie schön, auch wenn sich einige bestimmt hässlich fühlen. Auch Elizabeth lag einmal in Höfen wie diesem im Gras, fast sechzig Jahre ist das jetzt her. Oder auch nicht sechzig Jahre, denn sie ist ja noch dort, riecht noch das Gras und den Zigarettenrauch, spürt die Rauheit von Tweedärmeln an ihrem nackten Arm. Schmeckt den Wein und die Küsse, beides damals noch nicht recht nach ihrem Geschmack. Hört die Stimmen der jungen Männer, die um die Aufmerksamkeit der Mädchen buhlen. Atmet die Luft. Wie jung und schön sie war, wie alt und hässlich sie sich gefühlt hat. Jetzt fühlt sie sich jung und schön – dafür hat Stephen gesorgt. Durch ihn hat sie zu sich selbst gefunden. Ob heute oder vor sechzig Jahren, Stephen hatte recht, wie so oft: Unsere Erinnerungen sind nicht weniger real als der Moment, in dem wir zufällig gerade leben. Die große Uhr auf der linken Hofseite hat ihren Zweck, das ja. Aber sie erzählt nicht die ganze Wahrheit.

Zu Elizabeths Linken küssen sich zwei Mädchen. Für die eine ist das Küssen neu, und dieser Augenblick wird für sie immer lebendig bleiben. Nichts, was geschehen ist, vergeht. Nicht Stephens Tod, nicht Elizabeths Kindheit, aber auch nicht der Wein und die Küsse, die Liebe, das ununterdrückbare Lachen. Die sprechenden Blicke quer über den Tisch, das letzte fehlende Wort beim Kreuzworträtsel, die Musik, die Sonnenuntergänge, die Spaziergänge, nichts davon vergeht.

Nichts je Geschehenes wird vergehen, ehe nicht alles vergeht.

Und Joyce, Ron und Ibrahim? Auch die werden so schnell nicht vergehen. Elizabeth weiß, sie ist ganz und gar allein, und weiß doch, sie ist es nicht. Ein Spagat, in dem sie noch ein Weilchen weiterexistieren wird. Das erfahrene Mädchen stützt sich auf einen Ellbogen auf, während das unerfahrene hoch zum Himmel schaut und sich fragt: Ist das jetzt mein Leben?

Elizabeth legt sich auf den Rücken und schaut ihrerseits in den Himmel. In die Wolken. Stephen ist nicht da oben, aber irgendwo ist er, und was spricht dagegen, ihn dort zu finden? Sein Lachen zu finden und seine Arme, die sie umfangen, seine Freundschaft, seine Tapferkeit.

Elizabeth fängt an zu weinen, und durch die Tränen wagt sie das erste zaghafte Lächeln seit jenem furchtbaren Tag.

Das Schrillen des Alarms verstummt jäh. Die Studenten machen sich widerwillig auf den Weg, zurück in ihre Hörsäle und Bibliotheken. Elizabeth rappelt sich vom Boden auf, bürstet Gras und Erde von ihrem Rock.

Am Fuß von Jonjos Treppenaufgang kommt aus einer Tür Jonjo selbst.

»Ein Fehlalarm«, sagt er. »Hoffentlich ist Ihnen die Zeit nicht zu lang geworden.«

»I wo«, sagt Elizabeth. »Ich möchte keine Sekunde davon missen.«

Sie erreichen Jonjos Stockwerk, er öffnet die Tür, und sie folgt ihm nach drinnen.

Bücher vom Boden bis zur Decke. Kassettenfenster mit Blick hinaus in den Hof. Tische voll mit Vasen, Schädeln und Pfeifen und ein Henkelbecher mit dem Aufdruck »Der beste Onkel der Welt«.

Aber das Kästchen ist weg.

Wie Elizabeth es vorausgeahnt hat.

Weil das Kästchen noch eine letzte Geschichte zu erzählen hat.

Einen letzten Teufel im Visier, der gefangen sein will.

# 82

Eine britische Autobahnraststätte im grauen Januarregen. Kein Ort, den irgendwer freiwillig aufsucht. Der perfekte Treffpunkt also.

Zumal in diesem Fall reichlich Entschädigung winkt.

Das Kästchen ist – wie alt, sechstausend Jahre? Und liegt hinten im Kofferraum wie ein ganz normales Gepäckstück. Millionen wert, wenn man den richtigen Abnehmer findet. Und Abnehmer gibt es viele, wenn man seine Karten auszuspielen weiß. Einer davon sollte jeden Moment hier sein. Ein schneller Kaffee, dann die Übergabe, und dann – wohin? Außer Landes auf jeden Fall. Der Libanon böte sich an.

Sechstausend Jahre alt. Und trotzdem nehmen sich die Menschen so wichtig.

Man muss sich nur umschauen. Ein trüb blickender Mann mit Aktentasche drückt die Knöpfe eines Spielautomaten. Eine übernächtigte junge Mutter schiebt verbissen einen Kinderwagen auf und ab. Ein Teenager findet es megakrass, was ihre Freundin ihr am Handy erzählt, und ein alter Mann im Mantel sitzt mit hängenden Schultern an einem Plastiktisch, einen unberührten Kaffee vor sich.

Was zeigt uns das?

Alle sind wir nur unbedeutende Sandkörnchen im Meer der Geschichte, inmitten einer Welt, die sich einen Dreck darum schert, ob wir leben oder sterben. Denkt ihr, den Unbekannten, der vor sechstausend Jahren dieses Kästchen geschnitzt hat, kümmert es, ob wir Pilates machen und ausreichend Vitamine zu uns nehmen? Wir beklagen uns so ausdauernd und so bitterlich über unser Leben und klammern uns doch so verzweifelt daran. Was für einen Sinn ergibt das?

Über die Autobahn spannt sich eine überdachte Fußgängerbrücke. Sie muss so elegant gewirkt haben in den Fünfzigerjahren, so schlank und futuristisch. Wie die Zukunft selbst muss sie gewirkt haben. Und jetzt – Überraschung! Die Zukunft ist da, und sie ist genauso fade und grau wie die Vergangenheit. Was immer die Menschheit mit dieser Fußgängerbrücke zu erreichen gehofft hat was immer ihre große Vision war, sie ist gescheitert. Alles und alle scheitern, immerzu.

In diesem Augenblick wird durch das Glas der Brücke die riesenhafte Silhouette von Garth sichtbar. Da kommt er. Noch einer, der den Durchblick hat.

Ein wenig geraten die Nerven nun doch ins Flattern.

Der Mensch kann sich mit der Vergeblichkeit nicht gut abfinden. Was sucht er sich nicht alles, um seinem kurzen Leben Sinn zu verleihen: Religion, Fußball, Astrologie, soziale Medien. Wackere Bemühungen allesamt, aber im tiefsten Innern weiß doch jeder, dass das Leben eine beliebige Angelegenheit ist, ein aussichtsloser Kampf. An keinen von uns wird man sich letztlich erinnern. Über alles wird sich irgendwann der Sand breiten. Selbst die fünf Millionen, die Garth für das Kästchen zahlen wird, werden zu Staub zerfallen. Darum: *Carpe diem!*

Originell sind diese Gedanken nicht, zugegeben, aber sie trösten dennoch. Denn wenn man einmal akzeptiert hat, wie durch und durch sinnlos alles ist, wird es doch sehr viel leichter, ein Leben auszulöschen.

Kuldeshs Leben auszulöschen.

# 83

Es verschlägt Ron nicht oft in den Norden, aber wenn, weckt das liebe Erinnerungen. An die Nächte zum Beispiel, die er sich ’83 mit den Kumpeln in Yorkshire um die Ohren geschlagen hat. Oder an die Stahlarbeiter in Durham. Die konnten sämtliche Cockneys unter den Tisch trinken. In einem Polizeirevier in Nottingham haben ihm einmal drei Bullen die Rippen gebrochen, jeder eine. Zählt Nottingham bereits als Norden? Für Ron ja. Momentan sind sie zu einer Autobahnraststätte gleich hinter Warwick unterwegs, und schon das liegt schließlich im Norden. Vorsichtshalber trägt er einen dicken Pullover über seinem West-Ham-Shirt. Pauline kauft ihm neuerdings Kleidung, denn, wie sie sagt: »Ich muss mich mit dir ja blicken lassen können, nicht wahr, Schatz?«

»Diesem Raststätten-Essen ist nicht zu trauen«, sagt Joyce und packt eine Tupperdose mit Haselnuss-Brownies aus. Sie, Elizabeth und Ibrahim quetschen sich zu dritt auf die Rückbank. Bogdan fährt. Bislang stetige 140 km/h.

Schläft Elizabeth? Ihre Augen sind zu, aber Ron hat seine Zweifel.

Donna und Chris fahren getrennt von ihnen. Zusammen mit SIO Regan, mit der sie seit Neuestem dick befreundet zu sein scheinen. Bei Bullen weiß man wirklich nie, wie sie ticken.

Elizabeth hat die Polizei für drei Uhr bestellt. Aber der Deal geht schon um zwei über die Bühne; Elizabeth hat erklärt, sie nimmt die Konsequenzen für den Schwindel auf sich.

Als gäbe es für Elizabeth je echte Konsequenzen, will Ron schon denken, bevor es ihm wieder einfällt. Trauer macht ihm Angst, bei Elizabeth ganz besonders. Sie so am Boden zu sehen. Gerammt von dem einen Eisberg, der ihr gefährlich werden konnte. Da sieht man's wieder, man muss höllisch aufpassen mit der Liebe. Gerade kaufen sie dir noch Pullover und kiffen mit dir auf dem Krocketrasen, eine Minute später hast du dein Herz schon verloren und nichts mehr im Griff. Ron schaut auf seinen Pullover hinunter und lächelt. Nicht in einer Million Jahre hätte er sich so eine Farbe ausgesucht, aber was soll man machen?

»Brownie für dich, Ron?«, fragt Joyce vom Rücksitz.

»Für mich nicht, danke«, sagt Ron. Er spekuliert auf die Raststätte, auf ein traditionelles englisches Pfannenfrühstück mit wirklich *allem*. Hoffentlich reicht die Zeit.

»Stimmt es, dass Pauline Marihuana an ihre Brownies tut?«, erkundigt sich Joyce.

»Ja«, sagt Ron. »Marihuana und Kokosraspel.«

»Ob ich das auch mal probieren sollte?«, fragt Joyce.

»Marihuana macht redselig«, sagt Ibrahim.

»Oh, dann vielleicht besser nicht«, sagt Joyce. »Ihr kommt ja auch so kaum zu Wort.«

Vor ihnen erspäht Ron die lange, überdachte Fußgängerbrücke, die die Autobahn überspannt. Grau angelaufene Fenster, ausgebleichte Primärfarben. Bogdan verlässt zum ersten Mal seit neunzig Meilen die Überholspur und sticht hinüber zur Ausfahrt.

»Wir sind da!«, sagt Joyce.

Elizabeth öffnet die Augen. »Wie viel Uhr ist es?«

»13:52 Uhr«, sagt Bogdan. »So wie ich gesagt hab.«

Er parkt den Wagen in diskretem Abstand zur Ausfahrt

und mit einem guten Blick auf die Brücke. Ron riecht das Bratfett schon jetzt. Ihm ist klar, dass sie in anderer Mission hier sind, aber man darf ja wohl ein, wie Pauline das nennt, »Nebeninteresse« haben. Paulines Nebeninteresse sind Original-Trommelstöcke von Iron Maiden, die sie im Fünfzigerpack in dem Musikladen in Fairhaven bestellt und anschließend auf eBay verkauft.

Durch das verschmierte Glas der Überführung kommt die riesenhafte Silhouette von Garth in Sicht.

»Dann wollen wir mal«, sagt Ron.

»Viel Glück, alle«, sagt Bogdan.

# 84

Die Brücke bebt unter Garths Füßen. Sie ist rostig und ungeliebt. Genauso muss es sein. Der Aufnahmeknopf an Garths Telefon ist schon gedrückt. Er kennt den Deal.

Seit er Luca Buttaci vom Dach des Parkhauses gestürzt hat, fahndet die Polizei nach ihm. Aus ihrer Sicht leicht zu verstehen. Sie werden ihn nicht kriegen, nicht in diesem Leben, aber sie wären schlechte Polizisten, wenn sie es nicht wenigstens versuchen würden. Garth erreicht die Treppe am Ende der Überführung, die nach Urin und schlechtem Bratfett stinkt. Die Kehrseite britischer Klaglosigkeit ist, dass die Gründe zur Klage stetig mehr werden. Wenn das hier Kanada wäre! Oder Italien.

Italien, das könnte sein nächstes Ziel sein. Ein guter Ort, um seine Wunden zu lecken, und Garth hat zum ersten Mal seit der Kindheit Wunden, die zu erwähnen sich lohnt. Er wollte schon gestern Abend das Land verlassen, doch dann hat ihn Elizabeth in dem Haus tief im Wald aufgesucht.

Wie zum Henker ist sie ihm auf die Spur gekommen? Garth hat keine Ahnung, aber er ist froh, dass sie ihn gefunden hat. Sie hat ihm gesagt, was sie weiß und was sie von ihm will. Ihm gesagt, wer seine Frau umgebracht hat und wie er zu seiner Rache kommt.

Garth geht an den Toiletten vorbei, an einem Spielautomaten, vor dem ein trüb blickender Mann mit Aktentasche steht, an einer Frau mit müden roten Augen, die einen Kinderwagen schiebt. Er legt ihr die Hand auf die Schulter, sagt: »Es wird leichter, Sie machen das ganz prima«, und geht weiter. Ein alter Mann sitzt gebückt über einem Pappbecher mit Kaffee. Garth langt in seine Tasche und gibt ihm einen Zehn-Pfund-Schein. »Kauf dir was zu essen, Opa«, sagt er. Garth findet Nächstenliebe eine spannende Sache. Sein Fall ist sie nicht so ganz, aber Samantha hätte der jungen Mutter Mut zugesprochen und dem alten Mann Geld für eine Mahlzeit gegeben, also übernimmt Garth das von jetzt an für sie.

Und dann sieht er die Mörderin seiner Frau. Er setzt sich ihr gegenüber.

»Hallo, Nina«, sagt er.

»Garth«, sagt Nina. »Danke, dass Sie gekommen sind.«

»Sie haben etwas für mich«, sagt Garth. »Können wir das möglichst schnell über die Bühne bringen? Ich muss das Land verlassen – Sie ja wahrscheinlich auch?«

»Ich nicht, nein«, sagt Nina. »Außer Ihnen weiß niemand, dass ich das Kästchen habe. Niemand hat es mich stehlen sehen. Und Sie wären schön dumm, wenn Sie mich verraten würden. Ich kann also völlig entspannt sein.«

Elizabeth hat Garth von dem Diebstahl erzählt. Sowie sie von dem Kästchen erfuhr, gab es für sie nur noch zwei Verdächtige, sagte sie: Nina und Ninas Chef, einen Professor. Eine Freundin von Elizabeth hat einen Feuermelder betätigt, ein anderer Freund, der sich mit Computern auskennt, hat eine kleine Kamera installiert, und Nina ging prompt in die Falle. Ein Typ vom KGB hat seitdem jeden von Ninas Schritten überwacht. Sie wissen, dass sie das Kästchen hat, nur dass sie dafür Kuldesh ermordet hat, können sie ihr nicht nachweisen. Und hier kommt Garth ins Spiel.

Er hat Nina gestern Abend angerufen und ihr gesagt,

er hätte sich dumm und dämlich gesucht nach diesem Kästchen, ohne Erfolg, aber wenn sie mehr Glück als er hat, wüsste er einen Käufer, dem es sehr viel Geld wert wäre. Das ist nicht mal gelogen, aber Garth weiß, dass er das Kästchen nicht bekommen wird. Elizabeth will es für sich, und als sie ihm gesagt hat, wozu, war er sofort dafür. Sein Lohn wird es sein, die Mörderin seiner Frau hinter Gitter zu bringen. Sie töten wäre natürlich noch besser, aber das würde ihm Elizabeth niemals durchgehen lassen. Man muss wissen, wann Widerstand zwecklos ist.

»Haben Sie es da?«, fragt er.

Nina öffnet die leuchtend blaue IKEA-Tasche zu ihren Füßen. In der Tasche ist das Kästchen.

»Darf ich es anfassen?«, fragt Garth.

»Sicher«, sagt Nina. »Aber keine krummen Touren, sonst nehm ich es wieder mit.«

Garth möchte laut herauslachen. Er berührt das Kästchen. Schon ein irres Gefühl. Samantha hätte alles darum gegeben, das weiß er. Irgendwie spinnen sie schon, Samantha, Nina, Kuldesh. So außer sich zu geraten, nur wegen einer kleinen Kiste! Garth kann sich für den Wert begeistern, den das Kästchen darstellt, aber nicht für das Ding selbst. Es ist sehr, sehr alt? Krieg dich wieder ein, Baby. Es trägt das Teufelsauge? Den Teufel gibt's nicht, Garth weiß das. Die wahren Teufel sind unter uns.

Aber Kuldesh hat sein Leben dafür gegeben, und Nina hat dafür getötet. Wie es Samantha wahrscheinlich auch getan hätte, da macht Garth sich nichts vor, nur dass Nina schneller war. Sie hat spitzgekriegt, dass Garth über das Kästchen Bescheid weiß, und das war Samanthas Todesurteil. Das sie vollstreckt hat, während Garth einen Burger essen war.

Aber wie *konnte* sie es spitzkriegen? Hat er sich etwas anmerken lassen? Das wäre eine Schwäche, wie sie bei ihm eigentlich nicht vorkommt. Aber wenn nicht Nina Samantha umgebracht hat, wer soll es dann gewesen sein?

Ihn hätte sie bestimmt auch umgebracht, wenn sie gekonnt hätte, aber Garth bringt man nicht so leicht um. Das haben schon genug Leute versucht.

»Ihre Firma haben Sie gegründet, ja?« Garth zieht sein Handy aus der Tasche.

»Alles, wie Sie's mir gesagt haben.«

»Dann kriegen Sie eine Nachricht aufs Handy, sobald die fünf Millionen auf Ihrem Konto landen«, sagt er. »Den Rest müssen Sie selbst hinbekommen. Zu dem Firmenkonto führt keine Spur, aber wie Sie die Kohle legalisieren, ist Ihr Problem. Schauen Sie's im Internet nach.«

»Ich bin schon dabei«, sagt Nina.

»Aber warum mussten Sie ihn töten?«, fragt Garth. »Das ist das Einzige, was ich an Ihrer Stelle nicht gemacht hätte.«

»Ich habe niemanden getötet«, sagt Nina.

»Nina«, sagt Garth. »Ich ticke nicht wie andere Leute, das wissen Sie, oder?«

Nina nickt.

»Dann lügen Sie mir nichts vor«, sagt Garth. »Das braucht's bei mir nicht. Ich hab ja vollstes Verständnis für Sie. Alle anderen rennen sinnlos im Kreis, aber Sie wittern Ihre Chance und streichen fünf Millionen ein.«

»Danke«, sagt Nina.

»Trotzdem kapier ich nicht, warum Sie ihn töten mussten. Warum haben Sie ihm nicht einfach die Pistole auf die Brust gesetzt und ihm das Ding abgenommen?«

»Er war achtzig, Garth«, sagt Nina.

»Und?«

»Das Kästchen ist sechstausend Jahre alt. Können Sie auch nur im Ansatz erfassen, was das heißt? Keiner von uns zählt letztendlich, Garth. Wir reden uns ein, dass wir zählen, wir tun so, als ginge es ohne uns nicht, aber der Planet hat viele Jahrmillionen ohne uns existiert, und er wird es auch viele weitere Jahrmillionen tun. Jeder Atemzug, den wir schöpfen, bringt uns dem Tode näher. Das menschliche Leben ist nicht heilig.«

»Ein sehr schöner Vortrag«, sagt Garth. »Warum sagen Sie nicht einfach, dass Sie geil auf das Geld waren und Ihnen alles andere scheißegal war. Sie hätten das Teil einfach stehlen können.«

»Er wollte, dass ich es in ein Museum bringe. Er hat mir vertraut«, sagt Nina. »Darauf vertraut, dass ich es in die richtigen Hände gebe. Er hat mich von klein auf gekannt, er kannte meine Eltern. Denken Sie, da hätte er stillgehalten, wenn ich es verkauft hätte?«

»Hätten Sie ihm halt eine Million abgegeben«, sagt Garth. »Dann hätte er schon geschwiegen.«

»Er hätte nicht geschwiegen«, sagt Nina. »Aber sehen Sie's doch mal so. Er war alt, er hatte ein gutes Leben, ein erfülltes Leben, was immer die Leute damit meinen. Er ruft mich an, er vertraut mir, er erzählt mir, was er gefunden hat. Ich sage ihm, er soll keine Angst haben, wir werden einen Weg finden, ich helfe ihm. Ich bleibe ruhig, und das beruhigt ihn. Wir vereinbaren einen Treffpunkt …«

»Im Wald?«, fragt Garth.

»So fernab von neugierigen Blicken wie nur möglich«, sagt Nina. »Als wir uns verabschiedet haben, hatte er richtig ein bisschen Feuer gefangen.«

»Wäre ja auch seltsam, wenn nicht«, sagt Garth.

»Er fährt also nach Kent, diesen Waldweg entlang, um eine Person zu treffen, der er vertraut. Ich komme von hinten, ein einziger Schuss. Er sieht es nicht, fühlt es nicht, verspürt keine Angst. Es war blitzschnell vorbei, und mehr kann man doch eigentlich kaum verlangen, oder? Ein langes Leben und ein schneller Tod, das ist der Traum. Ich habe ihm einen Gefallen getan.«

»Ein schmerzloser Tod für ihn, fünf Millionen für Sie?«

»Win-win-Situation«, sagt Nina. »Das genaue Gegenteil von allem, wofür meine Eltern standen. Ich habe nicht vor, je wieder arm zu sein.«

»Sie haben verdammt gut getroffen«, sagt Garth. »Jemand durch ein Fenster mit einer Kugel zu töten, das ist nicht leicht. Glauben Sie mir, ich weiß es.«

»YouTube-Videos«, sagt Nina. »Ich lerne schnell. Er sollte nichts spüren, deshalb habe ich mir Lehrvideos für Tierärzte angeschaut, die Pferde erschießen müssen.«

»Wow!«, sagt Garth. »Und da heißt es, *ich* wäre ein Psychopath.«

»Ich bin keine Psychopathin«, sagt Nina. »Mein Konto ist leer, ich habe Schulden, ich hasse meinen Beruf. Meine Eltern sind nicht mehr da. Und plötzlich schickt mir der Himmel diese Chance, nie wieder arbeiten zu müssen.«

»Dieses Kästchen kommt nicht vom Himmel«, sagt Garth. »Es kommt direkt aus der Hölle.«

»Es ist nur ein Kästchen«, sagt Nina.

Garth schüttelt den Kopf.

»Ich bin es einfach rational angegangen«, sagt Nina. »Mehr war es nicht.«

Das lässt sich Garth durch den Kopf gehen. Philosophie interessiert ihn. Aber wie er es auch dreht und wendet, er kann Nina nicht zustimmen. Leute töten, klar, wenn sie etwas verbrochen haben. Wenn sie es verdienen. Aber um sich zu bereichern? Nein. Dass Luca nicht Samanthas Mörder ist, hat er erst eingesehen, als Elizabeth es ihm erklärt hat. Luca wusste von ihrem Tod, weil er ein Polizeispitzel war. Was auch nicht viel besser ist.

Aber Luca hat unzählige andere Morde begangen.

Und wer Morde begeht, darf sich nicht wundern, wenn er früher oder später von einem Parkdeck gestoßen wird. Eines Tages wird irgendwer Garth von einem Parkdeck stoßen oder ihn mit dem Laster überfahren, und Garth wird nicht damit hadern. Aber Kuldesh hat diesen Tod nicht verdient.

»Sie hätten ihn leben lassen können«, sagt Garth. »Sie hätten nur härter arbeiten müssen. Sich mehr ins Zeug legen, Ihre Schulden abzahlen, die Verantwortung für Ihre Probleme selbst übernehmen.«

Nina nickt. »Stimmt schon, aber so ging es eben leichter.«

»Das ist keine gute Einstellung«, sagt Garth.

»Ich habe mein Leben lang eine gute Einstellung gehabt und war arm«, sagt Nina. »Jetzt habe ich eine schlechte Einstellung, und schon bin ich reich.«

»Und meine Frau umzubringen war auch der rationale Ansatz?«

»Ihre Frau? Samantha? Ich habe Samantha nicht umgebracht.«

»Erzählen Sie mir keinen Scheiß«, sagt Garth.

»Ich habe Kuldesh getötet«, sagt Nina. »Und er hat keine Sekunde gelitten. Ihre Frau habe ich nicht getötet. Warum sollten Sie mir fünf Millionen Pfund geben, wenn Sie denken, ich hätte Ihre Frau getötet?«

»Sie haben sie getötet«, sagt Garth. »Die fünf Millionen gibt es nicht. Ich sollte Sie nur zum Gestehen bringen, und dann lassen sie mich abhauen.«

»Wer lässt Sie abhauen?«

»Dreimal dürfen Sie raten«, sagt Joyce, die nun mit Elizabeth und Bogdan am Tisch Platz nimmt.

»Nein, das ist … Was machen Sie hi–« Nina verheddert sich in ihren eigenen Worten.

»Wenn Sie bitte mit uns kommen würden«, sagt Elizabeth. »Keine Gegenwehr, kein Aufhebens. Garth, Sie haben zwanzig Minuten, um zu verschwinden.«

»Sehr nett von Ihnen«, sagt Garth und gibt Elizabeth sein Handy. »Da ist alles drauf.«

»Das könnt ihr nicht machen«, sagt Nina.

»Ich fürchte, das können wir doch, Kindchen«, sagt Elizabeth.

Sie dreht sich zu Garth um. »Und wohin wird es Sie jetzt verschlagen?«

»Spanien«, sagt Garth. »Ich liebe Tapas. Passen Sie gut auf sich auf. Nehmen Sie sich Zeit zum Trauern.«

»Das mache ich«, sagt Elizabeth. »Und Sie hören auf, Leute umzubringen.

»Nur die Bösen, Ma'am, versprochen«, sagt Garth. Damit dreht er sich um, und sie sehen ihm nach, wie er davongeht, gefolgt von seinem gewaltigen Schatten.

»Sie lassen ihn einfach so laufen?«, fragt Nina, während Bogdan sie Richtung Parkplatz eskortiert, mit Elizabeth und Joyce als Nachhut.

»Das war der Deal«, sagt Elizabeth.

»Wir könnten auch einen Deal machen«, schlägt Nina vor.

»Ganz bestimmt nicht«, sagt Joyce.

Nina sieht sie über die Schulter an. »Und wenn ich anfange zu schreien?«

»Dann schreie ich auch«, sagt Elizabeth. »Und glauben Sie mir, ich höre vielleicht nie wieder auf.«

# 85

Es hat um die null Grad, halb regnet, halb schneit es, während Mitch Maxwell den riesigen Müllberg in der Deponie in Tunbridge Wells erklimmt. Ein Gebirge aus Metall und Schleim, dessen Gestank sich an ihm festsetzt, während er bergan und seitwärts kraxelt und rutscht. Außerstande, sich die Schweißströme von der Stirn zu wischen, weil seine Handschuhe mit lauter Unsäglichem verschmiert sind. Immerzu wühlend, in die grausigen Tiefen tauchend nach dem Kästchen, von dem sein Leben abhängt, wie ein verängstigtes Tier, das ohne die Abfälle der Menschen verhungern müsste. Er versucht an seine Jacht in Poole Harbour zu denken. Einmal hatte er dort Jamie Redknapp, den Fußballer, zum Grillen zu Gast. Er versucht, an die Ställe zu denken, die zu seinem Haus gehören, an das Pferd seiner Tochter, den Skiurlaub, den sie für die Winterferien geplant haben. Er versucht, an Touchscreen-Fernseher zu denken, an Kaschmirpullover, Premium-Wodka in goldenen Flaschen und die Boxkämpfe, bei denen er in der ersten Reihe sitzt. Er versucht, an seine Erste-Klasse-Flüge mit British Airways zu denken, Dinner bei *Scott's*, an die Anproben in der Maßabteilung bei Oliver Brown in der Sloane Street. An Schlösser mit Hubschrauberlandeplätzen und Cocktails rund um die Uhr. An ungezwungenen Komfort und entspannten, kostspieligen Luxus.

Er denkt an seine Kinder und ihre Schulen, an die

Freunde seiner Kinder in ihren schicken Villen mit Pool. Ein Metallzacken bohrt sich durch seinen Ärmel und schneidet ihm den Arm auf. Er flucht, stolpert, fällt hin. Blut sickert durch den Stoff, als er sich hochrappelt, weiterklettert. Diesen Berg stinkender Masse erklettert, Auswurf fremder Leben. Irgendwo in diesem Haufen ist Mitchs Kästchen begraben. Irgendwo in diesem Haufen liegt seine Rettung.

Um zwei Uhr trifft er Hanif in einem Flughafenhotel in Gatwick. Hanif will das Kästchen von ihm und hat keinen Zweifel daran gelassen, was passiert, sollte Mitch nicht kommen.

Aber Mitch hat nicht vor, heute zu sterben. Nicht nach allem, was er auf sich genommen hat, um das Leben führen zu können, das er jetzt führt – um seinen Kindern das Zuhause zu bieten, das er selber nie hatte. Er wünschte, es wäre nicht Heroin gewesen, das ihn groß gemacht hat, aber da, wo er herkommt, war die Auswahl begrenzt. Es war das, womit er aufgewachsen ist, das, worin er gut war.

Wenn er das Kästchen nur erst wiederhat, steigt er aus. Endgültig. Luca ist tot, und die Afghanen trauen ihm nicht mehr. Zeit, sich breiter aufzustellen. Er hat mit den Leuten von der Sektkellerei geredet. Er hat ein Stück Land in Sussex im Auge, in Ditchling, Südhang, Kreideboden, alles, was man braucht. Mitch wird es kaufen, sie werden es bebauen, ein solides Geschäft.

Und wenn er das Kästchen nicht findet? Dann kommt Plan B zum Zug. Dann fährt er zwar trotzdem nach Gatwick, aber statt in die Pianobar im Radisson geht er direkt zum Schalter und sitzt in der Drei-Uhr-Maschine nach Paraguay, bevor irgendjemand Verdacht schöpft. In Paraguay hat er Kontakte.

Seine Frau und die Kinder sind schon heute früh geflogen. Gail hat genug miterlebt, um zu wissen, dass Mitch ihr nicht ohne guten Grund befiehlt, die Koffer zu packen und sich und die Kinder außer Landes zu bringen. Sie hat ihm kurz vor dem Start noch eine Nachricht geschickt. In Paraguay kriegen ihn die Afghanen nicht, das steht fest. Dazu müssten sie erst an den Kolumbianern vorbei, und so lebensmüde ist keiner.

Höher und höher kraxelt Mitch, sein Arm blutend, die Kleider durchnässt, die Beine schmerzend und wacklig. Er war von Joyce aus direkt hierhergefahren, aber so ohne Weiteres lassen sie einen nicht auf den Müllberg. Ein paar Anrufe und eine Kontaktperson in der Grafschaftsverwaltung haben ihm heute neunzig Minuten zum Suchen erkauft. Durch die vom Teedampf beschlagenen Fenster eines Baucontainers schauen Männer in Warnwesten zu ihm heraus und fragen sich, was der Scouser in der wattierten Jacke wohl vorhat. Ein ganz Verwegener hat sogar seine Hilfe angeboten, aber das hier muss Mitch alleine machen. Keinem von ihnen ist ein Terrakotta-Kästchen aufgefallen, das von einem Müllwagen aus Kent antransportiert wurde.

Mitch tritt auf eine Puppe, die mit der dumpfen, verlangsamten Stimme eines Spielzeugs mit schwacher Batterie »Hab mich lieb« sagt. Der Wind bläst ihm einen Kentucky-Fried-Chicken-Karton ins Gesicht. Er schlägt danach, klettert weiter. Er ist jetzt fast auf dem Gipfel, umfaucht vom Wind, der die Gerüche sämtlicher Dinge heranträgt, die die Welt nicht mehr braucht, nicht mehr will. Immer noch kein Kästchen. Mitch weiß, er wird es nicht finden. Weiß, er muss fliehen. Muss seine Frau von ihrer Arbeit wegreißen, die Kinder von ihren Freunden, und in der Fremde wieder bei null beginnen. Fast gierig atmet er den Gestank ein. Sein Herzschlag setzt ganz kurz aus, als er in der Tiefe etwas Viereckiges erspäht. Durch Windeln und Toaster wühlt er sich zu dem Ding durch, erträumt sich für einen seligen Moment strahlende Erlösung, aber als er die Tentakel eines Drahtbügelknäuels endlich lockern kann, sieht er, dass es nur eine alte Orangenkiste ist. Was auch sonst? Mitch fängt zu lachen an.

Immer weiter klettert er, ohne noch richtig zu suchen, mit dem alleinigen Ziel, oben anzukommen. Warum? Wer weiß? Da wollen wir schließlich alle hin, ganz nach oben.

Mitch hievt sich auf eine von grünlichem Schleim überzogene Kühlgefrierkombination. So, das war's, höher geht's nicht. Vorsichtig richtet er sich auf, stellt sich hin. Ein gebrochener, blutender, durchnässter Mann auf dem Dach der Welt. Er betrachtet die Aussicht. Nichts. Nur graue Wolken, grauer Regen, grauer Nebel.

In Paraguay wird es sonniger sein, und er wird Arbeit finden. Ein Geschäft aufziehen. Etwas Bodenständiges. Obst, was auch immer. Wenn die Kolumbianer sich bei ihm blicken lassen, sollen sie nur. Er wird ihnen sagen, dass er raus aus der Nummer ist. Sollen sie ihr Kokain behalten, er behält seine Bananen. Sofern es in Paraguay Bananen gibt.

Mitch wischt etwas braune Schmiere von seiner Rolex. 13:00 Uhr. Zeit, nach Gatwick aufzubrechen. Einen Moment lang stützt er die Hände auf die Knie, um sich zu sammeln nach den Strapazen des Aufstiegs, sich für den Abstieg bereitzumachen. Wenn der Verkehr mitspielt, kann er –

Ein Schmerz schießt Mitch Maxwells linken Arm entlang. Er krampft die Hand darum. Er fühlt Regen hinab auf sein Gesicht strömen, bevor er begreift, dass der Regen aufgehört hat. Er sackt in die Knie, doch die finden auf dem glitschigen Belag keinen Halt. So liegt er noch einige Augenblicke, Mitch Maxwell, auf der Spitze des Müllbergs, ein Inferno in der Brust, keuchend vor Schmerz, Grau und Dreck rings um ihn, bevor er seine Augen zum letzten Mal schließt.

## 86

Ibrahim hat den Ellbogen auf das Dach des Polizeiautos gestützt und lauscht dem in der Entfernung vorbeidonnernden Verkehr.

Chris, Donna und SIO Regan sind etwa fünfzehn Minuten nach der Abfahrt von Joyce und Elizabeth eingetroffen. Ron hat es gerade noch geschafft, sein traditionelles englisches Frühstück zu vertilgen; so glücklich hat Ibrahim ihn selten gesehen. Jetzt steht er auf der anderen Seite des Streifenwagens und reibt sich zufrieden den Bauch unter dem neuen Pullover, der ihm, das muss man sagen, fabelhaft steht.

»Wie nennt man diese Farbe? Cerise?«, fragt Ibrahim.

»Rot«, sagt Ron.

Die drei Polizeibeamten hören auf der Rückbank des Wagens die Aufnahme ab. Nun steigen sie einer nach dem anderen aus. Jill hält das Handy hoch.

»Diese zweite Stimme bei der Aufnahme«, sagt sie, »ist das Garth?«

»Wie man unschwer hört«, versetzt Ibrahim.

»Wo ist er?«, fragt Chris.

»Abgehauen«, sagt Ron. »War nichts zu machen, er ist ja so stark.«

»Sie haben gesagt, drei Uhr«, sagt Jill. »Und diese Aufnahme beginnt um kurz vor zwei.«

»Nicht meine Zuständigkeit«, sagt Ibrahim. »Da müssten Sie sich an Elizabeth wenden.«

»Und wo ist Elizabeth?«, will Chris wissen.

»Daheim in Coopers Chase«, sagt Ibrahim. »Soweit ich weiß. Wir versuchen, ihr dieser Tage möglichst viel Freiraum zu lassen.«

Elizabeth und Joyce werden derzeit von Mark von den Robertsbridge Taxis nach Hause gebracht. Sie mussten Mark erklären, dass die Zeit leider drängt, weshalb für ihn kein traditionelles englisches Frühstück mehr drin ist. Er war etwas geknickt, aber der Profi in ihm siegte natürlich.

»Das heißt, Sie und Ron haben das alles ganz allein geschaukelt?«, fragt Chris.

»Wir sind fähige Leute«, erwidert Ibrahim, während Ron leise rülpst und ein »Pardon« hinterherschiebt.

»Nur der Klarheit halber«, sagt Jill. »Wir sollten um drei Uhr hier sein, damit Sie uns Nina Mishra, Garth sowie das Kästchen übergeben können. Mishra sehe ich, aber weder Garth noch das Kästchen. Wie soll ich Ihnen da vertrauen?«

»Nun ja«, meint Ibrahim, »zu unserer Verteidigung: Wir haben Ihnen bereits das Heroin ausgehändigt. Und jetzt bekommen Sie von uns die Mörderin von Kuldesh Sharma und Samantha Barnes serviert.«

»Mörder:in«, verbessert Ron.

»Das braucht es in dem Fall nicht, Ron.«

»Aber der mutmaßliche Mörder von Luca Buttaci hat sich seltsamerweise in Luft aufgelöst«, sagt Jill. »Abgesehen davon, dass er Dom Holt ja vielleicht auch auf dem Gewissen hat. Und wo ist das Kästchen?«

Ron hebt die Schultern.

»Es geht schneller, wenn Sie sich einfach damit abfinden, Ma'am«, sagt Donna. »Wirklich. Das spart dermaßen viel Zeit.«

»Das Kästchen taucht ganz bestimmt wieder auf«, verspricht Ibrahim. »Und was Garth betrifft, so wird ihn die

Gerechtigkeit eines Tages schon einholen. Aber Ihre Vorgesetzten sind doch sicher hocherfreut, wenn zwei Morde aufgeklärt sind und das Heroin wieder da ist? Mittlerweile haben Sie es ja vermutlich getestet?«

»Lupenrein«, bestätigt Chris.

»Damit können Sie Mitch Maxwell also ebenfalls festnehmen«, sagt Ibrahim.

»Und was will man mehr«, fügt Ron hinzu. Er winkt zum Daihatsu hinüber, aus dem nun Bogdan aussteigt und Nina zu ihnen herüberbringt.

Jill geht ihnen entgegen, verliest Nina ihre Rechte, legt ihr Handschellen an und führt sie zum Streifenwagen.

Chris sieht Bogdan an. »Dass die vier uns anlügen, wundert mich ja schon längst nicht mehr. Aber Sie müssen doch gewusst haben, dass Sie um zwei hier sein sollen?«

»13:52 Uhr«, sagt Bogdan.

»Es bleibt trotzdem eine Lüge«, sagt Chris. »Sie haben Donna belogen.«

Bogdan sieht Donna an.

»Nein, hat er nicht«, gibt Donna zu. »Ich war eingeweiht. Ich wusste, dass Garth der Einzige ist, bei dem Nina gestehen wird. Und ohne ihr Geständnis hätten wir nichts in der Hand gehabt. Ich wäre zu allem bereit gewesen, um sie zu überführen. Kuldesh war der erste Mensch, der wusste, dass Bogdan in mich verliebt ist.«

»Dieser eine Typ im Kraftraum wusste es auch«, wirft Bogdan ein.

»Verdirb es jetzt nicht, Baby«, sagt Donna warnend.

Chris betrachtet die bunte Truppe, die da vor ihm steht. Ron und Ibrahim. Donna und Bogdan. Er schüttelt den Kopf.

»Wo ist das Kästchen denn nun?«, fragt er.

»Elizabeth braucht es«, sagt Ibrahim. »Falls Sie das vielleicht milder stimmt?«

# 87

Hanif schaut auf die Uhr und trinkt seinen Kaffee aus. Mitch Maxwell kommt offenbar nicht. Er wird nicht plötzlich ins Radisson spazieren, das Kästchen in der Hand.

Dann soll es so sein. Dieser ganze Plan ist auf Hanifs Mist gewachsen. Sayed hatte ein Angebot für das Kästchen bekommen, von einem Schweden in Staffordshire, dem zehn Millionen ein Loch in die Tasche brannten. Statt nun mühsam eine ganz neue Route auszuklügeln, war Hanifs Idee, es einfach auf dem üblichen Weg einzuschmuggeln. Luca und Mitch hat er lieber nicht eingeweiht, sonst hätten die beiden Prozente gewollt. Rückblickend hätte er sie wohl besser doch beteiligt, dann hätten sie vielleicht nicht so geschlampt. Andererseits hört Hanif zunehmend Gerüchte über Schwierigkeiten bei ihren Lieferungen, er hätte ihnen also ohnehin nicht vertrauen können.

Ein junger Cousin von Hanif sollte den Weg des Kästchens überwachen und es Luca Buttaci dann abnehmen. Hanif hat ihm dafür sogar extra ein Motorrad gekauft. Aber dann verschwand das Kästchen von der Bildfläche, und sein Cousin jagte nur noch Geistern hinterher.

Hanif hat es verbockt, darauf läuft es hinaus. Sich für besonders schlau gehalten, aber seine Hausaufgaben nicht gemacht. So viel Geld ist verloren, so viele Leben sind verloren, und an allem ist er schuld.

Gut, aber man kann sich nicht wegen jedes kleinen Fehlers die Haare ausraufen. Da würde man ja verrückt. Wenn man alles zerschlagene Porzellan selbst aufkehren wollte.

Wenn er nach Afghanistan zurückfliegt, geht es auch ihm an den Kragen, klüger also, Hanif bleibt in London, wo Sayeds Arm nicht hinreicht. Der Heroinhandel hat ihm eine steile Lernkurve beschert, von den gigantischen Gewinnen gar nicht erst zu reden, aber vielleicht ist es nun Zeit, das Gelernte anderweitig einzusetzen? Nach vorne zu blicken: neues Spiel, neues Glück.

Ein Freund von der Uni hat ihm einen Job bei einem Hedgefonds angeboten. Und auf der Party fand jemand, er sei prädestiniert für die Politik, und wollte ihn gleich ein paar Leuten vorstellen.

Schön, wenn man die Wahl hat.

# 88

Connies Killerin heißt Caroline, und sie hat sich schon oft bewährt. Wenn man sie braucht, ruft man bei einer Wäscherei in Southwick an und ordert eine Wäsche mit Mangeln. Caroline ist schnell, sie ist zuverlässig, und sie bringt frischen Wind in ein traditionell männerdominiertes Gewerbe.

Connie kann ihr heute eine gute Nachricht mailen: Jemand anderes hat Luca Buttaci für sie aus dem Weg geräumt. Connies E-Mails sind alle mit einer hochkomplizierten Software verschlüsselt, die in jedem Land der Welt außer Venezuela illegal ist. Die fünfzig Prozent Vorschuss darf Caroline natürlich behalten, das ist ihre übliche Abmachung.

Connie und Caroline waren in letzter Zeit sehr fleißig.

Man muss die Chancen, die einem in den Schoß fallen, nutzen. Nur so hat es Connie dahin geschafft, wo sie heute ist – nicht ins Gefängnis, das war Pech, aber in die Position der führenden Kokaindealerin an der englischen Kanalküste.

Und jetzt, nach dieser neuesten E-Mail von Sayed in Afghanistan, auch der führenden Heroindealerin.

Aber Connie hat Schuldgefühle. Und sie kann sich nicht recht erklären, weshalb. Sie hat Schuldgefühle, und sie erkennt, dass das eine neue Erfahrung für sie ist. Eine ziemlich beschissene Erfahrung, aber eine, vor der sie sich zur Abwechslung einmal nicht verstecken wird. Sie wird es so machen, wie Ibrahim sagt: es einfach zulassen. Die Emotionen aushalten, selbst wenn es wehtut. Und die Schuldgefühle sind äußerst schmerzhaft.

Angefangen hat alles damit, dass Ibrahim ihr von Kuldesh erzählt hat.

Connie ist froh, dass sie Kuldeshs Mörderin erwischt haben, wirklich sehr froh. Er war schließlich nicht in der Branche. Wer in der Branche ist, muss damit rechnen, früher oder später erschossen zu werden. Berufsrisiko. Aber Kuldesh ist ohne eigenes Verschulden in die Sache hineingeraten. Connie hält sich viel darauf zugute, über alles informiert zu sein, aber selbst sie wusste nicht, wer Kuldesh getötet hat. Niemand in der Szene wusste etwas, und jetzt versteht sie auch, wieso. Die Drogen waren gar nicht der Punkt.

Doch kaum hatte sie von dem Mord an Kuldesh erfahren, begann Connie zu planen. Mitch und Dom waren bereits angeschlagen, und dieser neue Vorfall zählte sie noch mehr an. Connie witterte ihre Schwäche, witterte eine Chance, sie aus dem Geschäft zu drängen, und schlug sofort zu. Sowie sie Ibrahims Geschichte hörte, war Dom Holts Tod für sie beschlossene Sache. Zwei Stunden später klingelte in der Wäscherei in Southwick das Telefon.

Ibrahim hat bei einem ihrer Treffen die Meinung vertreten, einen Menschen zu töten und ihn durch einen anderen töten zu lassen sei ein und dasselbe. Sie haben sich darauf geeinigt, uneins zu sein, aber vielleicht hatte Ibrahim ja doch recht.

Caroline hat Dom Holt für sie erschossen, hat den Mord an Dom Holts Unter, Lenny Bright, veranlasst, und Luca Buttaci stand als Nächster auf ihrer Liste.

Dann kam Samantha Barnes zu Connie. Mit genau der Idee, die Connie auch hatte. Samantha schlug eine Partnerschaft vor. Connie hat zugehört und genickt und ihr versprochen, über die Sache nachzudenken. Sie haben sich die Hand gegeben, und nur Minuten später rief Connie in der Wäscherei an. Angeblich legt die Polizei Nina Mishra nun auch den Mord an Samantha zur Last. Arme Nina. Aber nach Connies Erfahrung landet man, wenn man einmal mit dem Morden beginnt, sowieso schnell in einer Schublade. Das bringt der Beruf so mit sich.

Als Caroline bei Samantha war, hätte sie eigentlich gleich beide töten sollen, Samantha und Garth. Aber Garth ist nicht nach Hause gekommen. Irgendetwas muss ihn abgehalten haben. Dieser Kanadier hat eindeutig einen guten Überlebensinstinkt. Jetzt ist er irgendwo im Ausland, was bedeutet, dass sie noch nacharbeiten müssen.

Aber warum fühlt sie sich dann schuldig?

Alle, die Caroline getötet hat, waren aus der Branche, das ist also nicht der Grund für ihre Gewissensbisse. Jeder von ihnen hätte im umgekehrten Fall Connie getötet, gar keine Frage.

Die Verträge mit Sayed sind unterzeichnet, von nun an wird sie im großen Stil Heroin importieren, doch auch das macht ihr kein schlechtes Gewissen. Das Heroin kommt so oder so ins Land, warum also nicht durch sie?

Dabei weiß sie es ja. Natürlich weiß sie es. Sie hat Ibrahim belogen. Noch schlimmer, sie hat ihn benutzt. Als er letzte Woche ging, hat sie sich dafür zu entschuldigen versucht, aber ihr fehlen noch die richtigen Worte. Connie ist sich nicht sicher, ob ihr je zuvor etwas aufrichtig leidgetan hat. Ihre Floristin hat einen schönen Strauß für ihn gebunden, aber auch das ist natürlich kein Ersatz.

Connie schließt die Augen. Sie versucht sich Garth vorzustellen, unterwegs irgendwo in der Welt. Eines Tages wird er erfahren, dass Connie hinter dem Mord an seiner Frau steckt, und dann wird er sie suchen kommen. Soll er nur – Connie mag solche Gedankenspiele. Garth gegen Connie, das wird ein Zweikampf, der den Namen verdient.

Aber die Bilder von Garth weichen immer wieder Bildern von Ibrahim mit seinen gütigen Augen und seinem weichem Herzen. Seinem Glauben an sie. Sie versucht, sich auf Waffen zu konzentrieren, auf Drogen und Chaos, aber Ibrahim mit seiner Güte ist stärker.

Irgendwann wird sie ihm zeigen können, dass es ihr leidtut.

## 89

# Joyce

Das Kästchen, dieses unscheinbare kleine Kästchen, das einstmals eine Falle für Teufel und böse Geister war, dann Tarnung für einen Beutel Heroin, dann der Behälter für mein Ajax und die Mülltüten, ist jetzt Stephens Urne. Jonjo ist damit in den Irak geflogen. Das hat er auf Instagram gepostet. Ich wusste gar nicht, dass Professoren auf Instagram sein dürfen.

Jedenfalls ist es nun in Bagdad, wo es hingehört, und wir sind eingeladen, vorbeizuschauen, wann immer wir in der Gegend sind. Zwischendurch hat sich das Auswärtige Amt einzuschalten versucht, aber das hat Elizabeth unterbunden.

Sie selbst fliegt nächsten Monat hin. Sie hat Stephen versprochen, dass sie eines Tages miteinander dort sein werden. Sie und Viktor wollen nach Dubai fahren, um irgendwelchen Hinweisen im Fall Bethany Waites nachzugehen, und anscheinend ist es von Dubai nach Bagdad nur ein Katzensprung.

Bleibt die Frage, was mit ihr wird, wenn sie zurückkommt. Bogdan will die Wohnung etwas instand setzen, solange sie weg ist. Aber wirklich nur etwas. Man darf nicht alles übertünchen.

Coopers Chase ist voller Witwen und Witwer. Die alle mit Geistern schlafen gehen und alleine aufwachen. Man beißt sich irgendwie durch, und so wird es auch Elizabeth machen. Natürlich haben nicht alle ihrem Partner Sterbehilfe geleistet, aber unter uns gesagt: So wenige sind es auch nicht. Die Liebe gehorcht ihren eigenen Gesetzen.

Mitch Maxwell, so hieß es, ist tot umgefallen, als er auf der Mülldeponie nach dem Kästchen gesucht hat. Armer Kerl, aber wie man sich bettet, so liegt man. Rons Hüfte plagt ihn nach wie vor.

Man sollte meinen, je näher man dem Tod kommt, desto mehr Bedeutung erlangt er, aber mir scheint eher das Gegenteil der Fall. Ich verliere meine Angst vor ihm. Schmerzen machen mir Angst, aber der Tod nicht. Gut, das war wohl auch die Wahl, vor der Stephen stand.

Was kann ich noch berichten? Joanna hat mir eine Heißluftfritteuse geschenkt. Derzeit experimentiere ich noch damit – ich habe Spaghetti bolognese gemacht und Würstchen in Blätterteig, und das klappt schon ganz gut. Und in letzter Zeit hatte ich ja nicht nur Diamanten im Wasserkocher, sondern auch Heroin in der Mikrowelle, sie könnte sich also auch noch in anderer Hinsicht bewähren.

Mervyn war hochbeglückt, seine fünftausend Pfund wiederzubekommen, wenn auch ansonsten natürlich untröstlich. Ich würde gern sagen können, er hat seine Lektion gelernt, aber angeblich wollte er das ganze Geld sofort einem Börsenmakler anvertrauen, der ihn per Mail aufgefordert hatte, in einen Spezialfonds zu investieren, den »die Experten vor der Öffentlichkeit geheim zu halten versuchen«. Donna musste ihn sich gleich wieder zur Brust nehmen.

Ron und Pauline sind gerade von einem Wochenende in Kopenhagen zurückgekommen. Ich habe Ron gefragt, wie es war, und er meinte, so, wie es im Ausland halt immer ist. Ich glaube, für seine Asche wäre Bagdad nicht der richtige Ort.

Aber – und ich schwöre, das ist die Wahrheit – er hatte

ein zartlila Polohemd an. Es brachte seine Augen so richtig zur Geltung.

Ibrahim ist sehr still dieser Tage. Er kann mit Trauer nur schwer umgehen, glaube ich. Er lässt sich zu stark vereinnahmen davon, lädt sie sich zu sehr auf die eigenen Schultern. Mich macht es natürlich auch traurig, wenn andere leiden, aber das Leben erlegt einem so viel eigenes Leid auf, dass man aufpassen muss. Manchmal sollte man auch an sich denken, nicht wahr?

Letzten Samstag hat er mit Computer-Bob zu Mittag gegessen, das hat mich gefreut. Ibrahim macht sich ein bisschen zu abhängig von Ron, und Bob und er haben vieles gemeinsam.

Die Osterglocken sind sehr früh dran dieses Jahr. Seit fast achtzig Jahren sehe ich jetzt die Osterglocken blühen, und für mich sind sie immer noch ein Wunder. Dass ich noch da bin und die Blumen sehen darf, die so viele andere nicht mehr sehen! Jahr für Jahr strecken sie ihre Köpfe aus der Erde, um zu schauen, wer noch hier ist und dem Schauspiel beiwohnt. Wobei sie heuer schon *sehr* früh dran sind, was ja vermutlich von der Erderwärmung kommt und dazu führen wird, dass wir alle sterben. Aber an Blumen freuen darf man sich vielleicht trotzdem noch. Sie stimmen hoffnungsvoll, trotz der Apokalypse.

Alan musste zum Tierarzt, weil ihm eine Katze die Nase zerkratzt hat. Ron fragte ganz höhnisch, was das für ein Hund sein soll, der gegen eine Katze den Kürzeren zieht, aber Alan ist nun mal eine sanfte Seele. Der Tierarzt sagte, er sei in einer ausgezeichneten Verfassung, man sähe gleich, dass ich mich gut um ihn kümmere. Ich sagte ihm, Alan kümmert sich aber auch sehr gut um mich.

Jetzt wäre mal ein wenig Ruhe und Frieden recht, finde ich. Ein paar Monate ohne Morde und Leichen, ohne

Diamanten und Spione, ohne Schusswaffen und Drogen und Leute, die uns umbringen wollen. Eine Zeit, in der Elizabeth sich neu sortieren kann.

Ein paar Hochzeiten, die kämen mir jetzt gelegen. Fast schon egal, wer. Donna und Bogdan, Chris und Patrice, Ron und Pauline, vielleicht sogar Joanna und ihr Fußball-Präsident. Denn das ist das Problem, wenn man alt wird. Zu viele Begräbnisse, nicht genug Hochzeiten. Das muss sich ändern.

Eins habe ich vergessen zu erwähnen. Vor ein paar Wochen, bevor der ganze Trubel losging, hatte ich doch von einem Mann namens Edwin Mayhem berichtet? Diesem neuen Mitbewohner, der im Rundbrief angekündigt war?

Ich fand den Namen so verheißungsvoll und stellte mir Wunder was vor – dass er mindestens ein Motorrad-Stuntman oder Fernseh-Ringkämpfer sein müsste.

Tja, wie sich jetzt herausgestellt hat, war es nur ein Tippfehler, in Wirklichkeit heißt er Edwin Mayhew, was ja auch viel plausibler ist. Als ich bei ihm vorbeigeschaut habe, hatte er einfach einen Pulli und eine alte Cordhose an. Er kommt aus Carshalton und war früher Baukalkulator. Seine Frau ist seit vier Jahren tot – eine sehr angemessene Zeitspanne, finde ich –, und seine Tochter, die in Joannas Alter ist und auch in London lebt, hat ihn überredet, hierherzuziehen. Ich fragte ihn, ob seine Tochter noch normale Milch trinkt, und er sagte, schon lange nicht mehr. Letzte Woche hätte sie ihm einen Kurkuma latte gemacht, der ihm gar nicht bekommen sei.

Jedenfalls war die Tochter, Emma – so ein hübscher Name, ich hätte auch gern Emma geheißen –, der Meinung, dass Coopers Chase Edwin neuen Auftrieb geben wird. Das wird es ganz sicher, aber man konnte sehen, dass er seine Zweifel hat. Nichts für ungut, sagte er, aber ich fürchte, ich bin doch etwas mehr Rummel gewohnt. Als ob Carshalton Las Vegas wäre.

Über meine Zitronenbaisers freute er sich aber sehr und sagte, wenn bei mir mal etwas zu richten wäre, dann sei er der Mann dafür. Wasserhähne, Regale, was eben so anfällt. Ich sagte, ich hätte einen Picasso, der aufgehängt werden muss, und da lachte er.

Er kochte uns eine Kanne Tee, um dann mit dem Teewärmer auf dem Kopf ins Zimmer zu kommen und so zu tun, als könnte er ihn nirgends finden. Alan geriet völlig aus dem Häuschen. Ich habe ihm versprochen, ihn ein bisschen herumzuführen und mit ein paar Leuten bekannt zu machen. Er passt bestens hierher, das merkt man gleich. Eines Tages werde ich ihm beichten, was für Vorstellungen ich mit seinem Namen verbunden habe. Nicht sofort, aber irgendwann.

Das ist das Paradoxe an Coopers Chase. Man sollte meinen, es ist geruhsam und beschaulich wie ein Dorfteich an einem Sommertag. Aber in Wahrheit steht es nie still, es ist ein stetiges Kreisen und Strudeln. Und dieses Strudeln, das ist das Altern, das sind Tod und Liebe und Trauer, letzte Momente, die ausgekostet, letzte Chancen, die beim Schopf gepackt werden. Unsereins hat keine Zeit zu verlieren. Nichts steigert das Lebensgefühl so sehr wie das Wissen, dass der Tod näher rückt. Apropos Tod:

Gerry, ich weiß, du wirst das nie lesen – obwohl, vielleicht ja doch? Vielleicht liest du in diesem Moment über meine Schulter mit. Falls ja: Diese silberne Sauciere, die du damals auf dem Flohmarkt gekauft hast, ist jetzt wieder hochmodern. Da hattest du also recht und ich unrecht. Und, falls du mitliest: Ich liebe dich.

Das soll nicht morbid klingen, ich bin einfach nur müde. Ich könnte einen kleinen Urlaub vertragen, glaube ich, ein paar Tage irgendwo Schönes. Joanna kauft ein Cottage in den Cotswolds, vielleicht ist das ja das Richtige. Ich bin sehr stolz darauf, was sie alles erreicht hat. Auf meine Nachricht wegen der Mandelmilch hat sie übrigens doch noch reagiert: Damit sei ich offiziell ein Hipster, schrieb sie. Ron, dem ich das erzählt habe, meinte darauf, er würde demnächst wohl oder übel zum künstlichen Hipster.

Nachher wollte ich eine Pavlova backen. Aber mit Mangos. Nicht ganz, was man erwarten würde, oder? Das habe ich bei *Die Samstagsköche* gesehen. Für uns vier reicht es locker. Und vielleicht, ganz vielleicht, bleibt sogar ein Restchen für Edwin Mayhew übrig.

Als ich bei Edwin war, wollte er übrigens wissen, ob ich irgendeinem der Clubs hier in Coopers Chase angehöre.

Gehöre ich einem Club hier in Coopers Chase an?

Mir schien das ein Thema für einen späteren Tag.

Zeit fürs Bett. Ich weiß, das hört sich albern an, aber ich fühle mich weniger allein, wenn ich schreibe, fast ein bisschen wie in Gesellschaft. Und ich kann gar nicht sagen, wie dankbar ich für diese Gesellschaft bin.

# Danksagung

Ich habe so vielen Menschen zu danken, aber beginnen möchte ich mit Ihnen, den Lesern. Ich greife einfach Joyces letzte Worte im Buch auf und danke Ihnen für Ihre Gesellschaft. Meine Beziehung zu Ihnen bedeutet mir sehr viel. Möge sie noch viele Jahre Bestand haben.

*Ein Teufel stirbt immer zuletzt* ist der vierte Band des Donnerstagsmordclubs, und ich verspreche, es wird nicht der letzte sein. Diesmal werden Sie freilich etwas länger auf die Fortsetzung warten müssen, weil mein nächstes Buch von etwas Neuem handeln soll, einem Ermittlerduo aus Schwiegertochter und Schwiegervater. Sie werden sie mögen, da bin ich mir sicher, aber keine Angst, auch Joyce, Elizabeth, Ibrahim und Ron werden uns noch lange erhalten bleiben.

Weiter zu all meinen vielen Helfern – und wie jeder bestätigen wird, der schon einmal an einem Buch laboriert hat, kommt der Dank an sie aus tiefstem Herzen.

Dank also zuallererst meiner herausragenden Agentin Juliet Mushens – und willkommen auf der Welt, Seth Patrick-Mushens. Seth, Du bist mit einer phänomenalen Mutter gesegnet!

Juliets Team ist das beste, das man sich nur denken kann, und betreut mich kompetent, charmant und mit viel, viel Humor. Danke Euch, Liza DeBlock, Rachel Neely, Kiya Evans, Catriona Fida und dem ganzen Mushens Entertainment Team, es ist eine Wonne, mit Euch arbeiten zu dürfen. Und ganz großen Dank meiner amerikanischen Agentin, Jenny Bent.

Dank natürlich auch meiner großartigen Lektorin hier in England, Harriet Bourton, die mir, neben vielen anderen Verdiensten, klargemacht hat, dass *Das Kästchen, das den Tod enthielt* kein guter Titel für ein Buch ist. Und dem tollen Donnerstagsmordclub-Team bei Viking: Amy Davies, Georgia Taylor, Olivia Mead, Rosie Safaty und Lydia Fried. Wie immer danke ich der unübertroffenen Sam Fanaken und ihrem ebenso unübertroffenen Vertriebsteam für den englischen Markt und Linda Viberg und der fantastischen Truppe, die sich um den internationalen Vertrieb kümmern. Einen besonderen Dank außerdem an das Penguin Audioteam, bei dem das Hörbuch in so liebevollen Händen ist. Donna Poppy hat brillant wie immer Korrektur gelesen; sie ist die Beste in der ganzen Branche. Richard Bravery hat auch diesmal wieder ein hinreißendes Cover gestaltet (sollten Ihnen die weißen Öhrchen entgangen sein: Das ist Snowy, den man da sieht!). Danke, Karen Harrison-Dening, für Dein Mitdenken und Deine Hinweise. Und Dir, Tom Weldon, für Deine unverbrüchliche Hilfe und Weisheit.

Mein amerikanisches Verlagsteam ist um kein Haar weniger grandios – plus, aufgrund der Zeitverschiebung, auch noch zu nächtlicher Stunde ansprechbar! Dank an meine legendäre Lektorin Pamela Dorman und an ihre sicher bald ebenso legendäre rechte Hand Jeramie Orton (ob wohl der unorthodox geschriebene Jeremmy, den ich im Buch untergebracht habe, ein unbewusster Tribut an Dich ist?). Großer Dank auch an Brian Tart, Kate Stark, Marie Michels, Kristina Fazzalaro, Mary Stone, Alex Cruz-Jiminez und die restliche Crew bei Pamela Dorman Books und Viking Penguin. Übrigens, wäre »Viking Penguin« nicht eine prima Idee für ein Kinderbuch? Reden wir drüber.

Drei Personen gehören bei diesem Buch besonders hervorgehoben. Als Ersten möchte ich Raj Bisram nennen, der mir unschätzbare Einblicke in die Welt der Antiquitäten und Fälschungen ermöglicht hat. Raj hat ein paar unglaubliche Geschichten zu erzählen (wenn auch keine, sollte ich dazusagen, die tödlich enden). Dank auch an den echten Luca Buttaci, dessen Namen ich mir ausborgen durfte, und Abbitte an seine Mutter Kay, dass ich so einen Bösewicht aus ihm gemacht habe. (Sie versichert mir, sie kann damit leben.) Und während Computer-Bob als Figur frei erfunden ist, möchte ich doch in aller Form meinen Hut vor John ziehen, der in derselben Seniorensiedlung wie meine Mutter lebt und dort tatsächlich seine diversen Computer aufgebaut hat, um allen einen um drei Stunden vorgezogenen Silvesterabend zu bescheren. Es dürfte Sie nicht überraschen, dass John zu bescheiden ist, um hier mit vollem Namen genannt zu werden.

Innigster Dank wie immer meiner Familie. Meinen Kindern Ruby und Sonny, die mich in gleichem Maße glücklich und demütig machen. Meiner Mutter Brenda und ihrem ungebrochenen Interesse an der Welt. Meinem Bruder Mat und seiner wundervollen Frau Anissa, und meiner Tante Jan, die ein sehr schweres Jahr hinter sich hat und damit beispielhaft tapfer umgegangen ist.

Dank aber auch meiner hochspannenden neuen Schwiegerfamilie. Ich schätze mich überglücklich, in Eure Welt aufgenommen worden zu sein, Richard, Salome, Jo, Matt, Nicola und, ganz besonders, meine neuen Nichten und Neffen Mika, Leo und Neni.

Diese neue Schwiegerfamilie hätte ich natürlich nicht ohne meine Frau, Ingrid. Ingrid, ich danke Dir für ein durch und durch herrliches Jahr. Danke für Deine Liebe,

Deine Klugheit, Deine Einfälle und die vielen Arten, auf die Du dieses Buch besser gemacht hast. Und danke für alles, was Du in mein Leben gebracht hast, nicht zuletzt die unvergleichliche Liesl von Cat. Ich liebe Euch beide.

Zu meinem großen Kummer durfte ich Ingrids Vater Wilfried nicht mehr kennenlernen, darum hat er nun einen Cameo-Auftritt in diesem Buch, mit dem ich mich ihm gleichsam vorstellen und mich bei ihm bedanken will. Hoffentlich ist er einverstanden mit mir.

Schließen möchte ich jedoch mit einer ausdrücklichen Würdigung all derer, die einen geliebten Menschen durch Demenz verloren haben oder die mit einem geliebten Menschen leben, der an Demenz erkrankt ist. Dieses Buch ist meinen Großeltern gewidmet, Fred und Jessie Wright, deren wacher, aufrechter, witziger Geist sich gegen Ende ihres Lebens auf jeweils unterschiedliche Weise eingetrübt hat. An sie habe ich gedacht, als ich über Stephen geschrieben habe, wie auch an so viele andere, besonders an Hazel Buck, Mutter der wunderbaren Lucy Buck, die unser ganzes Mittagessen in Sussex hindurch lächelnd mit am Tisch saß. Für Fred, für Jessie, für Hazel, für Lucy und Didi und all die Millionen anderen, wie immer es Euch betrifft und wie immer Ihr damit zurande kommt. Ich denke an Euch, und ich wünsche Euch alle Kraft der Welt.